KLAUS BRABÄNDER

# Gegen*wind*

*Kriminalroman*



EDITION SCHAUMBERG

1. Auflage © März 2018
2. Auflage © März 2019
3. Auflage © August 2021



Edition Schaumberg
Brunnenstraße 15, 66646 Marpingen
Telefon (06853) 502380
E-Mail: info@edition-schaumberg.de
Verlagsinformationen im Internet unter www.edition-schaumberg.de

Titelbild: Fotolia@fotokitas
Gestaltung, Satz: Thomas Störmer
Schrift: Janson Text
Druck: bookpress.eu

ISBN 978-3-941095-49-6

IN ERINNERUNG

ELISABETH BOSSLET

* 1932 IN ROSSLAU_ELBE

† 2017 NEUNKIRCHEN_SAAR

*Künstlerin der Malerei*

# 1.

Conrad Bickelmann genoss den grandiosen Ausblick – herrlich! Das Wasser der Saarschleife funkelte weit unten wie ein blaugrüner Seidenteppich mit glitzernden Steinchen, die in der tief stehenden Sonne funkelten wie Diamanten im Diadem der englischen Königin.

Bickelmann sog die frische Waldluft ein und reckte sich wohlig. Der Spaziergang nach dem frühen Abendessen hatte sich gelohnt! Der Eintritt für den Wipfelpfad war zwar nicht gerade ein Schnäppchen, aber dieser Ausblick … fantastisch!

Ja, das liebe Geld! Zehn Euro tägliche Zuzahlung während des Kuraufenthaltes, der gestrige Ausflug nach Mettlach, die Schiffstour, der Besuch im Eiscafé … alles in allem hatte er mehr als 100 Euro ausgegeben, dabei war er nicht einmal eine Woche in der Kurklinik; üppig war sein Gehalt als Busfahrer nicht und zu Hause liefen die fixen Kosten weiter. Egal! Er musste aufhören, in solch klein karierten Kategorien zu denken.

»Man muss sich was gönnen können! Sie müssen für eine Weile raus aus Ihrem Stress«, hatte die Ärztin argumentiert und den Kurantrag befürwortet. »Eine Reha-Maßnahme machen Leute mit weitaus geringeren Belastungen. Sie müssen deswegen kein schlechtes Gewissen haben! Wenn Sie nachts nicht schlafen können, weil Sie von dem Druck nicht mehr runterkommen, wird es höchste Zeit! Ein Busfahrer hat eine hohe Verantwortung und muss voll bei der Sache sein! Wenn Sie nicht mitmachen, schreibe ich Sie untauglich und dann geht's in den Innendienst oder Sie verlieren Ihren Job! Ich schätze, Sie wollen das Eine genauso wenig wie das Andere!«

Der Chef hatte das genauso gesehen, keine Steine in den Weg gelegt und Lydia war anscheinend ganz froh, dass ihr Mann für drei Wochen aus dem Haus kam und an seine Gesundheit

dachte. Sie hatte ihn bestärkt und darauf hingewiesen, dass sie einen gesunden Mann brauche, wenn sie in absehbarer Zeit die lange erträumte Kreuzfahrt unternehmen wollten. Ein Traum, der sich plötzlich erfüllen konnte, weil der Verkauf von Erbtante Wilmas Grundstück einen unverhofften Geldsegen über die Bickelmanns gebracht hatte. Eine Kreuzfahrt, davon schwärmte Lydia schon immer, wäre der einzige Anlass, wofür sie bereit wäre, für ein paar Wochen das traute Heim zu verlassen.
»Mach nur, Schatz!«, hatte sie lachend gesagt. »Lieb, dass Du mich in die Kur mitnehmen willst, aber Du sollst Dich auch von mir ein bisschen erholen. Außerdem hätte ich ohnehin keine Ruhe, wenn das Haus und der Garten drei Wochen lang ohne Aufsicht wären.«
Typisch Lydia! Hauptsache der Garten! Ihr ein und alles!
Bickelmann sah vor seinem geistigen Auge, wie Lydia zwischen den Beeten in Kirrberg umherwirbelte, hier zupfte, dort jätete, pflanzte und die Blumen goss.
Die gute Lydia, sie ist ein Schatz, dachte Conrad. Schade nur, dass sie keine Kinder bekommen hatten, aber das Thema war abgehakt.
»Ich habe drei Kinder«, pflegte Lydia zu sagen. »Meinen Mann, das Haus und den Garten; damit bin ich vollauf beschäftigt.«
Conrad Bickelmann schaute auf seine Armbanduhr. Zeit, zu gehen! Der Baumwipfelpfad wird in wenigen Minuten seine Tore schließen. Er beschloss, auf dem Rückweg im Atrium einen leichten Rosé zu nehmen. Scheiß aufs Geld! Ich gönne mir was! Danach ins Zimmer vor den Fernseher. Erst Helene Fischer und dann das Aktuelle Sportstudio. Conrad Bickelmann trat vom Geländer zurück und drehte sich um. Ein letzter Blick über das Blätterdach, dann spazierte er hinunter zur ersten Plattform, stellte fest, dass der Rückweg links über einen ausgewiesenen Steg zum Ausgang führte, schaute sich die Schautafeln mit den Gesteinsformationen der Umgebung an und las

interessiert den Text über die Entstehungsgeschichte der Saarschleife.
Bickelmann spazierte gemütlich Richtung Ausgang und war nur eine Biegung vom Ausgang entfernt, als er rechts unten, außerhalb der Umzäunung, eine Person entdeckte, die nahe der dortigen Schutzhütte kauerte und ihn mit einem undefinierbaren Gerät anvisierte. Nach einem Wimpernschlag dämmerte es ihm, was da unten vor sich ging und was die Person am Fuße des Pfades im Schilde führte, aber da war es bereits zu spät.
Ein plötzlicher stechender Schmerz hinter dem linken Auge, für den Bruchteil einer Sekunde. Der Tod kam schnell und unerwartet. Als Conrad Bickelmann auf den Holzplanken aufschlug, war seine Seele bereits ohne den Körper unterwegs.

# 2.

Heute ist wieder ein Tag, an dem ich nicht weiß, worüber ich mich mehr ärgern soll: über meine Unentschlossenheit, endgültig zu Marion zu ziehen oder über diesen beschissenen Bereitschaftsdienst!
Das erste Problem könnte ich jederzeit lösen, das andere reguliert sich erst in einem Jahr, wenn ich in Rente gehe. Besser gesagt: falls ich dann in Rente gehe! Der Innenminister animiert die älteren Semester permanent, ein paar Jahre dranzuhängen. Personalnotstand! Demografischer Wandel!
Während ich mich mit der Schmutzwäsche beschäftige, geht mir einiges durch den Kopf. Ich habe mal wieder viel zu viele Wäschestücke zusammenkommen lassen. Himmelherrgottnochmal, wie oft habe ich mir geschworen, öfter zu waschen, aber nein der faule Sack in mir gewinnt immer. Ich hatte vor Monaten versucht, Marion einige meiner Klamotten unter die Wäsche zu jubeln, aber auweia, da war was los!
»Vergiss es!«, hatte nach mehreren Tiraden das abschließende Urteil gelautet. »Solange Du hier nicht einziehst, wird hier nicht für Dich gewaschen! Punkt! Aus! Basta!«
Mittlerweile haben sich sogar die Siedler aus der Nachbarschaft gegen mich verschworen und unterstellen mir Feigheit vor dem Feind. Ich gebe es zwar nicht zu, aber im Grunde genommen liegen sie mit ihrer Einschätzung richtig.
Die Situation ist vertrackt! Einerseits bin ich um jede Stunde froh, in der ich mit Marion zusammen bin, andererseits habe ich einen verantwortungsvollen Job, den ich nicht einfach im Vorübergehen erledigen kann und drittens brauche ich nach stressigen Tagen oder zwischendurch meine Ruhe. Die bekomme ich bei Marion nicht, weil sie gerne Leute um sich hat. Eigentlich ist das okay und die Nachbarn sind liebe Freunde und

unendlich nett, aber manchmal ist es mir einfach zu viel. Dann bevorzuge ich den Rückzugsraum in meinem Haus in Bexbach. Seit Jahren schiebe ich den Wohnungswechsel hinaus; irgendwann werden mir die Argumente ausgehen. Spätestens, wenn ich in Rente bin. Unter diesem Aspekt sind die Angebote des Innenministers nicht übel. Meine erste Bedingung wäre allerdings die Befreiung vom Bereitschaftsdienst! Vielleicht könnte ich zusätzlich aushandeln, dass der Staat die Pflege meiner Wäsche übernimmt. Dann verlängere ich gleich um fünf Jahre! Das wäre ein Arbeitsmodell für Singles ü65: betreutes Arbeiten! Wäscheservice für lang gediente Kriminalhauptkommissare! Das wär's! Dann könnte …

Das Telefon klingelt! Mein Diensthandy! Alle Schurken dieser Welt scheinen zu wissen, wann ich Bereitschaftsdienst habe. Zum Kotzen! Immer bei mir! Wo ist das blöde Ding, das keine Ruhe gibt und fortwährend Töne von sich spuckt?

»Ich komme!«, schreie ich durch die Wohnung. »Mein Gott.«

Ich finde das Gerät unter der TV-Zeitschrift; mittlerweile ist es verstummt. Ohne zu überlegen drücke ich die Rückruftaste.

»Hi, Josch! Bereitschaft heißt: Bereit sein! Sonst könnte man es ja Schlafdienst nennen!«

Es ist Marion!

»Wie oft habe ich Dich gebeten, nicht auf dem Diensthandy anzurufen, wenn ich Bereitschaft habe! Warum wählst Du nicht die Festnetznummer?«

»Weil ich da nicht sicher bin, ob Du ran gehst!«

Irgendwann wird mich diese Frau in den Wahnsinn getrieben haben! Oder in die Arme einer anderen – nein, eher in den Wahnsinn!

»Was gibt's?«, frage ich genervt.

»Ich wollte nur hören, was Du treibst.«

Das glaube ich nicht, da steckt etwas anderes dahinter.

»Ich wasche und bügele! Kann nicht ständig in den gleichen Klamotten rumlaufen.«

»Das könntest Du einfacher haben!«
»Schweig! Blockier nicht die Leitung!«
»Es ist Samstag!«
»Das ist nicht unbedingt eine Neuigkeit!«
»Welches Datum?«
»Äh …« Ein Blick auf die Armbanduhr. »16. September!«
»Genau! Grillabend bei den indischen Nachbarn! Sag bitte nicht, das hättest Du vergessen!«
Woran soll ich noch alles denken? Mist! Unsere Freunde aus Marions Nachbarschaft will ich auf keinen Fall enttäuschen.
»Natürlich habe ich das nicht vergessen! Für wie senil hältst Du mich eigentlich?«
»Frag nicht! Wann kommst Du?«
»Wann geht's los?«
»Um fünf!«
»Wie spät ist es?«
»Fünf!«
»Verdammt, ich habe vor lauter Arbeit die Zeit völlig vergessen. Ich dusche, dann komme ich.«
»Duschen kannst Du später bei mir! Hauptsache, Du lässt deine Wäsche in Bexbach! Beeil Dich, bis gleich!« – Aufgelegt!
Warum fangen die so früh an? Wahrscheinlich, damit die Kinder aus der Nachbarschaft vor dem Zubettgehen ihre Grillwurst abbekommen. Wie auch immer, mir bleibt keine Wahl, wenn ich es mit meinen Freunden in der Siedlung nicht verderben will. Die Wäsche trocknet von alleine, die Waschmaschine kommt ohne mich zurecht und die Tatsache, dass das Bügelbrett für unbestimmte Zeit ohne Aufsicht bleibt, löst in mir keine Panikattacke aus. Das Arbeitsmodell für Senioren erscheint mir allerdings von Minute zu Minute plausibler. Ich werde es dem Polizeipräsidenten vortragen. Der ist nicht verheiratet und hat somit die gleichen Probleme wie ich. Wir sollen über Hierarchien hinweg denken, hatte er neulich verkündet. Recht hat er!

# 3.

Einer muss es tun! Die Rolle des Richters übernehmen! Und die des Henkers!
Wenn ordentliche Gerichte versagen, ist Eigeninitiative gefragt. Es kann nicht angehen, dass die Bedürfnisse der Massen den Interessen des Kapitals, der Macht und der politischen Einflussnahme geopfert werden. Opfer müssen zu Tätern werden, um die eigentlichen Täter und ihre Handlanger zur Stecke bringen!
Das verlogene Geschwätz von demokratisch geprägtem, wissenschaftlich fundiertem und sozial ausgewogenem Interessenausgleich – verbales Jonglieren! Der untaugliche Versuch, die Lüge und das Unrecht mit schönen Worten zu übertünchen!
Manipulierte Politik, geschmierte Lügenpresse, beeinflusste untaugliche Gutachter, vom Großkapital bestochen. Profit, Rendite, Geld, Geld und wieder Geld!
Das System ist krank, die Menschen sind krank, alles ist krank! Heilung ist nicht in Sicht! Nicht, wenn wir sie so weitermachen lassen! Wenn es Schule macht, werden die einen sich ausschließen und die anderen aufhören zu kämpfen.
Die Kämpfer müssen weitermachen! Nicht alle sind Kämpfer! Ich bin ein Kämpfer. Einer der weitermacht. Immer weiter. Bis sie damit aufhören. Bis die Vernunft gesiegt hat; und die Gerechtigkeit. Immer weiter und weiter und …

# 4.

Als ich in der Siedlung *Am Köppchen* in Spiesen ankomme, ist mir immer noch nicht eingefallen, warum uns die Nachbarn zum Grillen eingeladen haben. Ein Geburtstag würde naheliegen, aber das hätte ich bestimmt mitbekommen. Marion ist nicht zu Hause, demnach hat sie sich bereits zu den Nachbarn begeben.

Im Garten der Familie Patel ist die Party voll im Gange. Ich zähle etwa zwei Dutzend Freunde und Bekannte, die *Köppchensleute* sind fast vollzählig erschienen. Freundliche Begrüßung, die üblichen Fragen und Nicklichkeiten. Ich greife mir Suresh, den jüngsten Spross der vor Jahrzehnten aus Indien eingewanderten Familie.

»Sag, mein Freund, was feiern wir überhaupt?«

»Wieso feiern? Wir grillen!«

»Und weiter?«

»Nix weiter!«

»Wenn Du unbedingt einen Anlass brauchst, feiern wir meinetwegen den Sieg des SV Elversberg«, erklärt sein Vater Bahwind, der unser Gespräch mitbekommen hat.

»Aha! Wie haben die denn gespielt, und gegen wen?«

»Keine Ahnung! Nimm Dir was zum Trinken, das Essen dauert noch eine halbe Stunde.«

Wer hier wohnt, muss keinen Anlass zum Feiern haben; Hauptsache man ist gemütlich beisammen. Wenn es in den letzten Jahren einen Störfaktor gab, war meistens ich der Auslöser – besser gesagt: mein Job.

»Irgendwie scheinen Sie das Verbrechen magisch anzuziehen!«, hatte mir Bürgermeister Pirrung im vorigen Jahr einmal vorgeworfen. »Seit Sie hier verkehren, ist die Mordrate in der Umgebung sprunghaft angestiegen.«

Statistisch betrachtet hat er recht, aber das ist nicht meine Schuld. Ich habe weder den Obdachlosen vor drei Jahren ermordet, noch ein Jahr später die Garage in der Siedlung und das Blockhaus in der Hauptstraße in die Luft gejagt, und den Tod der alten Damen kann man mir erst recht nicht anhängen.*

»Hören Sie!«, hatte ich dem Spiesener Verwaltungschef entgegnet. »So einfach können Sie es sich nicht machen! Wenn es in Ihrem Ort drunter und drüber geht, bin nicht ich daran schuld!«

»Das weiß ich! Trotzdem ist das nicht normal, wir kommen aus den Schlagzeilen nicht mehr raus!«

»Um diese Schlagzeilen würde Sie manch einer Ihrer Kollegen beneiden; da stehen einige wegen üblerer Sachen in der Zeitung!«

»Wenn man es so sieht – auch wieder wahr. Ich wäre trotzdem recht dankbar, wenn es für eine Weile ruhig bliebe.«

Die Ruhe hält immerhin seit fast einem Jahr, was ich keineswegs bedauere. Ständig vor der eigenen Haustür zu ermitteln, macht wenig Spaß und auf die Dauer einsam.

Marion kommt mit einer Flasche alkoholfreiem Bier um die Ecke. Das Zeug trinkt hier keiner – nur ich, den anderen kommt so etwas nicht in die Kehle, schon gar nicht den Frauen, da herrscht Geschlechter übergreifende Solidarität.

»Die Neuen von gegenüber sind gestern eingezogen«, verkündet sie und reicht mir die Flasche.

»Aha! Das bedeutet was?«, frage ich, nachdem ich Marion geküsst habe.

»Dass Dagmar einiges zu tun hat, um rauszufinden, wer sie sind.«

Kaum ist ihr Name gefallen, kommt die vermeintliche Bürgermeisterin der Siedlung angerauscht.

»Hallo Josch! Schon gehört, Ihr habt neue Nachbarn!«

---

* *In den vorangegangenen Krimis »Sumpf«, »Für Eich« und »Mitgift« löste Josch diese Fälle.*

»Erzähl!«
»Was?«
»Ich bitte dich! Die Leute wohnen seit einem ganzen Tag in der Siedlung, da wirst Du bestimmt wissen, welche Blutgruppe die haben und ihren Stammbaum mindestens bis ins Mittelalter kennen. Oder lässt deine Neugierde in letzter Zeit etwa nach?«
»Deiner ist bescheuert!«, wendet sich Dagmar zu Marion. »Am besten, Du suchst Dir einen Neuen; einen, der noch alle Tassen im Schrank hat!«
Die beiden verschwinden und suchen sich ein neues Opfer. Mir soll es recht sein, so habe ich Gelegenheit, mich mit den anderen Gästen zu unterhalten.
Sonja und Steffen erzählen vom Urlaub in Italien, Wolfgang vom Fußballspiel seiner Jugendmannschaft, Trudi vom Obst- und Gartenbauverein. Ihr Sohn Patrick verabschiedet sich früh, weil er nach Dubai reist, um dort seinen Arbeitgeber, einen Scheich, bei einem Autorennen zu betreuen. Lotti lädt zu ihrem 100. Geburtstag ein, erwähnt allerdings nicht, dass es bis dahin noch 17 Jahre dauert. Sybille und ihre Schwiegermutter Jashoda servieren indisches Gebäck mit Kardamom und Ingwer, lecker und scharf. Die ersten Portionen vom Grill werden verteilt, bei der ersten Fütterung gehe ich leer aus, bei der zweiten ebenso. Das ist nicht weiter tragisch, der Abend ist lang. Trotzdem bekomme ich langsam Hunger. Die ersten Schnäpse machen die Runde. Erfahrungsgemäß wird es nicht mehr lange dauern, bis sich der eine oder andere mit der deutschen Sprache schwer tun wird.
Das ist die Situation, als sich gegen 19 Uhr 30 mein Diensthandy meldet.

# 5.

Beim blitzartigen Verlassen der Gartenparty hatte ich Marion zurufen können, dass ich zu einem Einsatz gerufen wurde und keine weiteren Fragen beantworten kann.
»Leichenfund. Baumwipfelpfad Orscholz. Vor-Ort-Einsatzgruppe, K3 und K4 sind informiert«, hatte der Beamte von der Leitstelle am Telefon erklärt.
»Einzelheiten?«
»Erwachsen, männlich, Auffindezeit 19 Uhr 15. Vor etwa 15 Minuten. Zeuge vor Ort. Mettlach sichert.«
Gott sei Dank, wenigstens kein Kind! Das könnte ich nicht ertragen! Vor solch einem Horror wurde ich während meiner Laufbahn bisher glücklicherweise verschont.
»Zufahrt?«
»Über Cloef-Atrium.«
»Ich bin unterwegs.«
Weil meine Feinmotorik für die Minitastatur nicht geeignet ist, habe ich wie üblich Probleme, die Ziel-Adresse in mein Navi einzugeben; erst beim dritten Versuch klappt es endlich.
67 km über A8, 51 Minuten zeigt das Display an. Es dämmert, bis ich vor Ort bin wird es dunkel sein. Zu blöd – für die letzte Reise eines Opfers gibt es zwar keinen geeigneten Zeitpunkt, aber eine Stunde früher wäre mir sehr entgegengekommen. Auf die Ermittler nimmt keiner Rücksicht. Statt frustriert herum zu spinnen, sollte ich mich besser auf die Straße konzentrieren!
Außer ein paar verrückten Motorradfahrern, die mit 200 Sachen über die Autobahn heizen, ist nicht viel los. Schneller als 130 fahre ich nicht. Die Leiche läuft nicht weg und später dunkel wird es auch nicht. Ausfahrt Merzig-Schwemlingen. Fünfzehn Minuten später stehe ich auf dem Parkplatz und lasse

mich von einer Polizeistreife zum Ort des Geschehens bringen. Die Kollegen besorgen eine Handleuchte und reichen mir einen Tatort-Schutzanzug, damit ich den Auffindeort nicht kontaminiere. Das Tragen dieses Dings ist genauso unangenehm, wie sein Name es vermuten lässt. Jedes Mal, wenn ich das ungeliebte Ganzkörperkondom tragen muss, schießen mir die gleichen blöden Gedanken durch den Kopf. Was passiert, wenn ich plötzlich Blähungen oder Durchfall bekomme?

»Hier entlang, Herr Hauptkommissar«, leitet mich einer der Beamten und hält freundlicherweise das Flatterband hoch, damit ich mich nicht bücken muss. Die Nottür neben dem Drehelement ist geöffnet, der Kollege weist mir den Weg.

»Danke, Kollege!«

Nora Klein, Mitarbeiterin beim K4, empfängt mich auf dem Steg des Baumwipfelpfades. Sie gleicht einer Astronautin, die sich im Wald verirrt hat. Ich wundere mich über ihre Anwesenheit, denn sie ist die Assistentin von Hauptkommissar Hubertus Sonne und schiebt normalerweise nur Innendienst.

»Du hier, Nora? Was ist mit Hubertus?«

»Der ist auf Hochzeitsreise!«

»Nee, oder?«

»Erzähle ich Dir ein anders Mal, komm mit!«

Nora bedeutet dem Beamten, zurückzubleiben und bittet mich, genau in ihrer Spur zu folgen. Überall sind Scheinwerfer aufgebaut, die bizarre Schattenspiele in die Umgebung projizieren. Während der Wald im Dunkel der Nacht verschwindet, ist es vor uns hell wie in einem Filmstudio.

»Ist es weit?«, frage ich.

»Die Leiche liegt von hier aus auf dem ersten Podest.«

»Okay, was wisst Ihr?«

»Das Opfer heißt Conrad Bickelmann, 53 Jahre, aus Kirrberg. In seiner Jackentasche steckte das Portemonnaie mit Ausweis, Führerschein und 40 Euro Bargeld. Außerdem ein Zimmerschlüssel, er ist Patient in der Kurklinik. Ein Kollege vom Vor-

Ort-Team ist dort und recherchiert.«
»Todesursächlich?«
»Das wirst Du nicht glauben.«
»Mach's nicht so spannend!«
»Der Mann wurde mit einer Armbrust erschossen.«
»Ach du Sch… ich glaub's nicht!«
»Doch! Ein Präzisionsschuss ins linke Auge. Das hatte ich in fünfzehn Jahren nicht!«
»Ich auch nicht, obwohl ich doppelt so lange dabei bin wie Du. Tatwaffe?«
»Eine Armbrust.«
»Das habe ich kapiert!«
»Keine Spur davon. Der Bolzen steckt in der Leiche, mehr kann ich Dir im Augenblick nicht sagen.«
Ich schlucke bei der Vorstellung, welcher Anblick mich erwartet.
»Sonstige Spuren? Auffindeort gleich Tatort? Wer hat die Leiche gefunden? Gibt es Zeugen?«
»Eine Menge Fragen für die letzten 20 Meter.«
»Lass Dir Zeit! Ich habe es nicht eilig, eine Leiche mit triefendem Auge zu sehen.«
»Es ist in der Tat kein schöner Anblick, Josch! Gefunden wurde er vom Kassierer, als der vor dem Schließen seinen Inspektionsgang gemacht hat. Die Streife hat ihn mit in die Klinik genommen, der arme Kerl war völlig fertig. Die Erstbefragung musst Du übernehmen. Nach Spurenlage ist das hier der Tatort. Andere Verletzungen sind nicht erkennbar, sieht man von ein paar Abschürfungen ab, die vom Aufschlag auf den Boden rühren dürften. Sagt der Doc nach erster Inaugenscheinnahme.«
»Das heißt, der Mann war sofort tot?«
»Davon gehen wir aus, aber das muss die Rechtsmedizin abschließend beurteilen.«
»Sonstige Zeugen?«
»Negativ!«
»Todeszeitpunkt?«

»Doc und Vor-Ort-Team sagen übereinstimmend, dass sich die Tat unmittelbar vor dem Auffindezeitpunkt ereignet haben muss. Die Meldung kam um 19 Uhr 15, demnach sollte die Tat zwischen 19 Uhr und 19 Uhr 10 stattgefunden haben. Letzter Einlass ist um 19 Uhr. Allerdings war Herr Bickelmann bereits um 18 Uhr 15 der letzte Gast.«

»Das heißt …«

»Wir sind da!«

Der Anblick einer Leiche ist auch nach drei Dutzend Berufsjahren keine Routine – jedenfalls nicht für mich, und ich weiß, dass es den meisten Kollegen genauso geht. Wer sich daran gewöhnt, ist entweder völlig abgestumpft, Pathologe oder Leichenbestatter.

Bei mir ist das immer eine merkwürdige Vermischung der Gefühle: Betroffenheit, Bedauern, Wut, Trauer, Abscheu – die Gewichtung ist unterschiedlich, das kommt auf die Umstände an.

Vor uns liegt ein Mann, deutlich übergewichtig, von mittlerer Körpergröße. Trainingsanzug und Sportschuhe können nicht darüber hinwegtäuschen, dass Conrad Bickelmann mit Sport wenig am Hut hatte. Schütteres Haar mit beginnender Glatzenbildung, ovales Gesicht, wulstige Lippen. Ein Auge ist geschlossen, dort wo einmal das rechte Auge war, hat sich eine hässliche braunrot-gelbliche Masse ausgebreitet, aus der der Schaft eines Pfeiles ragt, am Ende anscheinend ein Bolzen oder was Ähnliches, vergleichbar mit einem zu dick geratenen Darts-Pfeil.

»Ach Du Scheiße!«, entfährt es mir. »Wer macht denn so etwas?«

»Tja«, entgegnet Nora. »Das rauszufinden ist Dein Job!«

»Habt Ihr eine Ahnung, aus welcher Richtung der Schuss abgegeben wurde?«

»Nein! Wir vermessen alles, digitalisieren die Aufnahmen und werden am Computer versuchen, aus den Ergebnissen ein dreidimensionales Modell zu erstellen. Um nach weiteren Spuren zu suchen, müssen wir bis morgen früh warten. Wir brauchen mehr Licht. Vor morgen Mittag kannst Du mit konkreten Ergebnissen nicht rechnen.«

»Das ist mir klar, Nora. Zur Tatwaffe kannst Du nichts sagen, oder?«

»Nein! Wie es aussieht, eine Armbrust oder ein Bogen, aber Näheres erst, wenn wir das Projektil untersucht haben.«

»Schräge Sache!«

»Du sagst es!«

Ich schaue mich um.

»Entweder aus der Richtung, aus der wir gekommen sind oder von unten. Eine andere Möglichkeit sehe ich nicht«, erkläre ich.

»Viel siehst Du sowieso nicht«, meint Nora. »Nützt alles nix, wir müssen abwarten, bis es hell ist.«

»Ich verstehe das Szenario nicht! Anscheinend hat der Täter auf sein Opfer gewartet; nach Toreschluss, bis er mit ihm alleine war. Aber das hätte er viel einfacher haben können!«

»Wie meinst Du das, Josch?«

»Überleg! Warum nicht unterwegs im Wald? Dazu die Waffe, das ist ein ziemlicher Aufwand. Kann die einfach und schnell nachgeladen werden? Ich glaube nicht! Außerdem glaube ich nicht, dass der Täter den Pfad betreten hat. Mit einem Rucksack oder einer Tasche für die Waffe ist die Gefahr viel zu groß, dass sich jemand an ihn erinnert.«

»Gute Argumente!«

»Von außen – das ist eine ziemlich weite Strecke. Wie weit kann ein Schütze mit dem Ding treffsicher schießen?«

»Keine Ahnung, Josch! Ich bin keine Expertin für Bögen oder wie heißt die Mehrzahl von Armbrust? Armbrüste?«

»Armbrüste, das ist gut! Ha! Keine Ahnung. Armbusen wäre auch nicht schlecht. Oder vielleicht Armbruste.«

»Oje, endlich habt Ihr im Präsidium ein bedeutsames Männerthema. Ihr solltet das ausgiebig mit Staatsanwältin Sommer diskutieren.«

»Lieber nicht!«
Ich werfe einen letzten Blick auf die Leiche und frage mich, warum jemand so ein schreckliches Ende nehmen muss.
»Das war kein Racheakt!«, sage ich zu mir, lauter als gewollt.
»Was dann?«, hinterfragt Nora.
»Weiß ich nicht! Raubmord kann man ausschließen. Stell Dir vor, Du willst Deinen ärgsten Feind umlegen, aus Hass, Eifersucht, was weiß ich. Du planst und suchst nach einer Gelegenheit. Nach einem geeigneten Ort. Nach Fluchtwegen. Du willst ihm auflauern, es ihm endgültig zeigen. All die Mühe für einen einzigen unsicheren Schuss in der Dämmerung? Nein, das glaube ich nicht! Warum diese Waffe? Warum ausgerechnet hier? Das sind zwei entscheidende Fragen!«
»Und warum Conrad Bickelmann?«, ergänzt Nora.
»Ich muss zur Kurklinik! In Erfahrung bringen, wer Conrad Bickelmann war. Ihr habt hier eine Menge zu tun. Wir sehen uns morgen im Präsidium.«
»Morgen ist Sonntag!«
»Ich weiß, aber wen interessiert das? Wir haben einen Mord aufzuklären.«
»Findest Du alleine zurück?«
»Klar! – Tschüss!«
»Pass auf, wo Du hintrittst!«, ruft mir Nora nach.
Ich hebe die Hand zum Gruß und mache mich auf den Weg. Mein Bauchgefühl sagt mir, dass es ein langer Weg sein wird, bis wir den Mörder oder die Mörderin von Conrad Bickelmann gefasst haben werden.
Mörderin ist vielleicht nicht abwegig. Eine Armbrust oder ein Bogen als Tatwaffe. Ein Baumwipfelpfad als Tatort. Skurril. Oder wie in einem schlechten Frauenroman. Ich werde mit Staatsanwältin Sommer diskutieren, ob das ins Bild einer Frau als potenzielle Täterin passt. Sie wird es höchstwahrscheinlich nicht ausschließen, denn aus ihrer Sicht sind Frauen prinzipiell zu allem fähig – womit sie nicht unrecht hat.

# 6.

Ein Kollege vom Vor-Ort-Team erklärt mir, wie ich vom Atrium auf dem schnellsten Weg zur Kurklinik gelangen kann. Fünf Minuten später betrete ich den Empfangsraum und weise mich an der Rezeption aus. Die nette Dame bittet mich zu warten und telefoniert.

»Der Leiter unserer Klinik ist sofort bei Ihnen«, erklärt sie freundlich. »Er bringt Sie dann …«

Sie hat es nicht zu Ende gesprochen, als ein sichtlich aufgeregter Mann um die Fünfzig in die Vorhalle stürmt. Kurz bevor er mich über den Haufen rennt, stoppt er ab und reicht mir die Hand.

»Theobald! Ich bin der Leiter der Klinik! Mein Gott, wie konnte das geschehen? Hier geht alles drunter und drüber. Alle sind sehr verunsichert, weil der Herr Bickelmann …«

Der Klinikleiter ist völlig durch den Wind. Er spricht ohne Punkt, Komma und den erkennbaren Versuch, zwischendurch Luft zu holen. Wenn ich ihn nicht stoppe, läuft er gleich blau an und kollabiert.

»Beruhigen Sie sich, Herr Theobald! Für Ihre Patienten besteht keine Gefahr. Wenn Sie in Panik verfallen, bringt uns das nicht weiter. Sie müssen trotz oder gerade wegen der Ernsthaftigkeit der Situation Ruhe bewahren! Wo sind meine Kollegen und der Zeuge?«

»Im Ärztezimmer zwei; ich bringe Sie hin! Wie war gleich Ihr Name?«

»Schaum! LKA, Dezernat K3!«

Den Dienstausweis erspare ich mir. Der Mann ist derart aufgeregt, der würde sogar einen Studentenausweis akzeptieren.

»Ich darf vorgehen«, erklärt er und zeigt die Richtung. »Hier entlang!«

»Dürfen Sie!«, bestätige ich und hätte gerne ein »Aber flott!« hinzugefügt, aber ich schlucke es runter und folge ihm durch einen endlos langen bogenförmigen Flur, von dem auf beiden Seiten Dutzende Türen abgehen.

»Sind das alles Ärztezimmer?«, frage ich überrascht.

»Nein. Hier ist die Aufnahme. Dort die Zimmer für die Eingangsuntersuchungen und die beiden kleinen Säle für die Gruppentherapie; daneben die Hydrotherapie.«

»Schon gut, so genau muss ich das nicht wissen! Weiß die Familie des Opfers, ähm, von Herrn Bickelmann schon Bescheid?«

Der Flur nimmt kein Ende und der Klinikleiter geht mir mit seiner aufgesetzten Korrektheit ziemlich auf den Zeiger. Im Tagesgeschäft ist er wahrscheinlich ein Korinthenkacker, der seinen Mitarbeitern und Patienten mit penetranten Verhaltensvorschriften auf die Nerven geht.

»Wir haben seitens der Klinik in dieser Hinsicht nichts unternommen.«

»Das ist gut so! Wir werden das übernehmen. Haben Sie die Anschrift zur Hand?«

»Moment!«

Theobald macht auf dem Absatz kehrt und rennt zurück. Anscheinend will er zur Rezeption! Kurze Zeit später kommt er völlig außer Atem angetrabt und reicht mir einen Zettel.

»Hier – Nummer und Anschrift«, keucht er. Eine Kur würde dem Mann guttun. »Ich vermute, dass die Ehefrau … aber um diese Uhrzeit … ich weiß nicht … ob …«

»Für derartige Nachrichten gibt es keinen passenden Zeitpunkt«, entgegne ich und wähle die Nummer von Kriminalrat Rudi Closter.

Meinem formellen Vorgesetzten am Samstagabend um diese Zeit die Situation zu erklären, ist keine leichte Aufgabe; ihn zusätzlich zu animieren, die Benachrichtigung der Hinterbliebenen zu organisieren – fast ein Ding der Unmöglichkeit.

Rudi ist mein liebster Kollege, wir haben miteinander in den vergangenen 30 Jahren etliche Höhen und Tiefen durchschritten, aber Rudi ist, wie er ist: durch und durch ein Bürokrat, nicht unbedingt der Schnellste und äußerst zurückhaltend, wenn es um unliebsame Aufgaben wie diese geht. Dementsprechend schnell blockt er ab.
»Dafür ist es zu spät!«, behauptet er. »Am besten, Du übernimmst das gleich morgen früh!«
»Nein, Rudi, da muss sofort jemand hin! Wir können Bickelmanns Frau oder Verwandte nicht einfach im Unklaren lassen. Versetz Dich in ihre Lage; wenn die erfahren, dass Conrad Bickelmann seit zwölf oder mehr Stunden tot ist und wir sie nicht informiert haben. Das kannst Du nicht bringen, Rudi!«
»Ja, aber wer soll das denn ...?«
»Da müssen die richtigen Fragen gestellt werden. Allerdings mit dem gebotenen Feingefühl.«
»Und das soll ich übernehmen?«
»Ich bin dafür weniger geeignet als Du! Außerdem komme ich hier vorerst nicht weg!«
»Von den jungen Kollegen kann ich damit niemanden beauftragen, vielleicht übernimmt Staatsanwältin Sommer die Aufgabe?«
»Die weiß zwar nichts von dem Mord, aber versuchen kannst Du es. Vielleicht springt sie drauf an. Wenn nicht musst Du Dir einen Seelsorger schnappen und hinfahren. Komm bloß nicht auf die Idee, das am Telefon zu erledigen.«
»Nein, ich weiß, dass das nicht geht.«
»Rudi kümmere Dich drum, ich muss hier weitermachen! Morgen früh sehen wir uns im Präsidium! Sag den anderen Bescheid, Ende und tschüss!«
Klinikleiter Theobald tritt unruhig von einem Bein aufs andere und ist schließlich erleichtert, als ich ihn bitte, mich zu den Kollegen und dem Zeugen zu bringen.
Im Ärztezimmer sitzen zwei Kriminalbeamte, zwei Frauen im

weißen Klinikdrillich und ein niedergeschlagener Mann um einen Tisch. Als ich eintrete, erheben sich alle von ihren Sitzen.
»Bleiben Sie bitte sitzen! Mein Name ist Schaum, LKA«, stelle ich mich vor.
Ich begrüße jede einzelne Person mit Handschlag und erfahre dabei, dass eine der Frauen Eva Holzapfel heißt und Conrad Bickelmann in der Therapiegruppe betreut hat. Die etwas ältere Frau stellt sich als Dr. Funk vor; sie ist die medizinische Leiterin der Klinik. Die beiden Beamten heißen Stutz und Wagner, der niedergeschlagene Mann ist Wilfried Leyendecker, Kassierer am Waldwipfelpfad. Stutz informiert mich, dass der 66 Jahre alte Rentner aus Orscholz stammt und sich mit dem Job die Rente aufbessert. Leyendecker hatte den Toten beim Rundgang vor dem Feierabend entdeckt. Alle Informationen stehen auf einem Zettel, den der Beamte mir überreicht.
»Danke«, sage ich, überfliege die Notizen und stecke das Papier in meine Jackentasche. »Geht's wieder, Herr Leyendecker?«
»Es muss!«, entgegnet er und lächelt gequält.
»Ich will Sie heute nicht mehr allzu sehr anstrengen, weil ich davon ausgehe, dass Sie meinen Kollegen alles Wesentliche zu Protokoll gegeben haben.«
Die beiden Beamten nicken, einer hält einen Notizblock hoch.
»Nur ein paar Fragen. Einverstanden?«
Leyendecker macht eine Kopfbewegung, die ich als Zustimmung deute.
»Sie haben das Opfer persönlich gekannt?«
»Nein!«
»Haben Sie Herrn Bickelmann vorher schon einmal am Turm gesehen? In den letzten Tagen vielleicht?«
»Nein!«
»Sie hatten jeden Tag Dienst?«
»Ja! Eine Woche ich, eine Woche mein Kollege. Immer im Wechsel.«

»Ist Ihnen heute jemand aufgefallen, der ein besonders markantes Gepäckstück bei sich hatte. Eine Reisetasche oder einen Rucksack oder so?«
»Rucksäcke haben viele! Aber ein besonderes Teil wäre mir aufgefallen; daran kann ich mich nicht erinnern.«
»Blöde Frage, aber: Jemand mit einer Armbrust oder einem Bogen ist Ihnen nicht über den Weg gelaufen?«
»Nee! Wirklich eine blöde Frage!«
»Zugehörige Kurse, also Bogenschießen oder so, gehören die zum Freizeitangebot der Klinik?«, frage ich in die Runde.
»Ich bitte Sie!«, braust der Klinikleiter auf. »Das ist hier kein militärischer Übungsplatz! Wo denken Sie hin?«
»So abwegig ist das nicht«, behaupte ich. »Anderswo soll es so etwas geben.«
»Nein!«, meldet sich Frau Dr. Funk gelassen. »So etwas haben wir hier nicht im Programm.«
»Weiß jemand, ob es in der Umgebung einen Schützenverein gibt, der diese Sparte führt?«, frage ich in die Runde.
Keine Reaktion.
»Ich kümmere mich drum«, erklärt Kollege Wagner und verlässt den Raum.
»Herr Leyendecker, mein Kollege Stutz wird sie nach Hause fahren. Wir werden uns morgen nochmals bei Ihnen melden.«
»Ach lassen Sie nur, mein Wagen steht oben am Atrium, von dort aus habe ich es nicht weit.«
»Nein, ich möchte nicht, dass Sie in Ihrem Zustand Auto fahren! Sie sind zu aufgewühlt. Trinken Sie zu Hause in Ruhe ein Glas Wein und legen Sie sich dann hin! Oder spricht aus medizinischer Sicht etwas dagegen?«, richte ich die Frage an die Ärztin.
»Nein, aber ich kann Ihnen statt des Alkohols ein Schlafmittel geben; aber nicht beides zusammen nehmen!«
»Ein Glas Wein ist mir lieber«, meint Leyendecker. »Wahrscheinlich wird es eine ganze Flasche. Zur Arbeit kann ich morgen aber nicht.«

»Der Turm bleibt morgen ohnehin geschlossen«, erklärt Stutz. »Ihr Chef wird informiert. Dann wollen wir mal!«
Stutz geleitet den Rentner aus dem Zimmer und bedeutet mir, dass er bald wieder zurück sein will. Die beiden Beamten haben einen prima Job gemacht, ich werde mich bei Gelegenheit bei ihnen bedanken. Ich warte eine Weile, dann wende ich mich dem Klinikpersonal zu.
»Ist Ihnen von Herrn Bickelmann irgendetwas Besonderes in Erinnerung geblieben?«
Ich schaue in ratlose Gesichter; die Gehirne suchen nach Erinnerungen, aber sie scheinen nicht fündig zu werden.
»Soviel ich weiß, war er Busfahrer«, sagt die Therapeutin schließlich.
»Aus Kirrberg«, verkündet der Klinikleiter. »Das liegt im Saar-Pfalz-Kreis bei Homburg!«
»Ich weiß, wo Kirrberg liegt«, brumme ich. »Ich wohne um die Ecke! Was fällt Ihnen außerdem ein? Busfahrer aus Kirrberg ist nicht gerade ein Alleinstellungsmerkmal.«
»Zum medizinischen Befund darf ich nur sagen, dass der Patient stark übergewichtig war«, erklärt Frau Doktor. »Berufsbedingte Haltungsschäden, Bewegungsdefizit und so weiter. Patienten mit solchen oder ähnlichen Symptomen gehören bei uns zum Standard.«
»Ich hatte nicht den Eindruck, dass er sehr kontaktfreudig war«, ergänzt Frau Holzapfel. »Eher ein Einzelgänger. Manche Patienten leben auf, wenn sie von zu Hause weg und dem Alltagstrott entflohen sind. Bei Herrn Bickelmann war das aus meiner Sicht nicht der Fall.«
»Vielleicht waren es nur die üblichen Anlaufschwierigkeiten«, gibt die Ärztin zu bedenken. »Er war erst in der Anfangswoche seines Klinikaufenthaltes.«
»Hatten Sie den Eindruck, dass ihn irgendetwas bedrückt hat?«, hinterfrage ich.
»Nein, so würde ich das nicht einschätzen«, antwortet die The-

rapeutin.
»Bitte bringen Sie mich mit Patienten zusammen, die mit ihm Umgang hatten. Aus der gleichen Gruppe oder Tischnachbarn; jemanden, mit dem er ins Gespräch gekommen sein könnte.«
»Eine Tischordnung gibt es nicht, von da her weiß ich nicht, mit wem er zusammensaß. Ich schau in den Unterlagen, mit welchen Patienten er in den Gruppenanwendungen war. Moment bitte!«
Frau Holzapfel verlässt den Raum, der Klinikleiter bietet mir etwas zu trinken an, ich bestelle einen Espresso; daraufhin verschwindet der Mann und lässt mich mit der Ärztin alleine.
»Herr Leyendecker hat erzählt, es sei ein fürchterlicher Anblick gewesen«, beginnt Frau Dr. Funk. Ich setze mich ihr gegenüber.
»Ja, das ist richtig«, bestätige ich. »Im Gegensatz zu Ihnen bekommen wir leider Gottes die eine oder andere Leiche zu Gesicht, aber mit einem Pfeil im Auge … das hatten wir noch nicht.«
»Ich habe meine letzte Leiche während des Studiums gesehen. Klingt merkwürdig, aber so ist es. Als Arzt in einer solchen Klinik wäre alles andere eine Katastrophe!«
»Naja, die Leute sind schließlich hier, um sich zu erholen und nicht um abzunippeln; keine Ausfälle?«
»Jedenfalls keine mit tödlichem Ausgang! Zum Glück! Sagen Sie: Wer macht denn so etwas?«
»Sagen Sie es mir! Ich weiß es nicht! Noch nicht!«
»Macht es eigentlich Spaß bei der Mordkommission? Ich meine, all diese Gewalttätigkeiten und so; ich habe das Gefühl, dass die Welt immer verrückter wird.«
»Das scheint nur so. Es wird nicht mehr gemordet als früher; von den terroristischen Aktionen abgesehen, aber die fallen ohnehin nicht in unser Ressort. Nein, es wird eben nur umfassender und aufbauschender darüber berichtet, wenn irgendwo ein Mord geschieht. Ob es Spaß macht? An Tagen wie diesem

mit Sicherheit nicht. Aber wenn ich dem Täter auf der Spur bin, sich die Kreise enger ziehen und der oder die Tatverdächtige sich als Volltreffer erweisen, gibt das schon eine große Befriedigung. Den Fall dann erfolgreich vor Gericht zu bringen, ist unser Job; die Hoffnung auf eine Verurteilung erfüllt sich nicht immer, das ist dann eine ziemliche Enttäuschung. Deshalb arbeiten wir mit penibler Sorgfalt darauf hin, dass die Beweisketten … Verzeihung, ich bin gerade dabei, mich festzureden. Sagen wir mal so: Wenn ein Mensch auf Krücken oder im Rollstuhl hier ankommt, sehen Sie die negative Seite der Welt. Drei Wochen später sieht alles ganz anders aus. Der Patient verlässt aufrechten Ganges und schmerzfrei die Klinik, und dann wissen Sie, warum Sie gearbeitet haben.«

»Sie sind ein interessanter Mensch, Hauptkommissar Schaum«, stellt Frau Dr. Funke lakonisch fest.

»Sagen Sie es weiter – meine Fangemeinde ist überschaubar.«

»Na, na, Sie untertreiben! Ein gut aussehender Mann in Ihrem Alter wird seine Verehrer haben!«

Will die gut aussehende Mittfünfzigerin etwa mit mir flirten?

»Das ist eine Frage der Definition, was das Alter betrifft. Sie wissen, dass Mitleid die schlimmste Form von Liebe ist!«

»Sie können nicht viel älter sein als ich.«

»Machen Sie sich nicht älter, als Sie sind, Frau Dr. Funk. Ich gehe stramm auf die Pensionierung zu. Davon dürften Sie ein gutes Stück entfernt sein.«

»Oh, dafür haben Sie sich aber gut gehalten. Kompliment!«

Was soll das denn? Ist morgen Tanztee und Frau Doktor braucht einen Partner oder woher weht der Wind? Gut gehalten! Wie ich das hasse! Verfallsdatum abgelaufen aber durchaus genießbar! Für einen robusten Magen oder wie?

Zum Glück für alle Beteiligten erscheint Direktor Theobald mit meinem Espresso. Kurz danach betritt Frau Holzapfel den Raum und verkündet, dass sie eine Liste der möglichen Ge-

sprächspartner von Conrad Bickelmann zusammengestellt hat.
»Wie wollen wir das machen?«, fragt Theobald. »Soll ich die Herrschaften ausrufen lassen oder …«
»Auf keinen Fall! Wenn es Ihnen nichts ausmacht, Frau Holzapfel, gehen wir zunächst durch die Aufenthaltsräume, und Sie zeigen mir, ob jemand infrage kommt.«
»Die meisten Patienten werden um diese Zeit in ihren Zimmern sein«, weiß der Klinikleiter.
»Es ist Samstag, Herr Theobald!«
»Lassen Sie uns in den Aufenthaltsräumen anfangen«, bestimme ich und nehme Frau Holzapfel am Arm. »Dann sehen wir weiter! Sie zeigen, wo es lang geht!«

***

Während der folgenden Stunde befrage ich eine Reihe von Mitpatienten, aber niemand hatte einen näheren Draht zu Conrad Bickelmann. Man hatte sich gegenseitig vorgestellt, sich fortan üblicherweise beim Vornamen angesprochen und das war es seitens unseres Opfers gewesen. Am Small Talk bei Tisch hatte sich Bickelmann kaum beteiligt und ausschließlich die Rolle des Zuhörers übernommen. Er ist in der Klinik ein unbeschriebenes Blatt. Seinen Tod nehmen alle mit Bedauern zur Kenntnis – mehr nicht. Wie sich die Nachricht vom Ableben verbreitet hat, ist im Nachhinein nicht mehr feststellbar.
»Die Buschtrommel funktioniert hier immer«, erklärt die Therapeutin. »Wie schnell dieses Phänomen um sich greift, überrascht uns oft. Keine Ahnung, wie das die Runde gemacht hat. Ich selbst habe es erfahren, als Ihre Kollegen aufgetaucht sind.«
Kurz vor Mitternacht verabschiede ich mich und versichere, dass ich am nächsten Tag wiederkommen werde; wenn nicht ich, dann meine Kollegen.
Der Klinikleiter versichert, dass das Personal und mit Sicherheit auch die Patienten jederzeit und gerne kooperativ … bla-

blabla. In Wahrheit ist er darauf erpicht, uns möglichst schnell aus dem Haus zu haben, damit der Ruf seiner Klinik nicht beschädigt und die Umsatzziele nicht gefährdet werden.
Frau Dr. Funk ist merklich zurückhaltender. In Anwesenheit Dritter ist sie die kühle Ärztin, zuständig für Schlaftabletten und Antibiotika. Sie könnte als Anästhesistin durchgehen, aber ich glaube, dass hinter dieser Fassade ein Vulkan schlummert. Bevor ich meinen Fantasien freien Lauf lasse, mache ich mich lieber auf den Heimweg. Vor meinem geistigen Auge steht ein Bett mit flauschigem Kopfkissen und luftiger Zudecke. Wahrscheinlich ist das eine Fata Morgana, denn ich weiß, dass ich heute Nacht keinen guten Schlaf haben werde.

# 7.

Ich habe es nicht eilig, nach Hause zu kommen. Mit 100 Stundenkilometern bin ich gemütlich auf der Autobahn unterwegs. Obwohl das Bett sehnlichst auf mich wartet, lasse ich mir Zeit, weil meine Konzentration merklich nachlässt und ich das Alleinsein nutze, um die letzten Stunden Revue passieren zu lassen. Dabei komme ich zwar zu keinen neuen Erkenntnissen, aber es hilft, die Details intensiv im Gedächtnis abzuspeichern – ich dupliziere sozusagen meine Festplatte!

Als ich in die Siedlung in Spiesen einbiege, bin ich guten Mutes, dass ich spätestens in einer halben Stunde im Bett liegen werde. Zweihundert Meter später muss ich feststellen, dass ich die Kondition der Bewohner vom Köppchen deutlich unterschätzt habe.

Die Gäste der Grillparty haben sich mittlerweile in der Garageneinfahrt versammelt oder über den Gehweg und die Straße verteilt. Fackeln im Vorgarten ergänzen das spärliche Licht zweier Straßenlaternen. Ein alter Schlager halt durch die Nacht: Er gehört zu mir wie der Name an der Tür … ich kenne diesen Gassenhauer, aber ich weiß nicht mehr, wie die Interpretin heißt. Irgendein Quizmaster hieß ähnlich; das war der, der immer in die Luft gehüpft ist, wenn die Antwort richtig war – *das war Spitze*! Ich grübele, während ich zu den Feiernden schlendere, aber ich komme nicht auf den Namen des Hüpfmasters.

»Der Josch ist da!«, verkündet Fritzi und rempelt seine Frau Margit an. Der Mann ist ein Phänomen; weit über 70 und nach wie vor am Feiern, genau wie seine Frau. Und überhaupt: Lotti ist über 80 und ebenfalls auf den Beinen; nicht zu vergessen die Gastgeber – beide über 70. Und ich? Schwamm drüber!

»Ich sehe es!«, bestätigt Margit und gibt die Information weiter.

»Gebt dem armen Kerl was zu trinken!«, fordert Fritzi. Es ist schmerzhaft, von einem Mann, der über 10 Jahre älter ist, Mitleid zu erfahren. Dass niemand reagiert, ist allerdings in Anbetracht der späten Stunde nicht verwunderlich.

Einige der umherstehenden Gäste sehen ziemlich mitgenommen aus. Die Schicht am Glas hat deutliche Spuren hinterlassen. Nur die Gastgeber sind nüchtern und besorgen mir ein Bier, das ich in einem Zug in mich hinein schütte.

»Ah«, stöhne ich. »Das musste sein!«

»Ich bring Dir noch eins«, erklärt Bahwind und verschwindet.

»War es schlimm?«, fragt Jashoda.

Ich nicke, gehe aber nicht weiter auf die Frage ein.

»Ich rufe Marion«, erklärt Sybille.

»Lass nur, ich ...«, aber Sybille ist bereits weg. »Wieso steht Ihr alle auf der Straße rum?«

»Hinter Haus, Licht kaputt«, erklärt Jashoda. »Nachbarn egal, sind alle da!«

»Ihr habt vielleicht eine Kondition!«

»Ich bin todmüde«, erklärt Bahwind und reicht mir das Bier. »Aber die wollen nicht nach Hause!«

»Dann geh ins Bett!«

»Wie denn? Die andere Hälfte macht Disco im Haus, da krieg ich kein Auge zu!«

»Du bist eine noch tragischere Figur als ich!«

»Was war denn los?«

»Ein Toter in Orscholz. Kann ich ruhig erzählen, kommt morgen sowieso in den Nachrichten.«

»Mord?«

»Davon gehe ich aus.«

»Habt Ihr ihn?«

»Nur das Opfer!«

»Witzbold! Raubmord?«

»Glaube ich nicht! Ein Mann wurde erschossen, mehr kann ich Dir nicht sagen.«

Mit dem neuen Bier lasse ich mir etwas mehr Zeit. Soeben kommen Marion, Dagmar und Sonja um die Ecke. Das Trio Infernale der Siedlung ist sichtlich gut drauf.
»Hallo Josch! Wie war's?«, fragt Marion.
Blöder könnte die Frage nicht sein!
»Super! Tolle Stimmung! Wir haben viel gelacht! Einer hat sich totgelacht; wir suchen den, der den Witz erzählt hat.«
»Finde ich geil«, lallt Sonja.
»Ui, Deiner hat einen Clown verschluckt«, stöhnt Dagmar.
»Ich muss ins Bett. Der Sonntag ist gestrichen, ich muss früh ins Präsidium.«
Ich trinke mein Bier aus und verabschiede mich. Marion haucht mir einen Gute-Nacht-Kuss auf die Wange. Dagmar murmelt etwas, das sich wie Scheiß-Job anhört.
Ich ignoriere den Hunger und gehe unter die Dusche. Zum Nachdenken komme ich nicht mehr, ich bin völlig fertig.

# 8.

Ich werde vom Klingelgeräusch meines Handys geweckt, dabei kann ich mich nicht daran erinnern, die Weckfunktion aktiviert zu haben. Damit Marion nicht wach wird, schnappe ich das Gerät und drücke irgendeine Taste, damit das blöde Ding endlich verstummt.

Vergeblich – das Phänomen ist allgemein bekannt: Die Technik wehrt sich erfolgreich gegen menschliche Eingriffe und will keine Ruhe geben! Wie soll ich in schläfriger Trance auf Anhieb die richtige Taste erwischen? Das Gerät stellt sich stur und verweigert den Gehorsam! Wenn Marion nicht aufwachen soll, bleibt mir nur die überhastete Flucht ins Badezimmer. Dort angekommen muss ich mich auf den Rand der Badewanne setzen, weil mein Kreislauf diesem Frühstress nicht gewachsen ist. Mein Handy schlägt indessen weiterhin Alarm.

Beim Blick auf das Display stelle ich fest, dass der vermeintliche Wecker einen Namen hat: Rudi Closter!

»Mein Gott, Rudi!«, hechele ich ins Telefon. »Willst Du mich in aller Herrgottsfrühe umbringen?«

»Entschuldige, Josch! Ich war der Meinung, Du bist bereits wach!«

»Mittlerweile ist Deine Vermutung richtig! Wieviel Uhr ist es?«

»Genau acht! Ich habe extra gewartet.«

»Was gibt's?«

Blöde Frage! Ich kann mir halbwegs denken, warum Rudi anruft.

»Ich will fragen, wann Du kommst.«

»Eigentlich wollte ich schon im Präsidium sein, aber ich habe verpennt.«

»Eben! Beeil Dich bitte. Die anderen sind schon im Anmarsch.«

»Ich muss erst frühstücken! Schließlich habe ich seit 24 Stun-

den nichts gegessen.«
»Ich lasse Dir vom Café um die Ecke eine Portion Eier mit Schinken kommen. Ist das für Dich okay?«
»Und reichlich Kaffee!«
»Der läuft bereits durch.«
»Wer zahlt?«
»Ist gut, ich zahle. Komm endlich!«
»Bin schon unterwegs!«
»Beeil Dich, wir wollen nicht ewig warten.«
»Warum machst Du Hektik? Das ist sonst nicht Deine Art!«
»Wir haben nicht viel Zeit!«
»Wieso?«
»Ähm … ich bin heute Mittag bei den Kindern zum Essen eingeladen. Schließlich ist Sonntag!«
»Aha! Daher weht der Wind! Okay, ich beeile mich!«
Marion bekommt nicht mit, dass ich mich anziehe; auch nicht, dass ich ihr einen zärtlichen Kuss auf die Wange drücke, bevor ich das Haus verlasse.

***

Das Präsidium liegt in der sonntäglichen Ruhe eines milden Herbstmorgens, als ich den Wagen auf dem kaum belegten Parkplatz abstelle. Das Auto von Rudi steht da, auch die Fahrzeuge von Ken und Marius kann ich identifizieren.
Mein Büro ist leer, keine Ahnung, wo sich die Truppe versammelt hat. Schließlich werde ich im kleinen Besprechungszimmer fündig. Auf meine Begrüßung hin bekomme ich als Antwort ein paar genuschelte Bemerkungen, die nicht auf Begeisterung schließen lassen. Wenn jemand anfangen sollte, wegen meiner Verspätung zu meckern, werde ich durch die Decke gehen, das steht fest!
»Wie war es bei der Witwe?«, frage ich in die Runde. »Wie hat sie reagiert?«

»Erstaunlich gefasst«, antwortet Marius. »Der Sozialdienst ist bei ihr geblieben.«
»Gefasst? Wie ist das zu verstehen?«
»Sie war geschockt! Keine Frage; aber sie hat behauptet, dass es einmal so kommen musste. Also nicht, wie Du wahrscheinlich denkst. Ihr Mann war viele Tage im Jahr mit dem Bus unterwegs und da … also sie hat immer mit der Angst gelebt, dass er eines Tages nicht mehr nach Hause kommt.«
»Naja, auf so ein Ereignis ist niemand vorbereitet«, entgegne ich. »Hat sie sonst noch was erzählt? Feinde? Streitigkeiten?«
»Nein, hat sie nicht. Allerdings hat ihr die Ärztin eine Beruhigungsspritze gegeben; wir müssen später noch mal zu ihr hin.«
»Okay, dann übernimm Du das bitte, Marius.«
Ich berichte von den Ereignissen der Nacht und dem, was ich in der Klinik bisher in Erfahrung bringen konnte.
»Was schlägst Du vor, wie es weitergeht?«, fragt Rudi.
»Ken fährt zu dem Busunternehmer, bei dem Bickelmann angestellt war. Ich werde mich nachher bei Tageslicht in Orscholz umsehen. K4 ist vor Ort.«
»Was kann ich tun?«, fragt Rudi.
»Mit Deinen Kindern essen gehen, schließlich ist Sonntag, um es mit Deinen eigenen Worten zu sagen. Aber verkleckere Dich nicht!«
»Ich komme danach wieder ins Präsidium.«
»Besser nicht! Erspare uns Deinen zufriedenen Gesichtsausdruck, das demoralisiert die Truppe. Wenn was ist, rufe ich Dich an! Wo ist eigentlich mein Frühstück?«
»Oh, entschuldige! Das steht in meinem Büro in der Warmhaltebox. Ich bringe es …«
»Lass nur, ich kann es mir selbst holen.«
Zwei Minuten später bin ich zurück und setze mich zum Essen an den Besprechungstisch. Ich bin bei den ersten Bissen, als Staatsanwältin Sommer den Raum betritt.
»Guten Morgen und guten Appetit«, grüßt sie. »Schön, dass es

Ihnen bei uns mundet, Hauptkommissar Schaum.«
»Was soll der Zynismus?«, antworte ich kauend. »Ich habe seit 24 Stunden nichts gegessen.«
»Ist gut, Sie Mimose! Würde mir auch ganz gut stehen.«
»Soll ich Ihnen etwas bestellen?«, bietet Rudi voreilig an.
»Nein, ich meine eine Essenspause!«
Staatsanwältin Sommer besitzt die wohltuende Eigenart, sich über die eigene Person und ihre XXL-Figur lustig zu machen. Sie ist nicht gerade das, was man im Allgemeinen als Schönheit bezeichnen würde, zumal sie für ihr Übergewicht von mindestens 20 Kilogramm obendrein zehn Zentimeter zu klein ist, aber sie hat Charme und Witz und die Fähigkeit, sich mit Geist und kollegialem Durchsetzungsvermögen, den nötigen Respekt zu verschaffen.
»Sie doch nicht!«, bemerkt Ken und lächelt.
»Kollege Arndt, Ihre untauglichen Versuche, sich bei mir einzuschleimen, stechen sogar an einem Sonntag nicht.«
»Aber, aber, Frau Sommer«, interveniert Marius Sorg. »Kollege Arndt ist für seinen untrüglichen Frauengeschmack bekannt; fast legendär!«
»Ja, das ist er!«, bestätige ich.
»Ich muss bescheuert gewesen sein, diese Stelle hier anzunehmen«, seufzt Daniela Sommer. »Nur Verrückte um mich herum!«
»Was nicht heißt, dass sie schlechte Ermittler sind«, stellt Rudi ruhig und sachlich fest.
»War zu erwarten, dass Sie sich vor Ihre Truppe stellen, Herr Kriminalrat«, lächelt Frau Sommer verschmitzt, greift sich ein Stück meines Brötchens und gabelt sich damit einen Bissen meines Rühreis vom Teller. »Gibt's keinen Kaffee?«
»Wenn uns ein Außenstehender zuschauen würde, käme er nicht auf die Idee, dass wir in einem Mordfall ermitteln«, erkläre ich.
»Korrekt!«, meint Rudi. »Lasst uns endlich weitermachen!«

»Essen Sie ruhig weiter, Josch!«, erklärt die Staatsanwältin. »Derweil erzähle ich, was ich bei K4 in Erfahrung gebracht habe.«

»Wie? Sie waren bereits bei den Spurenermittlern?«, fragt Rudi ungläubig.

»Selbstverständlich! Glauben Sie etwa, ich habe bis jetzt in den Federn gelegen? Wenn Sie mich schon mitten in der Nacht aus dem Wochenende holen ... was soll's! Also: Die Tatwaffe ist eine Armbrust, der Bolzen ist auf den Schaft aufschraubbar; alles lässt auf ein modernes Hightech-Gerät schließen, das auf große Entfernungen eine enorme Durchschlagskraft entwickelt. Ersparen Sie mir Details, die konnte ich mir nicht merken, das können Sie später im Bericht nachlesen. Jedenfalls halten die Kollegen eine Schussentfernung von mehr als 30 Metern durchaus für möglich. Vor Ort werden die theoretischen Berechnungen heute Morgen überprüft und ...«

»Ich weiß, deshalb fahre ich gleich raus«, unterbreche ich.

»Prima! Für eine Armbrust benötigt man übrigens keinen Waffenschein. Der Besitz ist legitim, aber der Gebrauch verboten. Zugegebenermaßen eine Inkonsequenz der Gesetzgebung.«

»Eine Staatsanwältin, die die Gesetzgebung kritisiert, das ist selten«, frotzele ich und empfange als Lohn einen tadelnden Blick von Daniela Sommer.

»Kann man die Herkunft des Pfeils ermitteln?«, fragt Ken.

»K4 ist dran. Sie versuchen es zunächst über den Hersteller des Bolzens und ab morgen über den Handel. Wir wissen allerdings alle, wie problematisch das sein kann. Wenn das Teil auf einer Messe oder im Ausland gekauft worden ist ... dann war es das wahrscheinlich.«

»Die Hoffnung stirbt zum Schluss!«, philosophiert Rudi.

»Uwe Seeler, 2015, beim letzten Heimspiel des HSV«, bemerkt Ken und fängt sich einen missbilligenden Blick des Kriminalrates ein.

»Bitte, meine Herren!«, maßregelt Frau Sommer. »Die Frage

ist: cui bono?«

»Ich kenne nur Sonny Bono«, erkläre ich. »Der war mit Cher zusammen. Super Duo!«

»Alber nicht rum, Josch. Frau Sommer meint: Wem nützt es?« Rudi schüttelt missmutig den Kopf.

Spaßbremse! Als ob ich das nicht wüsste!

»Richtig! Wem nützt der Tod von Conrad Bickelmann? Das ist die Frage, die uns zum Motiv führt.«

»Und das Motiv führt uns bekanntlich zum Täter«, nörgele ich. »Ich bin nicht blöd!«

»Hat keiner behauptet«, entgegnet die Staatsanwältin. »Aber manchmal benehmen Sie sich so!«

»Ich frage mich etwas ganz anderes«, erkläre ich.

»Nämlich?«

»Warum Conrad Bickelmann zufällig zum Opfer geworden ist. Meiner Meinung nach ist das nämlich mit großer Wahrscheinlichkeit der Fall! Wenn er von Anfang an die Zielperson gewesen wäre, hätte der Täter ganz anders vorgehen können. Einfacher, sicherer!«

Ich erkläre den Kollegen, wie ich zu diesem Schluss komme, und ernte zustimmendes Nicken.

»Ihre Argumente sind nicht von der Hand zu weisen, aber was will der Täter dann mit diesem Mord bezwecken?«

»Vielleicht nichts«, meint Ken., »Möglicherweise hat er nur aus Jux und Tollerei mit der Armbrust auf einen Menschen gezielt.«

»So, wie andere Steine von einer Autobahnbrücke werfen«, ergänzt Marius.

»Denkbar wäre das!«, bestätige ich. »Aber dafür ist mir irgendwie der Aufwand zu groß. Mit einer Armbrust durch den Wald, warten, bis es dämmert, die Entfernung – das sieht mir nicht nach einer spontanen Tat aus.«

»Einerseits glauben Sie, dass es eine geplante Tat war, andererseits soll Bickelmann ein Zufallsopfer sein. Wie passt das

zusammen, Hauptkommissar Schaum?« Die Frage der Staatsanwältin klingt wie ein Vorwurf, ist allerdings berechtigt.
»Genau das müssen wir herausfinden! Oder andersrum formuliert: Wenn es nicht um Conrad Bickelmann geht, um was geht es dann? Für wen oder was musste der Mann stellvertretend sterben?«
»Habe nie gehört, dass jemand stellvertretend für einen anderen ermordet wurde«, widerspricht Oberkommissar Marius Sorg.
»Doch!«, entgegnet sein Kollege Ken Arndt. »Die ganze RAF-Sache hat damals so funktioniert! Die Opfer waren Symbole der Staatsmacht! Oder denk an die Mafia! Gleiches Muster! Stellvertretende Strafe zur Abschreckung!«
»Du meinst, dass Bickelmann ein Opfer der Mafia ist?«, hinterfragt Rudi. »Das kann ich mir nicht vorstellen. Die ballern mit der Kalaschnikow oder liefern eine Paketbombe, aber nicht mit einer Armbrust!«
»Ken hat das nur als Beispiel erwähnt. Obwohl: Manchmal kommen die auf skurrile Tötungsmethoden.«
»Wir brauchen dringend eine Information, woher die Waffe stammt«, fordert die Staatsanwältin.
»Das Ganze ist gerade mal 12 Stunden her! Wir fangen erst an! Außerdem: Wer sagt uns, dass sie aus der Umgebung stammt?«
»Die Waffe ist eine Sache«, erkläre ich. »Die Frage nach dem Opfer hatten wir schon. Weitere Frage: Warum ausgerechnet dieser Tatort? Planung oder Zufall?«
»Eben sagten Sie, dass Sie nicht an einen Zufall glauben!«, stöhnt die Staatsanwältin.
»So ist es! Damit stellt sich automatisch die Frage nach dem Warum! Warum dieser Aussichtsturm in Orscholz?«
»Weil er abgelegen ist! Weil um die Tatzeit dort wenig Betrieb ist! Weil der Täter unerkannt und schnell verschwinden kann.«
»Genau da liegt der Widerspruch! Eine akribisch geplante Tat mit einem zufälligen Opfer! Das erinnert mich an einen Ter-

roranschlag … Boston Marathon … oder an einen Amoklauf, allerdings mit nur einem Opfer.«
»Ein terroristischer Anschlag?«, fragt die Staatsanwältin. »In Orscholz? Auf einen Busfahrer? Das glauben Sie hoffentlich selbst nicht!«
»Nein, natürlich nicht in diesem Sinne! Ich ziehe nur einen Vergleich zwischen der Anonymität zwischen Täter und Opfer … Übrigens! Wussten Sie, dass die Mehrzahl von Armbrust Armbrüste heißt?«
»Na und? Von mir aus Armmöpse, wenn es Ihnen Spaß macht!«
»Können wir bitte wieder zum Thema kommen?«, maßregelt Rudi. »Wir spinnen tausend Theorien, aber wir haben keinen einzigen Anhaltspunkt! Genauer betrachtet haben wir nichts außer einer Leiche und einem Armbrustbolzen. Ein bisschen wenig für ein Szenario, finde ich. Morgen früh wird die Presse auf der Matte stehen. Und mit ihr der Polizeipräsident …«
»Vergessen Sie den Oberstaatsanwalt nicht«, erinnert Daniela Sommer.
»Wie könnte ich? Er würde es uns nicht übel nehmen, wenn wir ein paar Antworten hätten statt zahlloser Fragen.«
Rudi hat recht! In 24 Stunden wird hier der Teufel los sein.
»Dann sollten wir uns auf den Weg machen«, schlage ich vor. »Die Aufgaben sind verteilt. Weitere Fragen?«
»Haben Sie mir eine Rolle in Ihrem heutigen Film zugeteilt?«, fragt Daniela Sommer.
»Oh, ich bin bekanntlich nicht befugt, Sie einzuteilen. Außerdem würden Sie sich das nicht gefallen lassen. Ich denke, dass Sie mit dem Formalismus für die offizielle Aufnahme der Ermittlungen genug zu tun haben.«
»Das ist halb so schlimm! Routine! Aber wenn ich schon Mal hier bin … der Sonntag ist eh hinüber. Eventuell würde ich mich ausnahmsweise fügen, wenn sie mir eine interessante Aufgabe übertragen. Das gilt allerdings nur für heute, das muss

klar sein!«
»Wir können jede fähige Hand gebrauchen …«
Rudi räuspert sich. »Großväter ausgenommen!«
»… wenn Sie weiterhin Kontakt zu K4 halten und nachhören, ob die Rechtsmedizin neue Erkenntnisse hat, wäre uns sehr geholfen. Ach ja, da wäre die Sache mit der Armbrust. Singular versteht sich. Versuchen Sie über das Internet rauszubekommen, wer die Dinger verkauft. Sagen wir … im Umkreis von 50 Kilometern.«
»Über die Ladentheke?«
»Ja! So ein Ding ist etwas Spezielles. Wenn ich solch ein Teil kaufen würde, wollte ich das vorher ausprobieren und in den Händen halten.«
»Kann ich gut nachvollziehen«, entgegnet die Staatsanwältin. »Sie wären der erste Mann, der nicht an einer Brust rumschrauben wollte.«
Frau Sommer ist sehr direkt und vor allem nicht auf den Mund gefallen. Sie hat zwar Haare auf den Zähnen, aber ihre Art ist genau das, was unser Dezernat bisweilen braucht: einen Schuss Humor!
Eine letzte Tasse Kaffee, bevor wir uns an die Arbeit machen. Beim Rausgehen teile ich den Kollegen mit, dass wir uns spätestens gegen 16 Uhr zu einem Informationsaustausch wieder im Präsidium zusammenfinden sollten. Ihren Mienen entnehme ich, dass niemand daran glaubt, danach in den Feierabend entlassen zu werden. Immerhin sagt Rudi zu, für Kaffee und Kuchen zu sorgen.
45 Minuten später parke ich meinen Wagen am Atrium in Orscholz. Die Absperrbänder sind noch da, aber nur ein einziger Polizist überwacht den Zugang zum Aussichtsturm. Der Rest der Sicherungsgruppe fängt die Besucher bereits vor der Zufahrt zum Parkplatz ab und leitet sie um.
»Guten Morgen, Kollege!«, grüße ich und stelle mich vor. »Sind die Spurenermittler schon vor Ort?«

»Ja, die wuseln seit einer Stunde da vorne rum. Was ist eigentlich genau passiert? Mir sagt ja keiner was!«
»Ehrlich? Die haben Dich hierher beordert, ohne Dir zu sagen, was los ist?«
»Bei uns kannst Du froh sein, wenn sie Dir sagen, dass Polizeifest ist. Du glaubst es nicht, aber so ist es. Ihr in Saarbrücken habt es bestimmt besser. Aber wir Kleinen in der Provinz, mit uns kann man es anscheinend machen.«
»Tröste Dich, viel besser ist es bei uns auch nicht. Gestern Abend wurde vorne am Turm ein Mann erschossen. Viel mehr wissen wir nicht.«
»Das ist bis zu mir durchgedrungen, mehr aber nicht. Nur dass es einer aus der Kurklinik gewesen sein soll.«
»Na also! Dann weißt Du alles, was ich weiß.«
»Was läuft im Augenblick?«
»Vertiefte Spurenermittlung! Heute Nacht war nicht viel zu holen. Stammst Du aus der Gegend?«
»Ja, warum?«
»Gibt es im näheren Umkreis einen Schützenverein, der sich mit Armbrustschießen beschäftigt?«
»Mit Armbrustschießen?«
»Genau!«
»Wie Wilhelm Tell?«
»Von mir aus. Oder wie Lou van Burg.«
»Wer ist das denn?«
»Ein Holländer. Der Goldene Schuss. Kennst Du nicht?«
»Nee, in der Rauschgiftszene kenne ich mich nicht aus.«
Der Kollege ist zu jung, um diese Sendung zu kennen. Peter den Bolzen, das ist ewige Zeiten her.
»Vergiss es! Was ist, gibt's einen Verein?«
»Nicht dass ich wüsste, aber ich kann meinen Schwiegervater fragen.«
»Das wäre gut!«
»Ich rufe ihn heute Abend an.«

»Besser gleich!«
»Privatgespräche im Dienst sind eine heikle Sache, seit ...«
»Nimm mein Handy, es ist dienstlich!«
Mein Gott, diese jungen Kollegen machen sich mittlerweile ins Hemd, wenn sie eine Dienstanweisung nur lesen! Was ist bloß aus unserer Polizei geworden?
Der Kollege nimmt mein Handy, geht ein paar Schritte zur Seite und telefoniert. Es dauert eine Weile. Ich betrachte die Architektur des Atriums; sieht recht nett aus, aber wer putzt regelmäßig all diese Glasfenster? Bei mir zu Hause wären sie auch mal wieder an der Reihe. Eine Haushaltshilfe! Falls der Innenminister an meiner Dienstzeitverlängerung tatsächlich Interesse hat, sollte es an dieser Kleinigkeit nicht scheitern, das müsste mit in die Vereinbarung, gleich hinter die Rubrik mit der Schmutzwäsche ...
»Nee, ein Armbrustverein ist hier nirgendwo bekannt. Wenn mein Schwiegervater keinen kennt, dann gibt es keinen! Er meinte allerdings, dass ihr bei einem historischen Verein nachfragen solltet, die haben eventuell etwas im Fundus.«
»Vielen Dank für den Tipp.«
»Ist der Mann wirklich mit einer Armbrust ...«
»Ja, das ist er.«
»Kein schöner Tod, oder?«
»Keine Ahnung, ich habe ihn nicht fragen können. Ich muss los! Weißt du, wer vorne ist?«
»Ich kenne die nicht. Eine Frau und einige Männer, aber vorgestellt haben sie sich nicht. Ist anscheinend in der Provinz nicht üblich.«
»Entschuldige, ich habe es ebenfalls versäumt. Du hast recht, das gehört sich eigentlich nicht. Mein Name ist Schaum. Hauptkommissar im LKA, K3.«
»Westernhagen, Polizeiobermeister.«
»Wie der Sänger?«
»Genau so, allerdings Andreas und ohne Müller.«

Immer hin hat der junge Beamte Humor.
»Sag Deinem Schwiegervater einen schönen Gruß und haltet die Augen offen, falls euch jemand mit einer Armbrust über den Weg läuft.«
»Mach ich!«, meint Westernhagen und legt zum Gruß zwei Finger an den Rand der Schirmmütze.
Der Weg zum Aussichtsturm sieht freundlicher aus, als in der Nacht. Die Sonne blinzelt durch das Blätterdach, Vögel zwitschern. Sehr beschaulich wäre weiter vorne nicht …
Ein Mord, auf den ich mir keinen Reim machen kann. Ich lasse mir Zeit und schlendere langsam über den Weg. Im Geiste gehe ich alle Fakten durch, aber mir fehlt jegliche Idee, wie ich eine Struktur hinter dieser verrückten Tat erkennen soll. Jemand kommt mit einer Armbrust in den Wald und tötet einen harmlosen Kurgast! Wo ist da ein Motiv zu erkennen? Oder war es ein Versehen, ein Unfall, eine Verwechslung? Ein übermütiger Jugendlicher, der blöd genug war, seine neue Armbrust auf einen Menschen zu richten? Nur nebenbei und dann – dumm gelaufen. Oder ein total verrückter Waffennarr? Ein Typ, der zu viel Zeit mit Computerspielen verbringt und nicht mehr zwischen Cyberwelt und Realität unterscheiden kann – das wäre eventuell ein Ansatz.
»Gehen Sie zurück! Haben Sie die Absperrung nicht gesehen? Sie behindern die Polizei bei ihrer Arbeit! Wenn ich also bitten darf!«
Die Aufforderung gilt nicht mir und kommt von rechts, ein Stück weit vom Weg entfernt. Dort hat die Neugier offenbar ein älteres Ehepaar gepackt und die Absperrbänder ignorieren lassen. Die auffordernde Stimme gehört einem Kollegen von K4. Um seinen Hals hängen einige Gerätschaften, die ich aus der Ferne nicht genau erkennen kann, wahrscheinlich irgendwelche Instrumente zur Auswertung von Entfernungen, Winkeln und GPS-Daten.
Die Eindringlinge reagieren resolut und uneinsichtig, das er-

leben wir an Tatorten immer wieder und es bringt mich jedes Mal auf die Palme.

»Wir wollen uns nur darüber informieren, was hier vor sich geht!«, erklärt die Frau, die ich in meinem Alter einschätze. »Das ist nicht verboten!«

»Ich bin der stellvertretende Ortsvorsteher und muss wissen, was los ist!«, ergänzt ihr Begleiter.

Mittlerweile haben mich die Drei entdeckt und schauen erwartungsvoll zu mir rüber.

»Der da läuft ja auch hier rum!«, zickt die Frau und zeigt auf mich.

»Wenn Sie nicht augenblicklich den Anweisungen meines Kollegen Folge leisten, wird der da verdammt ungemütlich!«, rufe ich laut und vernehmlich.

»Wer sind Sie überhaupt?«, bläst sich der Mann auf.

»Jedenfalls kein wichtigtuerischer stellvertretender Ortsvorsteher! Mein Name ist Schaum, ich bin der leitende Ermittler; Hauptkommissar beim LKA! Und mir ist völlig egal, was Sie sind! Sie verlassen auf der Stelle den abgesperrten Bereich! Es sei denn, Sie können zur Aufklärung des Falles beitragen.«

Die Frau will etwas sagen, aber der Beinahe-Ortsvorsteher legt ihr beschwichtigend eine Hand auf den Arm.

»Wir wollen keineswegs stören, uns nur informieren. Es gehen tausend Gerüchte durch den Ort. Was ist eigentlich passiert? Man hört von einem Mord. Mit einer Machete! Stimmt das?«

»Nein! Schauen Sie in den Nachrichtenticker oder morgen früh in die Zeitung, da steht alles, was Sie wissen müssen.«

»Weiß man, wer das Opfer ist?«, fragt die Frau.

»Ja!«

Ich kann sehen, wie die Ohren der Frau wachsen und auf einen Namen warten. Als nichts kommt, hat sie es kapiert und stapft wütend davon.

»Es ist hoffentlich niemand aus dem Ort?«, fragt der Mann weiter.

»Gehen Sie bitte!«
»Wie war Ihr Name?«
»Zum letzten Mal: Hauptkommissar Schaum. Kennen Sie jemanden aus der Gegend, der eine Armbrust besitzt?«
»Nee! Du Roswitha?«
Aber Roswitha ist schon weg. Falls sie die Frage gehört haben sollte, schaltet sie auf stur – egal.
»Welcher Verein in der Umgebung bietet Armbrustschießen an?«
»Wüsste ich spontan nicht, aber ich kann mich gerne im Rathaus umhören. Der Leiter vom Ordnungsamt ist mein Schwager.«
»Das ist eine gute Idee«, unterbreche ich. »Hier ist meine Karte; rufen Sie an, wenn Sie etwas herausgefunden haben.«
Ich bin sicher, dass der Stellvertretende anrufen wird, auch wenn er nichts rausfinden wird. Er trollt sich und hastet hinter der Frau her, von der ich in seinem Sinne hoffe, dass es nicht sein Eheweib ist, fürchte allerdings, dass meine Fürsorge an der Wirklichkeit vorbei geht.
Der Kollege vom K4 ist mittlerweile im Unterholz verschwunden und geht seiner Arbeit nach. Ich gehe Richtung Aussichtsturm und denke voller Sorge über die Ehe im Alter nach; mit jedem Schritt wird mir eine Verlängerung meiner Dienstzeit sympathischer.
Am Ausgang des Wipfelpfades kommt mir Nora Klein entgegen.
»Ich hatte gehofft, Du bringst ein anständiges zweites Frühstück vorbei«, witzelt sie.
»Sorry, soweit habe ich nicht gedacht«, entschuldige ich mich.
»War ein Witz, wir konnten uns in der Kurklinik versorgen; die sind sehr nett dort.«
»Na prima! Habt ihr schon Ergebnisse?«
»Der Schuss wurde aus einer Entfernung von 28 Metern seitlich der Rampe abgegeben … von hier aus links vom Steg. Der

Schütze stand genau dort, wo das Laubdach eine Lücke hat, im Schatten der Hütte. Die Messung ergibt einen Schusswinkel von 20 Grad aufwärts, plus minus je nach Größe des Täters. Das und die Entfernung lassen darauf schließen, dass es sich um eine leistungsfähige Präzisionswaffe handelt. Außerdem braucht der Schütze eine gewisse Erfahrung mit dieser Waffe.«

»Es war also kein Übungsschuss oder Zufallstreffer. Der Standort war genau ausgewählt.«

»Davon würde ich an Deiner Stelle ausgehen, wenn Du mich um Rat fragst.«

»Das tue ich, Nora. Die Tat war demnach sorgfältig geplant. Aber wie passt dieser harmlose Busfahrer ins Bild? Hast Du dafür einen Vorschlag?«

»Welcher Busfahrer?«

»Ach so, das kannst Du nicht wissen …«

Ich erkläre ihr, was wir zur Person des Opfers herausgefunden haben. Auch über die Ergebnisse meines gestrigen Besuches in der Kurklinik berichte ich kurz und schließe mit der Frage, ob es vom Labor Neuigkeiten gibt.

»Das kann ich Dir nicht sagen, Josch. Die Jungs waren voll bei der Arbeit, als ich mich in aller Frühe auf den Weg hierher gemacht habe.«

»Apropos Jungs! Hat Hubertus tatsächlich geheiratet? Ich kann mir beim besten Willen nicht vorstellen, dass der eine Braut hat.«

»Ach was! Hubertus doch nicht! Das kann sich kein normaler Mensch vorstellen! Dazu reicht einfach die Fantasie nicht aus!«

»Was heißt: normaler Mensch! Du hast gestern gesagt, dass …«

»Dass Hubertus auf Hochzeitsreise ist! Ja! Aber als Trauzeuge bei seiner Schwester. Die heiratet heute oder morgen in Oberammergau.«

»In Oberammergau! Einen Herrgottsschnitzer?«

»Verstehe ich nicht!«

»Lass nur! Mein Humor scheint heute nur etwas für Einge-

weihte zu sein! Kompliment übrigens; gute Arbeit! Ich bin erstaunt, wie Ihr das alles derart schnell rekonstruieren könnt.«
»Die moderne Technik eröffnet uns einige Möglichkeiten, aber wir betreiben hier auch einen erheblichen Aufwand. Sogar sonntags! Mach was draus, damit sich die Mühe wenigstens lohnt!«
»Ehrlich gesagt stehe ich im Moment völlig auf dem Schlauch! Das Ganze ergibt überhaupt keinen Sinn!«
»Wie viele ungelöste Fälle hast Du auf dem Zettel?«
»Keinen!«
»Na also! Warum sollte das Dein Erster sein?«
»Dein Wort in Gottes Ohren!«
Nora führt mich zu der Stelle, von wo aus der Täter sein Opfer ins Visier genommen haben muss. Im Umfeld sind Markierungstäfelchen mit Nummern aufgestellt. Sie kennzeichnen die Stellen, an denen Gegenstände sichergestellt wurden, die im Labor weiter untersucht werden müssen.
»Eine Getränkedose, ein Plastikteil, Zigarettenkippen und ein Kondom«, erklärt Nora.
»Ein Kondom?«, frage ich erstaunt.
»Ja, aber ich kann mir nicht vorstellen, dass es vom Täter stammt. Der wird nicht vorher eine Nummer geschoben haben.«
»Sachen gibt's!«
»Hast Du nie im Wald … ich meine, in der freien Natur?«, provoziert Nora schelmisch.
»Ja, aber das war lange vor dem Waldsterben; und wenn schon Natur, dann richtig Natur.«
»Solange es ohne Folgen bleibt«, witzelt Nora.
»Mit dem Waldsterben hatte es jedenfalls nichts zu tun.«
Ich verkneife mir die Frage, ob Nora in dieser Hinsicht Erfahrung hat und bitte sie, mich auf den Pfad zu begleiten. Dort verschaffe ich mir vom Fundort der Leiche aus einen Überblick. Der Standort des Schützen ist leicht einsehbar. Wenn

Conrad Bickelmann genau hingeschaut hat, ist ihm sein Mörder bestimmt aufgefallen. Ob er erkannt hat, in welcher Gefahr er sich befand, steht auf einem anderen Blatt. Das ist ein Gedankenmodell von mir, aber ich glaube, dass es der Wirklichkeit ziemlich nahe kommt.
Zum Zeitpunkt der Tat hatte die Dämmerung eingesetzt, was bedeutet, dass das Zeitfenster für den Schuss relativ eng bemessen war. Conrad Bickelmann war der letzte Besucher. Woher hatte der Täter wissen können, dass der Busfahrer ausgerechnet zu diesem Zeitpunkt an dem Platz stehen würde, wo er eine optimale Zielscheibe für eine vorher sorgsam ausgewählte Stelle abgab?
Je länger ich darüber nachdenke, umso mehr verstärkt sich mein Anfangsverdacht. Nein, ich bin sicher: Die Tat war geplant, aber das Opfer war ein Zufallsprodukt. Der Täter hatte auf eine Gelegenheit gewartet, dass ihm jemand vor das Visier laufen würde; wer, das war ihm egal, Hauptsache ein Treffer!
Damit entfällt ein Motiv in Bezug auf das Opfer. Lust am Töten, am Schießen oder ein Bezug auf den Tatort – etwas anderes kommt nicht infrage. Auf jeden Fall die Tat eines Verrückten, und das macht die Sache nicht einfacher – Scheiße!
Ich verabschiede mich von Nora Klein und mache mich auf zur Kurklinik.
Den Weg hätte ich mir sparen können, denn Neues erfahre ich nicht. Das Beste ist, dass mir der Besuch ein verspätetes Frühstück und einen annehmbaren Kaffee beschert. Frau Doktor ist nicht da, die Therapeutin vom Vorabend hat sich freigenommen und der Klinikleiter ist immer noch von der Rolle. Egal wen ich von den Mitpatienten befrage, es bringt mich nicht weiter. Bickelmanns Zimmer ist von K4 untersucht worden und vorläufig versiegelt. Die Laborergebnisse bekomme ich im Präsidium, was soll ich also hier? Ich beende meinen Besuch und mache mich auf den Rückweg. Unterwegs überlege ich kurz, ob ich zu Hause vorbeifahren soll, um mir eine Mütze Schlaf

zu gönnen, aber den Plan verwerfe ich schnell, weil mich der Umweg nach Bexbach zu viel Zeit kosten würde; bei Marion werde ich ohnehin keine Ruhe haben, weil sie mir Löcher in den Bauch fragen würde. Nein, das hat keinen Sinn. Wenn ich Glück habe, gelingt mir im Präsidium ein kurzes Nickerchen.

# 9.

Ich bin gerade dabei, auf meinem Bürostuhl, die Füße auf dem Schreibtisch, in einen Schlummer zu verfallen, als mich eine wohlbekannte Stimme aus meinen Anfangsträumen reißt.

»Ach, da sind Sie, Josch!« Staatsanwältin Sommer rauscht ohne Vorwarnung in mein Büro. »Ich versuche, Sie seit einer halben Stunde zu erreichen.«

»Sonntags sind die Leitungen tot«, lüge ich und verschweige, dass mein Handy ausgeschaltet und Festnetzanschluss auf stumm programmiert ist. »Das ist wie damals beim Sonntagsfahrverbot.«

»Blödsinn! Er liegt hier faul rum, während ich mir den Arsch aufreiße!«, mault Daniela Sommer.

»Nichts gegen Ihren Allerwertesten. Er sieht relativ intakt aus!«

»Das fehlt mir gerade noch, dass Sie sich über meinen Hintern lustig machen!«

»Keineswegs, ich wollte nur auf dessen Unversehrtheit hinweisen. Im Übrigen gönne ich mir nichts anderes als die tarifliche Mittagspause, die gilt nämlich auch sonntags! So, und bevor Sie loslegen, brauche ich erst mal einen Kaffee!«

»Den müssen Sie sich allerdings aus dem Automaten holen.«

»Dann warte ich eben, bis Kriminalrat Closter kommt, der hat Kaffee und Kuchen versprochen. Wie spät ist es?«

»14 Uhr 10!«

»Noch fast zwei Stunden, das halte ich nicht durch!«

»Ich besorge Ihnen einen, nicht dass Sie mir zusammenklappen.«

»Womit habe ich das verdient?«

»Gar nicht! Wenn ich zurückkomme, liegt ein Euro auf dem Tisch!«

Ohne meine Antwort abzuwarten, verschwindet die Staatsanwältin aus meinem Büro.
Ich stehe auf, recke mich, versuche meine Rückenwirbel zu sortieren, ignoriere das Knacken im Nackenwirbelbereich und öffne schließlich das Fenster, um etwas frische Luft in die vermiefte Bude zu lassen.
Daniela Sommer kommt schon wieder zurück, stellt einen Becher mit Kaffee auf den Schreibtisch und nimmt auf dem Besucherstuhl Platz.
»Was ist mit der Kohle?«, fragt sie.
»Ach so, ja, Moment!«
Mein Geldbeutel liegt im Auto, in der Schreibtischschublade finde ich ein paar Münzen.
»80 Cent, den Rest später«, erkläre ich.
»Geschenkt, der gute Wille genügt mir. Was gibt's Neues?«
»Wollen wir nicht warten bis um vier, sonst muss ich alles zweimal erzählen?«
»Nur das Wichtigste vorab! Kurzfassung!«
Missmutig gebe ich einen Überblick. Ohne auf meine Informationen einzugehen, schließt die Staatsanwältin nahtlos ihren Kurzbericht an. Die Erkenntnisse sind dürftig. Die Auswertungen der Spuren zeigen keine brauchbaren Ermittlungsansätze. Die Todesursache ist eindeutig, der Pfeil stammt aus einer italienischen Produktion und ist in Fachgeschäften oder über das Internet zu beziehen, gerüchteweise gibt es Tauschbörsen. Wenngleich es der Suche nach der Nadel im Heuhaufen gleichkommt, werden die Beamten von K3 und K4 versuchen, der Herkunft des Pfeiles auf die Spur kommen.
»Dr. Mitripilos hat übrigens keine weiteren Vorschädigungen bei Bickelmann feststellen können«, ergänzt die Staatsanwältin. »Also außer denen, weswegen er in der Kurklinik war.«
»Hat er sich geäußert, wie weit das Geschoss ins Gehirn eingedrungen ist? Hätte es die Stirnplatte durchschlagen können? Wäre der Schuss dann ebenfalls tödlich gewesen?«

»Ist das wichtig?«
»Möglicherweise! Kunstschuss oder Zufallstreffer, das ist die Frage.«
»Das wird morgen hoffentlich alles im ausführlichen Bericht stehen.«
»Von dem ich wie üblich nur die Hälfte verstehen werde. Notfalls rufe ich ihn an.«
»Wollen wir nachschauen, ob die Anderen schon da sind? Wir müssen nicht unbedingt bis 16 Uhr warten.«
»Aber dann kommt Rudi erst mit dem Kuchen!«
»Sie können gerne auf ihn warten, wenn Ihnen der Kuchen wichtig ist.«
Nach und nach treffen die anderen ein. Wir fangen um halb drei an; bis auf Rudi Closter haben alle ihre Hausaufgaben gemacht. Wir tauschen die Ermittlungsergebnisse aus und stellen zerknirscht fest, dass es kaum etwas Verwertbares gibt. Ken Arndt und Marius Sorg haben im Umfeld der Familie Bickelmann nachgeforscht, den Arbeitgeber des Opfers befragt, ebenso Kollegen und Bekannte, ohne dass sich daraus Besonderheiten oder Widersprüche ergeben hatten. Ein Tatmotiv ist weiterhin nicht in Sicht.
Conrad Bickelmann war anscheinend der normalste Mensch unter der Sonne. So normal, dass es schon wieder auffällig ist. Kein Vermögen, keine Feinde, keine Schulden, keine Beziehungskisten, harmonische Ehe, liebevoller Vater, intaktes Sozialverhalten. Nichts! Auch keine Lebensversicherung.
»Es ist kein einziger Fall bekannt, dass es während seiner Busreisen Zoff mit Gästen gegeben hätte«, erzählt Ken. »Nicht einmal ein Knöllchen hat er in all den Jahren eingefahren. Der Mann macht mir Angst, so unauffällig ist der!«
»Heutzutage ist der Mensch auffällig, wenn er unauffällig ist«, ärgere ich mich. »Ist das normal?«
»Wenn einer freiwillig Überstunden macht, nur um ein Stück Kuchen abzubekommen, ist das auch nicht gerade normal«, er-

klärt die Staatsanwältin.
Diese Frau ist eine Katastrophe! Sie schafft es, meine Schwachstellen gnadenlos bloßzustellen.
Wir beraten eine Weile und bauen darauf, dass die Laborergebnisse verwertbare Spuren an den Gegenständen vom Tatort und dem Standort des Schützen ans Tageslicht fördern; vielleicht von der Getränkedose oder wider Erwarten doch vom Kondom.
»Übrigens, Frau Sommer: wegen des Kondoms …«, setze ich an, komme aber nicht weit.
»Schweigen Sie, Josch! Ich kann mir vorstellen, dass in Ihrem Männerhirn … das ist an sich schon ein Widerspruch: Männerhirn! Behalten Sie ihre Zote für sich! Außerdem muss es heißen: wegen des Kondomes!«
»Aber, aber! Ich wollte lediglich die Vermutung äußern, dass das Teil nichts mit dem Mord zu tun haben dürfte. Ich meine, wer beschäftigt sich schon vor einem Mord mit …«
»Für mich wäre es keine Überraschung, falls der Täter ein Mann ist. In dieser Hinsicht traue ich dieser Spezies alles zu!«
»Gleichgeschlechtlicher Verkehr wäre auch eine Variante«, kommentiert Marius trocken.
»Hätte ich mir eigentlich denken können, dass Ihnen zu diesem Thema ein Kommentar einfällt, Oberkommissar Sorg.«
Die Tür fliegt auf und Rudi Closter kommt hereingeplatzt; aus dem Korb in seiner Linken ragt eine Thermoskanne, unter der Folie des Tellers, den er auf der anderen Hand balanciert, türmen sich Kuchenstücke. Die Rettung!
»Da bin ich!«, verkündet Rudi überflüssigerweise.
»Gott sei Dank!«, entgegnet Daniela Sommer. »Unser Hauptkommissar ist völlig unterzuckert und redet wirres Zeug. Ich gehe, lassen sie es sich schmecken, meine Herren, wir sehen uns morgen früh.«
»Wollen sie denn kein Stück von diesem leckeren Naschwerk?«, frage ich.

»Nein, das kann ich mir bei meiner Figur nicht leisten. Sie übrigens auch nicht, Josch!«
Und weg ist sie! Das saß! Unverschämtheit! Noch schlimmer ist das Grinsen der Kollegen.
Wir machen uns über den Kuchen her und informieren Rudi nebenbei über die Ergebnisse des Tages. Während es uns schmeckt, ist Rudi verzweifelt, weil er nicht weiß, was er am nächsten Tag der Presse erzählen soll. Angesichts der hervorragenden Schoko-Sahne und des Bienenstichs ist mir das im Augenblick völlig egal. Um 16 Uhr 45 beenden wir das Kaffeekränzchen und fahren nach Hause.

***

Die Siedlung *Am Köppchen* liegt in idyllischer Ruhe, als ich vor Marions Haus parke. Marion erklärt gleich nach dem Begrüßungskuss, dass vom gestrigen Fest einiges übrig geblieben sei.
»Oje, mein Schatz, hast Du heute nichts gegessen?«
»Nur Frühstück«, behaupte ich und verschweige die Schoko-Sahne, den Bienenstich und das halbe Stück Käsekuchen. »Bin ich zu dick?«
»Falsche Frage! Du musst fragen: Wieso werden meine Hemden zu eng?«
»Das ist nicht Dein Ernst, oder?«
»Es stört mich nicht, aber von Deinem Idealgewicht bist Du zehn Kilo entfernt. Mindestens!«
»Ich muss abnehmen!«, seufze ich.
»Lass nur Dicker! Meinetwegen nicht. Oder hast Du etwa eine andere im Visier? Ich sage Dir, wenn ich da was mitbekomme, dann …«
»Geht das wieder mit deiner Eifersucht los?«
»Wer ist es? Sag!«
»Die Staatsanwältin!«
»Daniela? Im Leben nicht! Dafür ist sie zu clever und außer-

dem bist Du nicht ihr Typ.«
»Woher willst Du das denn wissen?«
»Ich weiß es eben! Die steht auf was Jüngeres, Flippigeres!«
»Gut zu wissen! Ich lasse mich liften und die Haare färben. Und ein Tattoo muss her, nebst Piercing und Ring durch die Nase.«
»Mach den Ring durchs Ohr und das Tattoo auf Deinen … upps, lieber nicht!«
»Total bescheuert! Ich gehe duschen!«
»Euer Fall ist übrigens im Radio und im Internet.«
»Tatsächlich?«, frage ich, während ich die Treppe zum Bad hochsteige. »Haben die zufälligerweise gesagt, wer der Mörder ist?«
»Das nicht, aber dass die Leiche grausam verstümmelt ist. In Facebook steht, dass man der Frau den Kopf mit einer Machete abgeschlagen hat. Ist gelogen, oder?«
»Klar! In Wahrheit wurde sie von ihrem Mann erdrosselt, weil sie ihn Dicker genannt hat.«
»Idiot!«
»Stimmt, er hätte sie vierteilen sollen!«
Für den Rest des Abends werde ich hinsichtlich des Mordfalls meine Ruhe haben – jedenfalls was Marions Neugier betrifft.
Als ich frisch geduscht im Freizeitlook in den Garten komme, sitzt Marion bereits auf der Holzbank.
Wer im Arbeitsstress ist, sollte nicht versuchen, sich das Rauchen abzugewöhnen oder eine Diät zu beginnen, das habe ich in einer Apothekerzeitung gelesen. Ich gehe davon aus, dass der Bericht auf medizinischen Forschungsergebnissen aufbaut.
Endlich kommen die Grillwürste auf den Tisch, die Marion aus den Restbeständen auf den Grill gelegt hat, wenig später die Steaks. Um acht bin ich gesättigt und warte auf die erst beste Gelegenheit, mich aufs Ohr zu legen, aber das funktioniert nicht, weil Mico auftaucht. Seine Kneipe ist sonntags geschlossen und er schaut auf seinem Spaziergang bei uns vorbei. An-

scheinend hat ihn der Geruch der Grillsteaks angelockt.
»Hey, alter Sack Hauptkommissar«, begrüßt er mich frech. »Da hast Du aber einen Scheißfall an der Backe. Das ist wie bei uns in Sicilia!«
Ich erkläre ihm ernsthaft, dass er nicht jeden Scheiß glauben soll, der über das Internet verbreitet wird.
»Trotzdem Scheißfall«, meint er. »Gut, dass Du auch bald in Rente gehst.«
»Wieso auch?«
»Ich höre Ende nächsten Jahres auf«, erklärt der Wirt.
»Wie, ich höre auf?«, frage ich überrascht, weil ich mir nicht vorstellen kann, dass Mico ohne seine Kneipe auskommen kann.
»Ich mache die Kneipe zu und gehe nach Sicilia. 50 Jahre Heimweh sind genug!«
»Kann ich verstehen, Mico. Aber hier sind Deine Gäste, Freunde, das ist Deine Familie. Da unten bist Du alleine. Oder hast Du dort eine Tante sitzen, die auf Dich wartet?«
»Eine? Dutzende! Außerdem habe ich meine Olivenbäume!«
»Naja, mit einem Olivenbaum in die Kiste, das stelle ich mir nicht unbedingt prickelnd vor.«
»Idioti!«
»Nimm meine Staatsanwältin mit, dann hast Du keine Langeweile!«
»Geniale Idee!«
»Ach ja, ich erinnere mich. Ihr seid Euch vor einem Jahr näher gekommen.«
»Genau, leider nicht nahe genug. Während Du hinter dem Mörder der alten Damen her warst *(MitGift)*, hat es zwischen uns fast … tolle Frau, die Daniela!«
»Ihr Italiener habt gerne etwas in XL aufwärts.«
»Und Ihr Deutschen habt keine Ahnung von Frauen, so einfach ist das.«
»Willst Du wirklich alle Zelte abbrechen?«
»Die Wohnung über der Kneipe behalte ich. Das Haus gehört

mir, auf die Miete bin ich nicht angewiesen.«
»Und die Kneipe?«
»Wird nicht leicht werden, einen Pächter zu finden. Wer mutet sich heutzutage eine Kneipe zu. Als Wirt wirst Du mittlerweile behandelt wie ein Schwerverbrecher, dabei bin ich ein Steuerzahler wie jeder andere Gewerbetreibende. Aber das vergessen die von der Gewerbeaufsicht und vom Ordnungsamt gerne. Wenn es nicht klappt, mache ich Mietwohnungen draus.«
»Da gebe ich Dir recht! Typen wie Du sterben aus! Und Schuld daran ist die Bürokratie.«
»Und die Öko-Taliban!«
»Ich kann Dich verstehen, aber schade wäre es trotzdem, wenn Du weggehst. Überleg es Dir genau!«
»Es ist ein Weilchen hin. Tritt es nicht breit, ich sag es meinen Stammgästen irgendwann selber. Marion kannst Du es natürlich erzählen.«
»Nee, nee! Über das Thema müssen wir beide uns intensiver unterhalten. Im Hinterkopf habe ich eine Idee, aber die muss reifen. Voriges Jahr mit Dir in Allessandria della Rocca, das war toll. Ich würde das gerne wiederholen – pst, da kommt Marion.«
Für den Rest des Abends schwelge ich in Gedanken. Marion denkt wahrscheinlich, dass ich im Geiste bei meinem Mordfall bin; tatsächlich bin ich viel weiter südlich und betrachte die zarte Rauchfahne, die über dem Ätna steht.

# 10.

Am Montagmorgen gehen die Ermittlungen weiter: Telefonate, Befragungen, Protokolle, die übliche Routine, aber wir treten auf der Stelle.

Der Chef des LKA und leitende Kriminaldirektor Horst Weller ist sauer über die Art und Weise, wie im Internet berichtet und spekuliert wird. Die Presse stellt Fragen und nervt, weshalb die Kriminalräte Closter und Krusch vom K4 zum Rapport in die Chefetage zitiert werden. Der Oberstaatsanwalt fragt aufgeregt nach, wieso in der Öffentlichkeit von einer Armbrust als Tatwaffe gesprochen wird und will wissen, wer dieses Detail preisgegeben hat. Im Laufe des Vormittags stellt sich heraus, dass Wilfried Leyendecker im Bekanntenkreis über seinen Leichenfund in allen Einzelheiten geplaudert hat. Wie bei der stillen Post sind die Informationen bis ins Internet gelangt, wo schließlich das Schlagwort vom Armbrustmörder kursiert.

Während die Präsidiumsspitze mit sich selbst und das Ministerium mit seiner Außendarstellung beschäftigt sind, geraten bei uns die Ermittlungen endgültig ins Stocken. Die Fundstücke vom Tatort weißen keinerlei verwertbare Spuren auf. Anscheinend lag das Zeug wochenlang dort. Wohlstandsmüll!

Mitten hinein in unsere Frustphase platzt gegen 10 Uhr eine Meldung der Polizeidienststelle Lebach: Auf den Geschäftsführer eines Windparks in der Gemeinde Schmelz sei ein Mordanschlag verübt worden. Das hat uns gerade noch gefehlt! Als Ken Arndt auftaucht und kurz vor einer Panikattacke zu stehen scheint, muss ich ihn erst mal beruhigen.

»Mordanschlag, aha! Was ist das für eine Definition? Anschlag oder Mord? Was nun? Lebt er oder ist er tot?«

»Er lebt!«

»Verletzt?«

»Anscheinend nicht.«
»Es ist also quasi nix passiert! Was war los?«
»Der Kollege aus Lebach war am Telefon ziemlich konfus. Er meinte, wir sollen selbst beim Windparkbetreiber anrufen.«
»Was ist denn das für eine Dumpfbacke? Hast Du die Nummer?«
»Vom Windpark?«
»Och Ken, bitte! Was ist los mit dir?«
»Ja, habe ich.«
»Dann ruf an und lass Dir erklären, was passiert ist. Ich kenne das: Auf dem Land wird aus einer Mücke schnell ein Elefant. Wenn es ein Terrorakt ist, sind wir ohnehin nicht zuständig.«
Ken wirkt etwas lockerer und verlässt mein Büro mit einem Grinsen im Gesicht.
In fast vierzig Dienstjahren habe ich gelernt, mich nicht sofort auf jedes ungesattelte Pferd zu setzen. Ein Anschlag auf den Geschäftsführer eines Windparks in der dörflichen Abgeschiedenheit des Saarlandes? Was soll das denn? Nach zehn Minuten taucht Ken wieder auf.
»Und?«, frage ich entspannt.
»Der Mann heißt Manuel Carstens; er hat einen anonymen Drohbrief bekommen. Falls er weitere Windkraftanlagen errichtet, will man ihn abstechen.«
»Dann soll er es eben sein lassen, wenn ihm sein Leben lieb und teuer ist!«
»Josch! Das ist eine Morddrohung!«
»Ja, ich bin nicht taub! Hat er eine Idee, von wem der Brief stammt?«
»Er sagt, er habe viele Gegner.«
»In seinem Job gehört das zum Berufsrisiko. Nix Neues! Im ganzen Land gibt es Bürgerinitiativen gegen Windräder. Da macht jemand seinem Unmut Luft. Was meinst Du, wie oft Marion gedroht hat, mich umzubringen! Wie Du siehst, lebe ich.«

»Das heißt was?«
»K4 soll den Brief auf Spuren untersuchen. Fingerabdrücke, Vergleichsabdrücke vom Personal, Schriftproben, Papieranalysen, das übliche Programm!«
»Und wir?«
»Wir haben einen Fall aufzuklären, bei dem es eine Leiche gibt!«
»Okay, ich gebe es an K4 weiter und informiere den Chef.«
»Tu das!«
Ken verschwindet und lässt mich mit meinen Gedanken alleine. Micos Gespräch vom Vorabend geht mir den ganzen Morgen nicht aus dem Sinn. Sizilien! Olivenernte und anschließend dort überwintern, das wäre ein Konzept. Arrivederci Schneeschaufeln und Eiskratzen. Klingt fantastisch. Auf den Ätna, das Meer, die gute Küche! Dann wäre es völlig unsinnig, wenn ich zehn Kilo abnehme.
10 Uhr! Zeit für eine kleine Zwischenmahlzeit. Im Innendienst sollte ich die Gelegenheit nutzen! Das Thema Gewichtsreduzierung ist erst mal vom Tisch! Wenn überhaupt muss ich das später in ein Gesamtkonzept einbauen. Später, nicht sofort!
Just in dem Moment, als ich mich von meinem Schreibtischstuhl erheben will, klingelt mein Telefon. Im Display erkenne ich den Namen des Anrufers: Horst Weller – der oberste Boss im LKA. Was will der denn?
Horst ist ein umgänglicher Typ, vier Jahre jünger als ich. Im Allgemeinen lässt er uns in Ruhe unsere Arbeit machen. Wir respektieren uns und haben einen recht kollegialen Umgang, ohne uns im Lauf der Jahre persönlich näher gekommen zu sein. Wenn Horst anruft, muss irgendetwas schief gelaufen sein.
»Guten Morgen, Horst. Was verschafft mir die Ehre?«
»Hallo, Josch, wie geht's?«
»Vor Deinem Anruf wahrscheinlich besser als danach. Es sei denn, Du willst mich zum Kriminalrat befördern und schickst mich mit vollen Bezügen in den vorgezogenen Ruhestand.«

»Das würde Dir passen! Nein, ich habe ein Problem, Du musst mir helfen!«
»Sitzt Dir der Innenminister wegen des Armbrustmörders im Genick?«
»Das sowieso! Es geht um den Drohbrief an diesen Carstens vom Windpark in Schmelz. Rudi Closter hat mich informiert. Gerade eben hat mich der Referent des Umweltministers angerufen.«
»Des Umweltministers? Weil es um Windräder geht? Das wird immer verrückter!«
»Der Umweltminister und Carstens sind Parteifreunde. Ich muss Dir das nicht weiter erklären, Du weißt, wie das läuft. Jedenfalls baut der Mann über diese Schiene Druck auf. Kümmere Dich bitte um die Sache, sonst kommt der Druck von der hohen Politik und Du kennst das Spiel, Josch!«
»Ja, kenne ich, aber das ist nicht meine Zuständigkeit!«
»Ich weiß, aber ...«
»Wir haben den Scheiß von Orscholz am Hals, das ist eine harte Nuss!«
»Ich weiß, aber ...«
»Nur weil irgendein bescheuerter Windkraftgegner einen ebenso bescheuerten Brief schreibt, müssen wir nicht die ganze Armada unter Segel setzen.«
»Ich weiß, Josch, aber ...«
»Heute das und übermorgen fahnden wir nach der entlaufenen Katze des Kultusministers!«
»Josch!« Horsts Stimme hat plötzlich alle Sanftheit verloren. »Tu es einfach! Auch wenn es Scheiße klingt, aber das ist eine dienstliche Anordnung! Tu wenigstens so, als würdest Du die Sache ernst nehmen! Ich verlasse mich auf dich!«
Bevor ich etwas entgegnen kann, ist das Telefonat beendet. Mist! Ich bin Horst nicht böse, er ist nur ein Rad im Getriebe, aber den letzten Satz hätte er sich sparen können. Die Floskeln zur Loyalitätseinforderung hasse ich wie die Pest.

Ich google und informiere mich über die Gemeinde Schmelz. 16.000 und ein paar Einwohner. Am Rande des Hochwalds, das ist dort, wo Fuchs und Hase sich Gute Nacht sagen. Naja, schlimmer als Bexbach kann es nicht sein. Wo liegt Schmelz eigentlich genau? Ich kann mich nicht erinnern, je dort gewesen zu sein. Ach ja, Lebach; von dort kam der Anruf der Polizei. Hinter Lebach am Krankenhaus vorbei in Richtung Wadern und Losheim. Jesses, was für eine Strecke. Losheim? Ah ja, dort waren wir damals, als wir den Jungen in der Behindertenwerkstatt besucht hatten; irgendwo auf dem Land. Da ist eine Strecke über Saarlouis, vorbei an Piesbach, Knorscheid … Namen, die ich mein Lebtag nie gehört habe. Nee, nee, ich werde versuchen, das Problem telefonisch zu lösen.
Manuel Carstens ist Geschäftsführer von WindWatt Erzweg. Mein Gott! WindWatt, was für ein genialer Name. Warum nicht LuftVolt oder SturmStrom?
Ich wähle die Nummer des Windparks. Nix, keine Reaktion! Ich lasse anläuten. Ohne Erfolg. Ist bei denen Sonntag? Fünf Minuten später versuche ich es erneut. Es geht jemand ran. Hurra!
»Hallo – Moment!« Eine hektisch klingende weibliche Stimme. Stimmengewirr im Hintergrund. Ich fürchte, der Anschlag auf den Geschäftsführer hat bereits stattgefunden.
»Ja, ja – hallo, Moment!«
Mein Gott, was ist denn das für ein Haufen?
»Hallo? So, jetzt!«
»Haben Sie sich endlich entschlossen, ein Gespräch mit mir zu führen, oder soll ich noch mal anrufen?«, frage ich genervt.
»Der Chef, es ist der Teufel los. Wegen des toten Milans.«
»Toter Milan oder roter Milan?«, frage ich nach.
»Das ist doch das Problem! Ein toter roter Milan.«
»Landeskriminalamt, mein Name ist Schaum. Wenn Euer Chef wegen eines toten Vogels solch eine Hektik verbreitet, kann er sonst keine großen Probleme haben.«

»Wie bitte? Ach ja, haha, naja, um was geht es denn?«
»Geben Sie mir bitte Herrn Carstens ans Telefon.«
»In welcher Angelegenheit?«
»Geben Sie ihn mir einfach!«
»Ja, aber ich muss wissen, in welcher Angelegenheit.«
Herr steh mir bei! Nerven behalten! Ruhig bleiben! Om.
»Es geht um den Gerichtstermin morgen früh!«
»Da sprechen Sie am besten mit ihm direkt. Moment!«
Über manche Dinge müsste man tatsächlich ein Buch schreiben.
»Carstens.«
Endlich! Ich grüße höflich und stelle mich vor.
»Schön, dass Sie sich einschalten«, meint Carstens.
»Ehrlich gesagt tue ich das nicht freiwillig und zu meinem Ressort gehört Ihr Problem auch nicht; ich bin nämlich bei der Mordkommission.«
»Das passt!«, unterbricht der Geschäftsführer. »Prävention! Sie sind quasi vor der Leiche am Tatort! Guter Ansatz!«
»Ihr Humor ist gewöhnungsbedürftig! Ich rufe an, weil sich einer Ihrer Parteifreunde bei meinem Chef für Sie starkgemacht hat, da bin ich ganz offen. Also: Erzählen Sie mir von dem Drohbrief! Wann, wo, Inhalt!«
»Das habe ich der Polizei am Telefon ausführlich zu Protokoll gegeben.«
»Dann wiederholen Sie's!«
»Von der netten Sorte sind Sie nicht gerade, Herr Hauptkommissar!«
»Muss ich auch nicht, wenn es um Mord geht! Also: Erzählen Sie!«
Carstens hat den maschinengeschriebenen Zettel am Morgen unter dem Heckscheibenwischer seines Wagens gefunden. Um etwa 8 Uhr, als er ins Büro fahren wollte. Sein Wagen steht über Nacht im Freien, weil das seiner Frau in der Garage übernachten darf. Damit ist bewiesen, dass Geschäftsführer in der Ehe nicht mehr zu sagen haben als andere Männer. Beruhigend

zu wissen!
Wir stechen Dich ab, wenn Du noch ein Windrad baust – das war der Text auf dem Zettel.
»Wo ist das Schreiben?«, frage ich.
»Hier auf meinem Schreibtisch. Eingetütet wegen der Fingerabdrücke!«
Die Kollegen aus Lebach haben es demnach nicht für nötig erachtet, das Beweisstück sicherzustellen. Dämlicher geht's wirklich nicht!
»Okay, ich lasse es abholen. Haben Sie eine Idee, wer das verfasst haben könnte?«
»Die Windkraft hat viele Gegner, da kommen einige Leute infrage.«
»Geht's etwas genauer?«
»Es gibt unter unseren Gegnern geistige Horizonte, da glitzern nicht viele Sterne am Himmel, aber ob die zu einer Drohung fähig wären?«
»Was könnte der konkrete Anlass sein? Haben Sie gerade aktuell eine Genehmigung beantragt oder ein weiteres Projekt geplant?«
»Die letzte Inbetriebnahme war vor zwei Wochen; davor drei Anlagen über das ganze Jahr verteilt, weitere Anlagen sind nicht in Planung.«
»Ist doch prima für Sie! Der Erpresser ist demnach ein Spätzünder.«
»Sie haben einen seltsamen Humor, Herr …«
»Schaum! Nicht seltsam, nur logisch. Nehmen Sie die Sache ernst?«
»Sie nicht?«
»Offiziell muss ich das, aber persönlich erscheint mir das eher ein stümperhafter Einschüchterungsversuch zu sein. Hatten Sie so etwas schon einmal?«
»Nicht in dieser Form.«
»Wie denn?«

»Verbal; vor einigen Jahren zu einem anderen Thema.«

»Wir werden Ihre Nachbarn befragen, ob sie etwas gesehen habe.«

»Das können Sie sich sparen, ich habe die bereits angerufen. Nichts!«

»Trotzdem! Geben Sie mir bitte Ihre Wohnadresse. Ist jemand zu Hause?«

»Nein.«

»Okay, dann begleiten Sie die Kollegen bitte, wenn sie bei Ihnen vorbeikommen. Treten Sie die Angelegenheit nicht breit, vor allem keine Presse. Eine Frage, rein formell: Fordern Sie Personenschutz?«

»Nein!«

»Sicher?«

»Ganz sicher!«

»Gut! Übrigens: Falls Ihre Sekretärin Sie auf einen Gerichtstermin anspricht, vergessen Sie's einfach!«

»Gerichtstermin?«, fragt Carstens entgeistert.

»Sie erwähnten, dass ich einen merkwürdigen Humor habe.«

»Dem will ich nicht widersprechen. War's das?«

»Fast! Tun Sie mir einen Gefallen und teilen Sie Ihrem ministeriellen Parteifreund mit, dass wir uns drum kümmern. Nicht, dass der uns hier den Bau abreißt.«

»Auf den sind Sie wohl nicht gut zu sprechen, Herr Schaum?«

»Ich bin auf keinen Minister gut zu sprechen; insofern bin ich im Gegensatz zur lokalen Presse überparteilich unabhängig.«

»Sie sind 'ne Nummer!«

»Wir melden uns, wenn es was Neues gibt, Sie im Gegenzug ebenso. Ich gebe Ihnen meine Mobilnummer.«

Wir tauschen Nummern und Adressen aus, dann beende ich das Gespräch.

Eigentlich sollte ich die Amtsleitung anrufen und Bericht erstatten, aber das tue ich nicht! Das würde nach Arschkriecherei und Speichelleckerei aussehen, und diesen Eindruck werde ich nicht aufkommen lassen. Soll Rudi entscheiden, wer den Drohbrief in Schmelz abholen soll, ich jedenfalls nicht! Horst Wellers Chauffeur vielleicht, oder besser: der Fahrer vom Minister – das wäre ein Freundschaftsdienst unter Parteifreunden. Als ich Rudi informiere und ihm meinen Vorschlag unterbreite, lacht er gezwungen.

»Du hast Ideen! Naja, wir wissen beide, dass nichts dabei rauskommen wird«, brummt er.

»Wir haben uns bemüht; ganz im Sinne der Partei!«

»Soll die Staatsanwaltschaft entscheiden, ob wir die Ermittlungen aufnehmen oder nicht. Das Schreiben lasse ich von den Lebachern abholen, dann können sie sich gleich auf dem Grundstück von Carstens umschauen.«

Während ich es mir auf dem Besucherstuhl bequem mache, telefoniert Rudi und leitet alles in die Wege.

»Ist was?«, fragt er, als er auflegt. »Geht es um die Sache in Orscholz?«

»Nein, Rudi, da gibt es vorläufig nichts Neues. Ich muss Dich was fragen. Wir kennen uns seit ewigen Zeiten und demnächst gehst Du in den Ruhestand.«

»Gott sei Dank! Und Du drei Monate nach mir; korrekt, oder?«

»Naja, theoretisch.«

»Sag bloß, Du willst nicht!«

»Eigentlich schon, andererseits – was mache ich den ganzen Tag zu Hause?«

»Josch, das sind geschenkte Lebensjahre!«

»Für Dich! Du hast Kinder, Enkel, eine Frau, ich hocke den ganzen Tag alleine zu Hause rum.«

»Du hast Marion!«

»Die muss noch drei Jahre!«

»Du willst nicht etwa verlängern?«

»Ich weiß nicht, was ich machen soll?«

»Was sagt Deine Partnerin dazu?«

»Mit der habe ich das nicht besprochen.«
»Das solltest Du aber dringend tun!«
»Der wäre es am Liebsten, ich bleibe zu Hause und hüte Haus und Garten. Das ist aber nicht mein Ding, Rudi!«
»Nee, das stimmt. Als Hausmann ist jeder geeigneter als Du!«
»Wenn ich verlängere, könnte ich Bedingungen aushandeln. Flexible Teilzeit und so weiter. Finanzierung einer Haushaltshilfe, damit es für mich interessant wird.«
»Josch hör auf zu spinnen! Teilzeit funktioniert in unserem Job nicht, das weiß keiner besser als Du! Sonderkonditionen? Du kennst den Laden! Sie versprechen viel, schriftlich bekommst Du es nicht und hinterher ist nix wahr! Entweder Du machst weiter wie bisher, ohne Wenn und Aber, oder Du hörst auf. Hopp oder Topp! So einfach ist das!«
Für Rudis Maßstab ist das ein vulkanartiger Gefühlsausbruch! Ich glaube, er meint es ernst! Das gibt mir arg zu denken.
»Wahrscheinlich hast Du Recht, Rudi!«
»Natürlich habe ich recht! Wenn Du wirklich weitermachen willst, setze ich mich dafür ein, dass Du die restlichen Jahre meinen Job übernimmst. Leiter K3, gehst als Kriminalrat in den Ruhestand. Das ist etwas, was man aushandeln kann.«
»Nee, ich will Deinen Job als Schreibtischtäter nicht, Rudi! Du weißt, wie sehr ich mit diesem Schreibkram auf Kriegsfuß stehe. Lieber mache ich mich vom Acker.«
»Such Dir was für nebenher! Was Ehrenamtliches! Das Leben besteht nicht nur aus Verbrecherjagd!«
»Wie wäre es als Bodyguard für diesen Geschäftsführer? Oder besser: für den Minister?«, lache ich.
»Denk in Ruhe drüber nach, Josch! Als Freund sage ich Dir: Verlängerung ist keine Option! Es muss irgendwann Schluss sein! Da draußen gibt es eine Welt, die Dich braucht. Geh raus, schau Dich um! Ich bin sicher, Du findest etwas, was zu Dir passt. Wenn Du willst, helfe ich Dir dabei.«
»Ich könnte nach Sizilien gehen«, bemerke ich.

»Was willst Du denn dort?«
»Als Erntehelfer bei der Olivenernte.«
»Warum nicht! Damit kannst Du Dich allerdings kein ganzes Jahr lang beschäftigen.«
»Anschließend könnte ich Pfirsiche ernten; ich liebe Pfirsiche.«
»Josch, von mir aus kannst Du auf den Fidschi-Inseln Pampelmusen ernten. Sei mir nicht böse, aber ich muss los. Die Pressekonferenz; obwohl es nichts zu berichten gibt. Lass uns das Gespräch bei einem schönen Glas Wein fortsetzen. Ich lade Dich zu mir ein, sag mir Bescheid, wann es Dir passt. Okay?«
Die Frage ist rhetorischer Art, denn Rudi ist bereits auf dem Weg. Irgendwie werde ich das Gefühl nicht los, dass ich mit meinen Problemen nicht ernst genommen werde. Ehrenamt! Als ob ich für so etwas geschaffen bin! Okay, Rudi hat insofern recht, als dass ein Ermittler nicht auf halber Flamme kochen kann; und sich auf irgendwelche Versprechen der oberen Etagen einzulassen, wäre naiv. Nein, wenn ich es konsequent zu Ende denke, dann ist es wohl wirklich besser, einen Schlussstrich zu ziehen.
Einigermaßen gefrustet schaue ich bei Inge Manderscheid vorbei und frage nach, ob es Neuigkeiten gibt. Inge, die als Kommissariatsgehilfin normalerweise für gute Laune sorgt, schaut mich traurig an.
»Was ist los, Inge. Welche Laus ist Dir über die Leber gelaufen?«
»Ach, Josch! Nichts Konkretes, aber das Ganze deprimiert mich.«
»Wo liegt denn der Hase im Pfeffer?«
»Wie soll ich das erklären? Ich werde überall geblockt. Keiner erzählt mir was. Ich mache die Hilfstante, dabei wäre ich gerne Teil des Teams; richtig dabei. Das bin ich aber nicht. Ich würde gerne mehr machen als nur die Schreibarbeit und Kaffee kochen. Ich mach das gerne, aber weißt Du, richtig ermitteln …«
Dieses Thema kommt jedes Jahr mindestens einmal aufs Tab-

leau, ich habe nur noch nicht rausgefunden, welchem Zyklus die Wiederkehr folgt. Inge fühlt sich ausgegrenzt und unterfordert. Wie immer bin ich völlig überfordert mit der Aufgabe, aufmunternde Personalgespräche zu führen, erst recht, wenn Inge den Tränen nahe ist und mich mit diesen Rehaugen anschaut, als hätte ich gerade ihren Heiratsantrag zurückgewiesen.
»Herzallerliebste Inge, das ist im Augenblick der am schlechtesten geeignete Zeitpunkt. Ich will sagen ... wir müssen darüber mit Rudi und den anderen ... ich meine, ich verstehe Dich, Du kennst meine Meinung ... Du bist mit dem, was Du machst, von unschätzbarem Wert ... wir müssen drüber nachdenken.«
»Das sagt Ihr immer, aber es passiert nichts, überhaupt nichts! Wenn Rudi und Du demnächst in Rente gehen, dann hört mir niemand mehr zu.«
»Wer sagt denn, dass ich in Rente gehe?«
»Na alle! Nun tu nicht so!«
»Wie? Alle?«
»Na eben alle! K3, K4, in der Kantine; überall heißt es, dass Du nächstes Jahr die Flatter machst!«
»Und wenn ich verlängere?«
»Äh, verlängern, äh – also – echt?«
»Was wäre daran außergewöhnlich?«
»Da rechnet wohl niemand damit!«
»Wieso nicht?«
»Weil ... freiwillig? Das willst Du Dir antun?«
»Ihr habt alle keine Ahnung! Es ist ... Ich bin in meinem Büro und möchte vorläufig nicht gestört werden!«
Jetzt reicht's mir! Das sieht aus, als wären die froh, wenn sie mich endlich loswerden! Am Gescheitesten wäre es, wenn ich mich gleich aufmache und nach Hause fahre. Also wirklich! Da versuche ich jahrelang, die Truppe beisammenzuhalten. Warum tue ich mir das überhaupt an?
Der Morgen schreitet fort und ich sitze an meinem Schreibtisch, ohne einen Schritt weiter zu kommen – weder was mei-

nen Ruhestand angeht, noch hinsichtlich des Falles in Orscholz. Ein ergebnisloser Montagvormittag, es ist zum Kotzen!
Am besten, ich nehme mir für den Rest des Tages frei. Vielleicht bringt mich ein langer Spaziergang auf andere Gedanken oder der Lösung ein Stück näher.
Ich mache Freizeitausgleich, schreibe ich in die Mail und verteile sie zu den Kollegen, dann mache ich mich aus dem Staub, ohne mich persönlich abgemeldet zu haben.
In meiner Bexbacher Wohnung gäbe es zwar eine Menge zu tun, aber dazu habe ich nun wirklich keinen Bock! Erst recht nicht auf Fensterputzen! Bevor ich mich festlege, wohin mein Spaziergang führen soll, blättere ich durch das Amtsblatt. Ehrenämter sind nicht ausgeschrieben, stattdessen gibt es viele Berichte über irgendwelche Ehrungen. Blutspender, Altenpflege, Kinderbetreuung, Tierschutzverein, Arbeiterwohlfahrt. Feuerwehr und Angelsport. Arbeiterwohlfahrt, Kirchenchor und Laienspieltruppe. Anfragen unter: Gesucht wird? Fehlanzeige. Ich sollte ein Inserat aufgeben!
Pensionierter Kriminalhauptkommissar sucht ehrenamtliche Tätigkeit.
Lieber nicht! Die Antworten kann ich mir lebhaft vorstellen: Einbruchsberatung, Personenschutz, Kaufhausdetektiv, Busbegleiter. Oder Ausbilder für Schäferhunde! Nein danke!
Ich entdecke eine Kleinstanzeige. Im Amtsblatt sind selbst große Inserate Kleinanzeigen, ich bräuchte eigentlich eine Lupe.
Frankonia – Jagdausrüstung.
In Bexbach Richtung Kleinottweiler. Das sind nur ein paar Kilometer. Für einen Spaziergang zu weit, ich sollte anrufen. Oder nicht? Mein Schweinehund will mich vom Spazierengehen abhalten! Ich spiele ihm einen Streich, rufe an und frage nach, wie lange geöffnet ist. Bis 18 Uhr; das schaffe ich. Oder?
Ich lasse mich auf einen Kompromiss ein, fahre die halbe Strecke und stelle den Wagen auf den Parkplatz eines Discounters. Von hier aus ist es ein Kilometer bis zum Ziel. Viel ist das nicht,

aber ich muss später wieder zurück und, weswegen sehe ich mich genötigt, mich vor mir zu rechtfertigen?
Zwanzig Minuten später betrete ich das Geschäft. Meine Güte, was für ein riesiger Laden! Hosen, Jacken, Mäntel, Socken – alles, was der Jäger braucht. Oder nicht! Postfaktische Notwendigkeiten. Hüte, nicht zu vergessen. Rucksäcke, Klappstühle und Thermoskannen. Oliv und andere Grüntöne. Oder Tarnfarben! Damit könnte man in den Krieg ziehen. Was ist mit Jagdhunden? Wundern würde es mich nicht.
Aha, dort hinten sind die Waffen. Schränke, Wände, Regale voller Handfeuerwaffen, Gewehre und Langflinten. Das reicht für ein ganzes Bataillon. Hoffentlich sind die gut gesichert.
»Kann ich helfen?«
Die Stimme kommt von links hinter mir und lässt mich herumfahren, weil ich den Eindruck habe, ein Hirsch röhrt mir ins Ohr.
»Ähm, ja; ich möchte mich nach einer Armbrust umschauen«, erkläre ich und beschließe spontan, meine Identität vorerst nicht preiszugeben.
»Haben Sie an etwas Spezielles gedacht, der Herr?«
»Nein, ich möchte mich ganz allgemein erkundigen.«
»Für Sie nehme ich an.«
»Genau!«
»Gut, dann kommen Sie bitte mit. Wir haben nur zwei, drei Modelle da, aber ich kann Ihnen eine große Auswahl im Katalog zeigen. Die Armbrust ist eine sehr spezielle Waffe, heute weniger für die Jagd gebräuchlich; wir verkaufen sie eher selten. Wenn Sie Erfahrung im Umgang …«
Es entwickelt sich ein langes Gespräch, in dem der bullige Verkäufer mit Rauschebart und Zottelhaar versucht, mir zu entlocken, was ich mit der Waffe anfangen will. Ich muss mir alle möglichen Unverbindlichkeiten einfallen lassen, um den wahren Grund meines Besuches zu verheimlichen.
Schließlich wird es dem Mann zu bunt.

»Hören Sie!«, sagt er unwirsch. »Wir beenden an dieser Stelle das Verkaufsgespräch! Der Gebrauch einer Armbrust ist strafbar. Ich verkaufe Ihnen so eine Waffe nicht, weil ich nicht weiß, was Sie damit anstellen wollen. Ich traue Ihnen nicht über den Weg und weiß nicht, was Sie vorhaben. Eigentlich sollte ich Sie melden.«

»Gut!«, kapituliere ich. »Sie machen das richtig gut!«

Ich zeige ihm meinen Dienstausweis, erkläre ihm die Umstände, soweit er sie wissen muss, und ordne an, dass dieses Gespräch vertraulich zu behandeln ist. Dem Verkäufer fällt beinahe hörbar ein Stein vom Herzen.

In der nächsten halbe Stunde beantwortet er ausführlich und bereitwillig alle meine Fragen. Er gibt an, kein Spezialist zu sein, weiß aber, dass es in der näheren Umgebung keinen Verein gibt, der sich ausschließlich dem Armbrustschießen widmet. Ich erfahre, dass es Dutzende von Modellen und Typen gibt. Manche gleichen einem Gewehr mit Schaft, Zielfernrohr und querliegendem Bogen, andere verfügen über eine komplizierte und filigrane Mechanik, die mich an Da Vincis Skizzen von Kriegsmaschinen erinnern. Die Preisspanne reicht von 300 bis einige tausend Euro, wobei sich Modell und Preis in den schier unendlichen Kombinationen von Zugkraft, Pfeilgeschwindigkeit, Durchschlagskraft und Gewicht unterscheiden. Je teurer, desto komplizierter die Technik und umso abenteuerlicher das Aussehen. Für fast alle Modelle gibt es Pfeile und Pfeilschäfte, auf die Bolzengeschosse aufgeschraubt werden können. Genaueres über die Durchschlagskräfte in Kombination mit den Reichweiten ist weder aus dem Katalog noch vom Verkäufer zu erfahren. Ich mache mir Notizen und erkundige mich nach Interessenten aus den vergangenen Wochen, aber die Antwort ist niederschmetternd.

»Ich muss gestehen, dass ich nie eine Armbrust verkauft habe. Nie, obwohl ich seit vierzehn Jahren hier bin. Als Verkäufer muss ich aber auf dem Laufenden bleiben, das bin ich meinem

Beruf schuldig! Ob mein Kollege so was je verkauft hat, weiß ich nicht. Er ist zurzeit in Urlaub. Mit Sicherheit nicht in diesem Jahr, das wüsste ich!«

»Ist es möglich, dass ich den Katalog für ein paar Tage ausleihe?«

»Das wird dem Chef zwar nicht gefallen, aber von mir aus. Notfalls behaupte ich, Sie hätten ihn konfisziert.«

»Wenn er da ist, erkläre ich es ihm.«

»Nein, der ist nicht da.«

»Sein Stellvertreter?«

»Steht vor Ihnen! Manfred Sunderbaum.«

»Dann danke ich Ihnen, Herr Sunderbaum. Ich lasse Ihnen meine Karte hier, falls wider Erwarten ein Kunde auftaucht.«

»Falls Sie den Jagdschein machen wollen, melden Sie sich bei mir!«, grinst er.

»Nein danke, kein Bedarf; ich bin ausgelastet.«

Als ich das Geschäft verlasse, sehe ich, dass dunkle Gewitterwolken am Himmel aufziehen. Auch das noch! Wahrscheinlich ist das ein Zeichen: Josch unterlasse ausgedehnte Spaziergänge! Schnellen Schrittes mache ich mich auf den Rückweg. Das Thema Armbrust beschäftigt mich trotz aller Hetze weiterhin. Was mache ich mit den gewonnenen Informationen? Das BKA hinzuzuziehen ist der letzte Ausweg; nein wir müssen das alleine hinkriegen, aber uns fehlt die Erfahrung mit dieser Art von Waffe. Beim Eilmarsch kommt mir eine Idee.

Möglicherweise kann Peter weiterhelfen. Peter sowieso – mein Namengedächtnis lässt mich erneut im Stich. Ein Stammgast in Micos Kneipe, von dem keiner weiß, was genau er beruflich macht. Der Staatsanwältin hatte er sich vor einem Jahr im Scherz als Bodyguard angeboten. Er hatte durchblicken lassen, dass er als Sicherheitsberater in einer Behörde tätig ist – der Rest ist Spekulation. Ich weiß nicht, wie ich außerhalb der Stammkneipe an Peter rankommen soll, den Kontakt muss Marion herstellen.

Als ich den Parkplatz erreiche, setzt der Regen ein. Es schüttet

plötzlich wie aus Kübeln. Im Laufschritt lege ich die letzten Meter zum Auto zurück und werde trotzdem nass bis auf die Haut.
Zu Hause stelle ich mich unter die heiße Dusche und stelle anschließend fest, dass der Inhalt meines Kühlschranks einer Maus die Tränen ins Äuglein treiben würde. Was bin ich für ein Idiot; stehe auf dem Parkplatz des Supermarkts und kaufe nicht ein. Im Vorratsregal strahlt mich eine alte Dose mit Weinsauerkraut an. Weiß der Geier, wie lange die hier steht. Nein danke! Der Pizzadienst liefert ab 18 Uhr – meine letzte Rettung. Zwiebel und Schinken.
Während ich auf die Lieferung warte, rufe ich bei Marion an. Sie geht nicht ran. Ihr Handy erklärt mir blechern, dass der Teilnehmer zurzeit nicht erreichbar ist. Wahrscheinlich bei einem Plausch in der Nachbarschaft. Oder bei Tochter Katja und den Enkelkindern. Dingdong. Die Pizza! Ich verschlinge sie mit Heißhunger.
Die Nachrichten im Fernsehen berichten von den neuesten Verrücktheiten des amerikanischen Präsidenten und dem Chaos in der Europäischen Union. Mittlerweile weiß der Zuschauer nicht mehr, was er glauben soll, logisch nachvollziehbar ist das alles nicht mehr. Meine Lage auf der Couch ist dermaßen entspannt, dass ich den Wetterbericht nicht mehr mitbekomme. Ich schrecke hoch, als das Telefon klingelt. Es ist 21 Uhr 45. Es gibt nur eine Person, die auf die Idee kommt, um diese Zeit auf meinem Festnetzanschluss anzurufen.
»Hallo Marion!«, melde ich mich, ohne aufs Display zu schauen.
»Schläfst Du schon?«
»Nicht mehr!«
»Entschuldigung! Ich war bei Katja. Die Kinder waren sooo süß. Du hattest angerufen? Was Wichtiges?«
»Sonst hätte ich nicht angerufen.«
»Hahaha!«
»Hast Du die Telefonnummer von Peter?«

»Von welchem Peter?«
»Der Stammgast bei Mico ist.«
»Der Sohn von …«
»Ich weiß nicht, wessen Sohn das ist. Hast Du die Nummer?«
»Nein, aber die Mail-Adresse.«
»Dann schick ihm bitte eine Nachricht, dass er mich morgen anrufen soll. Es ist dienstlich und dringend.«
»Was hast Du denn mit dem?«
»Kann ich Dir im Augenblick nicht erklären.«
Wir reden eine Weile über den Tag und dem, was Marion alles erlebt hat; als ich ins Bett gehe, ist es halb elf.
Während ich einschlummere, denke ich an Wilhelm Tell, aber der kommt als Täter nun wirklich nicht infrage – er hat ein wasserdichtes Alibi!

# 11.

»Ein zweites Mal tue ich mir das nicht an!«, moserte Oswald Wessel laut und machte sich auf den Rückweg.

Denkmal hin, Denkmal her – das Mahnmal konnte den Bergbau nicht ersetzen; es war nicht mehr als der verzweifelte Versuch der Verantwortlichen, sich ein reines Gewissen zu verschaffen. Das Polygon sollte der stählerne Ausdruck einer Entschuldigung und der Hochachtung sein, aber es taugte weder für das eine noch für das andere. Der Bergbau ist tot! Basta! Für immer und ewig! Eine Schande!

Ja, ja, die Bergbaugegner! Zu Hause hinter dem warmen Ofen sitzen und sich beschweren, weil die Garage einen Riss im Putz abbekommen hat! Jetzt haben sie, was sie auch nie wollten: Atomstrom aus Cattenom! Blödes Volk!

Verbittert und mit quälenden Erinnerungen an seine Zeit als Bergmann und mit Schwermut im Herzen, schlurfte Oswald Wessel über den Steg des Polygons. Mittlerweile waren dichte Nebelfetzen über die Bergehalde Duhamel gezogen, Regen kündigte sich an.

»Nicht einmal die Aussicht ist berauschend!«, murmelte Oswald Wessel und schlenderte weiter. »Alles Kacke, ich gehe wieder runter.«

Zum Dämmerschoppen würde er wieder in Nalbach sein. In seiner Stammkneipe, beim »Friedsche«. Ja, zum Friedsche, da kamen immer weniger hin, das würde nicht mehr lange gut gehen. Die Wirtin war um die Siebzig, und wenn die dichtmachen würde, gäb's keine Kneipe mehr für die Alten und Ehemaligen.

Ein letzter Blick von der Plattform, kaum etwas zu erkennen – düster, genau wie die Zukunft des Landes und die Schließung der Gruben. Alternative Energien, so ein Blödsinn, die wollte keine Sau – nur noch Verrückte! Glückauf? Was für ein Hohn!

Während er vor sich hin grummelte, kam Oswald Wessel am Ende des Stegs an. Plötzlich verspürte er einen heftigen Schlag im Genick. Oswald taumelte und brach zusammen, bevor er sich Gedanken darüber machen konnte, was gerade mit ihm passierte.

Es schepperte laut, als sein Kopf auf der Metallkonstruktion aufschlug, aber das konnte der ehemalige Bergmann nicht mehr hören.

# 12.

Was das Wetter betrifft, verspricht der Dienstag ein guter Tag zu werden. Die Septembersonne entwickelt an einem wolkenlosen Himmel bereits am frühen Morgen viel Kraft und verströmt eine wohlige Wärme. Ein guter Tag, um in den Außendienst zu verschwinden, aber zum einen gibt es draußen nichts mehr zu ermitteln und zum anderen werde ich in meinem Beruf oft mit brutalen Wahrheiten konfrontiert, die mich das schöne Wetter vergessen lassen.

Ich sitze am Schreibtisch, gehe die Aussagen und Berichte erneut durch und harre der Dinge, die da kommen. Bis auf Inge Manderscheid, die mich mit Kaffee versorgt und keines Blickes würdigt, lässt sich niemand blicken. Wahrscheinlich haben sich die Kollegen gestern Nachmittag beraten und es für besser befunden, mich vorerst in Ruhe zu lassen. Mir ist das im Prinzip recht, aber für die Ermittlungsarbeit ist das hinderlich.

Um 9 Uhr 30 meldet sich Peter und fragt zunächst mürrisch, was ich von ihm will. Als ich um Verschwiegenheit bitte und es ihm schließlich erkläre, wird er zugänglich. Er scheint einen merkwürdigen Job zu haben, in dem Geheimhaltung eine zentrale Rolle spielt, weswegen er mir trotz Nachfrage nicht erzählt, für wen er arbeitet.

Die Art und Weise, wie er Details hinterfragt und antwortet, lässt mich vermuten, dass er weiß, wovon er redet.

»Je nach Schattenfall und Windverhältnissen ist das zwar kein einfacher Schuss, aber für einen geübten Schützen sollte es kein Problem sein.«

Peter schildert mir die Besonderheiten, an die ein Scharfschütze denken muss, und kommt zu dem Schluss, dass die Corioliskraft im vorliegenden Fall keine Rolle spielt.

Ich kommentiere das mit einem wissenden »Aha!«

Früher mal gehört; in Physik oder bei der Schießausbildung, aber das ist Jahrzehnte her – zu lange, um bis heute präsent zu sein.

»Ich gehe davon aus, dass das Geschoss eine Geschwindigkeit von etwa 300 Stundenkilometern hatte. Grob gerechnet unter Berücksichtigung der Entfernung, des Anstellwinkels und der notwendigen Durchschlagskraft.«

»Glaubst Du, dass der Schütze ein Zielfernrohr benutzt hat?«

»Auf jeden Fall!«

Am Tonfall merke ich, dass die Frage anscheinend ziemlich dämlich war.

»Eine Armbrust wiegt je nach Ausführung zwischen 3,5 und 6 Kilogramm, ist also in etwa so schwer wie ein gewöhnliches Gewehr, allerdings viel sperriger und das Nachladen dauert länger. Der Schütze muss bei jedem Schuss komplett neu ansetzen.«

Peters Interesse ist nun geweckt; er quasselt ohne Unterlass. Weiß der Teufel, woher er das alles weiß.

»Eine leistungsfähige Armbrust kannst Du in der Durchschlagskraft in etwa mit einem 22er Kleinkalibergewehr gleichsetzen, etwa ein Zehntel von dem eines G3 der Bundeswehr. Ich schätze, dass Dein Schütze einen Compound-Bogen benutzt hat. Pfeil-Bolzen-Kombinationen sind Standard, die bekommst Du für jede Armbrust. Es gibt zwar Gewehrarmbrüste, aber …«

»Armbruste oder Armbrüste?«, unterbreche ich.

»Du hast Probleme! Oberbegriff Ballermänner!«

Diese Definition finde ich super!

»Kannst Du mir etwas über die gängigen oder geeigneten Fabrikate sagen?«, hinterfrage ich.

»Wenn ich es zu entscheiden hätte, würde ich mich für eine HAWK entscheiden. Die gibt es in verschiedenen Ausführungen, als »Dessert« oder »Forrest«, je nach Gewicht und Pfeilgeschwindigkeit. Kommt drauf an, was Du damit vorhast.«

»Menschen töten!«
»Das kannst Du auch mit einer Zwille!«, bemerkt Peter. Ich glaube, er ist leicht angesäuert.
»Erzähl mir etwas über den potenziellen Täterkreis! Wer kommt Deiner Meinung nach infrage?«
»Stopp, Josch! Kein Kommentar! Frag bei Saartoto nach, die sind fürs Glückspiel zuständig; ich beteilige mich nicht an Spekulationen!«
»Ich dachte, Du kennst Gruppierungen?«
»Kein Kommentar!«
Keine Ahnung, warum Peter an dieser Stelle plötzlich blockiert.
»Josch, ich muss Schluss machen! Termine!«
»Eine letzte Frage: Wie kommt ein Interessent unauffällig an so eine Waffe ran?«
»Ausland. Internet. Fast alle Hersteller, egal wo sie ihren Firmensitz haben, lassen mittlerweile in China oder sonst wo in Asien produzieren. Der Schwarzmarkt ist unüberschaubar. Du kannst Dich umhören, aber ich glaube nicht, dass Ihr fündig werdet; es sei denn, er war blöd und hat das Ding um die Ecke gekauft.«
»Ich weiß: Das Glück ist ein Kamel und sucht nur seinesgleichen.«
»Hast Du gesagt!«
»Vorerst danke, Peter.«
»Das kostet Dich drei Bier bei Mico. Mindestens!«
»Okay, wir sehen uns.«
Ein aufschlussreiches Gespräch in Sachen Armbrust, aber dem Täter bin ich keinen Schritt näher gekommen.
Die Tür fliegt auf, Rudi stürmt aufgeregt in mein Büro.
»Bei Dir war dauerbesetzt! Komm rüber, es gibt einen weiteren Toten!«
Rudi ist weg, bevor ich nachhaken kann. Bei dieser Formulierung und Rudis Zustand ist die Katastrophe vorhersehbar. Ich ahne, was das bedeutet. Eine Minute später habe ich Gewissheit.

Auf der Bergehalde Duhamel ist im Saarpolygon eine männliche Leiche gefunden worden. Mit einem Pfeil im Kopf!
Rudi Closter erklärt, dass der Leichenfund vor wenigen Minuten von der Polizeidienststelle Ensdorf und fast zeitgleich von der Polizeiinspektion Bous gemeldet worden ist.
»K4 ist unterwegs; die Kollegen sind unterbesetzt, Du musst Dich daher beeilen, die brauchen unsere Unterstützung, weil.«
»Ich weiß! Hubertus ist auf Hochzeitsreise. Ich fahre los, Marius und die Staatsanwältin sollen nachkommen.«
Da ich bei dem herrschenden Verkehr nicht anders vorwärtskomme, fahre ich entgegen meiner Gepflogenheiten mit Blaulicht und Sirene. Anderen Kollegen mag das Spaß machen – mir nicht; ich hasse diese Raserei! Die 30 Kilometer schaffe ich in 20 Minuten, werde am Fuße der Bergehalde vom Sicherungsposten auf den Schotterweg durchgewinkt und brettere hinauf auf das Plateau, wo ich den Wagen auf der Freifläche vor der Metallkonstruktion parke. Als ich aussteige, überholt mich meine eigene Staubfahne, aus der ich eiligst Richtung Treppe haste.
Seit Monaten nehme ich mir vor, dem Mahnmal für den Niedergang des Bergbaus einen Besuch abzustatten, aber irgendwie habe ich es nie geschafft. Auf eine erste Begegnung unter diesen Umständen hätte ich gerne verzichtet.
Unterwegs war die Konstruktion in der Morgensonne weithin sichtbar gewesen, aber hier oben erscheint sie mir weniger gewaltig. Der Wagen vom K4 steht am anderen Aufgang, aber ich nehme den kürzeren Weg, bevor mich die Staubwolke einholt. Als ich die Treppe erreiche und nach oben schaue, frage ich mich, wie hoch das Denkmal wohl sein mag. Das sind bestimmt 20 Meter! Polygon! Vieleck, das passt, viele Ecken hat das Ding. Aber warum der hochtrabende Name Polygon? Keine Ahnung, was das soll. Ich haste weiter die Treppen hinauf. Griechisch oder lateinisch? Egal; saarländisch! Saarpolygon. Verdammt sind das viele Stufen! Nach dem dritten Podest

beschließe ich, meinen Plan zur Gewichtsreduzierung nicht auf die lange Bank zu schieben. Oben angekommen pumpe ich wie ein Maikäfer kurz vor dem Abheben.

Am anderen Ende des Querganges stehen die Kollegen vom K4. Ich erkenne Nora Klein trotz ihres Ganzkörperkondoms an ihrer Figur. Lang und hager! Wieso heißt die eigentlich Klein?

»Nora!«, rufe ich so laut ich kann, denn es sind mindestens 30 Meter bis auf die andere Seite. »Schick mir bitte Überzieher rüber!«

Überzieher rüber! Was für eine Formulierung! Überzieher rüber! Füßlinge? Füßlinge rüber! Klingt genauso bekloppt.

Eine Antwort bekomme ich nicht, aber eine Figur macht sich auf den Weg. Auf halber Strecke erkenne ich einen jungen neuen Kollegen, dessen Namen mir sicherlich einmal bekannt war, den ich aber wieder vergessen habe.

»Du solltest Dir welche ins Auto legen«, mault er, als er bei mir ankommt. »Außerdem hast Du den falschen Aufgang genommen; hat Dir der Posten das nicht gesagt?«

»Da ist kein Posten! Und meine Füßlinge liegen im Kofferraum, ich habe nur vergessen, sie rauszunehmen. Du wirst mir nicht zumuten wollen, dass ich den ganzen Weg noch mal mache!«

»Hast wohl ein paar Kilo zu viel, Josch!«, grinst der Kollege und gibt mir die Überzieher.

»Rotzlöffel! Ich wünsche Dir einen schönen Tag. Dünnschiss, zwei gebrochene Arme und kein Klopapier! Frechheit! Wie weit seid Ihr?«

»Komm mit, Nora wird es Dir erklären!«

Ich streife die Plastiktüten über die Schuhe und Unterschenkel und tappe vorsichtig auf die andere Seite, wo Nora mich begrüßt.

»Bei aller Liebe, aber es war nicht mein Wunsch, Dich so schnell wiederzusehen«, antworte ich.

»Da sind wir schon zu zweit, aber was willste machen. Josch, ich fürchte, Du hast ein Problem!«

»Nach Rudi Closters Kurzinfo habe ich das befürchtet. Armbrust, Bolzen, Schuss ins Auge?«
»Fast! Diesmal Genickschuss! Ohne der Gerichtsmedizin vorgreifen zu wollen, aber ich glaube, dass der Mann tot war, bevor er auf dem Boden aufschlug. Geringer Blutverlust. Schussrichtung nach Erstanalyse von da.«
Nora zeigt in die Richtung, aus der ich gerade gekommen bin.
»Wir analysieren das genauer, aber ich bin mir ziemlich sicher.«
»Ich bin da gerade drüber getappt, tut mir leid.«
»Nicht weiter tragisch. Wenn was da ist, werden wir es finden. Aber ich schätze, dass wir nichts finden werden. Siehe Orscholz.«
»Todeszeitpunkt, Identität?«
»Mehr als zwölf Stunden schätze ich – vorbehaltlich.«
»Der Gerichtsmedizin, ich weiß!«
»Ausweis, Führerschein, Geldbörse, Autoschlüssel, alles da. Der Mann heißt Oswald Wessel, 63 Jahre, wohnhaft in Nalbach, Litermontstraße 1. Der Schlüsselbund zeigt das Logo von VW.«
Ich notiere Name und Adresse.
»Die Rechtsmedizin wird hoffentlich gleich da sein«, seufzt Nora. »Bei dem Wetter muss der bald weg! Außerdem haben wir jede Menge Arbeit; Hubertus fehlt an allen Ecken und Kanten.«
»Sag ihm das bloß nicht, wenn er wieder da ist, sonst schnappt er ganz über«, lache ich. »Wann kommt er eigentlich zurück?«
»Ich habe mit ihm telefoniert. Er kommt einen Tag früher als geplant. Morgen!«
»Das wird mich wieder ein Frühstück kosten.«
»Davon kannst Du ausgehen! Der und seine Mettbrötchen!«, Nora Klein verdreht die Augen. »Mir ist völlig schleierhaft, wie ein Mensch so etwas mögen kann.«
»Nora, an Hubertus ist mir alles schleierhaft. Du schätzt vor

mindestens zwölf Stunden?«
»Schätze ich, ja.«
»Das wäre mitten in der Nacht. Für einen guten Schuss braucht der Schütze Licht.«
»Mindestens zwölf Stunden! Das kann im Restlicht des Spätabends passiert sein.«
»Dann stellt sich die Frage, was er spät hier oben wollte.«
»Zum Beispiel den Sonnenuntergang genießen?«, provoziert Nora.
»Wie romantisch! Wer hat ihn gefunden?«
»Zwei städtische Bedienstete vom Bauhof; die schauen hier ab und zu vorbei wegen Müll und so.«
»Wo sind die aktuell?«
»In der Inspektion Ensdorf. Dort warten sie auf Dich.«
Unten fährt ein Wagen vor. Marius Sorg und Daniela Sommer steigen aus. Anscheinend ist der Polizeiposten nicht am Platz, denn die beiden steuern auf die gleiche Treppe zu, die ich genommen habe. Sofort erkenne ich, dass meine Stunde gekommen ist – von wegen zu dick, Frau Staatsanwältin!
Es dauert eine Weile, bis sie den Aufstieg geschafft haben, dann endlich tauchen sie am anderen Ende des Übergangs auf.
»Halt! Keinen Schritt weiter!«, brülle ich. »Ihr kontaminiert den Tatort! Nehmt die andere Treppe!«
»Josch, Du bist unmöglich«, raunt mir Nora zu, verzieht aber keine Miene.
»Das ist nicht Euer Ernst!«, ruft die Staatsanwältin zurück. »Bringen Sie uns Überzieher rüber!«
Ha! Überzieher rüber! Der fällt also auch nichts Besseres ein!
»Tut mir leid, keine mehr da! Sie müssen den anderen Aufgang nehmen!«
»Wie wäre es, wenn Sie mich auf den Rücken nehmen?«, schreit Frau Sommer.
Soweit kommt's! Marius hat den Rückweg angetreten und sprintet die Treppe runter. Kein Wunder, der Mann ist zehn

Jahre jünger und doppelt so viele Kilogramm leichter als Frau Sommer.

»Bei meinen Bandscheiben würde daraus ein Fall fürs Versorgungsamt.«

Laut vor sich hin fluchend, macht sich Frau Sommer an den Abstieg.

»Du bist ein Scheusal, Josch!«, grinst Nora. »So was von gemein; die arme Frau Sommer.

»Dein Mitleid ist völlig fehl am Platz, Nora. Neulich hat sie behauptet, ich sei übergewichtig. Ausgerechnet sie!«

»Okay, dann geschieht es ihr Recht!«

»Glaubst Du, dass ich zu dick bin?«

»Ich halte mich da raus!«

Auch eine Antwort!

Marius kommt die Treppe hochgestürmt, als seien es nur ein paar Stufen.

»Du bist echt fit!«, kommentiere ich seine Leistung.

»Ich jogge jeden Tag, sofern es der Dienst zulässt! Wäre für Dich auch eine Option!«

Wieder eine Anspielung!

»Das glaube ich nicht!«, stottert Marius, als er auf die Leiche schaut. »Nora sag bitte, dass es nicht das ist, wonach es ausschaut!«

Als sie betroffen nickt, schlägt sich Marius mit der flachen Hand an die Stirn.

»Oh Gott, das darf nicht wahr sein!«

»Marius, Du fragst als Erstes nach, ob ein Mann namens Oswald Wessel als vermisst gemeldet ist!«, ordne ich an und gebe ihm die Wohnadresse durch. »Find raus, was er für einen Wagen fährt, wahrscheinlich einen VW, hier sind die Schlüssel. Die sollen nachschauen, ob er unten auf dem Parkplatz steht. Sicherstellen, Spuren … das übliche Programm.«

Auf der Treppe kündigt unbändiges Fluchen und lautes Gepolter die Ankunft der Staatsanwältin an. Ihre schweren stampfenden Schritte lassen das Metallgerüst vibrieren. Erst erscheinen Kopf und Rücken, dann schiebt sich der ganze Körper ins Bild. Auf dem letzten Podest bleibt Frau Sommer stehen und schnappt nach Luft.

»Wie kann man nur – « Keuchen » – auf Kosten des Steuerzahlers – « Keuchen » – ohne Aufzug – « Keuchen » – ein Bauskandal sonders Gleichen!«

Die letzten Stufen schleppt sie sich nach oben und lehnt sich schließlich an die Brüstung.

»Hätte man den nicht unten abmurksen können?«, beschwert sie sich. »Auf unsereins nimmt keiner Rücksicht!«

»Der Täter war wahrscheinlich ein Mann! Männer nehmen nie Rücksicht!«

»Wie witzig! Kriminalrat Closter hat mich am Telefon vorinformiert. Ist es tatsächlich das gleiche Muster?«

»Ich fürchte ja, Frau Staatsanwältin«, antwortet Nora.

»Nun lassen Sie mal die Staatsanwältin, Frau Klein!«

»Wie es aussieht, ist jemand auf ältere Herren nicht gut zu sprechen«, kommentiert Marius.

»Kann ich verstehen«, bemerkt die Staatsanwältin und schaut mich an, als wolle sie mir gleich an die Gurgel gehen.

»Was soll das heißen?«, frage ich.

»Naja, der in Orscholz war etwa genauso alt«, stellt Marius lapidar fest.

»Genug gealbert!«, geht Staatsanwältin Sommer dazwischen. »Was haben wir?«

Ich überlasse es Nora, die wenigen Sachverhalte vorzutragen, während ich wie auf Samtpfoten den Übergang durchschleiche und nach oberflächlichen Spuren suche.

»Da liegt etwas; sieht aus wie ein Kaugummipapier«, rufe ich nach hinten, worauf der junge Kollege mit einem Asservatenbeutel anrückt. Es folgen ein gebrauchtes Papiertaschentuch und ein klebriges Gummibärchen; weinrot.

»Ich stehe eher auf Waldmeister«, kommentiere ich den fra-

genden Blick des Kollegen.
Mehr ist auf den ersten Blick nicht zu entdecken. Das Zeug kann von allen möglichen Leuten stammen, aber wahrscheinlich nicht vom Täter. Wer einen Mord derart akribisch plant, hinterlässt nicht solche Spuren, da bin ich sicher. Die Treppe überlasse ich dem jungen Kollegen und gehe zurück zu Nora Klein, Marius Sorg und Staatsanwältin Sommer.
»Sichert unten alle Reifenspuren«, gebe ich vor. »Und vergesst die Vergleichsabdrücke des Bauhofwagens nicht!«
»Josch, darum haben wir uns bereits gekümmert. Auf dem Schotter gibt es keine Spuren; ich habe jedenfalls keine entdeckt. Wenn wir hier oben fertig sind, schauen wir uns das Umfeld an. Ihr müsst uns unter die Arme greifen, wir schaffen das nicht alleine.«
»Selbstverständlich! Marius wird euch unterstützen; unter Umständen hat Frau Sommer ebenfalls Lust und Zeit – ich jedenfalls muss unverzüglich nach Bous zur Polizeiinspektion und die Männer befragen, die den Mann gefunden haben.«
Staatsanwältin Sommer ist über meinen Vorschlag nicht gerade erfreut, aber es bleibt ihr keine Wahl, weil sie auf die Mitfahrgelegenheit bei Marius angewiesen ist. Es wundert mich allerdings, dass sie nicht mit nach Bous will; mir soll's recht sein.
Fünf Minuten später fahre ich über den Schotterweg die Halde hinunter, bis zur Inspektion Bous ist es nicht weit. Nach einer Viertelstunde biege ich in die Mannesmannstraße ein und parke im Innenhof des Gebäudekomplexes.
Ich frage mich durch und werde zu einem Beamten geleitet, der sich als Polizeiobermeister Gunnar Ptschiballa oder so ähnlich vorstellt.
»Sag Gunnar, meinen Nachnamen kann sowieso kein Mensch richtig aussprechen. Gut, dass Du kommst, Kollege; ich bin froh, wenn ich die zwei Chaoten los bin.«
Ich schätze den Beamten auf Mitte dreißig. Er gibt sich freundlich und nett, scheint aber genervt zu sein. Den Grund erkenne

ich wenige Augenblicke später, als er mir Thorsten Kammerländer und Norbert Walch vorstellt.
»Das sind die Herren, die die Leiche gefunden haben. Bitte sehr, Deine Zeugen!«
Kammerländer schätze ich auf Ende zwanzig, Anfang dreißig; seinen Kumpel ungefähr doppelt so alt.
»Ja, genau«, legt Kammerländer sofort los. »Der Norbert hat ihn entdeckt.«
»Das ist Stunden her«, bestätigt Walch, »und wir sitzen hier dumm rum. Die Frühstückspause ging uns komplett durch die Lappen.«
»Mach keinen Wind!«, fährt Gunnar dazwischen. »Ich habe Euch Kaffee und warmen Fleischkäse bringen lassen. Wo ist das Problem?«
»Problem? Wir haben Mittagspause«, beschwert sich Kammerländer.
»Keine Sorge, wird nicht lange dauern«, interveniere ich.
»Geht das auf Überstunden?«, fragt Walch. »Nachher ziehen sie uns das vom Lohn ab und es heißt, wir hätten uns verpisst.«
»Keine Sorge, wir regeln das. Sonstige Probleme?«, frage ich.
»Kann ich 'ne Flasche Bier haben?«, fragt der Jüngere.
»Klar! Und eine Stange Zigaretten und ein paar Pornohefte. Oder wollt ihr ein Eis?«
»So geht das die ganze Zeit!«, seufzt Gunnar.
»Dann wollen wir dafür sorgen, dass die Herren ganz schnell hier wegkommen; vorausgesetzt, sie erzählen ausführlich, was los war und beantworten meine Fragen.«
Diesen beiden brauchbare Informationen zu entlocken, ist ein schwieriges Unterfangen. Walch hat wenig Lust und nur eine einzige Sorge: den pünktlichen Feierabend um 14 Uhr 30 zu verpassen. Gut möglich, dass die Schwarzarbeit auf ihn wartet. Sein Kollege Kammerländer ist keiner von der hellsten Sorte und redet meist Stuss. Schwer zu erkennen, was Dichtung und Wahrheit ist.

Eins scheint allerdings klar: Walch hatte die Leiche irgendwann zwischen halb zehn und zehn entdeckt, als er die Treppe hochgegangen war; den Übergang hatte er nicht betreten.
»Sie haben gleich gesehen, dass der Mann tot war?«, frage ich.
»So, wie der da lag, mit dem Pfeil im Nacken.«
»Haben Sie ihn angefasst?«
»Um Gottes willen! Ich habe gemacht, dass ich wegkomme!«
»Und Sie haben den Mann nicht erkannt?«
»Nee, müsste ich den kennen?«
»Hätte ja sein können!«
»Hätte, hätte, …«
»Sagen Sie es nicht, sonst raste ich aus!«, unterbreche ich, worauf Walch betreten schweigt.
»Fahrradkette!«, ergänzt Kammerländer und schaut unglaublich dämlich aus der Wäsche.
»Sie sind echt 'ne trübe Tasse, mein Freund! Wo waren Sie, als Ihr Kollege die Leiche entdeckt hat?«
»Unten, hab geraucht.«
»Sie sind nicht hoch?«
»Nee, der Norbert kam runter.«
»Okay! Herr Walch, Sie sind also gleich wieder runter, und dann?«
»Habe ich sofort meinen Chef angerufen.«
»Nicht gleich die Polizei?«
»Nein, erst danach. Weil der Chef gesagt hat, ich soll die Polizei anrufen.«
»Gut, dass er es gesagt hat! Dann weiß es jetzt der ganze Bauhof und das halbe Rathaus?«
»Eher das Ganze!«, seufzt Gunnar.
Die weitere Befragung der Männer bringt mich nicht weiter. Andere Personen oder ein Fahrzeug haben sie nicht gesehen, nichts angefasst und nichts Auffälliges zu vermelden.
»Außer dass es gespenstisch ruhig war«, bemerkt Kammerländer. »Ich habe gleich geahnt, dass da etwas nicht stimmt.«

»Der spinnt«, grunzt Walch. »Da war alles, wie immer; außerdem ist, da oben selten jemand.«
Dann gibt Kammerländer zu, dass sie manchmal nur hochfahren, um ungestört eine längere Kaffeepause zu machen.
Das war es dann! Gunnar telefoniert mit dem Chef des Bauhofes und erklärt die Situation, derweil nehme ich die Fingerabdrücke als Vergleichsmuster. Kurz nach 14 Uhr schicke ich die beiden Arbeiter nach Hause. Beim Rausgehen höre ich, wie sie sich auf ein Feierabendbier verabreden. Ich schätze, das wird ein feuchter Nachmittag mit ausufernden Thekengesprächen.
»Ich fahre zu der Wohnadresse des Opfers«, sage ich zu Gunnar. »Sagt Dir der Name Oswald Wessel etwas?«
»Nein, absolut nicht! Woher stammend?«
»Nalbach!«
»Ach was, ich stamme von dort.«
»Litermontstraße.«
»Das ist Piesbach!«
»Nicht Nalbach?«
»Doch, aber Piesbach!«
»Erklär's mir!«
»Piesbach ist ein Ortsteil der Gemeinde Nalbach, aber nicht Nalbach, sondern eben Piesbach.«
»So wie Manhattan zwar zu New York gehört, aber Manhattan ist?«
»Keine Ahnung, da war ich noch nicht!«
»Ich auch nicht und tschüss!«
Mein Navi leitet mich. Fraulautern, Saarwellingen, Nalbach. Auto an Auto quält sich die Blechschlange über die völlig überlastete Landstraße. 24 Minuten bei normalem Verkehr, sagt das Navi, ich brauche fast doppelt so lange. Gegen 15 Uhr erreiche ich endlich die Litermontstraße und parke vor Hausnummer 1. Der in die Jahre gekommene Backsteinbau hätte dringend eine Renovierung nötig, vor allem das Dach und die Fenster.
Ich steige aus und nehme die zwei Stufen zur Haustür. Wessel

steht auf dem Briefkasten; und auf dem verblichenen Klingelschild. Ich drücke den Knopf. Die Schelle ist so schrill, dass ich sie bis vor die Tür hören kann.
Innen tut sich nichts; ich klingele noch mal. Nichts! Die Fenster sind geschlossen. Das Haus hat keine Garage. Neben dem Haus eine mannshohe Mauer mit aufgesetztem Staketenzaun. Keine Treppe, keine Tür.
Am gegenüberliegenden Haus wird ein Fenster geöffnet. Eine alte Frau, eine sehr alte Frau erscheint im Rahmen.
»Entschuldigung«, rufe ich, während ich die Straße überquere. »Bei Wessel ist niemand zu Hause. Wissen Sie, wo …«
»Bei Oswald?«, die Stimme der Frau ist kräftig und klar.
»Genau! Wohnt der alleine hier?«
»Der ist Witwer. Seit vielen Jahren!«
»Sonst wohnt hier niemand?«
»Nein! Warum wollen Sie das wissen? Kundschaften Sie die Siedlung aus?«
»Nein, ich bin von der Polizei.« Ich zeige meinen Dienstausweis. »Wissen Sie, wo Herr Wessel steckt?« Die Frage ist gemein, aber ich muss mich ran tasten.
»Nein. Eventuell im Vereinsheim. Dort ist er oft.«
»Wann haben Sie ihn zum letzten Mal gesehen?«
»Gestern. Am Nachmittag. Da ist er mit dem Auto weg.«
»Um welche Zeit?«
»Nach der Mittagsruhe. Ich hatte gerade gelüftet. Zwei, halb drei!«
»Hat er Kinder? Verwandte?«
»Nein, das ist ja dem Oswald sein Problem! Immer alleine! Die Frau früh gestorben. Zu früh in die Rente. Der hat nur den Sportverein.«
»Wissen Sie, wer einen Schlüssel zum Haus hat?«
»Nein.«
»Keine Nachbarschaftshilfe? Keine Kontakte?«
»Kaum. Früher ja, aber – er sondert sich ab, der Oswald. Ist

nicht einfach für ihn. Ich weiß das, weil mein Mann, der ist ebenfalls früh verstorben. Ist dem Oswald was passiert?«

Ich gehe nicht auf die Frage ein.

»Kumpels vom Verein?«

»Die kenne ich nicht, da müssen Sie im Vereinshaus fragen.«

»Wo finde ich das?«

»Da vorne gleich links um die Ecke«, die Frau zeigt in die Richtung, aus der ich gekommen bin.

»Danke.«

»Ist dem Oswald was passiert?«, wiederholt sie. In ihrer Frage schwingt ehrliche Sorge.

»Leider!«, ich kann die Frau nicht belügen. »Aber mehr kann ich Ihnen im Augenblick nicht sagen. Gut möglich, dass ich später vorbeikomme. Auf Wiedersehen Frau ...?«

»Sinnwell!«

»Tschüss, Frau Sinnwell!«

Ich lasse den Wagen stehen, weit kann es nicht sein. Frau Sinnwells Beschreibung ist zutreffend, das Vereinsheim liegt gleich um die Ecke.

Als ich eintrete, verstummen sofort alle Gespräche. Drei Männer an der Theke, alle um die Sechzig, schauen mich misstrauisch und erwartungsvoll an.

Was will der denn hier?, fragen ihre Augen feindselig.

Hinter der Theke steht eine korpulente Frau, die an die siebzig Jahre alt sein dürfte. Sie mustert mich durchdringend, scheint meine Gedanken und Absichten scannen zu wollen, macht dabei allerdings ein weitaus freundlicheres Gesicht als ihre Gäste.

»Hallo!« Ich versuche es auf die legere Art und falle nicht gleich mit der Tür ins Haus. »Ein alkoholfreies Weizen bitte!«

Ich bleibe in der zweiten Reihe hinter der Theke stehen. Die Männer tun zwar so, als ob sie mich geflissentlich übersehen, aber ab und zu werfen sie Blicke über die Schultern, als ob sie sich vergewissern wollten, ob ich noch da bin oder eine Waffe in der Faust halte. Ich warte ab, bis die Wirtin mein Getränk

serviert und mit einem freundlichen »Zum Wohl« an die Ecke des Tresens stellt. Ich trinke einen Schluck, bevor ich in die Offensive gehe.
»Entschuldigen Sie bitte, ich möchte Sie nicht belästigen, aber wer von Ihnen kann mir etwas über Oswald Wessel erzählen?«
»Bist Du von der Stasi, oder was?«, blökt der Mann ganz rechts. »Zieh Leine!«
Die Wirtin geht sofort dazwischen.
»Halt die Klappe, Fred! Der Mann hat höflich gefragt, daher bekommt er eine anständige Antwort. Wer aus meiner Kneipe zu verschwinden hat und wer nicht, das bestimme ganz ich!«
Fred mach Anstalten, sich zu erheben, ist allerdings nicht mehr stabil genug, weshalb das Ganze nach einem letzten Aufbäumen und Akt der Verzweiflung aussieht. Dennoch will er anscheinend den dicken Max raushängen lassen. Ich stelle mich an seine Seite und flüstere ihm ins Ohr.
»An Ihrer Stelle würde ich auf die Wirtin hören! Alles andere bringt nur Ärger und für solche Spielchen sind wir beide zu alt!«
Fred schaut Hilfe suchend in Richtung der Wirtin und weiß nicht, was er machen soll. Schließlich tut er das Richtige, bleibt sitzen und schweigt.
»Herrschaften, ich bin von der Polizei und brauche lediglich ein paar Auskünfte über Herrn Wessel. Oswald Wessel! Wohnt hier um die Ecke. Den sollten Sie kennen. Seine Nachbarin hat erzählt, dass er hier verkehrt. Frau Wirtin, darf ich der Vollständigkeit halber um Ihren Namen bitten?«
»Frieda Alles! Ja, das stimmt: Der Oswald ist praktisch jeden Tag hier. Wundert mich, wo er heute bleibt, aber er wird wohl gleich kommen.«
»Herr Wessel wird heute nicht kommen, deshalb muss ich mit Ihnen vorlieb nehmen, Frau Alles…«
»Das ist es Friedsche!«, meldet sich der Thekenhocker in der Mitte. »Frau Alles! Wann hat das zum letzten Mal jemand zu

Dir gesagt, Friedsche?«
»Oh, Jesses, das ist Jahre her!«
»Wann haben Sie Herrn Wessel zuletzt gesehen«, komme ich zum Thema zurück.
»Also gestern war er nicht da. Manchmal macht er kleine Tagesausflüge.«
»Aber vorgestern war er da, das weiß ich genau!«, behauptet der Mann in der Mitte.
»Wann?«
»Oswald kommt meistens gegen drei und bleibt bis um sechs«, weiß die Wirtin. »Er geht immer, bevor die Feierabendler kommen.«
»Ja, deren Geschwätz über Arbeit und Politik geht ihm auf den Wecker.«
»Ist ihm was passiert?«
Die Frage der Wirtin klingt aufrichtig besorgt. Ich schaffe es nicht, sie komplett zu belügen.
»Das werde ich Ihnen erzählen, wenn Sie meine Fragen beantwortet haben.«
Innerhalb der nächsten halben Stunde erfahre ich einiges über Oswald Wessel. Der Mann hat einige Schicksalsschläge einstecken müssen, die ihn einsam und verbittert gemacht haben. Die Kneipe war so etwas wie sein letzter Kontakt zur Außenwelt. Die Männer an der Theke sind ehemalige Kollegen, allesamt Bergleute, die im Prinzip das gleiche Grundproblem haben: das Gefühl, nicht mehr gebraucht zu werden. Einer ist Witwer, die beiden anderen seit Jahrzehnten geschieden, ohne eine neue Beziehung eingegangen zu sein. Die Theke ist der letzte Halt, in doppeldeutigem Sinne.
Fred hat es wohl am härtesten gebeutelt, das ist zwischen den Zeilen der beiden anderen Gesprächspartner herauszuhören, die sich als Heinz-Rudi Kunz und Karlheinz Jacoby vorstellen. Fred spricht keinen Ton mit mir, weswegen ich seinen Nachnamen nicht erfahre. Den guten Fred hat der Alkohol anschei-

nend fest im Griff, er sich selbst dagegen weniger. Während sich Karlheinz und Heinz-Rudi einen Rest an Lebensfreude und Humor bewahrt haben, scheint es bei Oswald Wessel rapide den Bach hinunter gegangen zu sein.

»Wissen Sie«, erklärt Heinz-Rudi. »An manchen Tagen ist der Oswald gegen alles und jeden, da stört ihn die Fliege an der Wand.«

»Gab es letztens ein spezielles Thema, das ihn besonders geärgert hat?«, hinterfrage ich.

»Ja, sicher! Oswald hat ein Grundstück, oben an der Grenze zu Schmelz; dort hätten Windräder gebaut werden sollen. Die Betreiber wollten das Gelände haben, da hätte der Oswald ein gutes Geschäft gemacht. Mit dem Geld hätte er endlich sein Haus renovieren können, die Hütte hat es dringend nötig. Entschuldigung, ich muss pinkeln!«

Heinz-Rudi nimmt einen Schluck Bier mit auf die Toilette und verschwindet durch die Tür neben dem Spielautomat. Karlheinz ergreift die Chance, etwas zu sagen.

»Dem Oswald stinkt es gewaltig, dass die Bürgerinitiative die Windräder in letzter Minute verhindert hat. Von wegen Öko und so.«

»Mehr Öko als Windräder geht nicht«, bemerke ich. »In Schmelz haben sie meines Wissens das gleiche Problem. Aber okay, jeder sieht die Dinge eben anders.«

»Ach wissen Sie, mit den Bürgerinitiativen ist das eine merkwürdige Sache! Das ist eine Modeerscheinung. Hauptsache dagegen. Die meisten wissen nicht, um was es eigentlich geht. Wenn es den Leuten zu langweilig wird, gründen sie eine Bürgerinitiative. Möchte wissen, was die machen, wenn es mal richtige Probleme gibt.«

»Die werden jammern und sich in die Hosen scheißen, schätze ich!«, werfe ich provokativ ein.

»Ganz recht, Herr Hauptkommissar! Schauen Sie, da gibt's Orte, die haben mehr Bürgerinitiativen als Vereine. Gegen den

Abriss der maroden Turnhalle, für den Erhalt des vom Unkraut überwucherten Spielplatzes, obwohl im Umkreis keine Kinder mehr wohnen, gegen das Gewerbegebiet, für das Einkaufszentrum, für oder gegen den Windpark – je nach Laune, Witterung und Tageszeit; für Hundeklos, gegen Kirchturmläuten …«
Wenn ich ihn nicht stoppe, macht er bis morgen weiter und redet sich in Rage.
»Ich muss Sie unterbrechen! Bürgerinitiativen sind meiner Meinung nach ein Indiz dafür, dass sich die Bürger von der Politik nicht verstanden fühlen. Sie finden kein Gehör für ihre Probleme, daher suchen sie nach einem Ventil gegenüber der politischen Arroganz.«
»Das mag alles richtig sein, Herr Hauptkommissar, aber wenn eine Bürgerinitiative für die Wiedereinführung ehemaliger Autonummern gestartet wird, finde ich das ziemlich krank!«
»Ja, das ist grenzwertig, da gebe ich Ihnen recht.«
»Schauen Sie sich diese Aktivisten genauer an! Was sehen Sie? Schullehrer, Rechtsanwälte und so weiter. Die machen den anderen die Säcke voll. Angst- und Panikmacherei! Die Herde läuft Ihnen hinterher und merkt nicht, dass die Leithammel nur ihre eigenen Interessen verfolgen.«
»Naja, die Leute sind nicht ganz blöd.«
»Doch, das sind sie!«
»Hallo! Sie können nicht alle über einen Kamm scheren!«
»Mag sein, dass ich übertreibe, aber nur ein bisschen. Wie kommt es, dass der Rechtsanwalt an der Spitze der Bewegung plötzlich alle anderen vor Gericht vertritt? Ein Gutmensch? Vergessen Sie es! Oder der andere, der in den Stadtrat gewählt werden will, oder in den Kreistag oder was weiß ich wohin? Da gibt es gutes Geld zu verdienen! Sprungbrett Bürgerinitiative, so sieht's aus, und die Hammel fallen drauf rein. Um die Sache geht es denen nicht, nur um den eigenen Vorteil!«
»Ich glaube, Sie ereifern sich etwas zu viel. Das ist kein allgemeines …«

»Ach hören Sie auf, Herr Hauptkommissar. In Wahrheit geht es ums Geld! Wenn die Höhe der Entschädigung stimmt, geben die alle klein bei. Da fehlt die konsequente Haltung des Staates. Früher ...«

»Früher lassen wir lieber!«, unterbreche ich und deute an, dass ich das Gespräch beenden möchte, bevor der mit dem Zweifinger-Bart ins Spiel kommt. »Ich muss los, sonst kommt mein Zeitplan durcheinander. Wir werden bestimmt Gelegenheit haben, die Diskussion fortzuführen. War sehr interessant!«

»Eines will ich Ihnen mit auf den Weg geben, Herr Hauptkommissar!«

»Was denn?«

»Glauben Sie mir, die meisten die da mitlaufen, wissen überhaupt nicht, um was es geht.«

»Manches ist nicht zu verstehen, aber das ist eben unsere Zeit.«

Heinz-Rudi kommt von der Toilette zurück.

»Ich habe dem Herrn Hauptkommissar von Oswalds Grundstück erzählt«, erklärt Karlheinz.

»Zu blöd, dass das nicht geklappt hat!«, meint Heinz-Rudi. »Scheiß Bürgerinitiative! Ist doch wahr! Wenn die Windmühlen dort nicht hinkommen, dann eben irgendwo anders. Verhindern kannst Du das nicht, da beißt keine Maus den Faden ab! Und überhaupt, diese Idioten!«

»Ihr Kollege hat mir Eure Einstellung zu diesem Thema deutlich geschildert«, unterbreche ich, weil ich keine Lust habe, mir den ganzen Sermon erneut anzuhören.

Aber Heinz-Rudi lässt nicht locker.

»Militantes Pack! Die terrorisieren ihre Nachbarn, wenn die für die Windkraft sind; und andere Bürger auch; sogar Verwandte, habe ich neulich gehört.«

»Wie meinen Sie das?«, frage ich, weil ich nun hellhörig werde.

»Ich habe gehört, dass die die Leute anrufen und bedrohen, weil die ihre Grundstücke für den Windpark zum Verkauf anbieten.«

»Habe ich auch gehört!«, bestätigt Friedsche. »Die rufen bei den Ortsrats- und Gemeinderatsmitgliedern an!«
»Kennt jemand Namen?«, hinterfrage ich. »Wurde Herr Wessel ebenfalls bedroht?«
Schweigen. Achselzucken.
»Davon hat Oswald nix erzählt«, sagt Karlheinz.
»Wie man hört, soll hinter dem Ganzen ein Rechtsanwalt aus Lebach stecken«, meldet sich die Wirtin erneut. »Aber nix Genaues weiß ich nicht!«
»Kennen Sie jemanden von dieser Bürgerbewegung?«
Ratlose Gesichter schauen sich gegenseitig an.
»Da müssten Sie im Rathaus nachfragen«, meint Friedsche.
»Was ist mit dem Oswald?«, fragt Heinz-Rudi. »Sie sind uns eine Antwort schuldig!«
Ich komme nicht drum herum, ihnen die Wahrheit zu sagen.
»Euer Kollege Oswald Wessel wird nicht mehr kommen. So leid es mir tut, Euch das sagen zu müssen: Er ist tot!«
»Waaas?«
Allen steht das Entsetzen ins Gesicht geschrieben. Selbst Fred zeigt Regung.
»Oh Gott, das darf nicht wahr sein! Nicht möglich!«, die Wirtin schlägt die Hände vors Gesicht.
»Was ist passiert?«, fragt Fred, der als Erster die Sprache wiederfindet.
»Das wissen wir nicht genau. Er ist heute Morgen am Saarpolygon auf der Bergehalde aufgefunden worden. Haben Sie eine Ahnung, was er da wollte?«
»Den alten Zeiten nachtrauern«, sagt Heinz-Rudi mit belegter Stimme. »Ach, Oswald! Mein Gott!«
Ich bleibe ein paar Minuten und beobachte die Leute in ihrer Trauer und Fassungslosigkeit. Schließlich komme ich zu der Überzeugung, dass hier nichts gespielt ist. Weitere Informationen werde ich hier und heute nicht bekommen, jedenfalls keine, die mich weiterbringen.

Als ich mich verabschiede, ist es beinahe 17 Uhr. Nach einem erneuten Gespräch mit Wessels Nachbarin steht mir nicht der Kopf. Fürs Erste habe ich genug gehört. Mich interessiert die Bürgerinitiative, aber um diese Zeit brauche ich es im Rathaus nicht mehr zu versuchen. Außerdem bezweifle ich, dass dort die Lösung für den Fall in Orscholz zu finden ist. Hoffentlich haben die Kollegen im Präsidium Neuigkeiten parat.
Die Straßen sind völlig überlastet. Die Nachrichten im Radio melden, dass am Saarpolygon eine männliche Leiche gefunden worden ist; anscheinend das Opfer eines Gewaltverbrechens. Weitere Einzelheiten werden nicht bekannt gegeben, aber die Reporterin schlägt in ihrem Bericht eine Brücke zum Opfer in Orscholz, ohne näher auf die Zusammenhänge und Umstände einzugehen. Sie formuliert das eher als Frage und zieht Parallelen in Betracht. Damit trifft sie ungewollt ziemlich exakt den aktuellen Ermittlungsstand.
Im Präsidium suche ich vergeblich nach meinen Kollegen, die Truppe ist ausgeflogen. Verdenken kann ich ihnen das nicht, schließlich haben alle eine Familie oder ein Hobby. Auf meinem Schreibtisch entdecke ich Klebezettel.
Oswald Wessels Auto wurde auf dem Parkplatz entdeckt und zur kriminaltechnischen Untersuchung gebracht.
Inge erinnert daran, dass ich mit dem Besorgen des Kaffees an der Reihe bin.
Rudi lässt mitteilen, dass morgen um 10 Uhr eine Pressekonferenz angesetzt ist.
Schon wieder! Der Zettel landet im Papierkorb. Kein Interesse!
Staatsanwältin Sommer bittet um Rückruf.
Heute mit Sicherheit nicht mehr!
Der Polizeipräsident bittet um Rückruf.
Papierkorb.
Nora Klein lässt mitteilen, dass die Geschosse von Orscholz und vom Polygon vom gleichen Hersteller und in der Ausführung identisch sind.

Das war zu erwarten.
Mein Bauch schickt Hungersignale ans Großhirn.
Das war ebenfalls zu erwarten.
Ich rufe bei Marion an. Fehlanzeige auf dem Festnetz. Mobiltelefon. Gleiches Ergebnis. 18 Uhr 25! Zeit nach Hause zu fahren! Unterwegs fällt mir ein, dass sich mein Kühlschrank nicht von alleine gefüllt haben dürfte. Einkaufen und kochen, das würde meine Kräfte übersteigen. Meine Motivation auch!
Ich lande in einem Restaurant und mampfe mit großem Appetit ein Rahmschnitzel mit einem Berg Pommes in mich rein.
Der Verdauungsprozess beansprucht alle restlichen Kräfte meines Körpers. Es reicht für eine Dusche und den Gang ins Bett. Der Versuch, in einem Reiseprospekt nach dem nächsten alternativen Urlaubsziel zu Sizilien zu schnuppern, scheitert im Ansatz.
Stattdessen fahre ich direkt ins Reich der Träume.

# 13.

Wieso brauchen die so lange, um die Leiche zu finden? Das muss Schlag auf Schlag gehen! Wie bei einem Bombenteppich – Treffer auf Treffer. Sonst macht das Ganze keinen Sinn!

Zack und der nächste Schock! Anders kapieren sie es nicht! Da darf kein Tag zum Ausruhen sein!

Warum haben die den erst jetzt entdeckt?

Oder sie zögern es raus, damit die Leute nicht mitbekommen, dass es einen Zusammenhang gibt. Das Volk verarschen, das können sie!

Arschlecken! Ich werde das Tempo erhöhen! Morgen, nicht übermorgen. Und dann gleich wieder. Mal sehen, was sie dann machen. Ich mache weiter, bis sie mit ihrem Wahnsinn aufhören!

Kampf und Strategie! Ha! Damit haben sie nicht gerechnet. Ich bin Kämpfer und Stratege zugleich! Aber ich brauche keine Armee. Meine Befehlshaber sind die, die genauso denken wie ich, aber zu schwach sind, um zu kämpfen.

Deshalb schicken sie mich!

Morgen! In aller Frühe!

Ich bin Frühaufsteher. Der andere auch, das Ziel steht längst fest.

Sechs Pfeile habe ich in Reserve!

Morgen um diese Zeit noch fünf und übermorgen …

# 14.

Der Morgen kurz nach Sonnenaufgang war die ideale Zeit für die erste Trainingseinheit. Die Temperaturen waren angenehm kühl, die Luft war frisch, vor allem aber war Chris Lombarski um diese Zeit alleine unterwegs.

Die Hundebesitzer würden ihre Vierbeiner frühestens in einer Stunde ausführen, die Hobbysportler und die Ausflügler kämen später. Dann allerdings würde es eng werden auf dem Primstalwanderweg zwischen Lebach und Schmelz.

Vor Monaten hatte er das einmal erlebt und sich geschworen: nie wieder um diese Zeit! Denn das war kein Training gewesen, sondern ein übles Gegurke zwischen den zwei- und vierbeinigen Spaziergängern, den Skatern, Radlern und Kinderwagen schiebenden Müttern. Chris hatte beinahe einen Hund überfahren, weil ihm der Köter plötzlich vors Rad gesprungen war. Die Mütter waren in einer Reihe nebeneinander gegangen und blockierten die ganze Fahrbahnbreite. Da die Frauen in ihren Tratsch vertieft waren, hatten sie erst nach mehrfachem Brüllen reagiert, als er ihnen fast in die Hacken gefahren war. Bei den Skatern mit ihren rudernden Armbewegungen und lauten Fahrgeräuschen war es nicht anders gewesen. Unter solchen Bedingungen war ein effektives Training einfach nicht möglich.

Chris Lombarski gehörte zur südwestdeutschen Spitze im Triathlon Sport, davon zeugten zahlreiche Titel und Platzierungen. Mit Unterstützung der Sporthilfe und einiger Sponsoren konnte Chris davon leben, aber große oder mittlere Sprünge waren nicht drin gewesen. Bisher! Das sollte sich ändern! Jedenfalls sahen das die Pläne des Triathleten vor.

Nach dem Verkauf des Grundstückes sah die Situation nun wesentlich besser aus; zumindest für die Zeit nach dem Leistungssport war ein Grundstock angelegt, der es Chris leichter machte, an die Zukunft zu denken und sich sorgenfrei seinem Sport zu widmen. Zehn Jahre lang würde er das Niveau mit etwas Glück halten können, wenn er von schweren Verletzungen verschont bleiben würde. Und bis dahin wollte er sich unbedingt einen großen Traum erfüllen: den Ironman auf Hawaii! Um dahin zu kommen, gab es nur eines: Training, Training, Training! Tag für Tag, Woche für Woche, ohne Ausnahme.

Chris Lombarski fuhr über den Feldweg ausgangs Primsweiler, trat in die Pedale, nahm die Doppelkurve vor der alten Brücke, passierte die Steilstrecke und bog auf die neue Trasse des Rad- und Wanderweges über den ehemaligen Bahndamm ein. Auf dem neuen Asphalt sangen die Reifen, als Chris in die Pedale trat. Vor der umgebauten Eisenbahnbrücke bremste er ab. Wer nicht aufpasste und die falsche Spur nahm, konnte sich schnell einen Plattfuß einhandeln. Er befuhr die Brücke mit angemessenem Tempo und hatte die Mitte gerade erreicht, als ihn ein Schlag an den Hals und ein stechender Schmerz urplötzlich aus dem Sattel rissen. Als er stürzte, bekam er nicht einmal mehr die Füße aus den Klickverschlüssen. Es schleuderte ihn zunächst nach rechts gegen das Geländer, bevor er sich mitsamt dem Rad überschlug und auf die Gitterroste der Brücke aufschlug.

Dass er sich dabei das Schlüsselbein, zwei Rippen und den linken Unterarm brach, bekam Chris Lombarski nicht mehr mit. Der Tod war schneller als der Schmerz.

# 15.

Ich weiß nicht, ob ich es als senile Bettflucht deuten soll; jedenfalls ist ab 4 Uhr 30 an diesem Morgen die Nacht für mich gehalten.
Immerhin eröffnet mir das die Gelegenheit, eine Stunde lang meinen Hausstand auf Vordermann zu bringen. Ich sortiere die Wäsche, die seit Tagen darauf gewartet hat, aus der Trommel befreit zu werden, entsorge die Reklame, spüle zwei Kaffeetassen und ein Glas, und lege mich schließlich als Motivationsmaßnahme für den vorhersehbar stressigen Tag in die heiße Badewanne.
Im warmen Wasser nehmen meine Gedanken die Witterung nach dem Mörder von Oswald Wessel und Conrad Bickelmann auf.
Muss es eigentlich zwingend der gleiche Täter sein? Nein! Sicher ist nur, dass es sich um die gleiche Tötungsart und identische Geschosse handelt. Es muss nicht einmal die gleiche Armbrust gewesen sein. Zugegebenermaßen ist die Ein-Mann-eine-Waffe-Theorie am wahrscheinlichsten.
Bleibt die Frage, was die beiden Opfer gemeinsam haben. Womit haben sie den Mörder derart auf die Palme gebracht, dass der sie ins Visier genommen hat?
Beide wurden auf einer Aussichtsplattform erschossen! Toll! Wie soll ich darin ein gemeinsames Tatmotiv erkennen?
Der eine war Witwer, der andere glücklich verheiratet gewesen. Wo ist da die Gemeinsamkeit? Oder haben die beiden gemeinsam oder nacheinander einem anderen die Braut ausgespannt? Das ist möglich, aber nein, nicht in dem Alter! Trotzdem werden wir dem nachgehen müssen. Hatten die beiden gemeinsame Bekannte?
Wessel war pensioniert, Bickelmann im Beruf. Bergmann und

Busfahrer. Beides fängt mit »B« an, das war's. Bauingenieur, Bierkutscher, Betonbauer, Barmixer – plötzlich fallen mir Tausend Berufe mit diesem Anfangsbuchstaben ein. Quatsch! Bischof, Bibliothekar, es geht mir nicht mehr aus dem Kopf! Bolizist oder Bapschd; ich bin total bescheuert! Macht nix, Hauptsache, ich fühle mich wohl in meiner Wanne. Was für ein entspannter Tagesbeginn! Das hatte ich noch nie! Oder ich kann mich nicht daran erinnern.

Wir müssen beide Lebensläufe übereinanderlegen und nach Gemeinsamkeiten abklopfen. Darum werde ich mich später kümmern.

Meine Anfangstheorie von Bickelmann als Zufallsopfer ist zwar nicht vom Tisch, aber mit dem zweiten Mord gleicher Machart ist sie um einiges unwahrscheinlicher.

Die Windkraftgegner spuken in meinem Kopf herum, obwohl das eigentlich Blödsinn ist. Wessels Ermordung und die Drohung gegenüber dem Geschäftsführer sind nicht miteinander vergleichbar; dazwischen liegen Welten! Einen dilettantischen Drohbrief traue ich den Hardlinern einer Bürgerinitiative durchaus zu, aber ein Kapitalverbrechen ist ein ganz anderes Kaliber. Obwohl! Mittlerweile gibt es jede Menge bekloppter Egomanen, die zu allem fähig zu sein scheinen.

Unser Schütze und Mörder könnte natürlich eine Frau sein, obwohl die Statistik dagegen spricht. Aber die Mädels sind inzwischen militanter geworden, da brauche ich mir nur die Amazonen vom Köppchen anzuschauen.

Erst mal heißes Wasser nachlaufen lassen!

Bickelmann hatte eine weiße Weste, Wessel müssen wir durchleuchten. Da setze ich Inge Manderscheid dran! Direkte Ermittlungsarbeit, damit kann ich ihr etwas Konstruktives anbieten.

Zurück zum Schützen! Was veranlasst ihn, diese Art von Waffe einzusetzen? Warum eine Armbrust? Die Tatorte sind genauso ungewöhnlich. Auf den ersten Blick passt nichts zusammen, aber es muss Gemeinsamkeiten geben! Es muss! Ich sehe das

Puzzleteilchen nicht, das ein gesamtes Bild erklärt und das macht mich wahnsinnig!
Meine Finger sind aufgeweicht. Es wird Zeit, ich sollte mich langsam fertigmachen.
Auf der Fahrt ins Präsidium scheint sich die Welt gegen mich verschworen zu haben. Zwischen Bexbach und Wellesweiler steht ein Sattelzug quer, weil der Fahrer unbedingt rückwärts ins Werksgelände einfahren will. Der Plan ist von Anfang an zum Scheitern verurteilt, da der Komiker offensichtlich sein LKW-Monster nicht beherrscht. Es dauert eine gefühlte Ewigkeit, bis die Straße passierbar ist.
Bis zum Autobahnzubringer habe ich vier Ampelanlagen vor mir. Jede Einzelne schaltet auf Rot, sobald ich mich nähere, anscheinend haben die Dinger Augen und wollen mich ärgern.
Kurz hinter Spiesen hat es auf der Autobahn gerumst. Drei Fahrzeuge, auf zwei Fahrspuren verstreut, zeigen deutliche Zeichen kalter Verformungen. Die Polizei leitet den Verkehr über die einzige freie Fahrspur und den Seitenstreifen. Das dauert!
Ich schalte gerade in den fünften Gang, als vor mir erneut die Warnblinkanlagen aufleuchten. Die Abfahrt in Richtung Saarbrücken ist hinter der Sulzbachtalbrücke gesperrt, anscheinend hat es dort gekracht! Vollmond oder was?
Als ich im Präsidium ankomme, ist es halb acht, eine halbe Stunde später als üblich, die Badewanne trägt keine Schuld an meiner Verspätung.
Inge kocht Kaffee. Als ich sie mit der Recherche zu Oswald Wessels Vita betraue, ist sie überglücklich.
»Endlich kann ich zeigen, was in mir steckt!«, erklärt sie freudestrahlend. Mädel, denke ich, den Spruch solltest Du nicht allzu oft von Dir lassen. Dass ich nicht damit rechne, dass sie über Wessel etwas Wesentliches im Polizeiregister finden wird, verschweige ich der Kollegin.
In aller Ruhe trinke ich eine Tasse Kaffee und warte auf meine

Ermittlerkollegen, die Staatsanwältin und Rudi Closter. Sobald sie da sind, werde ich eine Besprechung anberaumen und die Aufgaben verteilen. Um 7 Uhr 50 klingelt mein Diensthandy. Einsatzzentrale. Leichenfund. In Lebach. Ein Radfahrer. Männlich. Unfalltod ausgeschlossen. Suizid ausgeschlossen. Tötungsdelikt. Auf der alten Eisenbahnbrücke des Primstal-Rundwanderwegs. Anfahrt über Primsweiler.

»Wo liegt Primsweiler?«, frage ich ins Telefon.

»Nach Lebach Richtung Schmelz. Kreisel vor Krankenhaus Ausfahrt 9 Uhr. Richtung Primsweiler und Hüttersdorf.«

Als ob ich wüsste, wo Hüttersdorf liegt!

»Und weiter?«

»Ortseingang Primsweiler. Scharfe Rechtskurve, dort links ab. Feldweg folgen über kleine Brücke. Danach bergab 50 Meter links. Ziel erreicht!«

Der Typ am anderen Ende der Leitung scheint ein Navi verschluckt zu haben.

»Sorry, Kollege, woher weißt Du das?«

»Ich wohne dort!«, kommt die lapidare Antwort und das Gespräch ist beendet.

Ich liebe dieses Land seit mehr als 60 Jahren. Egal wo Du bist, es kennt sich einer aus oder er kennt einen, der sich auskennt.

Seit drei Tagen geht das so. Ich habe es satt, als Erster am Tatort zu sein! Wie ein Kilometerfresser hetze ich durch das Saarland, ab sofort sind die Kollegen an der Reihe! Mir reicht's! Wo bleiben die eigentlich? Gestern früher nach Hause, heute später erscheinen! Was ist das für eine Arbeitsauffassung? Zum Donnerwetter!

Auf dem Flur vernehme ich Schritte. Na also! Meine Bürotür ist halb geöffnet, sie werden mein Gebrüll verstehen.

»Einen wunderschönen guten Morgen! Schön, dass außer mir jemand den Weg ins Paradies gefunden hat! Dalli, dalli, es gibt Arbeit!«

Keine Antwort! Ken, Marius oder Rudi? Wer ist dieser Mensch

mit dem dicken Fell und den Stopfen in den Ohren?
»Was ist? Gibt's Verständnisprobleme oder bin ich schwer zu verstehen?«
»Ganz und gar nicht! Ihren Brunftschrei hört man bis St. Johann!«
Auha! Staatsanwältin Sommer! Damit ist mein entspannter Morgen endgültig dahin!
»Was hat Sie denn auf die Palme gebracht, mein lieber Hauptkommissar? Josch, Sie sollten in Ihrem Alter mit den Kräften haushalten!«
»Aha! Bin ich Ihnen etwa auch zu alt?«
»Auch? Wie viele sind denn der gleichen Meinung?«
»Ich könnte fast meinen: alle!«
»Langsam, Herr Hauptkommissar. Sie werden nicht etwa in Altersdepressionen verfallen wollen! Wo drückt denn der Schuh?«
»Wir haben eine neue Leiche!«
»Wo?«
»In Lebach! Da wurde einer vom Fahrrad geholt. Laut Erstanalyse weder ein Unfall noch Suizid.«
»Wissen Sie Näheres?«
»Nein! Nur dass es anscheinend Fremdverschulden ist.«
»Ist von uns jemand vor Ort?«
»Nein, das ist das Problem! Ich bin der Einzige, weil die Herrschaften – okay, was rege ich mich auf, ist Ihnen sowieso egal. Ich muss los!«
»Ich begleite Sie, wenn's recht ist. Mein Gerichtstermin ist geplatzt, da habe ich etwas Luft.«
»Ist der Richter an Altersschwäche gestorben?«
»Nein, die Richterin hat andere Probleme.«
»Mit dem Alter?«
»Nein, sie ist schwanger.«
»Upps! Fettnapf!«
»Wir sollten froh sein, dass nicht die Männer die Kinder krie-

gen. Die wären unmittelbar nach dem Zeugungsakt unpässlich und müssten dauerhaft in den Mutter, äh Vaterschutz!«
»Ich nehme Sie nur mit, wenn Sie mich unterwegs mit Ihren männerfeindlichen Parolen verschonen.«
»Versuchen Sie nicht, mich unter Druck zu setzen, Josch. An mir beißen Sie sich die Zähne aus. Fahren wir!«
»Ich sage Inge Bescheid, dass Ken oder Marius nachkommen sollen, außerdem K4.«
»Das übernehme ich, wir treffen uns auf dem Parkplatz. Nun machen Sie schon!«
Kurze Zeit später fahre ich aus dem Hof. Frau Sommer telefoniert auf dem Beifahrersitz. Als sie fertig ist, gibt sie einen lauten Seufzer von sich.
»Haben Sie genau so viel Bammel wie ich, Josch?«
»Wovor?«
»Dass unser Pfeilmörder wieder zugeschlagen hat.«
»Bammel? Ich weiß nicht, ob das der treffende Ausdruck ist. Ein ungutes Gefühl, ja! Es würde mich nicht überraschen, mein Bauchgefühl lässt mich nichts anderes erwarten.«
»Und dann?«
»Sie wissen, dass dann der Teufel los ist. Ein Serienmörder ohne erkennbares Tatmotiv!«
»BKA einschalten?«
»Solange es nicht den Anschein hat, dass die Taten einen politischen oder terroristischen Hintergrund haben, werden die einen Teufel tun! Machen Sie sich keine großen Hoffnungen.«
»Sonderkommission? Ermittlungsgruppe?«
»Wenn es nach der Hausspitze und dem Minister geht, wird's wohl so laufen. Aber haben Sie sich überlegt, woher wir die Leute nehmen sollen?«
»Aus den anderen Dezernaten, woher sonst?«
»Na dann Mahlzeit! Daniela, ich hab ein paar Jahre auf dem Buckel; ich weiß, man sieht's mir an! Wie lange sind Sie bei uns?«

»Im dritten Jahr. Wir hatten vor zwei Jahren eine Serie, wenn Sie sich erinnern?«
»Nicht zu vergleichen! Da lagen die Dinge völlig anders! Ich habe vor einigen Jahren erlebt, wie wir eine Sonderkommission bilden mussten; in einem Fall aus dem Rockermilieu. Es war furchtbar. Ein zusammengewürfelter Haufen von Ermittlern aus den unterschiedlichsten Bereichen. Drogen, Wirtschaft, und so weiter. Die einzigen, die mir nicht im Wege standen, waren die vierbeinigen Kollegen von der Hundestaffel; das können Sie mir getrost glauben. Alle anderen rannten mehr oder weniger planlos durch die Gegend und waren bestrebt, den Erfolg für ihr jeweiliges Dezernat einzufahren. Etwas Chaotischeres können Sie sich nicht vorstellen. Da kam überhaupt nichts dabei heraus, außer Kompetenzgerangel!«
»Okay, Sie haben die Erfahrung! Was würden Sie machen?«
»Die Arschbacken zusammenkneifen, unser Team einschwören, rund um die Uhr arbeiten und schauen, dass wir die Kuh schnellstmöglich vom Eis bekommen, bevor die da oben auf merkwürdige Gedanken kommen.«
Daniela Sommer schweigt und schaut aus dem Fenster auf die vorbeihuschende Landschaft.
»Warten wir's ab«, seufzt sie schließlich. »Vielleicht liegt der Fall diesmal anders.«
Ihr Einwand klingt nicht sehr überzeugend!
»Sagen Sie, Josch: Wo fahren Sie überhaupt hin?«, fragt Daniela Sommer plötzlich.
»Ich verstehe die Frage nicht! Wohin wohl? Nach Primsweiler!«
»Und warum fahren Sie dann über die A 620 in Richtung Dillingen?«
»Wieso nicht? Von dort aus in Richtung Lebach, vor dem Krankenhaus links ab in Richtung Hüttersdorf!«
»Warum nicht gleich über Trier und Losheim? Oder besser: über Koblenz, Mainz und Kaiserslautern?«

»Wollen Sie mich verarschen? Ich verstehe nur Bahnhof!«
»Dann sollten Sie besser den Zug nehmen! Geben Sie zu: Sie haben keinen blassen Schimmer, wo Primsweiler liegt!«
»Nicht wirklich, aber ungefähr!«
»Biegen Sie da vorne ab in Richtung A 623, sonst landen wir am Ende tatsächlich in Trier! Am Ludwigspark vorbei, bis zum Autobahnkreuz und auf die A 8, Abfahrt Heusweiler und dann Richtung Lebach. Bei Ihnen bekommt der Ausdruck betreutes Fahren eine völlig neue Dimension. Haben Sie kein Navi?«
»Doch, aber das geht mir auf den Wecker! Die Blechstimme nervt! Woher kennen Sie den Weg eigentlich?«
»Meine Cousine Wilma wohnt in Eidenborn.«
»Aha! Und das ist ein Nachbardorf von Primsweiler, oder wie?«
»Nein, das liegt bei Lebach. Ihnen das zu erklären, ist zu kompliziert, da müsste ich bei Adam und Eva anfangen. Fahren Sie einfach, ich sage Ihnen, wo's langgeht!«
Mein geografisches Unwissen ist niederschmetternd, das muss ich unumwunden zugeben. Im Zirkelschlag von 10 Kilometern um Neunkirchen oder im Stadtverband Saarbrücken kenne ich mich halbwegs aus, aber wenn es Richtung Norden geht, sind bei mir die Spatzen gefangen!
Wir brauchen fast eine Stunde bis Lebach, weil die Müllabfuhr unterwegs und der Verkehrskreisel in der Innenstadt nach einem Unfall blockiert ist.
In Primsweiler erkenne ich die Abzweigung zum Radweg sofort und brettere über den Feldweg. Nach wenigen Hundert Metern kommen uns Spaziergänger mit Hunden, Frauen mit Kinderwagen und ein Jogger entgegen. Ein Hundeführer klopft an meine Seitenscheibe, als ich ihn passieren lasse.
»Meister, da vorne kommen Sie nicht weiter«, erklärt er, als ich das Fenster öffne. »Alles abgesperrt! Da liegt ein Toter! Sie müssen rückwärtsfahren bis zur Haltebucht und wenden; drehen können Sie da vorne nicht!«
»Vielen Dank, mein Freund«, entgegne ich. »Das wissen wir,

wir sind nämlich vom Beerdigungsinstitut.«
Dann gebe ich Gas und fahre schnell weiter.
»Warum verarschen Sie den armen Mann? Der hat's nur gut gemeint«, entrüstet sich die Staatsanwältin.
»Ich weiß, aber es war die einfachste Erklärung.«
Wenige Augenblicke und einige Kurven später halte ich am Ende einer Autoschlange, die den Feldweg blockiert.
»Der Wagen vor uns; ich glaube das ist Ken!«, stelle ich überrascht fest.
»Oberkommissar Arndt?«, wundert sich die Staatsanwältin.
Wir steigen aus, gehen an den Wagen entlang und werden schließlich von einem Polizeibeamten angehalten. Erst als ich den Dienstausweis vorzeige, gibt er den Weg frei.
»Etwa hundert Meter geradeaus«, erklärt er und zeigt die Richtung.
»Schauen Sie sich diesen Radweg an!«, sage ich zu Frau Sommer. »Tipptopp und krach neu!«
»Tja, so ist das heutzutage. Kein Geld für ordentliche Schulwege, aber wenn es um die Freizeit geht, ist uns nichts zu teuer!«
»Kranke Welt, aber wir gehören dazu!«
Der Weg wird von dichtem Strauchwerk gesäumt; Sonnenstrahlen blinzeln durch das Laub, Vögel zwitschern; ein idyllischer und friedlicher Ort, wenn es diesen Toten weiter vorne nicht gäbe. Nach einigen Metern gibt das Buschwerk den Blick auf eine Brücke frei. Das mindestens 50 Meter lange Bauwerk ist aufwendig mit Geländern und Gitterrosten für den Wander- und Radtourismus hergerichtet.
»Mein Gott!«, entfährt es mir. »Dieses Land scheint in Geld zu schwimmen.«
»Wenn ich es nicht besser wüsste, würde ich das glauben«, bestätigt die Staatsanwältin.
Als wir uns dem Fundort nähern, sehe ich, dass es tatsächlich der Kollege Ken Arndt ist, der zusammen mit Hubertus Sonne neben der Leiche steht, die mit verrenkten Gliedmaßen auf der

Brücke liegt. Neben ihr kniet eine weitere Person im Schutzanzug. Auf der anderen Seite der Überführung sichern zwei uniformierte Beamte den Zugang.

»Wieso seid ihr so schnell hier?«, frage ich Ken.

»Dir auch einen schönen guten Morgen!«, schnauzt Ken zurück. »Wieso nicht?«

»Wie seid ihr gefahren?«

»Über die A 620, wie sonst! Du bist vor mir los. Bist Du über Kaiserslautern gefahren?«

»Hallo!«

»Ihr Chef hat ausnahmsweise das gemacht, was ich ihm vorgeschlagen habe«, springt die Staatsanwältin ein. »Das war wahrscheinlich …«

»Ein Fehler«, unterbreche ich, »und wird nicht wieder vorkommen. Was gibt es hier, Ken? Das bekannte Muster oder was Neues?«

»Unser Pfeilschütze hat wieder zugeschlagen! Ich denke, wir haben ein massives Problem!«

»So ist es! Was wissen wir über die Identität des Opfers?«

»Er hat zwar keine Papiere bei sich, aber der Kollege drüben kennt ihn. Chris Lombarski, angeblich ein bekannter lokaler Triathlet.«

»Wer hat ihn gefunden?«

»Ein Rentner namens Edwin Marx. Kam mit seinem Hund hier vorbei. Der alte Mann ist zurückgerannt, einen Kilometer oder so; wohl im Schock. Wollte im nächsten Ort Hilfe holen; dort ist er dann zusammengeklappt. Das haben jedenfalls die Kollegen erzählt, die als erste vor Ort waren.«

»Wo ist er?«

»Im Krankenhaus.«

»Wann kam die Meldung?«

»Um 7 Uhr 35. Zehn Minuten später waren die Kollegen aus Lebach vor Ort. Ich schätze, dass ein 71-Jähriger mit Hund für die Strecke mindestens 20 bis 30 Minuten braucht. Damit liegt

der Auffindezeitpunkt etwa bei 7 Uhr.«
»Danke Ken.«
Ich drehe mich zu dem Mann im Schutzanzug um.
»Ah, Hubertus Sonne weilt wieder unter uns; schön, Dich zu sehen! Hochzeit gut überstanden?«
»Traugezeugt hat er! Den Stand der Ehe einzugehen, käme ihm nicht in den Sinn«, antwortet Hubertus in seiner gewohnten Art, bei der er sich selbst und sein Gegenüber gleichermaßen in der dritten Person anspricht, sodass man genau hinhören muss, um zu erkennen, von wem er gerade spricht.
»Niemand versteht das besser, als ich«, bestätigt Frau Sommer genervt.
Ich weiß, dass sie mit Sonnes Sprachbesonderheiten nicht zurechtkommt und bisweilen eine regelrechte Aversion gegen Hubertus entwickelt. Umso erstaunter bin ich, als sie sich dazu herablässt, ihm zu antworten.
»Kann er denn etwas zum Todeszeitpunkt sagen? Ich weiß, dass er kein Rechtsmediziner ist, aber bei seiner Kompetenz sollte eine Einschätzung möglich sein.«
»Oh!«, Hubertus ist entspannt. »Welche eine Fülle an Nettigkeit!«
»Nun übertreiben Sie's nicht gleich, Oberkommissar Sonne. Haben Sie nun eine Einschätzung oder haben Sie keine?«
Da ist sie also wieder, die Abneigung gegen Sonne, der ist, wie er ist, und bei den meisten Menschen aneckt. Aber ganz gleich, wie er sich gibt, Hubertus ist einer der genialsten Spurenermittler der Republik.
»Ich bin der festen Überzeugung, dass Hubertus eine ziemlich genaue Einschätzung hat«, stelle ich fest, nehme die Staatsanwältin am Arm und gehe mit ihr ein paar Schritte auf die Brücke.
»Was soll das?«, beschwert sich die Staatsanwältin.
»Hören Sie zu, Daniela«, erkläre ich und schaue ihr fest in die Augen. »So geht das nicht! Ihre Hoppla-hier-komme-ich-Me-

thode kommt im Augenblick nicht gut an!«
Daniela Sommer ist bestürzt und schaut mich an, als sei ich ein Geist. Sie ist derartige Ansprachen nicht gewohnt, aber ab und zu muss ich sie stutzen, weil sie mir sonst die Truppe vergrault. Für ihre Art kann sie zwar nichts, aber wir sind ein Team und das hat sie zu akzeptieren.
»Schlucken Sie Ihre Aversionen einfach runter und sind Sie kollegial, auch wenn es manchmal schwerfällt!«
Selten sah ich die Staatsanwältin derart verdutzt, dass sie mich mit offenem Mund sprachlos anstarrt! Ich nehme sie beim Arm und wir gehen zurück zur Leiche. Ken und Hubertus ahnen, dass ich der Staatsanwältin gerade die Leviten gelesen habe, lassen sich allerdings nichts anmerken.
»Also Herrschaften, was haben wir?«, frage ich, als sei nichts geschehen.
Ken und Hubertus fassen zusammen, dass Chris Lombarski maximal eine Stunde vor dem Auffinden gestorben ist, also zwischen 6 und 7 Uhr. Der Pfeilbolzen ist durch die Gurgel in Lombarskis Hals eingetreten. Beim Auftreffen ist der Pfeilschaft vom Bolzen abgebrochen. Nach dem Schaft wird gesucht.
»Hubertus geht davon aus, dass der Schütze auf der anderen Seite der Brücke auf der Lauer lag. Lombarski war in dieser Richtung unterwegs, das ergibt sich aus der Lage des Fahrrades. Wir gehen gleich rüber und machen dort weiter, aber wir brauchen mehr Personal!«
»Nora und ein weiterer Kollege sind unterwegs«, erklärt Hubertus, ohne von seiner Arbeit aufzuschauen. »Ihm hier hat es die Halsschlagader zerfetzt!«
Das Blut ist durch die Gitterroste auf den unter der Brücke liegenden Feldweg getropft.
»Das muss von unten grauenhaft aussehen«, seufzt die Staatsanwältin.
»Glaubst Du, dass er sofort tot war?«, frage ich Hubertus.

»Ja! Das Rückenmark ist zerstört. Sofortiger Exitus!«
»Wir haben es mit einem Serientäter zu tun«, setze ich an.
»Bisher ist es lediglich ein Mehrfachtäter«, korrigiert die Staatsanwältin.
»Sie wissen anscheinend alles besser«, knurrt Ken kopfschüttelnd und wendet sich ab.
Daniela Sommer bekommt einen knallroten Kopf.
»Ist heute wohl nicht Ihr Tag«, kommentiere ich. »Ken gibt's eine Adresse des Opfers?«
»Der Kollege drüben hat gesagt, dass der Tote in Schmelz wohnt, aber mehr weiß er nicht.«
»Okay, ich kümmere mich drum. Ken, Du übernimmst nachher den Rentner und das Haus, von wo aus er angerufen hat. K4 kommt alleine zurecht, ich nehme an, dass der Doc unterwegs ist. Schmelz liegt um die Ecke, oder?«
»Frag Frau Sommer«, knurrt Ken, »die kennt bestimmt den Weg.«
Ihrer Gesichtsfarbe nach zu urteilen, hat Danielas Blutdruck soeben einen Punkt erreicht, bei dem sich jeder Mediziner Sorgen um ihre Vitalfunktionen machen würde. Wortlos dreht sie sich um und stapft in Richtung Fahrzeug. Als ich ihr folge, sehe ich, dass sie telefoniert. Gut möglich, dass sie um ihre Versetzung bittet. Am Auto wartet sie auf mich, das Telefon am Ohr.
»Zerrstraße 14 a«, sagt sie, nachdem wir eingestiegen sind und sie das Telefonat beendet hat.
»Was ist dort?«
»Das ist die Wohnadresse von Chris Lombarski in Schmelz.«
»Respekt!«
»Zu irgendwas muss ich auch mal gut sein! Kein Wort, Josch! Kein einziges Wort! Fahren Sie einfach los und fragen Sie Ihr Navi, wie Sie dorthin kommen!«
Ich wende den Wagen mühselig im Acker und fahre über den Feldweg zurück. An der Einmündung in die Hauptstraße sagt

mir mein Spürsinn, dass ich nach links abbiegen muss, sonst landen wir wieder in Lebach. Am Ende des Ortes geht es über eine Brücke, an der nächsten Kreuzung kann es meiner Einschätzung nach nur nach rechts gehen; ich schaffe das ohne Navi! Schmelz – Ortsteil Hüttersdorf! Na also geht doch!

»Mein Gott, diese Hauptstraße ist länger als der Champs-Élysée«, meckere ich, nachdem wir eine ganze Weile gefahren sind. Keine Antwort von der Dame zu meiner Rechten!

Ortsende. Kreisverkehr. Bei 12 Uhr wieder raus. Aha! Schmelz! Ich halte an und frage einen Passanten nach der Zerrstraße. Der Erste versteht meine Fragestellung nicht, der Zweite gibt an, sich im Ort nicht auszukennen, auch der Dritte hat keine Ahnung. Mein Gott!

»Fahren Sie im nächsten Kreisel 3 Uhr raus, über den Bahnübergang, die zweite rechts, dann die erste links!«, erklärt Frau Sommer und wedelt mit ihrem Smartphone. »Das ist allerdings lediglich ein Vorschlag.«

»Ich bin Ihnen zu tausendfachem Dank verpflichtete, Daniela! Ehrlich!«

»Heuchler! Vergessen Sie's!«

Anscheinend ist zwischen uns alles wieder in Ordnung.

Zerrstraße 14a ist ein kleines Häuschen, das, wie der Rest der Nachbarschaft, bessere Zeiten gesehen hat. Die Straße ist eng und voller Schlaglöcher; mehr Krater können auf der Oberfläche des Mondes nicht sein.

»Erinnern Sie sich an den wundervollen Radweg? Krass, oder?«

»Ja, das können sie laut sagen! Schauen sie! Was ist das denn?«

Neben einem Haus weht die türkische Flagge an einem Mast.

»Vermutlich eine Moschee«, spekuliere ich.

Wir läuten bei Nummer 14a; ein Klingelknopf ohne Namensschild. Keine Reaktion. Wiederholung. Gleiches Ergebnis. Über dem Briefschlitz erkenne ich die verwaschenen Buchstaben CL. Wird wohl nicht die Abkürzung für Champions League sein, wir sind also richtig. Dass Chris Lombarski nicht

zu Hause sein kann, ist logisch, aber vielleicht wohnt er alleine oder seine Mitbewohner sind zur Arbeit. Frau Sommer ist unterwegs, um die Nachbarschaft zu befragen. Ich nehme mir die gegenüberliegende Straßenseite vor. Wir haben beide keinen Erfolg. Nicht eine Tür wird geöffnet.
»Ich besorge einen Betretungsbeschluss, dann gehen wir rein«, entscheidet die Staatsanwältin. »Das dauert nicht lange; die sollen ihn auf mein Smartphone schicken.«
»In der Zwischenzeit fahren wir zum Rathaus und erkundigen uns beim Einwohnermeldeamt«, lege ich fest.
Zu meiner eigenen Überraschung finde ich den Weg zum Rathaus sofort. Das Glück ist perfekt, als wir hören, dass der Leiter des Meldeamtes im Hause ist.
Zwei Männer im feinen Zwirn treten aus dem Amtszimmer. Ihren sauertöpfischen Mienen entnehme ich, dass ihr Gespräch nicht mit Erfolg gekrönt war. Wir treten ein und stellen uns dem Amtsleiter vor. Unser Gegenüber heißt Müller, Leiter des Fachbereichs und der Ortspolizeibehörde.
»Herr Müller, kennen Sie eine Person namens Chris Lombarski?«, komme ich unverzüglich zum Punkt.
»Selbstverständlich kenne ich den!«
Schweigen. Wie lenke ich das Gespräch in die richtige Richtung? Was ist überhaupt die richtige Richtung?
»Sie sagten: selbstverständlich! Wie darf ich das verstehen? Kennen Sie alle Bürger Ihrer Gemeinde persönlich?«, hinterfragt die Staatsanwältin.
»Nicht alle, aber viele«, lächelt der Amtsleiter.
»Chris Lombarski wurde heute Morgen ermordet!«, erklärt die Staatsanwältin.
»Ich habe es eben erfahren. Was ist genau passiert?«
»Herr Lombarski wurde auf der Brücke des Radweges nahe Primsweiler tot aufgefunden«, erkläre ich. »Sie wissen, wo ich meine?«
»Ja. Auf welcher Seite?«

»Wieso ist das wichtig?«
»Die Grenze zwischen Lebach und Schmelz verläuft ziemlich genau in der Mitte der Brücke. Mir wäre es lieber, wenn er in Lebach gelegen hätte.«
»Sie haben Probleme!«, seufzt die Staatsanwältin. »Kennen Sie Verwandte, Freunde oder Bekannte von Herrn Lombarski? Irgendjemanden aus seinem Umfeld? Oder jemanden, mit dem er sich in letzter Zeit angelegt hat?«
»Woher ist er Ihnen bekannt?«, frage ich. »Sie sagten, Sie kennen ihn.«
»Nicht persönlich; das heißt, ich habe ihn ein einziges Mal getroffen. Er saß dort, wo Sie jetzt sitzen. Das war vor etwa vier Monaten. Wenn Sie das genaue Datum brauchen …«
»Geschenkt! Um was ging es in diesem Gespräch?«
»Es ging um den Windpark. Lombarski hatte dort ein Grundstück, das für einen Standort infrage kam. Er wollte unbedingt verkaufen, aber es gab zunächst ein paar Probleme.«
»Welcher Art?«
»Zum einen der Preis, aber das konnten wir relativ schnell einvernehmlich lösen. Das andere Problem war formeller Natur.« Der Amtsleiter schildert ruhig, sachlich und im feinsten Beamtendeutsch, dass Lombarski das Grundstück erst kurz zuvor von seinem verstorbenen Vater geerbt hatte. Da die Testamentsvollstreckung nicht abgeschlossen war und die Umschreibung nicht stattgefunden hatte, weil gewisse Fristen abzuwarten und notarielle Formalitäten einzuhalten waren, konnte Lombarski nicht sofort verkaufen. Das war zunächst ärgerlich, weil der spätere Windparkbetreiber seinerseits unbedingt zu einem Vertragsabschluss kommen wollte. Letztendlich sei, zwar in letzter Minute, der Verkauf über die Bühne gegangen. Ich stelle Zwischenfragen, aber es gelingt mir nicht, Namen von Verwandten oder Bekannten zu erfahren. Ich solle diesbezüglich im Sportverein Lebach nachfragen, schlägt der Herr vom Ordnungsamt vor, denn für den sei Lombarski als Triathlet mit

einigem Erfolg unterwegs gewesen; jedenfalls sei sein Name ab und zu in der lokalen Sportpresse aufgetaucht.
Dass uns in der Zerrstraße niemand die Tür geöffnet habe, sei nicht ungewöhnlich, meint Müller. Wenn muslimische Frauen alleine zu Hause sind, machen viele nicht auf, wenn Fremde vor der Tür stehen.
»Da müssen Sie abends hin, wenn die Männer von der Arbeit zu Hause sind«, erklärt er. »Und einen Dolmetscher brauchen Sie nicht, die können alle sehr gut deutsch. Sie sollten allerdings ein Minimum an Höflichkeit an den Tag legen, ansonsten können Sie sich Ihren Besuch sparen.«
Während sich Müller und die Staatsanwältin über das Umfeld des Sportvereins und mögliche Ansprechpartner unterhalten, geht mir einiges durch den Kopf.
Auch Oswald Wessel hatte ein Grundstück in den Windpark einbringen wollen! Eine eindeutige Schnittstelle oder bloßer Zufall?
»Zurück zu diesem Grundstück und dem Windpark«, melde ich mich. »Sagt Ihnen der Name Oswald Wessel etwas?«
Schweigen, Achselzucken.
»Wir reden von diesem Windpark zwischen Lebach und Nalbach?«, frage ich.
»Falsch!«, interveniert der Amtsleiter. »Nicht zwischen, sondern sowohl in als auch. Ein interkommunales Projekt. Und wir haben noch zwei Standorte, die …«
»So genau will ich es nicht wissen. Ich brauche eine Liste von allen derzeitigen oder ehemaligen Grundstückseigentümern, die von diesen Projekten betroffen sind. Und zwar so schnell wie möglich! Ist das ein Problem? Wie lange wird das dauern?«
»Mindestens eine Stunde.«
»Wissen Sie, wie hoch der Kaufpreis im Fall Lombarski war?«, frage ich.
»Ja, das ist mir noch in Erinnerung. Es handelte sich um ein sehr großes Grundstück. Lombarski wollte fast eine Viertelmil-

lion, aber das lag jenseits aller Realität. Der Veräußerungswert lag schließlich bei 200.000 Euro.«
»Schon Mal den Namen Conrad Bickelmann gehört?«
»Aus Schmelz?«
»Nein!«
»Kann ich mich nicht erinnern.«
»Hatten Sie in den letzten Tagen Kontakt zu Herrn Carstens vom Windpark? Sie wissen, wen ich meine?«
»Ja, weiß ich; nein hatte ich nicht. Wieso?«
»Nur so!«
Ich schaue zur Uhr. Fast elf! Wir sollten uns auf den Weg ins Präsidium machen. Dort wird vermutlich der Teufel los sein, denn wenn sich der aktuelle Mord bis zur Ortspolizeibehörde in Schmelz herumgesprochen hat, wird die Meldung mittlerweile auch die Spitze des Präsidiums erreicht haben; leicht auszumalen, was das für das Ermittlungsteam zu bedeuten hat. Ich deaktiviere die Stummschaltung meines Mobiltelefons und stelle fest, dass Rudi fünfmal versucht hat, mich zu erreichen. In einer SMS bittet er um dringenden Rückruf.
»Wir müssen los!«, verkünde ich und reiche dem Amtsleiter meine Karte. »Schicken Sie die Liste an diese Mail-Adresse.«
»Wir haben zwei ähnlich gelagerte Fälle, und wir können nicht ausschließen, dass es da einen Zusammenhang gibt«, erklärt die Staatsanwältin. »Das behalten Sie vorerst für sich!«
Schlagartig entweicht die gesunde Farbe aus dem Gesicht des Amtsleiters.
»Mein Gott!«, stammelt er. »Das ist unglaublich. Ich versichere Ihnen meine vollste Unterstützung. Wenn wir irgendetwas für Sie tun können?«
»Ruhe bewahren und uns zeitnah alle Informationen zur Verfügung stellen, die wir benötigen. Und vor allem keine Presse, das übernehmen ausschließlich wir!«, fordert Frau Sommer.
»Genau!«, bestätige ich. »Wir benötigen alle Unterlagen, die Sie uns über die Windkraftanlagen auf Ihrem Gemeindegebiet

beziehungsweise interkommunal zur Verfügung stellen können; weniger die technischen Daten als die Liegenschaftsdaten, die Besprechungsprotokolle, Versammlungs- oder Sitzungsniederschriften und so weiter. Ich bin sicher, dass der Täter oder die Täterin irgendwie in diese Maßnahmen involviert war, sonst könnte er oder sie nicht wissen, welche Grundstücke infrage kommen.«

»Sie gehen also davon aus, dass der Täter aus den Reihen der Windkraftgegner kommt?«

»Wir gehen von überhaupt nichts aus, sondern ermitteln in alle Richtungen«, stellt Frau Sommer fest.

»Ach ja«, ergänze ich. »Wir benötigen eine Liste aller Vereine aus der Umgebung, die sich mit Armbrust- oder Bogenschießen befassen; und von den Firmen, die zugehörige Waffen und Zubehör verkaufen.«

»Wieso das?«

»Nicht fragen, einfach liefern!«, fordert die Staatsanwältin, steht auf, reicht dem verdutzten Beamten die Hand, verabschiedet sich und rauscht aus dem Büro.

»Wenn was ist, melden wir uns«, lege ich nach und tue es der Staatsanwältin gleich. »Dasselbe gilt, falls Ihnen etwas einfällt. Ich verlasse mich auf Sie! Sind Sie dauerhaft erreichbar?«

»Klar, meistens«, versichert der Mann.

»Sehr gut danke!«

Es wird nicht lange dauern, bis die Presse auf der Matte steht. Hoffentlich hält sich das Rathaus an die Abmachungen.

Als wir das Gebäude verlassen, sehe ich der Staatsanwältin an, dass sie in dieselbe Richtung überlegt. Wir wissen beide, dass anstrengende Stunden und Tage vor uns liegen.

# 16.

Na also! Endlich haben sie es geschnallt! Dieses Mal waren sie schneller!
Den Zusammenhang geben sie zwar nicht zu, aber das kommt zwangsläufig irgendwann. Immerhin hat der Nachrichtensprecher von einem erneuten Leichenfund gesprochen. Erneut!
Lange werden sie es nicht mehr unter der Decke halten können und dann kommen automatisch die Fragen! Fragen über Fragen!
Mit den Fragen kommen die Zweifel; und mit den Zweifeln die richtigen Antworten. Vor allem die späten aber berechtigten Zweifel an der Richtigkeit dieser gottverdammten Vorgehensweise! Es werden und müssen Diskussionen folgen. Offene Diskussionen! Endlich!
Dann wird sich die Vernunft der Mehrheit zwangsläufig durchsetzen und diesen Narren zeigen, dass es so nicht geht. Nicht gehen kann, nicht gehen darf, nicht gehen wird!
Keine Demo, kein Streik, kein Parteiprogramm, nichts hätte jemals die gleiche Wirkung erzielen können. Worte zählen nicht, nur Taten. Alternativlos!
Jeder Krieg fordert Opfer. Das hier ist ein großer Krieg mit wenigen Opfern. Drei bisher, ein paar werden es noch werden. Überschaubar. Selbst Schuld! Die Unbelehrbaren sind am Ende immer Opfer!
Unbelehrbare wie die, deren Zeit bald gekommen sein wird. Bald, sehr bald!
Der Mann geht zum Kegeln, die Frau bleibt zu Hause – alleine! Nächste Woche fährt der zum Schaumberg, das steht jedenfalls im Aushang der Clubzeitung; ich frage mich nur, ob die Alte mitfährt. Besser, sie bliebe zu Hause, für mich wäre das einfacher. Ich muss sie beobachten, ihre Routinen rausfinden,

eventuell ergibt sich daraus ein Hinweis.
Ihn will ich haben, nur ihn! Die Frau interessiert mich nicht. Hier und heute kann ich ihn nicht stellen, aber ich werde Witterung aufnehmen und seine Anatomie studieren; den Punkt ausloten, das Ziel markieren und in meinem Kopf speichern. Er kann mir nicht entfliehen.

# 17.

Thomas Kreutzer hatte gerade das Haus auf seinem Weg zur monatlichen Kegelrunde verlassen, als er die merkwürdige Gestalt auf der gegenüberliegenden Straßenseite wahrnahm.
Der Typ, der dort unter der Straßenlaterne stand, war auch bei schwacher Beleuchtung eindeutig als Gammler zu identifizieren. Langhaarig zu gewuchert glich er eher einem Neandertaler als einem zivilisierten Menschen, fehlte nur noch der Lendenschurz und die Keule. Lieber Gott, was aus einem Mann werden kann, wenn er auf die schiefe Bahn gerät, dachte Kreutzer. Da kann man froh sein, dass aus den Kindern etwas geworden ist! Nicht vorzustellen, was das für die Eltern bedeutet, wenn der eigene Nachwuchs so herumlungert; wahrscheinlich sind Drogen oder Alkohol im Spiel, möglicherweise beides.
Jetzt kommt der Kerl auch noch rüber! Kreutzer beschleunigte seine Schritte, aber die Gestalt kam quer auf ihn zu und schnitt ihm damit den Weg ab, außerdem war er schneller zu Fuß, als Kreutzer das vermutet hätte.
Thomas Kreutzer legte einen Zahn zu, aber sein Verfolger gab erst auf, als am Straßenrand ein Wagen anhielt, aus dem ein junger Mann vom Beifahrersitz ausstieg und die Straße überquerte, um an einem Haus zu klingeln; anscheinend wollte der Junge Gunhildes Tochter zu einem Rendezvous abholen. Der Neandertaler drehte ab und verschwand schnell aus dem Scheinwerferkegel des Autos; Sekunden später war er in der Dunkelheit verschwunden.
Zweieinhalb Stunden später war Thomas Kreutzer auf dem Weg nach Hause. Vor der Tür des Keglerheims hielt er kurz an, um seine Jacke zu schließen; in den Nachtstunden war es jetzt doch schon empfindlich kühl und vom Kegeln aufgeheizt fror Kreutzer nun im Freien umso mehr.

Er hatte den letzten Knopf noch nicht geschlossen, als sich eine Gestalt aus dem Schatten der Hauswand löste und auf ihn zukam. Kreutzer erschrak. Er war zwar kein ängstlicher Typ, aber das plötzliche Auftauchen aus der Nacht fuhr ihm doch gehörig in die Glieder. Noch bevor er sich entscheiden konnte, ob er zurück ins Keglerheim eilen, die Flucht ergreifen oder sich forsch zur Wehr setzen sollte, war die Gestalt direkt bei ihm.
»Feuer!«, forderte die überraschend junge aber aggressive Stimme.
Einerseits war Kreutzer erleichtert, dass das alles war, was die Gestalt von ihm wollte, andererseits kam ihm im Licht der Straßenlaterne bei näherer Betrachtung die Erkenntnis, dass es sich bei dem Kerl um genau denselben Mann handelte, der ihm bereits am Abend aufgelauert hatte; das konnte kein Zufall sein!
»Ich bin Nichtraucher!«, antwortete Kreutzer, in der Hoffnung, dass die Sache damit erledigt war, aber der Penner ließ nicht von ihm ab.
»Das haben wir gerne!«, entgegnete der Neandertaler. »Die Landschaft verschmutzen aber Nichtraucher.«
»Ich bin kein Umweltverschmutzer«, versuchte Kreutzer sich zu rechtfertigen. »Was soll das?«
»Ach nein? Was denn?«
»Verschwinden Sie! Wieso fragen Sie mich nach Feuer, Sie haben gar keine Zigarette? Was wollen Sie von mir?«
»Nur mal schauen, wie Du aus der Nähe aussiehst!«
»Wenn Sie nicht auf der Stelle verschwinden, rufe ich die Polizei! Oder soll ich Dir lieber gleich eins auf die Schnauze hauen?«
Der Fremde zögerte einen Augenblick und schaute Kreutzer mit einem spöttischen Lächeln an.
»Okay, okay! Alles klar!«, sagte er schließlich. »Ich habe gesehen, was ich sehen wollte. Mach Dir nicht in die Hose und schönen Gruß an die Frau Gemahlin.«
So schnell er gekommen war, verschwand der Fremde wieder

in der Dunkelheit. Kreutzer machte sich auf den Nachhauseweg und überlegte die ganze Zeit, was er von der Begegnung halten sollte. Schließlich beschloss er, keinen weiteren Gedanken an den Penner zu verschwenden. Wahrscheinlich war er auf Droge oder er hatte sein Gehirn längst versoffen. Seiner Frau wollte Kreutzer nichts von der nächtlichen Begebenheit erzählen; sie würde sich nur unnötige Sorgen machen.

# 18.

Wie nicht anders zu erwarten, ist im Polizeipräsidium eine unproduktive Hektik ausgebrochen. An der Einlasskontrolle berichtet der Diensthabende, dass Frau Sommer dringend beim Oberstaatsanwalt vorsprechen soll.

Ich werde wenigstens verschont, bis ich in meinem Kommissariat angekommen bin. Dort empfängt mich Inge Manderscheid mit der Nachricht, dass der Polizeipräsident seit fünf Minuten bei Rudi Closter im Büro sitzt; ich solle dazu kommen.

»Übrigens!«, erklärt Inge. »Oswald Wessels Weste ist rein wie meine Seele. Der hat sich nach meinen Recherchen nie etwas zuschulden kommen lassen.«

»Wie schön für Deine Seele! Könntest Du etwas für mich rausfinden?«

»Klar, Chef! Was soll ich machen?«

»Der Chef ist Rudi! Pass auf, Inge! Es geht um Conrad Bickelmann, das Opfer von Orscholz. Versuch bitte über seine Witwe herauszufinden, ob die Bickelmanns ein Grundstück im Umfeld eines Windparks besitzen oder verkauft haben. Sag mir bitte sofort Bescheid, sobald Du ein Ergebnis hast. Auch wenn's negativ ist. Ich muss das wissen! Unbedingt!«

»Kann ich in die Besprechung einfach reinplatzen, wenn ich was rausbekommen habe?«

»Klar; der Polizeipräsident beißt nicht. Außerdem bekommt er gleich mit, dass Du zum Team gehörst.«

»Okay, ich ruf sofort bei Frau Bickelmann an!«

»Ich gehe jetzt zu Rudi. Sind Ken und Marius unterwegs?«

»Ja. Ken ist in Lebach, Marius bei K4.«

Eine halbe Minute später betrete ich das Büro von Kriminalrat Rudi Closter.

»Ah, Josch! Gut, dass Du da bist!«, begrüßt mich Rudi.

Ich begrüße Polizeipräsident Horst Weller mit Handschlag.
»Hallo! Ich habe mit unserem gemeinsamen Freund in Schmelz telefoniert«, erkläre ich und begrüße den neuen Pressesprecher des LKA. Jonas Bilsdorf sitzt mit Block und Schreiber bewaffnet hinter dem Polizeipräsidenten auf einem Hocker. Für mich ist kein Platz zum Sitzen, aber es wird auch so gehen.
»Meinst Du diesen Geschäftsführer vom Windpark?«, fragt Weller.
»Genau den!«
»Der ist nicht mein Freund!«
Ich berichte ausführlich, lasse kein Detail aus, schlage die Brücke zu Oswald Wessel, erwähne die Gemeinsamkeiten bezüglich der Windkraftprojekte, bezweifele einen Zusammenhang mit der Drohung gegen den Geschäftsführer, schildere, dass das Team gerade dabei ist, nach weiteren Zusammenhängen zu suchen und dass wir gespannt sind, was die Listen der Grundstückseigentümer ergeben. Ich referiere seit geraumer Zeit, als es an der Tür klopft.
»Ja, bitte!«, ruft Rudi.
Inge Manderscheid tritt ein. In ihrem Gesicht sehe ich eine Mischung aus Verlegenheit, Erregung und innerer Vorfreude.
»Was gibt's, Frau Manderscheid?«, fragt Rudi barsch. Ich weiß, dass er es nicht so meint – Rudi steht immer unter Stress, wenn der Polizeipräsident anwesend ist.
»Schon gut, Rudi«, beschwichtige ich. »Ich habe Inge gebeten, mir das Ergebnis ihrer Recherchen sofort mitzuteilen. Schieß los, Inge!«
Inge will mir einen Zettel überreichen und sich sofort wieder aus dem Staub machen, aber ich halte sie zurück.
»Erzähl, Inge! Das geht schneller und wir haben alle etwas davon.«
Inges Gesichtsfarbe hat mittlerweile die Farbe eines leichten Rosé angenommen.
»Ja, also: Der Herr Bickelmann aus Kirrberg hatte tatsächlich

ein Grundstück in Nalbach. Seine Frau, also die Witwe, hat erzählt, dass ihr Mann dieses Grundstück vor vielen Jahren geerbt hat, und dass es dann in Vergessenheit geraten ist. Im letzten Jahr haben sich allerdings urplötzlich irgendwelche Leute gemeldet und, um es kurz zu machen: Frau Bickelmann ist da etwas überfordert, weil das seinerzeit alles ihr Mann abgewickelt hat. Ich denke, wir müssen ihr jemand zur Seite stellen, der ihr hilft, die Papiere durchzugehen. Die Frau steht nach wie vor unter Schock, alleine schafft die das nicht, jedenfalls nicht im Augenblick!«

»Super, Inge! Gute Arbeit!«, lobe ich.

»Äh, Entschuldigung, Kriminalrat Closter«, fragt der Polizeipräsident, wobei er in der Ansprache peinlichst die hausinterne Hierarchie einhält. »Haben Sie eine neue Ermittlerin, von der ich nichts weiß?«

Inges Zartrosa geht in ein burgunderrot über.

»Wegen der dünnen Personaldecke habe ich die Kollegin Manderscheid mit Ermittlungsarbeiten betraut. In vertretbar überschaubarem Umfang. Inge kann das, daran gibt es nichts zu rütteln. Dieses alternativlose Vorgehen hat sich gerade postfaktisch als richtig erwiesen«, springe ich in die Bresche, um Rudi nicht in Verlegenheit zu bringen.

»So kenne ich dich, Josch«, erklärt Polizeipräsident Weller und lacht. »Die alten Hasen haben wenigstens Zivilcourage! Das beruht natürlich auf Freiwilligkeit, Frau Manderscheid, ohne dass …«

»Dass es einen Rechtsanspruch auf Mehrvergütung oder Höhergruppierung gibt«, vollendet Inge den Satz. »Ich weiß, ich weiß! Machen Sie sich darüber keine Sorgen, Herr Präsident! Ich melde mich erst, wenn es soweit ist.«

Fantastisch! Am liebsten würde ich Inge knutschen. Horst Weller ist ebenso überrascht wie amüsiert. Rudi würde am liebsten unter seinem Schreibtisch verschwinden und der Pressesprecher macht ein süßsaures Gesicht, weil er nicht weiß, was er

von der Sache halten soll.
»Wenn sich das bewahrheitet, was Inge angedeutet hat, ist das womöglich ein entscheidendes Puzzle-Steinchen in unseren Ermittlungen«, unterbreche ich das Schweigen und beschließe das Eisen zu schmieden, solange es heiß ist. »Wir brauchen unbedingt belastbare Informationen. Ich schlage vor, dass Kollegin Manderscheid am Ball bleibt. Am besten, sie fährt zu Frau Bickelmann und geht mit ihr diese Unterlagen durch. Da das keine Befragung oder Vernehmung ist, sondern eine Zuarbeit, dürfte es keine dienstrechtlichen Probleme geben. Außerdem ist Inge am besten geeignet. Von Frau zu Frau mit der Witwe, ich denke, das ist eine zielführende Taktik.«
Inge steht mit heruntergeklapptem Unterkiefer neben dem Schreibtisch. Weller nickt, aber Rudi macht ein miesepetriges Gesicht.
»Ja, aber Inge ist nicht befugt, mit ihrem Wagen oder einem Dienstfahrzeug zu fahren.«
»Ich erteile die Befugnis hiermit für diesen Einzelfall«, unterbricht der Polizeipräsident. »Wir brauchen Ergebnisse! Schnellstmöglich! Da darf es an Formalitäten nicht scheitern, aber danke für den Hinweis Rudi. Rein formell hast Du natürlich recht. Beruf Dich auf mich und klär das mit der Personalabteilung. Die Überstunden werden vergütet, was nützt es uns, wenn die hinterher abgefeiert werden, dann fehlt sie uns an anderer Stelle. Ich unterstütze Euch, wo ich kann, aber Josch, Du bist mir für Frau Manderscheid verantwortlich. Wenn sie Hilfe braucht, lässt Du sie nicht im Regen stehen. Danke für Ihr Engagement, Frau Manderscheid.«
»Danke, Horst! Kaum zu glauben: Dieses Haus ist tatsächlich in der Lage, der Logik des Notwendigen zu folgen. Dass ich das erleben darf.«
Rudi verdreht die Augen, Weller lacht und Inge steht wie in Stein gemeißelt.
»Du hast es gehört, Inge! Mach Dich auf die Socken nach

Kirrberg! Aber kündige Dich vorher bei Frau Bickelmann an! Wenn Du fündig wirst, bitte sie darum, dass sie Dir die Unterlagen zum Kopieren überlässt, von mir aus unterschreibe ihr einen Ausleihschein. Oder fotografier die Akten, wenn das möglich ist. Wenn Du fragen hast, rufst Du mich an! Keine Risiken und pass auf Dich auf!«

Es dauert einige Sekunden, bis Inge die Weisung verarbeitet hat. Als der Groschen endlich gefallen ist, verlässt sie eiligst das Büro. Durch die geschlossene Bürotür können wir ihren Jubelschrei deutlich vernehmen.

»Sie ist mit Feuereifer dabei. Das dürfen wir nicht blockieren, aber ich werde ihr Engagement kanalisieren, das klappt schon! Danke, Horst. Du wirst sehen, sie wird uns nicht enttäuschen.«

Horst Weller nickt.

»Wir müssen alle Register ziehen! Einen oder höchstens zwei Tage kann ich das Ganze unter der Decke halten, aber wenn wir nicht liefern, werden wir das BKA hinzuziehen müssen. Falls es zu einem weiteren Mord kommt, ist es sowieso vorbei.«

»Ich weiß nicht, wie wir das mit unserem Personal schaffen sollen«, seufzt Rudi, der wieder einmal alle Felle davonschwimmen sieht. »Drei Morde in kürzester Zeit, dafür sind wir nicht eingerichtet, und K4 auch nicht, vermute ich.«

»Stimmt!« bestätige ich. »Aber bis wir eine funktionierende Sonderermittlungstruppe auf die Beine gestellt haben, vergehen Tage. Leute, ihr kennt das Problem! Das kann nur der letzte Ausweg sein! Von mir aus könnt Ihr das vorbesprechen, für den Fall aller Fälle. Ich schlage vor, wir kneifen die Arschbacken zusammen und arbeiten, bis uns schwarz vor Augen wird.«

Schweigen.

»Ich stelle Euch ein oder zwei Kollegen aus anderen Abteilungen an die Seite«, erklärt der Polizeipräsident. »K4 kann ich nicht entlasten, die sind zu speziell. Außerdem können die auf private Labore zurückgreifen oder das Landesamt. Schneller geht es mit denen allerdings erfahrungsgemäß auch nicht.«

»Danke für das Angebot, wir werden sehen. Bis die Kollegen eingearbeitet sind, geht einige Zeit drauf. Aber gut, im Notfall kommen wir drauf zurück. Rudi könnte seine Dienstpläne und Personalstatistiken einfach liegen lassen und aktiv die Koordinierung der Truppe übernehmen, damit wäre mir geholfen. Ich gehe in die Reihe mit allen anderen und mach nix anderes. Wenn Staatsanwältin Sommer sich ausschließlich auf diese Fälle konzentrieren könnte, wäre das ein weiterer Schritt in die richtige Richtung. Und der junge Kollege da«, ich zeige auf Jonas Bilsdorf, »hält die Presse bei Laune und uns aus dem Kreuz. Wir füttern ihn mit Informationen, so gut wir können, der Rest ist seine Sache. Ich kann nicht bei jeder Pressekonferenz antanzen, dazu fehlt mir die Zeit!«

»Die Aasgeier kreisen bereits«, antwortet Bilsdorf.

»Das tun sie immer; wirf ihnen jeden Tag ein Häppchen vor, und Ruhe ist!«

»So einfach wird es wohl nicht!«, meint Weller. »Aber gut versuchen wir's! Ich werde mit dem Oberstaatsanwalt reden und den Minister vertraulich auf dem kurzen Dienstweg informieren. Der wird zwar nicht begeistert sein, aber ich denke, dass er vorerst mitzieht.«

»Das Kartenhaus bricht zusammen, falls es eine weitere Leiche gibt«, meldet sich Rudi. »Wir sitzen auf einem Pulverfass!«

»Stimmt, Rudi! Deshalb müssen wir uns schnellstmöglich über die Tatmuster und das Motiv im Klaren werden; nur dann kommen wir auf die Spur dieses Irren!«

»Josch, wir wissen um die tolle Aufklärungsquote Deines Teams«, ermuntert der Polizeipräsident. »Und Du weißt, dass wir alle hinter Euch stehen.«

»Hoffentlich auch der Minister!«, verkünde ich und hebe den rechten Zeigefinger.

»Der auch, aber die Politik hat ihre eigenen Regeln. Die Situation ist heikel. Bisher hat der Täter im Abstand von zwei Tagen zugeschlagen; wenn dieser Rhythmus kein Zufall ist, müssen wir damit rechnen, dass am Freitag wieder etwas passiert. Wir alle stehen unter Druck. Josch, wenn Du der Meinung sein solltest, dass ihr diesem Druck nicht standhalten könnt, bilden wir sofort eine Sondergruppe oder fordern das BKA an, auch wenn das ein unliebsamer Weg wäre. Mir ist klar, dass die, zumindest vorerst, nicht tätig werden wollen, aber dann liegt der Schwarze Peter bei denen.«

»Bis übermorgen bringt uns das keinen Zeitgewinn; nicht eine Minute! Wenn ihr uns bis dahin den Rücken frei haltet, haben wir mehr davon. Vorerst!«

»Okay, dann machen wir das so!«, entscheidet der Polizeipräsident.

Rudi will anscheinend etwas sagen, aber ich schneide ihm das Wort ab.

»So, ich muss an die Arbeit! Ich werde mit meinen Leuten und K4 die Zwischenergebnisse abchecken und schauen, wo wir stehen. Rudi, Du bekommst um 16 Uhr von mir einen telefonischen Zwischenbericht. Danach kannst Du Horst und Jonas informieren. Der Weg ist vorgezeichnet, jetzt gehen wir ihn!«

Ohne eine Antwort abzuwarten, verlasse ich Rudis Amtszimmer und eile in mein Büro. Erst am Schreibtisch wird mir bewusst, dass ich einen Bärenhunger habe; noch habe ich die Chance, in der Kantine etwas zu bekommen. Eigentlich habe ich keine Zeit, aber wenn ich mich vor Hunger nicht konzentrieren kann, hilft das dem Fall nicht weiter.

Eine halbe Stunde und ein durchaus schmackhaftes Putenschnitzel mit Pommes später sitze ich wieder in meinem Büro und durchforste die Mails. Die Liste aus Schmelz ist tatsächlich eingetroffen.

Oswald Wessels Name fällt mir sofort ins Auge, aber Bickelmann und Lombarski stehen nicht auf der Liste. Das verstehe, wer will. Als ich anrufe, werde ich zum Hauptamtsleiter weiterverbunden. Nach einigem Hin und Her klärt sich das Problem: Die haben mir eine veraltete Liste geschickt. Da die

Eigentumsverhältnisse nur einmal im Jahr vom Katasteramt in irgendwelchen grafischen Informationssystemen aktualisiert werden, ist die Liste nicht auf dem neuesten Stand. Aus Kostengründen werde dieses System nicht permanent gepflegt.

»Ich brauche die Liste der Eigentümer, mit denen die Verkaufsverhandlungen geführt wurden«, erkläre ich. »Was nütz mich die Information, wem die Grundstücke zu Kaiserzeiten gehört haben! Beeilen sie sich, uns läuft die Zeit davon!«

Das ist nicht zu fassen! Ich kann den Ausdruck »Aus Kostengründen« nicht mehr hören!

Als ich Ken und Marius auf ihren Diensthandys anrufe, erfahre ich, dass beide ausgerechnet während meines Kurzaufenthaltes in der Kantine ins Präsidium zurückgekommen sind und glaubten, ich sei unterwegs. Ich bestelle sie in mein Büro.

Es fehlt die Staatsanwältin. Sie hat in ihrem Büro Nachricht hinterlassen, dass sie ins Kommissariat kommen werde, sobald sie beim Oberstaatsanwalt fertig ist.

Zwanzig Minuten später sitzen wir alle, bis auf Inge Manderscheid, in meinem Büro und beratschlagen. Auch Rudi Closter hat sich eingefunden.

»Wer kocht Kaffee, wenn Inge nicht da ist?«, fragt er.

»Immer der, der fragt!«, antworte ich. »Aber lass nur, er läuft bereits durch.«

Wir tragen die Fakten zusammen und vergleichen die Aussagen von Zeugen, die von Ken und Marius befragt wurden. Frau Sommer hat die ersten Analysen von K4 gesammelt und aufbereitet. Alle Ergebnisse und ihre Bezüge tragen wir auf der Flipchart ein. Nach etwa einer Stunde meldet sich Inge Manderscheid aus Kirrberg. Ich muss sie bremsen, denn es sprudelt schneller aus ihr heraus, als ich es verarbeiten kann.

Conrad Bickelmann hatte im Frühjahr, also etwa vor einem halben Jahr, tatsächlich ein Grundstück an die Firma green elect verkauft. Der Verkaufserlös wird im Vertrag mit 48.000 Euro angegeben. Einen Eingangsbeleg hat die Witwe Bickel-

mann nicht finden könne, aber das wird über die Bank leicht zu überprüfen sein.
Das Grundstück ist mit Gemarkung, Flurname, Parzellen- und Grundstücksnummer zwar eindeutig bezeichnet, aber Inge Manderscheid kann aus dem vorhandenen Kartenwerk nicht erkennen, wo das Grundstück genau liegt. Frau Bickelmann ist derart durch den Wind, dass sie nicht mehr weiß, ob und wo ihr Mann weitere Unterlagen deponiert haben könnte. Es sei möglich, dass im Schließfach der Bank etwas verwahrt werde, den zugehörigen Schlüssel habe sie aber bisher vergeblich gesucht. Sie kann sich allerdings daran erinnern, dass ihr Mann das Grundstück von einer Tante namens Wilma Ollinger oder Ollenschläger geerbt hat; die wiederum sei eine geborene Staudt aus Schmelz gewesen.
»Ich weiß nicht, ob Dir das weiterhilft, Josch. Es ist schwierig, denn Frau Bickelmann ist ziemlich fertig mit den Nerven. Kannst Du nicht wenigstens dafür sorgen, dass die Leiche ihres Mannes zur Beerdigung freigegeben wird? Für die arme Frau ist es eine totale Belastung, dass sie mit allem in der Luft hängt.«
»Das kann ich verstehen, Inge. Ich tue, was ich kann, sag ihr das bitte! Leiste ihr ein bisschen Gesellschaft und versuch herauszubekommen, was irgend geht. Dann machst Du bald Schluss und fährst nach Hause. Wir sehen uns morgen im Büro.«
»Es hat wenig Zweck, hier zu bleiben. Da geht heute nichts mehr. Ich komme zurück ins Präsidium.«
»Musst Du nicht, Inge.«
»Ich will aber. Bis später.«
Die Geister, die ich rief! Inge ist durch nichts mehr zu bremsen.«
Beim Blick auf meinen Computerbildschirm stelle ich fest, dass die hoffentlich neue Liste aus Schmelz eingetroffen ist. Ich scrolle die Namen, es sind etwa zwei Dutzend Zeilen, einige Namen erscheinen mehrfach, das sind Eigentümer, die mehr als ein Grundstück in die Verhandlungen eingebracht haben. Und dann erscheinen die Namen, die ich erwartet habe: Os-

wald Wessel, Chris Lombarski und Wilma Ollinger.
Ich drucke die Liste aus, markiere die Namen und gebe sie in die Runde. Ken vergleicht die Parzellennummer von Wilma Ollinger mit den Nummern, die ich bei Inges Telefonat notiert habe. Nach einer Weile streckt er den Daumen in die Höhe. Passt!
Das Ermittlerteam ist sich schnell sicher, den gemeinsamen Nenner der drei Morde gefunden zu haben: Alle Opfer haben Grundstücke für die Errichtung der Windparks veräußert; teils direkt an die Betreiber, andere an die Gemeinde, die sie dann weiter veräußert hat. Wer an wen verkauft hat, spielt zunächst keine Rolle, wichtig ist, dass auf der Liste womöglich weitere potenzielle Opfer stehen. Sicher ist das nicht, aber diese schreckliche Möglichkeit besteht! Hoffentlich sind tatsächlich alle Eigentümer aktualisiert, sonst suchen wir nach den falschen Personen.
Fünf Namen sind zu überprüfen, leider stehen keine Adressen dabei, weshalb ich erneut in Schmelz anrufe. Dieses Mal geht der Hauptamtsleiter nicht ran, daher versuche ich es beim Vorzimmer des Bürgermeisters und bin überrascht, dass der Rathauschef selbst am Apparat ist. Als ich ihm mein Anliegen vorbringe, seufzt er laut und vernehmlich.
»Naja, da hat der Mitarbeiter vollkommen korrekt gehandelt. Aus Gründen des Datenschutzes darf er Ihnen die Adressen nicht geben.«
»Guter Mann, hier geht es um Mord!«
»Okay, ich kümmere mich drum, aber das wird eine Weile dauern. Hier ist seit langem Dienstschluss, ich muss mich erst durchhangeln.«
»Sind Sie der Einzige, der noch im Rathaus ist?«
»Ja, ich und die Putzfrauen.«
»Ich hoffe, Ihre Frau weiß nicht, dass die hübsch sind.«
»Netter Humor, Herr Hauptkommissar.«
»Wir erwarten Ihre hundertprozentige Mitarbeit, Herr Bürger-

meister! Die Windkraftgegner: Ich brauche Namen und Adressen oder Ansprechpartner.«

»Glauben Sie wirklich, dass von dort …«

»Kein Kommentar! Kooperieren Sie einfach!«

»Daran soll es nicht liegen, aber ich habe nicht alle Kontaktadressen bei der Hand. Einige Unterlagen sind zu Hause in meinem Privatbüro.«

»Besorgen Sie mir bitte zunächst die Adressen der Grundstückeigentümer!«, ich nenne ihm die fünf Namen. »Danach schauen Sie zu Hause nach. Ich bin die ganze Nacht über erreichbar.«

»Ich habe einige Termine heute Abend!«

»Tut mir leid, aber das hier hat Priorität! Unbedingt! Soll ich Staatsanwältin Sommer vorbeischicken, damit sie Ihnen hilft?«

Daniela Sommer horcht auf und zeigt mir einen Vogel.

»Nee, lassen Sie mal«, antwortet der Bürgermeister spontan. »Ich bin ausreichend motiviert.«

***

Wir arbeiten mit Hochdruck. Ken hat auf einem Geoportal des Landesamtes die Lage der Grundstücke ermittelt, Marius und Frau Sommer durchforsten das Internet nach Namen und Gruppierungen von Windkraftgegnern. Rudi verschwindet kurz, um den Polizeipräsidenten zu informieren, die Staatsanwältin telefoniert zwischendurch mit dem Oberstaatsanwalt. Um 18 Uhr erscheint Inge Manderscheid.

»Entschuldigung, ich stand im Stau.«

»Inge, hier wird sich für nix entschuldigt.«

»Mann, habt Ihr eine Luft hier drinnen!«, unterbricht sie mich. »Ich reiß die Fenster auf. Bei dem Mief kann kein Mensch klar denken! Wieso sitzt ihr eigentlich alle in diesem Kabuff rum? Geht doch gleich in eine Telefonzelle!«

»Stimmt, Frau Manderscheid! Da gebe ich Ihnen völlig recht«,

bestätigt Frau Sommer. »Ich habe gehört, dass Sie jetzt ein volles Mitglied im Team sind. Ich bin Daniela!«
Inge platzt fast vor Stolz. Irgendwie scheint das Miteinander zwischen Frauen anders zu funktionieren als bei Männern. Mir soll es egal sein! Plötzlich ist Inges Eifersucht gegenüber der Staatsanwältin verflogen. Es gibt Dinge, die muss ich nicht verstehen!
»Ich schätze, es wird ein langer Abend«, meint Inge. »Es muss was zum Essen auf den Tisch!«
»Deine Ideen werden besser«, kommentiere ich. »Vorschläge?«
Wir diskutieren kurz, dann steht fest, dass wir ins kleine Besprechungszimmer umziehen. Ich stelle mein Telefon um, Rudi spendiert eine Flasche Rotwein aus seinem Fundus, von dem niemand weiß, wo er ihn versteckt hat.
»Eine Flasche zum Essen für sechs Personen kann ich verantworten«, erklärt er.
Jeder wirft Geld auf den Teller, Inge erklärt sich bereit, beim Vietnamesen etwas Leckeres zu besorgen; Daniela Sommer deckt den Tisch, nicht ohne mich darauf hinzuweisen, dass dies ein Ausnahmefall ist. Die Kollegen sagen zu Hause Bescheid und ich spreche Marion eine Nachricht auf die Mailbox. Alle wissen, dass es eventuell die ganze Nacht durchgehen kann. Das Team funktioniert wie ein geöltes Räderwerk; so macht mir die Arbeit Spaß! Ich werde diesen Abend nicht vergessen, wenn es darum geht, die endgültige Entscheidung über meine Ruhestandsregelung zu treffen.
Bevor Inge zurück ist, meldet sich der Schmelzer Bürgermeister und gibt die Adressen durch. Ken macht sich sofort auf die Suche nach den zugehörigen Telefonnummern. Während des Essens diskutieren wir weiter, spielen Szenarien durch und suchen nach Alternativen.
Frau Sommer erhält telefonisch weitere Ergebnisse vom K4; dort sind die Kollegen unentwegt bei der Arbeit. Für die spätere Prozessarbeit sind die Analyseergebnisse zwar von unschätzbarem Wert, aber für unsere Ermittlungsarbeit bringen sie uns

im Augenblick nicht weiter. An keiner der Spuren sind verwertbare DNA-Reste sichergestellt worden, die uns dem Täter oder der Täterin näher bringen könnten. Es ist zum Haare raufen! Übereinstimmende Spuren, Finger- oder Schuhabdrücke gibt es nicht, sie können von allen möglichen Personen stammen, die nichts mit der Sache zu tun haben.

Ken und Marius telefonieren die Nummern der verbleibenden Grundstückseigentümer ab. In zwei Fällen geht niemand ran, worauf die örtliche Polizeistation aufgefordert wird, einen persönlichen Kontakt zu den aus unserer Sicht potenziellen Opfern herzustellen. Bei einem Anschluss behauptete eine Bandansage, dass die Nummer nicht vergeben ist; auch dorthin wird eine Polizeistreife entsandt. Bei zwei Adressen gelingt die telefonische Kontaktaufnahme.

Hannelore Kreutzer weiß sofort, um welches Grundstück es sich handelt. Sie und ihr Mann haben das Gelände vor etwa einem halben Jahr verkauft, um mit dem Erlös den Eigenheimbau ihres Sohnes mitzufinanzieren. Das Ehepaar wohnt in Gresaubach, sie ist Bankangestellte, er arbeitet als Monteur in der Elektrobranche. Beide sind Mitte fünfzig, Sebastian ist ihr einziges Kind. Bedrohungen wegen des Grundstücksverkaufes gab es bisher nie; keinerlei Kontakte zu irgendwelchen Windkraftgegnern, auch nicht zu Befürwortern. Frau Kreutzer ist alleine zu Hause, ihr Mann weilt beim Kegeln in der monatlichen Runde. Nach anfänglichem Redeschwall wird sie misstrauisch und fragt, was das Ganze soll. Abschließend verspricht Ken, dass jemand vom Kommissariat am folgenden Vormittag nach Gresaubach kommen werde, um weitere Details zu besprechen. Bis dahin möge das Ehepaar bitte zu Hause warten. Diese Anordnung stößt bei Frau Kreutzer auf heftigen Widerstand und Ken muss all seine Überzeugungskraft in die Waagschale werfen, um die Dame zu beruhigen. Nachdem Ken das Telefonat beendet hat, ist er völlig geschafft und verschwindet zur Toilette, um sich ein wenig frisch zu machen.

Den zweiten erreichbaren Grundstückseigentümer hat Marius Sorg an der Strippe. Antonio Zimballa, Mitte sechzig, Versicherungsmakler aus Primstal. Er ist von Anfang an misstrauisch und hinterfragt Name, Dienstgrad und Kommissariat; dann legt er auf und ruft wenige Minuten später zurück. Marius vereinbart mit ihm ebenfalls ein Treffen für den nächsten Morgen, auf Wunsch von Zimballa allerdings erst nach zehn Uhr, weil der Herr vorher anscheinend unpässlich ist. Sein Haus wird er bis dahin ohnehin nicht verlassen! Der Mann gehört vermutlich zu der Sorte von Menschen, die von Geburt an schlecht gelaunt sind, ohne zu wissen warum.
Während Marius und Ken sich um die Kontakte mit den Streifenwagen kümmern, Inge für frischen Kaffee sorgt, die Niederschrift ihres Besuches in Kirrberg zu Papier bringt und die zugehörigen Unterlagen kopiert, sitzen Frau Sommer, Rudi und ich beisammen und beratschlagen.
»Soweit wir es derzeit überblicken können, wählt der Täter seine Opfer offenbar tatsächlich unter den Grundstückseigentümern aus, die Flächen zur Verwirklichung der Windparks zur Verfügung gestellt haben«, resümiert die Staatsanwältin.
»Nicht ganz richtig«, widerspricht Rudi. »Verkauft! Nicht nur zur Verfügung gestellt!«
»Na gut!«, gibt Frau Sommer zu und rollt die Augen. »Dann eben verkauft!«
»Daniela«, spreche ich sie vorsichtig an, »was Rudi lapidar korrigiert hat, kann für die Motivsuche von großer Wichtigkeit sein. Neben der Aversion gegen die Windparks kommt damit der Faktor Neid ins Spiel.«
Rudi nickt und lächelt. Der alte Fuchs hat trotz seiner langweiligen Büroarbeit sein kriminalistisches Gespür nicht verloren.
»Okay, meine Herren«, lächelt die Staatsanwältin. »Ich anerkenne Ihre langjährige Erfahrung.«
»Das bedeutet zugleich«, fahre ich fort, »dass der Täter beziehungsweise die Täterin über detaillierte Informationen zu den

Projekten verfügen muss. Wie sonst kommt er an die Namen der infrage kommenden Grundstücksbesitzer? Er weiß anscheinend mehr, als aus den Listen der Gemeinde hervorgeht.«
»Wir müssen rausfinden, wie er an diese Informationen gelangt ist«, folgert die Staatsanwältin.
»So ist es. Wenn wir wissen, wer über diese Informationen verfügt und wohin er sie weitergegeben hat, schränkt das den Täterkreis erheblich ein.«
Wir sortieren die Namen, suchen im Internet nach Hintergrundinformationen, durchforsten das Polizeiregister, ob dort etwas über die betreffenden Personen hinterlegt ist, und einigen uns gegen 22 Uhr schließlich darauf, unseren Fokus zunächst auf eine Bürgerinitiative namens BGW-Bürger Gegen Wind zu richten. Deren Sprecher ist im Internet angegeben: Wiegand Sturm!
»Was für ein Name«, staunt Inge Manderscheid. »Ein Windkraftgegner, der Sturm heißt. Wie bekloppt ist das denn?«
»Wenn er gegen Wasserkraftwerke wäre, müsste er Hochwasser heißen!«, scherze ich. »Oder Hundertwasser!«
»Oh Gott!«, seufzt Daniela Sommer. »Darauf können nur Sie kommen! Womit habe ich das verdient?«
Der Versuch, Herrn Sturm telefonisch zu kontaktieren, scheitert. Frau Sommer schreibt ihm eine Mail und bittet um dringenden Rückruf. Vermerk: eilt, mit anschließender Rechtsbelehrung.
Rudi verabschiedet sich als Erster nach Hause und lässt eine Flasche Weißwein da, die allerdings ungeöffnet im Kühlschrank verschwindet.
Inge Manderscheid schicke ich ebenfalls nach Hause. Die gute Seele hat genug geleistet und ich will sie nicht gleich bei ihrem ersten Einsatz überfordern.
Wir sind uns einig, dass wir heute nicht mehr viel reißen werden. Morgen wird womöglich der entscheidende Tag werden, dann brauchen wir all unsere Kräfte.

»Geht nach Hause und schlaft Euch aus!«, weise ich Ken und Marius an. »Hier kommen wir im Augenblick nicht weiter. Ich schlage vor, wir treffen uns um sieben, spätestens um halb acht.« Die beiden Kollegen sind froh, wenigstens ein paar Stunden im eigenen Bett verbringen zu können und machen sich schleunigst auf den Weg.

»Und was machen wir zwei Hübschen hier?«, fragt die Staatsanwältin.

»Ich sortiere meine Unterlagen, durchforste meine Mails und dann mache ich Schluss!«

»Lohnt für Sie kaum, nach Hause zu fahren.«

»Daher bleibe ich hier!«

»Und wo wollen Sie schlafen?«

»Ich werde was finden. Die Liege im Sanitätsraum, eine freie Arrestzelle, es ist nicht das erste Mal. Sie wollen mir nicht etwa Gesellschaft leisten?«

»Ist das ein Angebot, mit Ihnen die Nacht zu verbringen?«, grinst Daniela Sommer.

»Würden Sie's abschlagen? Das wäre der Knüller! Wir beide eng umschlungen auf der Liege und die Frühschicht weckt uns.«

»Aus der Nummer würden Sie als Held hervorgehen und ich als Hure; das ist kein faires Spiel.«

»Ist das der einzige Grund für die Absage?«

»Nein, da spielt Ihre Lebensgefährtin eine Rolle.«

»Aha! Da habe ich aber Glück gehabt!«

»Sie haben keine Ahnung, was Sie verpassen!«

Damit verabschiedet sie sich.

Gegen Mitternacht lasse ich mich auf der Liege im Sanitätsraum nieder. Ich bin derart müde, dass es mir völlig gleichgültig ist, wie hart die Unterlage ist und dass die Wolldecke kratzt.

# 19.

Am frühen Morgen ist klar, warum mein Nachtlager als Kurzzeit- oder Krankenliege bezeichnet wird: Wer länger drauf liegt, ist hinterher krank; zumindest fühle ich mich so und spüre jeden einzelnen Knochen.

Nachdem ich ihm ein Minimum an Schlaf gegönnt habe, wird mein Körper freiwillig wach und drängt mich zum Aufstehen. Um halb sechs schleiche ich durch das verwaiste Kommissariat. Ich nütze die Einsamkeit zu einer ausgiebigen Morgentoilette und setze die erste Kanne Kaffee auf. Für ein üppiges Frühstück in der Kantine ist es zu früh, weil die erst um sieben Uhr öffnet; außerdem baue ich darauf, dass Inge Manderscheid auf dem Weg ins Büro an einer Bäckerei haltmacht, das tut sie oft und es würde mich wundern, wenn dem heute nicht so wäre.

Nach einer guten halben Stunde, während der ich mich am Schreibtisch aufs Neue in den Fall hinein denke, höre ich Schritte auf dem Flur, was meinen Speichelfluss in Erwartung eines baldigen Frühstückes unmittelbar aktiviert.

»Guten Morgen, Inge!«, rufe ich durch die halb geöffnete Bürotür. »Ich warte sehnsüchtig auf Dich! Dein Erscheinen rettet mich vor dem sicheren Hungertod.«

Im Türrahmen erscheint ein Kopf, der nicht zu der von mir erwarteten Person gehört. Staatsanwältin Daniela Sommer!

»Guten Morgen, Hauptkommissar Schaum! Es freut mich, Sie trotz Ihrer einsamen Nacht munter zu sehen. Ich bin's nur! Enttäuscht?«

»Nicht, was Ihre Person betrifft, Daniela!«

»Sondern?«

»Die vergebliche Hoffnung auf ein leckeres Frühstück!«

»Josch, der Hunger trübt Ihren kriminalistischen Spürsinn! Angesichts unseres Problemfalles treibt mir das die Sorgenfal-

ten auf die Stirn. Ihre Schlussfolgerung gründet auf eine Vermutung, und darauf sollte sich ein Ermittler niemals verlassen!«
»Sorry, aber nach einer solchen Nacht, dazu ohne Frühstück, kann ich Ihnen beim besten Willen nicht folgen.«
»Na dann schauen Sie, was ich habe!«
Sie streckt einen Einkaufskorb durch die Türöffnung. Neben einigen Papiertüten ist ein kleines Paket in Alu-Folie zu sehen.
»Kuchen?«, vermute ich.
»Falsch! Denken Sie, ich backe Ihnen einen Kuchen?«
»Was dann?«
»Fleischkäse zum Aufbacken! Den hatte ich in meiner Kühltruhe. Der kommt in die Mikrowelle und dann wird gefrühstückt. Die Brötchen sind ofenwarm vom Bäcker!«
»Super!«
»Wie's aussieht, ertrinken Sie gleich an Ihrer eigenen Spucke! Los decken Sie im Besprechungszimmer den Tisch, damit es gleich losgehen kann! Was ist mit Kaffee?«
»Der ist fertig. Sie sind ein Schatz!«
»Soso, ein Schatz! Naja, ich sollte mir das mit der gemeinsamen Nacht noch mal überlegen!«
»Hallo! Ich kann nicht mit jeder Frau ins Bett gehen, nur weil sie mir ein Frühstück spendiert!«
»Angeber! Ich wette, auf mehr als zwei kommen Sie nicht!«
»Drei! Inge nicht vergessen!«
»Sie sind 'ne Marke! Also bis gleich im Besprechungszimmer, aber flott, die Mikrowelle braucht nicht lange!«
Während ich mir im Geiste vorzustellen wage, wie unharmonisch eine gemeinsame Nacht zwischen mir und Daniela Sommer ablaufen würde, platzt Inge Manderscheid in mein Büro.
»Guten Morgen! Ich habe gesehen, dass Du den Kaffee … Ist was? Du siehst niedergeschlagen aus?«
»Nein, alles okay. Ich frage mich, welche Stellung am besten ist beim Sex mit einer Frau, die ungefähr doppelt so schwer ist, wie ihr Partner.«

»Die Midlife-Crisis solltest Du eigentlich hinter Dir haben. Oder hattest Du Albträume? Ich habe jedenfalls frische Croissants, Brötchen, Marmelade und Nutella dabei. Warmen Fleischkäse gabs in meiner Bäckerei leider noch nicht.«
»Den hat bereits die Frau Staatsanwältin organisiert«, unterbreche ich.
»Wie bitte? Ist die etwa schon da? Wieso kommt die auf die Idee, meine Männer zu beköstigen? Glaubt die, ich kümmere mich nicht genug?«
»Stopp, stopp, stopp, Inge! Kein Mensch kommt auf solch einen Gedanken! Frau Sommer hat es nur gut gemeint! Sie konnte nicht wissen, dass …«
»Wissen nicht, aber denken hätte sie es sich können!«
»Inge mach keinen Aufstand, wir haben andere Sorgen! Ich decke den Tisch!«
Eifersüchtige Frauen sind schlimmer als die Masern, denn wer diese Krankheit einmal hatte, hat ein Leben lang seine Ruhe!
Die Kollegen sind pünktlich. Kurz nach Sieben sieht es im Besprechungszimmer aus, als befänden wir uns am Frühstücksbuffet eines Viersternehotels. Rudi hat aus dem Haushalt seiner Tochter einige Muffins abgezweigt, Ken hat zwei Ringe Lyoner mitgebracht und Marius hat von seiner Frau zwei Frischhalteboxen mit Schnittwurst und Käse mitbekommen. Inges Aufgeregtheit ist verschwunden, als sie erkennt, dass die Lebensmittelversorgung auf einem breiten Fundament steht und niemand ihr ein Versäumnis unterstellt.
»Was hast Du eigentlich mitgebracht?«, fragt mich Rudi, der nicht wissen kann, dass ich das Präsidium über Nacht nicht verlassen habe.
»Hunger und Kreuzschmerzen«, antworte ich. »Ich kann Dir gerne etwas abgeben, ich habe genug davon.«
Dann erkläre ich ihm, wo ich die Nacht verbracht habe. Nachdem ich meinen Hunger halbwegs gestillt habe, ergreife ich das Wort.

»Hoffen wir, dass der Tag genau so gut weitergeht, wie er angefangen hat. Ich muss Euch nicht erklären, dass wir eine Menge Arbeit vor der Brust haben. Wer meldet sich freiwillig für den Besuch in der Wohnung dieses Radfahrers und bei Kilowatt oder wie die Gesellschaft heißt? Beide im schönen Schmelz gelegen!«

Keine Reaktion. Das Dezernat mampft munter weiter, als sei ich nicht da.

»Gut danke für die Wortmeldung. Wie wäre es mit Antonio Zimballa, unser Mann in Gresaubach? Der wäre etwas für die, die länger frühstücken, er ist nämlich erst ab 10 Uhr zu sprechen.«

Keine Reaktion.

»Okay! Ich hätte das Ehepaar Kreutzer im Angebot; wohnhaft im schönen Primstal. Etwas für Naturliebhaber.«

Keine Meldung.

»Und last, but not least, für die ganz Unentschlossenen, hätte ich Herrn Sturm von der Bürgerbewegung anzubieten.«

Treuherzige Blicke; arbeitende Kaumuskeln.

»Das sind vier Termine«, bemerkt Rudi folgerichtig und lacht. »Bei vorschriftsmäßiger Doppelbesetzung bräuchten wir demnach acht Personen, allerdings sind wir nur zu siebt.«

»Ich fasse es nicht! Du hast das Zeug zum Innenminister, Rudi. Ich teile ein: Ken, Du fährst zu den Kreutzers und anschließend zu Zimballa! Alleine! Doppelbesetzung? Was soll das? Können wir uns nicht leisten!«

»Den Geschäftsführer und den Radfahrer übernehme ich!«, meldet sich Staatsanwältin Sommer. »Für mich gilt das Vieraugenprinzip nicht. Außerdem schaffe ich den alleine.«

»Nehmen Sie Inge als Protokollantin mit«, schlage ich vor. »Marius und ich kümmern uns um Herrn Sturm und die Windkraftgegner. Marius versuch bitte, telefonischen Kontakt aufzunehmen und klär ab, wo wir Herrn Sturm antreffen können. Ruf gleich an, bevor er zum Gericht unterwegs ist!«

Marius packt seine Kaffeetasse und verlässt den Raum, während ich schnell in ein Croissant beiße.
»Rudi bleibt hier und übernimmt die Koordination; wir stellen unsere Telefone auf ihn um. Wenn sich etwas ergeben sollte, wird er uns auf dem neuesten Stand halten.«
Rudi nickt ergeben und ich frage mich erneut, wer eigentlich der Chef vom K3 ist.
»Rudi halte uns bitte den Polizeipräsidenten und die Presseabteilung vom Hals …«
Es klopft an der Tür.
»Ja!«, brüllt Rudi und benimmt sich endlich wie der Chef der Abteilung.
Der Polizeipräsident tritt ein und ist über das reichhaltige Frühstücksbuffet sichtlich überrascht.
»Guten Morgen!«, grüßt er lächelnd. »Ich finde es gut, wenn sich meine Mitarbeiter wohlfühlen.«
»Greif zu, es ist genug da!«, antworte ich. »Inge bringst Du bitte eine Tasse? Gut, dass Du gekommen bist, Horst, jetzt erfährst Du alles aus erster Hand.«
Ich fasse die Ergebnisse des gestrigen Abends zusammen und erläutere, wie wir weiter vorgehen wollen. Horst Weller hört aufmerksam zu, unterbricht mich nicht, lässt aber seinen Blick über die Runde schweifen; anscheinend will er testen, wie die Stimmung im Team ist.
»Super«, meint er, als ich geendet habe. »Ihr seid weiter, als ich dachte. Den Ansatz bezüglich der Bürgerinitiative finde ich im Prinzip ganz interessant, aber ihr müsst gehörig aufpassen! Diesen Wiegand Sturm kenne ich. Ein Rechtsanwalt, der sich womöglich nicht aus uneigennützigen Gründen zum Sprecher dieser Bürgerinitiative gemacht hat. Auf den ersten Blick mag das anrüchig klingen, aber der Mann ist einfach nur clever. Er hat beste Kontakte zur Presse und wird falsche oder voreilige Verdächtigungen sofort für sich ausschlachten oder es zumindest versuchen. Deshalb ist es gut, dass Du den übernimmst,

Josch. Du bist erfahren genug, um zu wissen, wie Du mit ihm umgehen musst. Ein paar Tipps, weil ich ihn kenne: Spiel keine Spielchen mit ihm, das kann er auf den Teufel nicht leiden! Sturm ist knallhart. Hinterhältig ist er nicht, allerdings wird es problematisch mit ihm, wenn Du die Gesamtheit oder Ziele seiner Interessengemeinschaft an den Pranger stellst; dann macht er die Presse mobil und überhäuft uns mit einer Flut von Klagen.«

»Danke für die Tipps, Horst. Das ist später eine Grundlage für den ersten Kontakt. Gut zu wissen, wie mein Gegenüber tickt. Ich werde das Windparkproblem nicht thematisieren.«

»Rudi, ich muss im Anschluss mit Dir sprechen«, erklärt der Polizeipräsident. »Formalitäten in Personalangelegenheiten. Keine Sorge, meine Damen und Herren, da ist nichts im Busch, worüber Ihr Euch Sorgen machen müsstet. Im Laufe des Tages sollen zwei Kräfte aus anderen Fachbereichen zu Euch stoßen. Vanessa Clos vom cyber crime und Nick Boll von der Abteilung Brandaufklärung; nur vorübergehend, bis der Druck weg ist. Noch was: Ich habe gestern mit dem Kollegen aus Stuttgart telefoniert. Die haben dort einen hervorragenden Profiler. Wenn Ihr der Meinung seid, dass wir den hinzuziehen sollten, kann ich das arrangieren.«

»Das ist womöglich keine schlechte Idee«, meint Rudi.

»Das ist eine sehr gute Idee«, ergänze ich. »Lasst uns den heutigen Tag abwarten und dann entscheiden. Im Augenblick könnte den Kollegen sowieso keiner von uns einarbeiten.«

Marius kommt ins Zimmer gestürmt.

»Ich habe ihn erreicht! Wiegand Sturm. Rechtsanwalt. Praxis in Lebach. Wir werden erwartet, allerdings hat er später einen Gerichtstermin. Wir sollten uns beeilen.«

»Danke, Marius! Super. Wir fahren gleich los. Wie es der Zufall will, kennt Polizeipräsident Weller den Mann; wir reden im Wagen drüber.«

»Gut! Die angeforderten Kollegen aus den anderen Dezer-

naten nehme ich in Empfang und weise sie ein«, erklärt Rudi.
»Dann los kommen wir in die Gänge!«
»Du fährst Marius!«, sage ich. »Ich muss telefonieren.«
Heute ist Donnerstag. Seit zwei Tagen habe ich mich bei Marion nicht gemeldet. Oder sind es drei? Dass ich mich bei schwierigen Ermittlungen tagelang nicht bei ihr blicken lasse, ist nichts Neues, aber dass ich über eine lange Zeit kein Lebenszeichen von mir gebe, wird sie nicht amüsieren. Ich habe es in der Hektik einfach verschwitzt und nun plagt mich das schlechte Gewissen. Ich erreiche sie in ihrem Büro in der Musikschule.
»Ach, Dich gibt es noch?«, mosert sie. »Ist Dein neuer Fall kompliziert oder hast Du eine Neue?«
»Was wäre Dir denn lieber?«
»Spinner! Bei Dir sonst alles gut?«
»Gut ist anders, aber immerhin bin ich wohlauf. Heute Nacht habe ich im Präsidium übernachtet. Lustig ist das nicht gerade, aber was soll ich machen?«
»Ich wette, dass alle anderen außer Dir nach Hause gefahren sind. Das soll aber kein Vorwurf sein, so bist Du eben!«
»Du verstehst das nicht! In dieser Phase kann ich einfach nicht loslassen!«
»Ich muss es nicht verstehen, um es zu akzeptieren. Wenn alles vorbei ist, werde ich Dich wieder hochpäppeln. Bis zum nächsten Fall, das ist nichts Neues! Ich hoffe, wir sehen uns bald!«
»Wie geht es Dir? Alles okay?«
»Ja, mach Dir keine Sorgen. Es wäre halt schön, wenn Du demnächst vorbeikommen könntest. Die Anderen fragen nach dir.«
»Vorbeikommen? Mehr nicht?«
»Du weißt genau, wie ich das meine!«
»Bist Du heute Abend bei Mico?«
»Ich glaube schon! Donnerstag ist Frauenstammtisch.«
»Okay, ich komme, wenn es möglich ist, trotzdem vorbei. Ich

weiß aber nicht, wie spät es wird. Tschüss und pass auf Dich auf!«

»Du auch; bis heute Abend!«

»Versteht sie es?«, fragt Marius und schaut mich kurz von der Seite an.

»Nicht wirklich!«

»Meine auch nicht! Scheiß Job!«

»Kannst ja umschulen! Schichtdienst am Fließband, Altenpflege mit Personalnotstand, Lehrer, um die Bälger mit schlechtem Familienhintergrund wieder geradezubiegen, Bäcker im Dauernachtdienst …«

»Schon gut, ich habe verstanden!«

Vierzig Minuten später parken wir in der Saarlouiser Straße in Lebach. Praktischerweise liegt Sturms Anwaltspraxis in der Nähe des Amtsgerichts.

»Näher kann er nicht am Geschehen sein«, kommentiert Marius.

»Naja, nur wenn alle seine Gerichtsverfahren in Lebach verhandelt werden.«

Die Büroräume liegen im Erdgeschoss, wir werden erwartet und im Vorzimmer überaus freundlich empfangen. So viel Nettigkeit auf einem Haufen, sofort gehen bei mir alle Warnleuchten an.

»Sie entschuldigen bitte, meine Herren, Herr Sturm hat ein Telefonat«, sagt die gepflegte Mittfünfzigerin im mausgrauen Kostüm, mit farbgleichen Pumps und einer ebensolchen metallischen Haartönung, die mich an die Zeit der Silberpfeile erinnert. »Nehmen Sie bitte im Besprechungsraum Platz. Getränke stehen auf dem Tisch, bitte bedienen Sie sich. Ich sage Bescheid, dass Sie da sind. Es wird sicherlich nicht lange dauern.«

Die mausgraue Silverlady verschwindet und wir treten ins Besprechungszimmer ein. Der Tisch ist professionell gedeckt, edles Porzellan, die Silberlöffel sehen echt aus. An zwei Plätzen liegen zwei ungebrauchte Schreibblöcke mit je einem Kugel-

schreiber, fein säuberlich diagonal ausgerichtet. Auf der gegenüberliegenden Seite liegt eine Schreibmappe, augenscheinlich feinstes Schweinsleder, mit einem Füllfederhalter in Edelausführung. Damit ist die Sitzverteilung geklärt!
Hier wird anscheinend nichts dem Zufall überlassen. Der Anwalt sitzt mit dem Rücken zum Fenster, wir schauen ins Helle. Es wird schwierig werden, von unserem Gegenüber mehr als nur den Umriss zu erkennen. Der Mann ist Profi und die graue Maus anscheinend auch.
Wir nehmen Platz und bedienen uns. Mein Blick bleibt an den leckeren Schokoladenplätzchen hängen, aber gerade, als ich zugreifen will, geht die Seitentür auf und ein Mann im grauen Anzug und ebensolcher Haarfarbe, allerdings ohne metallic, betritt den Raum. Das Hemd ist grau, ebenso die Krawatte und das Einstecktuch. Die Schuhe und Socken kann ich nicht sehen, aber ich wage eine Prognose; eventuell sogar für die Unterwäsche. Der Chef und seine Sekretärin, zwei mausgraue Eminenzen.
»Meine Herren!« Die Stimme ist kräftig, aber überraschend hell. »Entschuldigung – ein Klient. Ab sofort bin ich ganz für Sie da! Sie sind bestens versorgt, wie ich sehe.«
Wir stellen uns vor, verzichten allerdings auf eine Begrüßung per Handschlag.
»Mit Ihnen hatte ich telefoniert?«, bemerkt Sturm und nickt Marius zu. »Sehr schön, dass Sie schnell kommen konnten, ich habe nachher einen Gerichtstermin.«
»Naja, weit haben Sie es nicht«, entgegne ich. »Oder haben Sie ein Auswärtsspiel?«
»Glücklicherweise ein Heimspiel, Herr Hauptkommissar. Das ist der Grund, weshalb ich etwas Zeit habe. Meine Herren, was kann ich für Sie tun? Die Erklärungen am Telefon waren eher etwas dürftig.«
Ohne allzu sehr ins Detail zu gehen, erkläre ich die Situation und den Grund, der uns in die Kanzlei geführt hat.

»Verstehe«, erwidert Sturm. »Eine Frage vorab: Befragen Sie mich in meiner Funktion als Rechtsanwalt oder als Sprecher der Bürgerbewegung?«
»Bevor ich Sie angerufen habe, wussten wir nicht, dass Sie Rechtsanwalt sind«, antwortet Marius. »Es geht um Ihren Verein.«
»Es ist weder mein noch irgendein Verein. Es ist eine Interessengemeinschaft, nichts anderes.«
»Gut, zur Kenntnis genommen«, klinke ich mich ein. »Für uns ist das ohne Bedeutung. Es geht nicht um Programme, Überzeugungen oder Aktivitäten der Mitglieder, sondern …«
»Wir haben keine Mitglieder, Herr Hauptkommissar; nur interessierte Bürgerinnen und Bürger. Ich glaube, Sie verwechseln da etwas, oder Sie sind nicht ausreichend über unsere Interessengemeinschaft informiert. Sie können es von mir aus Bürgerbewegung nennen, das bleibt sich gleich. Sie sollten Ihr Informationsdefizit ändern, möglicherweise sind Sie ein Bruder im Geiste.«
Sturm ist aalglatt und versucht mir zu entlocken, welche persönliche Position ich zu den Windkraftprojekten einnehme, damit er seine Taktik danach ausrichten kann.
»Herr Sturm«, sage ich betont ruhig, obwohl es in mir kocht, nehme einen Schluck Kaffee und hole tief Luft. »Ich möchte mich mit Ihnen weder über die Inhalte noch über die Organisation Ihrer Bürgerbewegung, oder wie Sie das bezeichnen wollen, unterhalten. Ist nicht mein Job, also lassen wir es! Unsere Aufgabe ist es, Kapitalverbrechen aufzuklären, das ist Ihnen als Anwalt bestens bekannt. Das Problem ist, dass wir keine Zeit zu verlieren haben, weil wir verhindern müssen, dass mehr passiert. Wir ermitteln zurzeit frei und offen in alle Richtungen, verfolgen alle sich uns bietenden Spuren und Hinweise, und können daher im Augenblick nicht ausschließen, dass es zwischen den Tötungsdelikten und den Windkraftdiskussionen einen Zusammenhang gibt.«

»Was nicht heißt, dass ...«
»Was nichts heißt!«, unterbreche ich. »Es heißt lediglich, dass wir einen Zusammenhang zu der Thematik nicht ausschließen können. Wir ermitteln nicht gegen Ihre Bewegung oder einzelne Personen.«
»Das würde und könnte ich natürlich auch nicht akzeptieren!«
»Damit wäre das geklärt! Wir haben es höchstwahrscheinlich mit einem Einzeltäter zu tun; und der hat offensichtlich detaillierte Kenntnisse über die geplanten Standorte der Windkraftanlagen.«
»Über solche Kenntnisse verfügen Viele! Hunderte, wenn nicht Tausende!«
»Nicht in dem Detail wie unsere Zielperson!«, erklärt Marius.
»Woher wollen Sie das wissen?«
»Tut mir leid, aber darüber können wir im Augenblick aus ermittlungstechnischen Gründen keine Auskunft erteilen, Herr Sturm«, entgegne ich. »Aber mein Kollege hat völlig recht: Es geht um Informationen, die beileibe nicht jedem zugänglich sind. Möglicherweise handelt es sich um eine oder mehrere Personen, die sich übermäßig engagiert für die Projekte interessiert haben. Dass wir die unmittelbaren Planungs- und Projektbeteiligten unter die Lupe nehmen, versteht sich von selbst, aber es könnten natürlich Personen außerhalb dieses Kreises infrage kommen.«
»Das mag zutreffen, aber wie soll ich Ihnen da weiterhelfen?«
»Ich gehe davon aus, dass die meisten Ihrer – ich nenne sie einfach Mitglieder – dass die ihren Unmut und Ärger friedlich äußern. Unsere Zielperson hat diesen Weg verlassen, Herr Stumm! Drei Tote! Ist Ihnen bei Ihren Veranstaltungen oder Versammlungen jemand aufgefallen, dem Sie eine Entgleisung zutrauen würden?«
»Wollen Sie mich als Denunzianten missbrauchen?«, fragt Stumm ruhig zurück.
Der Anwalt lässt sich nicht aus der Ruhe bringen. Emotionen

scheinen ihm fremd, eine völlige Harmonie zum Grau seiner Kleidung.

»Keineswegs, Herr Stumm! Betrachten Sie's von einer anderen Seite! Wenn sich das fortsetzt, werden die Zusammenhänge irgendwann durchsickern. Das können weder Sie noch wir verhindern; wir wissen beide, wie die Presse reagiert, wenn sie erst einmal Lunte gerochen hat. Dann steht womöglich die Gesamtheit der Windkraftgegner am Pranger, und nur deshalb, weil eine einzige Person Amok läuft! Das kann nicht in Ihrem Sinne sein!«

»Ihre Einschätzung ist völlig korrekt, Herr Hauptkommissar, aber die Suche nach Tätern und Verdächtigen obliegt den staatlichen Institutionen, das muss ich Ihnen nicht erklären. Kurzum: Es ist nicht meine Aufgabe, Ihnen Verdächtige ohne konkreten Anlass ans Messer zu liefern. Es wäre meinerseits fahrlässig, Ihnen Namen zu nennen. Die Bewertung einer Person basiert auf einer subjektiven Betrachtung und so lange keine objektiven Verdachtsmomente vorliegen.«

»Ich teile Ihre Bedenken, Herr Sturm«, unterbreche ich. »Aus anwaltlicher Sicht haben Sie natürlich völlig recht. Wir erwarten von Ihnen keineswegs, dass Sie unsere Arbeit machen, am Wenigsten, dass sie uns eine Liste von Verdächtigen aufstellen. Was wir allerdings von Ihnen erwarten dürfen, ist, dass Sie uns umgehend melden, wenn sich jemand im Umfeld Ihrer Aktivitäten besonders auffällig verhält, vor allem wenn er sich gewaltbereit zeigt oder Drohungen ausspricht. Sie haben ebenso das Recht zu schweigen wie die Pflicht zu kooperieren!«

»Darüber könnten wir juristisch streiten, aber das ist nicht in meinem Sinne. Selbstverständlich werde ich helfen, wo ich kann; im Rahmen meiner Möglichkeiten. Es versteht sich außerdem von selbst, dass ich innerhalb unserer Bewegung zur Mithilfe aufrufen werde. Seien Sie dessen versichert, meine Herren!«

Sturm ist eine harte Nuss und sehr schwer einzuschätzen. Einerseits bin ich sicher, dass er uns informieren würde, wenn er einen konkreten Verdacht hätte, andererseits traue ich dem Kerl nur so weit, wie ich ein Klavier mit der linken Hand werfen kann. Ein schmaler Grat, mit dem ich erfahrungsgemäß am besten klarkomme, wenn ich auf mein Bauchgefühl höre, das sich aber erst später einstellen wird, wenn sich die Eindrücke gesetzt haben.

»Ich appelliere an Ihr Pflichtbewusstsein und respektiere es gleichermaßen«, versuche ich die bis hierhin fruchtlose Diskussion zu einem Ende zu bringen.

»Können Sie uns eine Mitgliederliste Ihrer Bewegung zur Verfügung stellen?«, versucht es Marius weiter, da er offenbar nicht akzeptieren will, dass wir mit leeren Händen davon ziehen.

»Nein, das kann ich nicht und ich bin offen gestanden enttäuscht, dass Sie mir offensichtlich nicht zuhören. Außerdem widerspricht sich Ihr Satz inhaltlich! Es gibt keine Liste, weil es keine Mitglieder gibt. Sie sagten es bereits: Wir sind eine Bewegung! Wann kapieren Sie das endlich?«

»Irgendeine Form der Organisation wird es wohl geben. Finanzen, Presse, Koordination ...«

»Nein, die gibt es eben nicht! Man kennt sich, telefoniert; wer Zeit und Lust hat, wird aktiv. Eine Bewegung! Wir bewegen uns, um etwas zu bewegen!«

Sturm ist ein ausgezeichneter Rhetoriker und wahrscheinlich ein guter Redner vor einem großen Publikum. Er betont nuanciert, verfügt über einen großen Wortschatz, den er fein taxiert, und benutzt seine Stimme als Instrument. Was mir an Sturm allerdings erheblich missfällt, ist sein Hang zur Überheblichkeit und Arroganz.

»Werter Herr Sturm«, entgegne ich und erhebe mich aus dem Sessel. »Wir werden uns im Umfeld der Bewegung umhören und ein waches Auge auf Ihre Sinnesbrüder halten. Hoffen wir, dass unsere Recherchen ein positives Licht auf Ihre Mitstreiter

scheinen lässt. Im schlimmsten Falle hätten Sie einen neuen Mandanten. Danke für Ihre Zeit und das Gespräch.«
Sturm steht ebenfalls auf und lächelt ein gekünsteltes Lächeln. Mit einem abrupten Abbruch des Gespräches hat er nicht gerechnet und einen direkten Angriffspunkt haben wir ihm nicht geliefert.
Während Sturm in der Tür des Besprechungszimmers stehen bleibt, begleitet uns die graue Maus zum Ausgang.
Während der Rückfahrt tauschen wir unsere Eindrücke aus. Marius ist der Meinung, dass Sturm trotz seines äußeren Erscheinungsbildes ein Winkeladvokat ist.
»Bei dem Outfit und Einrichtungsstandard muss er Einnahmen haben und das funktioniert heutzutage nicht, wenn Du als Anwalt nur ein paar Verkehrssünder vertrittst«, widerspreche ich. »Der verdient sein Geld, fragt sich nur wie.«
Eine halbe Stunde vor Mittag sind wir zurück im Präsidium. Vor dem Treppenaufgang zum K3 wird Marius von einer Mitarbeiterin der Personalabteilung aufgehalten; es geht um Formalitäten bei seiner Spesenabrechnung.
»Ich gehe vor«, erkläre ich und lasse die beiden in ihrem Disput alleine.
Im Flur zu meinem Büro kommt mir eine Frau entgegen, die ich im Präsidium noch nie gesehen habe, denn bei dem Erscheinungsbild würde mich hundertprozentig an sie erinnern.
Lange Beine, Top-Figur, die roten Haare zu einem Pferdeschwanz gebunden, sportlich eleganter dunkler Hosenanzug, weiße Bluse, rote flache Treter, kleine Umhängetasche in der gleichen Farbe. Schätzungsweise Anfang höchstens Mitte 40; eine attraktive Erscheinung, eleganter Schritt.
Ich bemerke, dass sie mich taxiert. Sie scannt mich ein! Wer ist das? Ich glaube, diese Frage stellen wir uns beide. Falls sie die Betreiberin einer Single-Börse ist, kommt sie für mich zwanzig Jahre zu spät.
»Guten Morgen!«, grüßt sie vernehmlich und freundlich, als

sie an mir vorbei geht und lächelt, ohne ihren Schritt zu verlangsamen.
Ich grüße ebenso freundlich zurück und gehe weiter. 99,9 Prozent aller heterosexuellen Männer würden sich umdrehen, um die imposante Erscheinung von hinten auf Vollständigkeit zu überprüfen. Ich bin das Zehntelprozent, das sich zwingt, unbeeindruckt zu erscheinen und weitergeht. Allerdings wüsste ich allzu gerne, ob sie sich nach mir umdreht. Wenn sie Klasse hat, lässt sie es bleiben!
Kurze Zeit später sitze ich an meinem Schreibtisch über den Akten und habe die Erscheinung wieder vergessen, als Marius in mein Büro tritt.
»Äh, hast Du die Granate eben im Flur gesehen?«
»Ja, was ist mit der?«
»Keine Ahnung! Ich dachte, Du wüsstest, wer sie ist. Eine echte Sahneschnitte!«
»Und woher sollte ich so jemanden kennen?«
»Sorry. Ich wusste nicht, dass Du Dich komplett aus dem Leben zurückgezogen hast.«
»Was soll denn das nun wieder heißen?«
»Bis vor Kurzem hättest Du die zum Tagesgespräch gemacht! Und ihr nachgepfiffen!«
»Ich habe nie jemandem hinterher gepfiffen!«
»Ist gut, vergiss es! Wie geht's weiter?«
»Wir gehen rüber zu Rudi und hören, was es Neues gibt.«
Wenige Minuten danach sitzen wir vor Rudis Schreibtisch.
»Staatsanwältin Sommer ist in Schmelz; gemeldet hat sie sich bisher nicht.«
»Hätte mich gewundert. Kraft ihres Amts ist sie Rapporte nicht gewohnt. Was ist mit Ken?«
»Der war bei diesem Versicherungsfritzen namens Zimballa, hat aber keine besonderen Erkenntnisse gewonnen. Anscheinend ist der Kerl ein schwieriger Zeitgenosse, der alles besser weiß. Vorher war er bei der Familie Kreutzer in Gresaubach.

Herr Kreutzer hat vor Kurzem eine verdächtige Beobachtung gemacht. Erst ist ein Landstreicher vor seinem Haus herumgelungert und Stunden später hat ihn der gleiche Kerl vor dem Keglerheim um Geld angebettelt. Wenn Du mich fragst … naja jedenfalls sind die dermaßen verunsichert, dass sie gleich morgen ihren Urlaub mit dem Wohnmobil antreten wollen und für vorerst drei Wochen aus dem Saarland verschwinden. Damit sind die aus der Schusslinie. Sprichwörtlich! Ken muss jeden Augenblick hier auftauchen.«

»Was macht die Presse?«

»Noch ist Ruhe an der Front.«

»Uns ist eine Rothaarige auf dem Flur begegnet, hat die was mit uns zu tun?«, fragt Marius.

Rudi drückt sich vor einer Antwort. Ich kann förmlich spüren, wie er nach einer Ausrede sucht. Nach vielen gemeinsamen Jahren kenne ich ihn fast besser als mich selbst. Rudi steckt in einer Zwickmühle und sucht nach Ausflüchten.

»Ach die! Nein, die war nur zu einem Informationsgespräch hier. Nichts Besonderes!«

Marius nimmt die Antwort kommentarlos hin und zuckt mit den Schultern. Ich schaue Rudi in die Augen, aber er kann meinem Blick nicht standhalten. Ich weiß nicht, was im Busch ist, aber ich spüre, dass es keine Kleinigkeit ist; allerdings merke ich, dass Rudi in Marius' Anwesenheit darüber nicht sprechen will.

»Lasst uns weiterarbeiten«, sage ich und stehe auf. »Aber zunächst sollten wir in der Kantine etwas essen. Wenn Frau Sommer zurückkommt, werden wir dafür keine Zeit haben.«

»Ich bediene mich an dem, was vom Frühstück übrig ist; das reicht für uns alle«, entgegnet Marius.

»Ich brauche eine warme Mahlzeit«, behaupte ich. »Kommst Du mit, Rudi?«

Der Angesprochene weiß genau, dass meine Behauptung ein Vorwand ist, damit ich ihn unter vier Augen zu fassen bekomme. Erneut merke ich, dass Rudi mit sich kämpft. So kenne ich ihn nicht! In all den gemeinsamen Jahren hatten wir nie dienstliche Geheimnisse; wenn etwas gesagt werden musste, haben wir das offen diskutiert, selbst wenn es um schwierige Themen gegangen war. Nach längerem Überlegen gibt Rudi sich schließlich einen Ruck.

»Okay, Josch, gehen wir!«

Wir nehmen beide das Fischfilet vom Kabeljau, Rudi mit Kartoffelsalat, ich bevorzuge Bratkartoffeln. Beim Mineralwasser sind wir uns wieder einig. Da es relativ früh ist, sind genügend Plätze frei, wo wir ungestört sind.

»Schieß los!«, fordere ich, kaum dass wir mit dem Essen begonnen haben.

»Ach, Josch, das ist nicht der richtige Zeitpunkt!«

»Seit wann kneifst Du? Das bist nicht DU!«

»Ich kneife nicht. Es ist nur ziemlich blöd mitten in diesem chaotischen Fall!«

»Wenn der vorbei ist, kommt der Nächste. Einen passenden Zeitpunkt wird es nie geben. Was war mit der Rothaarigen?«

Rudi kaut auf seinem Kabeljau, als sei er aus Gummi und schaut auf seinen Teller, als wolle er den toten Fisch um Hilfe anflehen. Als von dort nach geraumer Zeit keine Hilfe zu erwarten ist, schaut Rudi mich wie ein gescholtener kleiner Junge an.

»Das war womöglich meine Nachfolgerin«, erklärt er und verschluckt sich beinahe, sodass er mit Wasser nachspülen muss.

Vor Überraschung fange ich an zu stottern.

»Das war ... das könnte deine Tochter sein, Rudi! Wieso ist das entschieden und wer ist das überhaupt? Wer hat die denn – das glaub ich nicht!«

»Ich bin selbst überrascht worden. Das ist nicht einmal offiziell. Ganz dumm gelaufen. Über die Personalabteilung; die haben mir nicht Bescheid gesagt. Sie heißt Reinert. Kriminalhauptkommissarin, derzeit beim LKA Hamburg, hat aus familiären

Gründen ein Versetzungsgesuch ins Saarland gestellt. Die fähigen Kollegen von der Personalabteilung hatten ihr vorgeschlagen, dass sie sich bei uns umschauen soll. Ohne Rücksprache mit mir, verstehst Du?«

»Als Ersatz für Dich oder für mich?«

»Für ihren Dienstgrad als Eingangsstufe kommt eigentlich nur meine Planstelle infrage.«

»Weiß Weller davon?«

»Keine Ahnung, aber ich kann mir das eigentlich nicht vorstellen. Bisher hat er als Polizeipräsident alle wichtigen Personalentscheidungen mit den betreffenden Fachabteilungen im Vorfeld besprochen. Es würde mich sehr wundern, wenn er das jetzt anders machen wollte.«

»Das stimmt; es entspricht nicht seinem Führungsstil.«

»Frau Reinert war es peinlich, als sie mich überrumpelt sah, weil sie davon ausging, dass ihr Besuch angemeldet ist. Sie hat sich tausendmal entschuldigt, als sie merkte, dass der Zeitpunkt unpassend war.«

»Mal wieder typisch für den dritten Stock! Anscheinend bekommen die mittlerweile nichts mehr auf die Reihe!«

»Josch, Du behältst das vorerst für dich!«

»Logisch! Aber ich sage Dir etwas im Vertrauen: Wenn die kommt und Chefin vom K3 wird, bin ich weg! Dann lasse ich mich bis zu meiner offiziellen Pensionierung krankschreiben. Eine Staatsanwältin und eine Frau als Chefin, das halten meine Nerven nicht aus. Zu Hause und mit Inge habe ich zwei Mädels um mich, die bei jeder Nichtigkeit vor Eifersucht an die Decke gehen. Am besten ich wandere aus nach – egal wohin, Hauptsache, es gibt dort keine Frauen!«

»Jetzt übertreibst Du aber, Josch!«

»Ist doch wahr! Das wird immer bekloppter hier! Wenn Du weg bist, stehe ich alleine im Regen!«

»Mit Marius und Ken hast Du zwei super Kollegen.«

»Das schon, aber sie könnten meine Söhne sein.«

»Josch, mittlerweile könnten fast alle hier unsere Kinder sein!«
»Danke, dass Du mir mein Alter wieder ins Gedächtnis rufst!«
»Schau, wer da kommt!«, sagt Rudi und deutet mit dem Kopf nach rechts. »Wenn man vom Teufel spricht.«
Die Rothaarige ist im Anmarsch. Zielstrebig steuert sie mit ihrem Tablett auf uns zu.
»Darf ich mich zu Ihnen setzen?«, fragt sie höflich, fast schüchtern.
»Nur zu«, bietet Rudi ihr einen Platz an.
Wenn es nach mir ginge, könnte sie im Stehen essen, wenngleich ich zugeben muss, dass die Frau eine imposante Erscheinung ist.
»Wir kennen uns nicht«, sagt sie und streckt mir die Hand hin. »Mein Name ist Katja Reinert. Sie sind wahrscheinlich Hauptkommissar Schaum.«
»Sieht man mir das an?«
»So wie Sie von der Personalabteilung beschrieben worden sind, eindeutig. Wenn ich störe, kein Problem!«
»Quatsch! Setzen Sie sich«, entgegne ich und nehme mir vor, etwas höflicher zu sein, denn Frau Reinert kann nichts für die Unzulänglichkeiten unserer Personalabteilung.
»Sind Sie mit der Wetterfee verwandt?«, versuche ich einen zwanglosen Einstieg.
»Welche Wetterfee?«, fragt Rudi.
»Ich weiß, wen Sie meinen. Nein, die schreibt sich anders: Kleinert. Mögen Sie die?«
Die Frau ist clever! Sie versucht rauszufinden, auf welchen Frauentyp ich anspringe.
»Nur, wenn sie schönes Wetter vorhersagt.«
»Was halten Sie von dem Fisch?«, versucht Rudi es nun und zeigt auf ihren Teller.
»Angesichts der Tatsache, dass es ein paniertes Schnitzel ist, kann ich nichts dazu sagen«, erwidert die Rothaarige, worauf Rudis Gesicht die Farbe seines Tomatensalats annimmt.

Katja Reinert hat Humor; außerdem gefällt mir diese Mischung aus Selbstbewusstsein und höflicher Zurückhaltung, das zeugt von Intelligenz.

»Sie haben sich hier im Präsidium ein bisschen umgeschaut?«, frage ich. »Im Übrigen: Ich weiß, weswegen Sie hier sind, Rudi, Kriminalrat Closter, und ich haben keine Geheimnisse.«

»Oh, eine echte Männerfreundschaft! Es ist mir wirklich peinlich, dass ich hier rein platze. Ich war davon ausgegangen, dass Sie informiert sind.«

»Das ist nicht das einzige Informationsdefizit in diesem Hause«, seufze ich.

»Trösten Sie sich, in Hamburg ist es nicht besser. Ich habe gerade in der hiesigen Personalabteilung nachgefragt, was das Ganze soll. Ich bin es gewohnt, Probleme direkt anzusprechen, jetzt wissen die, woran sie mit mir sind. Klare Fronten, alles andere macht keinen Sinn. Ich kenne das: Einmal nachgeben und sie glauben, sie könnten den Hanswurst aus einem machen.«

»Mutig, mutig! Wie haben die im dritten Stock reagiert?«

»Da war ein Kollege, der mich maßregeln wollte, aber ich habe ihm den Zahn schnell gezogen. Er wollte das Missverständnis auf eine Urlaubsvertretung schieben, die ihn angeblich nicht informiert hat. Ich habe angemerkt, dass eine Vertretung nur so gut sein kann, wie ihr Chef das zulässt, da war Ruhe. Zum Schluss hat er mir die Fahrtkosten erstattet und sich grummelnd entschuldigt.«

»Sie scheinen durchsetzungsfähig zu sein«, bemerke ich.

»Muss man in unserem Beruf, oder?«

»Warum wollen Sie von Hamburg weg? Weltstadt gegen Provinz! Die meisten würden umgekehrt tauschen.«

»Familiäre Gründe! Ich bin in Saarlouis geboren und aufgewachsen. Meine Mutter lebt dort. Seit mein Vater voriges Jahr gestorben ist, wohnt sie alleine in dem Haus und das funktioniert nicht. Zu mir nach Hamburg, das würde erst recht nicht funktionieren.«

»Trotzdem ist es ein großer Schritt. Das hier ist mit Hamburg nicht zu vergleichen.«
»Stimmt! Hamburg ist eine tolle Stadt und sicher werde ich einiges vermissen, aber das legt sich hoffentlich. Außerdem: Ein Saarländer bleibt zeitlebens ein Saarländer.«
»Ja«, bestätigt Rudi und seufzt. »Sogar Lafontaine ist zurückgekommen.«
Seine Witze waren schon besser.
»Schmeckt es Ihnen in unserer Kantine?«, will er wissen.
»Naja, irgendwie ist das Kantinenessen überall gleich.«
»Sie sind an Kriminalrat Closters Stelle interessiert?«, frage ich unverblümt, was Rudi sichtlich peinlich ist.
»Nein, ich habe mich auf keine Stelle beworben. Ich kenne nicht einmal Ihren Stellenplan und den Zuschnitt! Das Einzige, was ich verfasst habe, ist ein Versetzungsgesuch ins Saarland, danach hat mich Eure Personalabteilung hierher bestellt. Fürchten Sie, dass ich jemandem die Stelle streitig machen will? Ich versichere Ihnen: Das war und ist nicht meine Absicht! Für wie bescheuert halten Sie mich?«
»Nun machen Sie sich über uns keine Sorgen!«, erwidere ich. »Rudi und ich gehen in absehbarer Zeit in den Ruhestand. Rudi zuerst. Außerdem will ich seinen Posten als Dezernatsleiter nicht haben, das ist allgemein bekannt.«
»Es ist nicht meine Absicht, irgendjemanden zu verdrängen oder besser gesagt: mich vorzudrängen! Ich kann es in einem anderen Dezernat versuchen.«
»Wo waren Sie bisher?«
»Abteilung 4, Kapitaldelikte.«
»Von da her würde es passen!«, stelle ich fest.
»Was haben die in der Personalabteilung denn gesagt, wie es weitergeht?«, fragt Rudi. »Mit mir hat keiner gesprochen.«
»Ich habe Urlaub bis Ende nächster Woche. Meine Mutter liegt im Krankenhaus.«
»Was Schlimmes?«

»Wie man's nimmt. Die Bandscheibe. Wenn alles gut geht, wird sie morgen oder übermorgen entlassen und soll am Montag in Reha.«
»Hoffentlich nicht nach Orscholz«, versuche ich einen Witz.
»Wieso? Ist dort etwas nicht in Ordnung?«
»Naja, das nicht, aber ...«
In einer Kurzfassung erzähle ich vom Mord an der Aussichtsplattform und unserem aktuellen Fall.
»Das ist ein Ding!«, entfährt es der Hauptkommissarin.
»Wie alt?«, frage ich.
»44! Ist das Okay für Sie?«
»Eigentlich meinte ich die Frau Mutter!«
»Oh, ja! 69!«
Rudi grinst, auch Katja Reinert schmunzelt. Ich habe das Gefühl, dass die Chemie zwischen uns stimmt, zumindest im Augenblick.
Während Frau Reinert sich ihrem Schnitzel widmet, schauen Rudi und ich uns an. Unsere Blicke sagen dasselbe: nicht übel! Es ist jedenfalls den Versuch wert, sich in Hamburg über die potenzielle neue Kollegin zu erkundigen. Rudi liest meine Gedanken und fragt.
»Wissen die in Hamburg, dass Sie weg wollen?«
»Ja klar! Wir gehen offen miteinander um. Anders ist das in diesem Vorhof zur Hölle nicht zu machen. Ich bin seit fast zehn Jahren dort; so lange bleiben die Wenigsten.«
»So schlimm?«
»Die Verbrechensdichte ist gewaltig! Wer Familie hat, hält das nicht lange aus. Es ist brutal und wird immer schlimmer.«
»Personalprobleme haben wir hier auch«, meint Rudi und will etwas sagen, wird aber von einer bekannten Stimme abrupt unterbrochen.
»Da sind Sie ja!« Staatsanwältin Sommer! »Da kann ich Sie im Dezernat lange suchen! Ich hole mir schnell etwas zum Essen, dann komme ich zu Ihnen, wenn's recht ist. Ah, die neue Kolle-

gin ist bereits da! Sehr gut! Ich komme gleich!«
Sprach's und entfleucht! Rudi und ich verkneifen uns das Lachen.
»Wer war das denn?«, fragt Frau Reinert überrascht.
»Unsere Staatsanwältin. Frau Sommer. Eine recht impulsive Person, aber ansonsten ganz in Ordnung. Die hält Sie für eine zusätzliche Kraft, die wir aus einem anderen Dezernat angefordert haben.«
»Interessant! Ich bin gespannt, wie Sie das aufklären werden.«
Staatsanwältin Sommer kehrt nach wenigen Minuten mit einem Tablett zurück und setzt sich mir gegenüber.
»Der Fisch sieht gut aus; hatten Sie den auch?«
»Im Prinzip ja, allerdings einen anderen!«
»Aha, der Clown zum Frühstück wirkt offensichtlich nach«, knurrt sie und beginnt, sich über den Berg von Bratkartoffeln herzumachen.
»Sie haben es gut«, kommentiere ich. »In den unteren Diensträngen sind die Portionen nur halb so groß.«
»Ich habe Zuschlag bezahlt. Und, wie weit sind Sie?«
»Mit dem Essen fertig! Arbeit bei Tisch ist tabu!«
»Kommen Sie, Josch! Sie sind der Letzte, der sich daran halten würde!«
»Bei uns gibt's nichts Neues. Sturm stellt sich bockig und bei Ken hat sich nichts besonders ergeben. All unsere Hoffnungen liegen bei Ihnen. Übrigens: Darf ich Ihnen die Kollegin Hauptkommissarin Reinert vorstellen. Bevor Sie fragen: Nein mit der Wetterfee hat sie nix am Hut!«
»Welche Wetterfee? Naja, egal. Angenehm, Sommer!«, murmelt die Staatsanwältin zwischen zwei Bissen. »Willkommen im Club! Nehmen Sie sich vor dem da in acht, der hat es faustdick hinter den Ohren!«
»Rudi, das würde ich an deiner Stelle nicht auf mir sitzen lassen!«
»Sie wissen genau, wen ich meine, Josch!«

»Frau Reinert …«, weiter komme ich nicht, weil die Staatsanwältin unterbricht.
»Machen wir später, für Formalitäten ist keine Zeit. Der Termin im Schmelz war recht aufschlussreich. Inge sitzt am Protokoll, in einer Stunde haben Sie es auf dem Tisch!«
»Wie wäre es mit einer Kurzinfo vorab?«
»Ich dachte, am Tisch wird nicht gearbeitet! Ihre Worte!«
»Korrekt, Entschuldigung! Ich schlage vor, wir treffen uns in meinem Büro, sobald Sie gespeist haben. Auf einen Kaffee, dann besprechen wir alles ausführlich.«
»Gute Idee, gehen Sie ruhig vor und kümmern sich um das Heißgetränk, ich komme gleich.«
Ich gehe davon aus, dass Frau Sommer froh ist, uns auf diese Art und Weise los zu werden. Wir sollen nicht sehen, dass sie sich nach dem üppigen Hauptgang mindestens ein Dessert genehmigen wird. Vor der Treppe verabschiedet sich Frau Reinert. Rudi ist plötzlich verschwunden, wahrscheinlich auf die Toilette.
»Staatsanwältin Sommer scheint 'ne besondere Nummer zu sein«, meint Frau Reinert. »Aber irgendwie mag ich die.«
»Das tun wir alle, nur sagen wird es ihr niemand. Vielleicht haben Sie die Gelegenheit, sie ausführlich kennenzulernen; ich weiß nicht, wie sich die Sache weiterentwickelt mit Ihnen.«
»Würden Sie es denn bedauern?«
»Kann ich nicht sagen, dafür kenne ich Sie zu wenig. Aber der erste Eindruck war nicht verkehrt.«
»Ich wette, dass Sie sich in Hamburg über mich erkundigen werden.«
»Wette gewonnen!«
»Sie wären blöd, wenn Sie es nicht täten. Ich würde es Ihnen nicht verübeln, keiner kauft die Katze im Sack! So, ich muss los! Tschüss und machen Sie's gut! Viel Erfolg bei Ihrem Fall. Ich bin sicher, wir hören voneinander!«
Ich wünsche Ihr ebenfalls alles Gute und Hauptkommissarin

Reinert verschwindet durch den Hauptausgang. Unmittelbar danach kommt Rudi vom Klo.
»Ach, sie ist schon weg«, bedauert er. »Ich wollte mich verabschieden. Was hältst Du von ihr?«
»Auf den ersten Blick scheint sie ganz okay zu sein. Aber Du weißt ja, wie das ist: Du kannst nie vorhersagen, ob sich unter einer schönen Verpackung ein brauchbares Geschenk verbirgt.«
»Du und Deine Vergleiche! Ich werde mich über sie erkundigen und mit Weller drüber reden.«
»Tu das, Rudi! Aber vorerst müssen wir alles dransetzen, diesen Verrückten mit der Armbrust aufzuspüren.«
Zehn Minuten später sitzt das Ermittlerteam in meinem Büro und beratschlagt. Staatsanwältin Sommer kommt als Letzte hinzu.
»Warum ist die hübsche Aushilfskollegin nicht dabei? Hat sie die Nase bereits voll vom K3?«
Weil Rudi nicht antwortet, übernehme ich das.
»Hauptkommissarin Reinert kommt vom LKA Hamburg. Sie war lediglich zu einem Informationsgespräch hier. Es ist nicht auszuschließen, dass sie die Stelle von Kriminalrat Closter nach dessen Pensionierung übernimmt. Wie oft in diesem Hause ist allerdings nichts kommuniziert und organisiert erst recht nicht; deshalb schlage ich vor, dass wir dieses Thema vorerst ausklammern und uns ausschließlich um unseren Fall kümmern.«
»Ach!«
Mehr bekommt die ansonsten schlagfertige Staatsanwältin nicht heraus und Ken und Inge schauen sich überrascht an.
»Das ist ein Ding!«, entfährt es Marius. »Die Granate ist Hauptkommissarin!«
»Granate?«, entrüstet sich Frau Sommer. »Was haben Sie denn für eine Wortwahl, Herr Oberkommissar? Wenn das eine Granate ist, was bin ich dann? Eine Atombombe?«
Es fällt mir schwer, ihre Vermutung nicht zu bestätigen, aber

ich reiße mich am Riemen und schweige.
»Ich würde das Waffenarsenal gerne außen vor lassen und zu unserem Fall kommen!«, mahnt Rudi. »Was hat Ihr Besuch in Schmelz ergeben?«
»Ich habe hier die Liste von Besprechungsteilnehmern, insgesamt 24 Personen, die bei den Planungen der Windkraftanlagen ...«
Die Staatsanwältin schildert, dass eine Unzahl von Personen in die Windparkprojekte involviert ist. Allerdings hat nur ein beschränkter Kreis Kenntnis von den Grundstücksverhältnissen rund um die Standorte. Die Namen sind gelb markiert und zusätzliche Personen handschriftlich eingetragen.
»Aus diesem Personenkreis wiederum haben aus Gründen des Datenschutzes nicht alle Zugang zu den Wohnadressen der Grundstückseigentümer. Diese Informationen kommen im Laufe des Nachmittags per Mail rein. Wir können davon ausgehen, dass ...«
Ich weiß nicht warum, aber irgendwie kommt sie nicht auf den Punkt. Vermutlich fordert die Verdauung zulasten der Hirnaktivitäten ihren Tribut oder sie will partout nicht zugeben, dass letztendlich nichts Verwertbares dabei herausgekommen ist. Während ich lediglich mit einem Ohr zuhöre, kreisen meine Gedanken um meine berufliche Zukunft. Soll ich wirklich ohne meinen alten Kumpel Rudi weitermachen und mich in diesem Hühnerhaufen zurechtfinden oder soll ich mich sechs Monate nach Rudi ebenfalls in den Ruhestand verabschieden? Was spricht dafür, was dagegen? Welche Entscheidung ist die Richtige? Als die Staatsanwältin sich räuspert und eine kurze Pause macht, um einen Schluck Kaffee zu nehmen, bin ich wieder im Hier und Heute.
»Hat sich ein konkreter Ansatz herausgeschält?«, nutze ich die Situation.
»Was heißt konkret? Namen wurden nicht genannt. Es wurde allerdings eine Person beschrieben, die offensichtlich bei

mehreren Veranstaltungen zugegen war, die jedoch keiner Gruppe zugeordnet werden kann. Offensichtlich kennt sich alle untereinander, bis auf diesen einen Mann mittleren Alters, kräftige bis sportliche Statur, den niemand identifizieren konnte. Auffällig war wohl, dass er nie ein Wort sagte und in einer Art Kampfanzug auftauchte. Die Meinungen gehen da aber auseinander, es könnte auch Kleidung gewesen sein, wie sie von Jägern oder Forstarbeitern getragen wird. Er war nicht in die Grunderwerbsfragen eingebunden. Das muss natürlich nichts heißen, er könnte genauso gut ein harmloser Bürger sein, der sich generell für das Thema interessiert hat.«

»Jemand vom Naturschutz?«, spekuliert Ken.

»Die melden sich normalerweise am lautesten zu Wort«, widerspreche ich.

»Dann bleibt nur ein Jäger«, spekuliert Rudi.

»Mit der Personenbeschreibung können wir nicht viel anfangen«, seufze ich. »Mittleres Alter! Kräftig bis sportlich! Was ist das überhaupt: kräftig bis sportlich? Ein Gewichtheber mit langen Beinen, oder was?«

»Dünner als Du mit mehr Muskeln«, raunt Inge leise, aber laut genug, dass ich es hören kann.«

»Ich hab Dich auch lieb, Inge!«

»Jedenfalls durchforsten die Büros und die Pressestelle ihre Bilddateien, ob der Kerl irgendwo abgelichtet ist«, erklärt Frau Sommer. »Vielleicht haben wir Glück und er ist irgendwo durchs Bild gelaufen. Wenn die etwas finden, melden sie sich sofort.«

»So etwas könnten wir gut gebrauchen«, bestätige ich.

»In Schmelz gibt es im Übrigen einen Schützenverein, der auch Bogenschützen hat.«

»Das habe ich überprüft«, meldet sich Ken. »Es handelt sich um eine Sportgemeinschaft, allerdings hat die Abteilung Bogenschießen mit Armbrüsten, mit Armbrustschießen nichts am Hut.«

»Dann eben nicht!«, schmollt die Staatsanwältin.
»Außerdem sollten wir uns nicht auf Schmelz fokussieren«, interveniere ich. »Die Anlagen stehen auch in anderen Gemeinden.«
»Richtig! Der Mann wurde auf Versammlungen in Nalbach, Saarwellingen und an anderen Orten gesehen«, erklärt Frau Sommer. »Die meisten Planer sind übergreifend aktiv. Die Genehmigungsbehörden sowieso.«
»Die Opfer hatten ihre Grundstücke für Projekte an ein oder zwei Standorten veräußert«, meldet sich Marius.
»Und unser letztes Opfer, Lombarski, hatte kürzlich ein ererbtes Grundstück in St. Wendel verkauft; pikanterweise an den gleichen Betreiber wie in Schmelz. Die Wohnung wird im Übrigen gerade durchkämmt, aber ich mache mir wenig Hoffnung.«
»Eben!«, bestätige ich. »Ich wollte lediglich darauf hinweisen, dass Schmelz nicht zwingend das Zentrum ist.«
»Haben wir verstanden, Herr Hauptkommissar!«, antwortet Frau Sommer schnippisch.
»Okay, das freut mich. Ich bin froh, wenn es keine Missverständnisse gibt.«
»Das sehe ich auch so!«
»Solange wir nichts anderes haben, sollten wir uns auf diese ominöse Person konzentrieren«, schlägt Rudi vor.
»Wir könnten versuchen, unter Mithilfe der Augenzeugen ein Phantombild anfertigen zu lassen«, meint Marius. »Für den Fall, dass es keine Fotos gibt.«
»Dann schnapp Dir den Zeichner und klappere die Leute ab, die ihn gesehen haben. In Inges Bericht werden die Namen hoffentlich stehen«, schlage ich vor. »Wo bleibt eigentlich die versprochene Verstärkung, Rudi? Das wären Aufgaben, die von Leuten übernommen werden können, die nicht tief im Fall drin sind.«
»Die Kollegin vom Cybercrime hat sich krankgemeldet und

der Kollege von der Brandaufklärung wurde zu einem Fall nach Perl abgeordnet.«
»Kurzum: Das wird nix! Hätte mich gewundert! Saftladen!«
»Als die Kollegin aus Hamburg im Haus war, hatten Sie eine bessere Laune«, sagt Frau Sommer.
»Geben Sie mir einen Anlass und ich lach mich tot!«
Ich habe die Schnauze gestrichen voll! Situationen wie diese machen mir die Entscheidung leichter. Warum soll ich mir hier länger als unbedingt nötig die Nerven ramponieren? In diesem Laden herrscht keine Disziplin; jeder macht, was er will. Die Arbeitseinstellung wird insgesamt schlechter. Solidarität? Vergiss es! Keiner macht mehr seinen Job mit Leidenschaft; ausgenommen K3 – und K4 natürlich! Wie soll ich da ordentlich arbeiten? Das Ganze macht keinen Spaß mehr! Himmeldonnerwetter, warum tue ich mir das an?
»Okay, dann macht!«, erkläre ich. »Ich muss mich von der unbequemen Nacht erholen. In meinem Alter stecke ich das nicht einfach weg, aber das versteht Ihr sowieso nicht!«
Rudi nickt. Anscheinend ist er der Einzige, der weiß, was in mir vorgeht. Als ich das Büro verlasse, fällt kein einziges Wort.
Am liebsten würde ich tatsächlich nach Hause fahren und mich auf die Couch legen, aber das kann ich nicht bringen. Ein kleiner Spaziergang entlang der Saar wird mir hoffentlich ein wenig Erleichterung bringen. Ich muss meinen Frust ausatmen, lautlos aus mir rausschreien und versuchen, wieder runterzukommen!
Das Saarufer ist fußläufig in wenigen Minuten erreicht. An einem sonnigen Herbsttag wie diesem müsste das eigentlich der geeignete Ort sein, sich zu entspannen und den Ärger hinter sich zu lassen.
Ich versuche es, atme tief durch, mache einige Dehnungsübungen, lasse die Schultern kreisen und versuche, den Nacken zu entkrampfen. Dann setze ich mich auf eine Bank, recke das Gesicht in Richtung Sonne und schließe die Augen. Vor vielen

Jahren hatte ich mich mit autogenem Training versucht – hat aber nicht funktioniert. Immerhin merke ich, dass sich meine Bauchdecke entspannt. Meine Gedanken kommen und gehen; ich atme tief ein, alles ist leicht, meine Gedanken sind frei.
Wieso der Aussichtsturm, das Saarpolygon und der Radweg? Der Täter hätte es sich viel einfacher machen können! Wieso lauerte er ihnen ausgerechnet an diesen Orten auf? Es war zu den Tatzeiten recht einsam dort, aber da böten sich andere Stellen an. Der Täter will uns damit etwas sagen! Oder nicht? Oder doch? Ich spiele den Profiler!
Unser Mann, ich glaube, nein ich bin sicher, dass es ein Mann ist. Eine Frau mit Armbrust kann ich mir nicht vorstellen, nein, es ist ein Mann!
Der Kerl hat was gegen Windkraftanlagen, anders macht die Sache keinen Sinn, oder gegen die, die damit Geld verdienen. Zum Beispiel durch den Verkauf ihrer Grundstücke, im Prinzip ist es das Gleiche, also fast. Woher dieser Hass? Aus Protest wird Hass! Hilflosigkeit oder Neid! Oder beides! Betroffene oder Anlieger äußern ihren Unmut durch lauten Protest. Oder Klageeinreichungen. Oder Demos. Verzweiflung macht Menschen unberechenbar, aber reicht es für einen Mord?
Ich stelle mir die Hilflosigkeit und Wut der Betroffenen vor; Radikalisierung nicht ausgeschlossen, aber mit einer Armbrust auf die Lauer legen – nein das ist etwas für radikalisierte Grundsatzgegner, für Extremisten, die persönlich nicht unbedingt betroffen sein müssen. Hardliner! Oder Berufschaoten!
Naturschutz und Umweltschutz! Mir kommt der Unbekannte im Tarn-, Jagd- oder Kampfanzug ins Gedächtnis. Kampfanzug! Aggression, Gewaltbereitschaft.
Vor der Errichtung des Aussichtsturmes an der Saarschleife gab es Proteste von Natur- und Landschaftsschützern. Beim Saarpolygon gab es die auch! Weil es ein Schandmal sei; ein vergeblicher Versuch der Wiedergutmachung für die Exekution des Saarbergbaus. Exekution! Wie die Morde!

Wie passt der Radweg in dieses Bild? Wer sollte sich deswegen aufregen? Auf einer alten Bahntrasse. Eigentlich völlig akzeptabel.

Am Bahndamm steht der Sauerampfer, er sieht nur Züge, niemals Dampfer, oder ähnlich. Ringelnatz oder Erhardt, das ist hier die Frage!

Ha, ein humorvoller Gedanke! Offensichtlich entspannen sich meine Nerven!

Zurück zum Radweg; das muss überprüft werden!

Falls sich meine Überlegungen bestätigen, wurden die Opfer in zweierlei Hinsicht ausgewählt und bestraft. Zum einen wegen der Grundstücksverkäufe und zum anderen, weil sie sich in Bereichen aufhielten, die im Fokus von Diskussionen um den Natur- und Landschaftsschutz standen.

Unglaublich, wenn das stimmt! Das wären Zusammenhänge – irre! Genauso irre wie die Taten! Das würde bedeuten, dass der Täter seine Opfer genauestens beobachtet. Von wegen Zufallsbegegnungen! Er muss ständig wissen, wo sich seine Kandidaten aufhalten, um dann am geeigneten Ort minutiös zuschlagen zu können. Dafür muss er einen enormen Zeitaufwand betreiben. Die Frage ist, ob das ein Einzelner überhaupt bringen kann.

Moment! Das erste Opfer war quasi kaserniert! Dass Bickelmann den Turm irgendwann aufsuchen würde, war vorhersehbar, nicht jedoch der Zeitpunkt. Den kannte nur Bickelmann, es sei denn, er hatte sich jemandem mitgeteilt.

Gleiches gilt für Opfer zwei. Wer außer Oswald Wessel wusste vom Zeitpunkt seines Besuches?

Und letztlich der Radfahrer! Fuhr der jeden Tag zu einem bestimmten Zeitpunkt dort entlang und wenn ja, wer wusste davon?

Eine Menge Fragen, die auf eine Antwort warten! Hier auf der Bank werde ich sie nicht bekommen und die Saar wird sie mir nicht zuflüstern – ich muss schleunigst zurück ins Präsidium!

Mittlerweile ist es fast 15 Uhr, die Zeit läuft uns davon. Falls der Täter weitermordet und seinen Rhythmus beibehält, könnte er morgen wieder zuschlagen. Herrgott gib, dass seine Rachegelüste befriedigt sind!

Mein Büro ist leer, die anderen haben die Besprechung inzwischen beendet. Ich eile zu Rudi, der einsam und gedankenverloren an seinem Schreibtisch sitzt und aus dem Fenster starrt.

»Josch!«, ruft er und springt aus dem Sessel, als er mich sieht.

»Was gibt's?«

»Rudi, mir ist da etwas durch den Kopf gegangen.«

Ich erzähle Rudi von meinen Überlegungen und welche Schlüsse daraus zu ziehen sind. Rudi kann mir nicht in allen Punkten folgen, aber letzten Endes kapiert er, worauf ich hinaus will.

»Wenn dem so ist, müsste diese Person jemandem aufgefallen sein. Muss einfach! Wir müssen im Umfeld der Opfer intensiver nachforschen!«

»Genau!«

»Eine Menge Arbeit! Dazu fehlt uns …«

»Wenn Du mir wieder mit Personalgejammer kommst, flippe ich endgültig aus! Der Polizeipräsident soll sich endlich darum kümmern! Notfalls soll er selbst ermitteln, das ist mir scheißegal! Wenn Du es ihm nicht sagst, mach ich das!«

»Ist gut, Josch! Reg Dich nicht auf!«

»Ich will mich aber aufregen!«

»Wir sind immerhin …«

»Wo ist Marius?«

»Beim Phantomzeichner. Im Laufe des Nachmittags kommen vier Zeugen.«

»Gut! Was ist mit Frau Sommer? Inge halten wir da raus, das kann sie nicht leisten; dafür ist sie nicht ausgebildet!«

»In Ordnung, Inge bleibt hier. Ich rufe Frau Sommer.«

Ken kommt ins Büro gestürmt.

»Wir haben zwei Fotos, auf denen unser Mann abgelichtet

ist. Nicht sehr scharf, aber immerhin. Ich habe sie auf Deinen Rechner geschickt, Josch.«

»Warum nicht zu mir?«, beschwert sich Rudi.

»Moment, bekommst Du sofort!«

Ken verschwindet, ist aber nach weniger als zwei Minuten wieder zurück.

»Schau in Dein Postfach!«

»Tatsächlich!«, staunt Rudi und öffnet die Dateien.

Auf den Bildern stehen Männer und Frauen beieinander, die anscheinend diskutieren. Die Aufnahmen stammen von der gleichen Zusammenkunft, denn die Kleidung der Personen ist ebenso identisch wie die Kulisse.

»Aufgenommen im März dieses Jahres im Nalbacher Rathaus anlässlich einer Bürgerinfo«, kommentiert Ken, »der Mann im olivgrünen Overall.«

»Kein Name?«, frage ich.

»Nein!«

Beide Fotos zeigen einen Mann, den ich auf 35 bis 40 Jahre schätze. Körpergröße? Schwer zu sagen; 170 bis 175 Zentimeter. Rotblondes schütteres Haar. Vollbart. Mondgesicht. Ungepflegte Erscheinung. Der Bart hat die Farbe nikotinverfärbter Finger. Vom Mund ist nur die Unterlippe zu sehen.

»Das ist kein Overall«, stelle ich fest, »sondern ein Pullover, wie ihn die Bundeswehr trägt und eine ärmellose Weste oder so was Ähnliches. Wie bei Anglern und Jägern. Die Hose ist nicht genau zu erkennen, aber der Kerl sieht aus, also würde er unter einer Brücke nächtigen.«

»Eher wie ein Waldschrat«, kommentiert Rudi. »Kannst Du das Gesicht vergrößern?«

Ken versucht es, aber wegen der Unschärfe des Bildes bringt es nichts; Details sind nicht zu erkennen.

»Versuch es im Labor«, empfehle ich. »Und gleich es mit unseren Dateien ab. Marius soll die Zeugen mit dem Foto konfrontieren, vielleicht hat jemand einen Namen. Den Zeichner

brauchen wir trotzdem. Und zeig das Bild den Kreutzers und diesem Versicherungsheini, wie hieß der noch mal?«
»Zimballa!«
»Ja, genau dem! Rudi, Du solltest nach Homburg zu Frau Bickelmann fahren und ihr das Bild zeigen. Ich klappere in Piesbach Oswald Wessels Umgebung ab. Wenn Frau Sommer sich nützlich machen will, soll sie jedem das Foto zeigen, der ihr über den Weg läuft. Die weiß, was zu tun ist.«
Ken lädt die Bilder auf unsere Diensthandys und druckt einige Exemplare aus, dann machen wir uns auf den Weg.
Die Litermontstraße spare ich mir auf bis zum Schluss, die alte Nachbarin von Oswald Wessel wird mir nicht weglaufen und andere Anlieger sind womöglich auf der Arbeit.
Ich fahre daher direkt zum Vereinshaus, der Stammkneipe von Oswald Wessel, besser formuliert: seiner ehemaligen zweiten Heimat!
Alles ist genau wie vor zwei Tagen, als sei die Zeit eingefroren. Die gleichen Gäste an der Theke, die gleiche Musik aus Zeiten, als Dieter Thomas Heck die Hitparade präsentiert hatte. Die Wirtin erkennt mich sofort und grüßt mit einem kaum wahrnehmbaren Nicken. Es Friedsche, wenn ich das richtig in Erinnerung habe.
An den Namen des mürrischen Fred erinnere ich mich sofort. Daneben sitzen Kalli und – wie heißt der Dritte? Verdammt!
»Noch ein Bier, Oskar?«, fragt die Wirtin. Manch eine Frage beantwortet sich von alleine!
»Guten Tag, allerseits«, grüße ich vernehmlich in die Runde.
»Ach, der schon wieder!«, knurrt Fred, allerdings ohne feindlichen Unterton.
»Und?«, erwacht Kalli aus seiner Lethargie. »Habt Ihr Oswalds Mörder endlich gefasst?«
»Nein, leider nicht«, muss ich zugeben. »Aber eventuell gelingt es uns mit Eurer Hilfe.«
»Aha!«, bemerkt Oskar. »Wie hoch ist das Kopfgeld?«

»Gibt's keins; wir sind nicht im Wilden Westen!«
»Da bin ich mir manchmal nicht sicher!«, antwortet es Friedsche. »Was darf's sein, Herr Kommissar; Entschuldigung: Hauptkommissar.«
»Na dann machen Sie den Cowboys bitte drei Whisky«, bestelle ich.
»Im Ernst? Whisky habe ich nicht!«
»Bier tut's auch und für mich ein alkoholfreies Weizen, bitte!«
»Da hörst Du es, Fred! Der Mann hat Anstand und sagt bitte! Nimm Dir ein Beispiel!«
»Der hat studiert«, meint Fred, der irgendwie niedergeschlagen wirkt.
»Was soll'n das heißen?«, interveniert Oskar. »Ist Anstand nur was für Akademiker oder wie?«
»Erinnerst Du Dich an den Obersteiger Dörr?«, beginnt Kalli. »Der hatte immer ...«
Es entbrennt ein Gespräch unter ehemaligen Bergleuten über die alten Zeiten; es werden Anekdoten und Namen ausgetauscht, die wahrscheinlich oft die Runde gemacht haben und die nur verstehen kann, wer einmal unter Tage gearbeitet hat.
Ich muss warten, bis sich der Erzähldrang etwas gelegt hat, ansonsten vergraule ich die Männer. Daher nutze ich die Wartezeit und gehe zur Toilette. Als ich zurückkomme, stehen die Getränke auf dem Tresen, aber die ehemaligen Kumpel palavern immer noch. Ich bitte die Wirtin zu mir und zeige ihr die Fotos.
»Kennen Sie den? Schon mal gesehen?«
Es Friedsche sucht nach seiner Brille, findet sie endlich unter dem Gläserbord, nimmt das Foto und dreht sich langsam ins Licht. Ich bin kein geduldiger Mensch, aber was soll ich machen; es dauert.
»Hier drin war der noch nie, aber ich glaube, den habe ich im Ort gesehen.«
»Wann, wo?«

»Oh, da fragen Sie was! Weiß ich nicht mehr; ist eine Weile her.«
»Einen Namen haben Sie nicht zu der Person?«
»Nee, ganz bestimmt nicht!«
»War er alleine? Mit dem Auto, einem Moped oder …«
»Oh Gott, das weiß ich nicht mehr! Nein, ich glaube, der war zu Fuß – aber nein, mit Sicherheit kann ich das nicht sagen.«
»Weshalb erinnern Sie sich an den Mann?«
»Wegen der Klamotten und so. Ein komischer Typ. Sah irgendwie verlottert aus.«
»Hat er mit irgendjemandem gesprochen? Versuchen Sie sich zu erinnern!«
»Tut mir leid! Er könnte es gewesen sein. Könnte! Aber wo und wann, nein, das weiß ich nicht mehr!«
Ehe ich mich versehe, reicht die Wirtin das Foto über die Theke weiter.
»Hat einer von Euch den gesehen?«
Widerwillig unterbrechen die Männer ihr Gespräch und widmen sich dem Bild. Oskar und Kalli sind schnell fertig und schütteln die Köpfe.
»Nee, nie gesehen! Wer soll das sein? Oswalds Mörder?«
»Den habe ich gesehen«, behauptet Fred und zeigt unverhofftes Interesse.
»Sicher?« Ein Funke Hoffnung keimt in mir.
»Ja! Der hat hier vor der Kneipe rumgelungert. Als ich kam, ist er schnell verduftet. Mit einem Fahrrad Marke »Uralt«. Und dann habe ich den noch mal gesehen; einen oder zwei Tage später. Wieder mit dem Blechgerippe, da ist er in die Litermontstraße abgebogen.«
»Wann war das genau?«
»Vorige Woche? Oder war es eine Woche davor? Da lege ich mich nicht fest.«
»Was ist Ihnen sonst noch aufgefallen? Hat er mit jemandem gesprochen?«

»Nein, nicht, dass ich wüsste! Ist mir nur aufgefallen, weil der auf seinem Fahrrad saß wie der Affe auf dem Schleifstein.«
»Oswald Wessel war vorher nie auf dem Saarpolygon?«, wechsele ich das Thema.
Die Frage ist an alle gerichtet und alle sind sich einig. Nein, Oswald sei nie dort gewesen, habe aber davon gesprochen, dass er dort irgendwann hin müsse. Das Denkmal sei ihm zwar ein Dorn im Auge gewesen, aber er habe es trotzdem aufsuchen wollen.
»Ist das nicht merkwürdig?«, frage ich.
»Ja und nein«, erklärt Kalli. »Das ist wie bei Hinrichtungen. Alle sind gegen die Todesstrafe, aber wenn er die Gelegenheit hat, schaut jeder hin. Wie damals als die den Saddam Hussein aufgehängt haben; das ging übers Internet und Millionen wollten es sehen.«
Ich muss mich wundern, wo die Leute ihre Vergleiche herholen. Allerdings hat Kalli völlig recht: Wenn es um Sensationslust und Neugier geht, werfen die Meisten ihre Überzeugungen kurzfristig über Bord.
»Danke für die Auskünfte. Wenn Euch etwas einfällt, ein Name, eine Kontaktperson, was auch immer, sei es auf den ersten Blick noch so unbedeutend, dann ruft mich bitte sofort an. Ich lasse Euch meine Karte hier. Wenn Ihr den Mann seht, bitte sofort melden! Egal wo; am besten bei der nächsten Polizeidienststelle. Beruft Euch auf mich und sagt, was Ihr gesehen habt.«
Während wir unsere Getränke zu uns nehmen, stelle ich ein paar Fragen, merke aber schnell, dass ich hier im Augenblick nicht weiterkommen werde. Immerhin habe ich wichtige Erkenntnisse gewonnen.
Der Mann, nach dem wir suchen, ist mit einem uralten Fahrrad unterwegs, was bedeutet, dass er im näheren Umkreis von Piesbach wohnen muss. Größere Höhenunterschiede wird er mit dem Klepper nicht überwinden können, das schränkt die

Möglichkeiten weiter ein. Die Tatorte Lebach und Saarpolygon wären damit abgedeckt, aber bezüglich der Saarschleife bleiben Fragen offen.

Vom Wagen aus gebe ich die Informationen ins Präsidium weiter. Inge notiert alles und verspricht, eine Karte zu erstellen, auf der potenzielle Wohnorte aufgeführt sind.

Mein nächster Besuch gilt der Nachbarin von Oswald Wessel. Frau Sinnwell liegt am Fenster, als ich vor dem Haus parke. Auf dem Bürgersteig steht eine Frau, mit der sich die alte Frau unterhält. Anscheinend kommt sie vom Einkauf, denn sie trägt einen Korb, aus dem Salat und Möhren herausschauen.

»Guten Tag, die Damen! Tut mir leid, wenn ich Ihren Plausch unterbrechen muss.«

Ich überquere die schmale Gasse und geselle mich zu den beiden Frauen.

»Erinnern Sie sich an mich, Frau Sinnwell?«

»Selbstverständlich, ich bin ja nicht dement! Sie sind der Mann von der Polizei, der sich vorgestern nach Oswald erkundigt hat.«

Die Frau auf dem Bürgersteig, die ich in meinem Alter einschätze, nickt und zeigt sich betroffen.

»Wir haben gehört, was mit Oswald passiert ist. Tragisch! Armer Kerl, das hat er nicht verdient!«

»Tragisch ist es, da gebe ich Ihnen recht; aber verdient hat das niemand! Ich möchte Sie etwas fragen: Kennen Sie diesen Mann?«

Ich reiche das Foto zuerst an Frau Sinnwell, die es ausgiebig betrachtet und dann ihrer Gesprächspartnerin herunter gibt.

»Isabell, ob Du den kennst? Ich glaube, der war vor Kurzem hier in der Siedlung.«

»Ist das Oswalds Mörder?«, fragt Isabell.

»Wir suchen ihn als Zeugen«, halte ich mich bedeckt. »Wann haben Sie ihn gesehen, Frau Sinnwell? Erzählen Sie bitte!«

Die alte Dame erinnert sich, dass »… der verwahrloste Kerl

mit dem Klappfahrrad ...« vor Kurzem die Straße entlang gefahren sei, als sie wie üblich am Fenster gelegen habe. Genau vor einer Woche sei das gewesen, eben um diese Zeit. Isabell, die sich als ihre Nichte zu erkennen gibt und in der Nachbarschaft wohnt, ist nun der Meinung, den Mann ebenfalls gesehen zu haben. Sie bestätigt alle Angaben von Frau Sinnwell, wodurch die Aussage in meinen Augen nicht an Glaubwürdigkeit gewinnt.

Ich kenne das Phänomen: Wenn Zeugen nicht getrennt voneinander befragt werden, plappern die meisten das nach, was der Erste behauptet hat; sie tun das aus einem psychologisch zu erklärenden Gruppenzwang.

Weitere Informationen haben die Damen nicht für mich parat, insofern bin ich auf dem gleichen Informationsstand wie nach dem Kneipenbesuch. Ich bedanke mich, lasse meine Karte zurück und bitte um umgehende Information, für den Fall, dass sich der Mann noch mal blicken lässt oder ein anderer Anwohner mehr über ihn wissen sollte.

Eine halbe Stunde lang gehe ich durch die Straße, klingele bei den Anwohnern, sage mein Vorstellungs-Sprüchlein, zeige das Foto und stelle die alles entscheidende Frage. Ohne Erfolg! Mein anschließender Streifzug durch den Ort, einschließlich der Tankstelle in Nalbach, bringt keine weiteren Erkenntnisse.

Es ist 18 Uhr 45, als ich mich auf den Heimweg mache. Über die Freisprechanlage des Mobiltelefons frage ich nach, was es im Präsidium an Neuigkeiten gibt. Inge ist im Büro und erklärt, dass es keinen entscheidenden Durchbruch gegeben hat. Staatsanwältin Sommer habe allerdings angedeutet, dass es für den folgenden Tag eine offizielle Personenfahndung geben werde, falls der Mann bis dahin nicht aufgetaucht oder identifiziert sei. Frau Kreutzer und Herr Zimballa hatten die Person nicht erkannt und den Mann angeblich nie gesehen. Rudi hatte bei Frau Bickelmann ebenfalls nichts erreicht. Thomas Kreutzer sei allerdings zu fünfzig Prozent sicher, dass der Mann auf dem Foto derjenige ist, der ihn vor Kurzem in Gresaubach angesprochen habe.

»Fünfzig Prozent ist nicht genug«, erkläre ich. »Nicht mehr als ein eindeutiges Vielleicht. Wenn wir ihm ein Foto von Donald Duck vorgelegt hätten, wäre die Antwort wahrscheinlich die gleiche gewesen. Trotzdem behalten wir das im Auge!«

Inge kommt zu der Überzeugung, dass der Wohnort des Gesuchten auf der Achse zwischen Dillingen und Dorf im Bohnental liegen müsse, also im Tal der Prims oder des Talbaches, weil es nach Norden hin zu hüglig sei. Eventuell käme ein Teilstück der Theel-Aue infrage.

»Gute Arbeit, Inge, aber das kann ich aus der Ferne nicht beurteilen. Wer ist außer Dir im Büro?«

»Niemand und ich wollte eigentlich auch gleich nach Hause. Ich wollte nur warten, bis Du Dich meldest.«

»Wieso ist keiner mehr da?«

»Die sind entweder unterwegs oder zu Hause. Wir sind alle seit zwölf Stunden im Dienst; irgendwann ...«

»Ist gut, ich meckere nicht! Ich mach Schluss! Wir sehen uns morgen früh im Büro. Schönen Feierabend, Inge!«

»Danke, dito!«

»Und noch was, Inge!«

»Was denn?«

»Danke, bist ein Schatz!«

»Huch, gleich werde ich rot.«

»Macht nix, ich sehe es ja nicht!«

Inge hat recht! Irgendwann muss Schluss sein. Heute finden wir den Kerl sowieso nicht mehr.

Ich habe es Marion versprochen: Wir treffen uns bei Mico!

# 20.

Wegen der üblichen Verkehrshemmungen und Umleitungen wird es 20 Uhr, bis ich in Micos Kneipe erscheine.
Das Gasthaus ist gut gefüllt, wie meistens an einem Donnerstag, weil sich sowohl die Dartspieler als auch der Frauenstammtisch treffen. Beide Gruppen schleudern ihre Pfeile, die der Darter sind aus Plastik und Metall, die Geschosse der Frauen bestehen aus Worten und Tratsch auf und über wechselnde Zielpersonen.
In diese Situation gerate ich, als ich den Schankraum betrete. Die Akteure und Akteurinnen sind derart mit sich selbst beschäftigt, dass sie mein Erscheinen nicht bemerken; nur der Wirt und seine Mitarbeiterin nehmen von mir Notiz. Ich bedeute den beiden zu schweigen, zeige, dass ich ein Bier und eine Currywurst nehme, und stelle mich von den Frauen unbemerkt an den Tresen. Marion steht etwa einen Meter links von mir und dreht mir den Rücken zu. Auch die anderen Plaudertaschen verschwenden keinen Blick auf mich, weil sie mitten in eine hitzige Diskussion vertieft sind. Ich weiß nicht, um was es geht, aber wenn Frauen derart heftig gestikulierend vom Leder ziehen, kann es nur um Männer gehen; fragt sich nur, wer diesmal das Opfer des Shitstorms ist.
Die Musik-Box spielt Gianna Nanninis »I maschi disegnati«, keine Ahnung, was der Text bedeutet, aber dass es in dem Song um Männer geht, verstehe selbst ich – passend zum Thema der Diskussion. Ich versuche, an der Musik vorbei zu hören, was die Frauen beschäftigt, aber ich bekomme nur Wortfetzen und Satzruinen mit.
»… soll sich … sonst wo hinstecken … hat sie wohl nicht alle am …«, entnehme ich Dagmars Redeschwall.
»… es gibt genügend andere …«, feixt Barbara.

»… alle gleich … das kennen wir …«, Sonja strickt am selben Muster, aber an welchem?
»… schmeiß den Alten raus … such Dir einen Neuen …«, das war Riccarda.
»… nicht blöd … gefallen lassen«, Dagmar gibt wieder ihr Fett hinzu.
Sie reden alle gemeinsam auf Marion ein, die als Einzige, zumindest im Augenblick, schweigt. Moment! Geht's etwa um mich?
»Weißt Du, um was es da geht?«, frage ich Günther, der rechts neben mir am Tresen sitzt, und mit sichtlichem Appetit eine Wurst verspeist.
»Das geht den ganzen Abend so! Die Hühner sind bekloppt! Ich glaube, es geht um Marions Telefonanschluss. Irgendwas scheint nicht zu funktionieren.«
Aha! Marion ohne Telefon! Das ist schwerwiegender, als ein Herzkranker mit stillgelegtem Schrittmacher. Und ich dachte, sie will mich vor die Tür setzen. Auch das wäre denkbar; alles ist vorstellbar, wenn die Damenrunde in Wallung gerät, sogar der Sturz der Regierung!
»Ich würde ihn an die Wand stellen und standrechtlich erschießen!«, sage ich laut, dass alle es hören können. Schlagartig wendet sich die Damenriege mir zu.
»Wen?«, kommt es wie aus einem Munde.
»Na, den Kerl, über den Ihr Euch die ganze Zeit aufregt.«
»Welchen Kerl?«, fragt Dagmar. »Hast Du was eingeworfen?«
»Seit wann bist Du denn hier?«, mosert Marion.
»Belauschst Du uns etwa?«, stänkert Barbara.
»Du hast uns gerade noch gefehlt«, seufzt Riccarda.
Immerhin schafft es Marion, mir einen Begrüßungskuss auf die Wange zu hauchen, bevor ich antworten kann.
»Sag!«, fordert Dagmar. »Welchen Kerl? Wovon redest Du?«
»Vergiss es! War ein Scherz! Ich bin gerade reingekommen und habe aufmerksam Eurer engagierten Diskussion zugehört. Bei

vorsichtiger Schätzung und mildernden Umständen komme ich auf ein Strafmaß von fünf Jahren ohne Bewährung, falls der Richter gut gelaunt ist.«

»Deiner ist wieder unglaublich lustig, heute Abend«, moniert Riccarda und stupst Marion an.

»Der arme Kerl ist im Dauerstress«, antwortet die. »Ich glaube, ich muss mich ein wenig um ihn kümmern.«

»Der soll erst was essen und trinken, damit er bessere Laune bekommt«, schlägt Dagmar vor.

»Schon bestellt«, erkläre ich. »Diskutiert nur weiter, ich melde mich dann!«

Die Mädels kennen kein Mitleid, akzeptieren meinen Vorschlag und giften weiter, als sei ich nicht da. Erst als ich meine Wurst aufgegessen habe und beim zweiten Bier angekommen bin, wendet Marion sich mir zu.

»Erzähl! Was gibt es Neues?«

Sie weiß, dass ich keine Details preisgeben darf, aber ich gebe ihr einen Überblick, wobei wir darauf achten, dass uns niemand zuhört.

»Ich werde wahrscheinlich Mitte nächsten Jahres aufhören«, erkläre ich ohne Vorwarnung.

»Ach ja? So plötzlich? Warum das denn? Du bist fit wie ein Turnschuh. Willst Du den ganzen Tag …«

»Es wird bei uns täglich schlimmer«, unterbreche ich. »Rudi geht Ende des Jahres, dann bin ich der Älteste im Dezernat!«

»Übernimm seinen Job, spiel den Chef und schieb eine ruhige Kugel; das ist besser, als den ganzen Tag mit schlechter Laune zu Hause rumzuhängen.«

»Das sagst Du nur, weil Du noch drei Jahre arbeiten musst und Angst hast, ich würde auf dumme Gedanken kommen.«

»So abwegig ist diese Vorstellung nun wirklich nicht«, kommentiert sie.

»Vielleicht komme ich eher auf dumme Gedanken, wenn ich ein Jahr oder zwei dranhänge!«

»Was soll das denn nun wieder heißen?«
»Rudis Nachfolgerin hat sich heute vorgestellt.«
»Was? Eine Frau? Wie alt?«
Völlig klar, dass diese Frage zuerst kommt!
»Schätze Anfang bis Mitte vierzig!«
»Und?«
»Was und?«
»Wie sieht sie aus?«
»Marius meint, sie ist eine Granate!«
»Meint Marius! Aha! Und was meinst Du?«
»Ich will ihm nicht widersprechen.«
»Verheiratet?«
»Woher soll ich das wissen?«
»Kleiner Tipp: Ehering?«
»Habe ich nicht drauf geachtet.«
»Also kein Ehering.«
»Ihre pflegebedürftige Mutter wohnt in Saarlouis.«
»Dann soll sie zu Hause bleiben oder sich in Saarlouis einen Job suchen!«
»Die lässt sich von Hamburg ins Saarland versetzen, um …«
»Ihre verflossene Liebe in Hamburg zu vergessen; und jetzt sucht sie einen Tröster.«
»Der ich nicht sein kann, weil ich in Rente gehe; es sei denn …«
»Wann kommt die Dame? Wie heißt sie überhaupt?«
»Hauptkommissarin …, den Namen habe ich vergessen.«
»Du solltest den Süßstoff im Kaffee weglassen, davon bekommst Du Alzheimer.«
Was für ein Gespräch! Rente, Eifersucht, Alzheimer!
»Sonst ist bei Dir alles in Ordnung?«, ereifere ich mich ungewollt laut. »Bist Du Dir darüber im Klaren, was für ein Gespräch Du mir gerade ins Ohr drückst? Ich will Dir erzählen, dass ich gedenke, bald in Rente zu gehen und Dich interessiert nur diese knackige, ach ja, Reinert heißt sie, Katja Reinert.«

»Oh, erst interessiert sie Dich nicht, auf einmal kennst Du ihren Vornamen! Bemerkenswert für Alzheimer im Vorstadium!«
»Hör auf mit dem Unsinn! Ich fasse es nicht! Wahrscheinlich ist es tatsächlich besser, wenn ich ein paar Jahre dranhänge!«
»Warum bleibst Du nicht zu Hause und kümmerst Dich um den Garten? Du hast zwar keinen grünen Daumen, aber es ist immerhin produktiver, als diesem Vamp nachzuhecheln.«
»Du weißt, dass das nicht mein Ding ist!«
»Dann deck das Dach, verputz die Garage, streich die Fenster, anschließend die Rahmen, von mir aus bau ein Stockwerk drauf oder einen Wintergarten dran, mach, was Du willst, aber häng diesen Scheiß-Job an den Nagel!«
»Aha! Soll ich etwa den Hausmeister spielen?«
»Nicht spielen! Machen! Besser das, als dieser … Granate nachzugeifern!«
»Die im Übrigen meine Chefin wird!«
»Das sagt überhaupt nichts!«
»Was meinst Du? Soll ich während ihrer Probezeit mit ihr in die Kiste steigen oder warten, bis sie sich eingewöhnt hat?«, frage ich, weil dieses bescheuerte Gespräch irgendwie ein Ende haben muss.
Marion kocht und schmollt gleichzeitig. Sie ist der einzige Mensch, den ich kenne, der beides gleichzeitig auf die Reihe bekommt. Zauberhaft! Wenn sie wütend ist, blüht sie richtig auf. Ich darf es allerdings nicht übertreiben.
»Hör mir bitte zu!«, versuche ich einen neuen Anlauf im Guten mit versöhnlichem Tonfall. »Es geht hier nicht um Frau Reinert, Rudi oder sonst wen. Ich brauche Deinen objektiven Ratschlag! Es ist ein weitreichender Einschnitt in meinem Leben und ich kann ihn nicht rückgängig machen! Ich werde mich aber bald entscheiden müssen! Wie stehst Du dazu?«
»Diese Entscheidung kannst nur Du treffen, Josch«, schwenkt Marion im Normalmodus ein. »Du musst wissen, was Du willst

und ich will Dich nicht beeinflussen.«
»Ich weiß eben nicht, was ich will! Himmel ... das ist ja gerade mein Problem! Vieles spricht dafür, anderes dagegen. Heute so, morgen so. Ich weiß nicht ...«
»Josch, Du bist nicht der Typ, der das Wort Ruhestand in seiner wörtlichen Bedeutung umsetzen kann. Selbst wenn Du im Präsidium aufhören würdest, wolltest Du etwas anderes machen. Machen müssen! Was Du dann machen willst, musst Du als Erstes entscheiden, andersrum wird kein Schuh draus! Wenn Dir was Ordentliches einfällt, dann geh, andernfalls bleib!«
»Was Ordentliches! Wie sich das anhört! Soll ich Busfahrer werden oder im Zoo die Eintrittskarten abreißen?«
»Such Dir etwas, das Dir Spaß macht!«
»Dazu müsste ich rausfinden, was mir Spaß macht!«
»Versuch Dich als Krimi-Autor. Bei Deinem Beruf solltest Du genügend Geschichten parat haben; das reicht für eine ganze Serie.«
»Schreibkram liegt mir nicht. Ich tu mich bereits schwer, wenn ich ein Vernehmungsprotokoll zu Papier bringen muss.«
»Okay; wie wäre es mit Sicherheitsberater in einer Firma? Ehrenamtler beim Weißen Ring? Fachverkäufer für Sicherheitstüren? Es muss irgendetwas geben, was Dich interessiert!«
»Du interessierst mich am meisten!«
»Soll ich Dich den ganzen Tag auf den Schoß nehmen oder willst Du auf meinem Besucherstuhl im Büro dahin vegetieren?«
»Ha, ha, ha!«
»Deine handwerklichen Fähigkeiten sind leider nur rudimentär ausgeprägt, schöpferische Tätigkeiten liegen Dir nicht, Dein grüner Daumen ist eher welkbraun. Was ist mit Taxifahrer oder Busbegleiter!«
»Besoffene durch die Gegend fahren; nörgelnde Senioren auf Kaffeefahrten, da lande ich nach wenigen Tagen selbst im Knast.«

»Dann wärst Du wenigstens unter!«
»Ich mache eine Weltreise!«
»Ohne mich? Du spinnst wohl!«
»Was ist denn mit Euch beiden Täubchen los?«, fragt Mico über die Theke hinweg. Anscheinend hat er unserem Disput eine Zeit lang zugehört.
»Der Täuberich weiß nicht, was er in der Zeit nach seiner Pensionierung mit sich anfangen soll«, antwortet die Täubin.
»Falsch! Ich weiß nicht, ob ich überhaupt in Rente gehen soll! Frau Taube bietet mir keine Perspektive!«
»Musst sie Du heiraten!«, schlägt der Sizilianer vor.
»Wozu das denn?«, frage ich. »Wird mir dann weniger langweilig?«
»Nein, aber wenn Du Dir zu Tode langeweilet hast, wäre Marion eine wohlhabende Witwe. Sizilianer lieben schöne Frauen mit ein bisschen Muppes.«
»Eure genialen Vorschläge gehen mir allesamt gehörig auf den Wecker!«, verkünde ich.
»Geh mit mir nach bella Sicilia. Machen wir Olivenöl, Siesta und …«
»Bunga, bunga!«, ergänzt Marion. »Ich kann mir lebhaft vorstellen, auf was das am Ende hinausläuft. Vergiss es!«
»Okay! Josch übernimmt die Oliven, ich bunga bunga!«
»Im Winter für ein paar Wochen zur Olivenernte, das könnte ich mir vorstellen.«
»Du hast immer behauptet, Du magst keine Oliven!«, interveniert Marion.
»Ich mag auch keine Schwerverbrecher und jage trotzdem hinter ihnen her.«
»Merkwürdige Logik!«
»Das ganze Leben ist merkwürdig!«
»Amen!«
»Ich mache Dir einen Vorschlag, Josch!«, erklärt Mico. »Wenn ich nach Sizilien gehe, übernimmst Du im Sommer die Kneipe.

Im Winter tauschen wir die Rollen, ich komme hierher und Du gehst nach Sizilien.«
»Das kannst Du Dir abschminken«, protestiert Marion. »Josch als Kneipier! Der sperrt abends um 9 Uhr die Tür zu, weil er müde ist. Außerdem kann er kein Bier zapfen.«
»Da ist was Wahres dran«, bestätige ich.
»Du würdest alle Gäste vergraulen und jeden rauswerfen, der Dir blöd kommt. Ein Wirt braucht einen langen Atem und Geduld für Thekengespräche. Hast Du nicht, mein Schatz!«
»Dummschwätzerwitze kann er aber«, meint Mico, »Das ist immerhin ein Anfang!«
»Marion hat recht: Zum Wirt tauge ich nicht. Aber Du musst Dir mit Deiner Kneipe etwas einfallen lassen. Du kannst nicht einfach zusperren.«
»Kümmere Du Dich besser um Dein eigenes Konzept!«, mault Marion. »Der Mico kriegt das auf die Reihe. So, ich gehe wieder rüber zu den Mädels, schließlich ist Frauenstammtisch!«
Mico schwärmt mir eine Viertelstunde von den Vorteilen sizilianischer Oliven ins Ohr. Alle anderen könne man vergessen, davon ist er fest überzeugt. Und außerdem seien das keine Oliven, sondern mutierte Pflaumen. Und überhaupt, nein, die besten und einzigen und wahren Oliven, irgendwann kann ich es nicht mehr hören.
»Okay«, sage ich zum Abschluss, »wenn es soweit ist, helfe ich bei der Ernte, Du hast mein Wort! Jetzt muss ich aber in die Koje, denn morgen wird wieder ein schwerer Tag.«
»Solange Du arbeiten musst, ist jeder Tag ein schwerer Tag«, philosophiert Mico. »Nur in Sizilien nicht, da ist jeder Tag wie im Paradies.«
Ich verabschiede mich. Marion verspricht, dass sie in einer Stunde nachkommen wird. Terminzusagen dieser Art nehme ich nie sonderlich ernst. Es ist auch völlig egal, ob sie in einer Stunde oder in zwei Stunden auftauchen wird, denn ihr Kommen werde ich in wachem Zustand ohnehin nicht mehr erleben.

# 21.

Adolfo, oder Adolf, wie sie ihn seit 50 Jahren nennen, ist früh auf den Beinen. Das ist er gewohnt und das wird sich für den Rest seines Lebens nicht ändern. Warum auch? Nur weil es den Pflegekräften nicht in den Kram passt, dass er um sechs in der Frühe durchs Haus wuselt?

Dass Adolfo kein Freund von Kompromissen ist, liegt an seinem neapolitanischen Naturell, obwohl er Neapel seit seinem 19. Lebensjahr nicht mehr gesehen und gegen seine neue saarländische Heimat eingetauscht hat; aber einen Rest von süditalienischer Sturheit hat er sich bewahrt. In seinem Berufsleben als Baggerfahrer bei der größten ortsansässigen Baufirma war für Kompromisse sowieso kein Platz gewesen. Als Maschinist der schwersten verfügbaren Geräte war er der heimliche Chef der Kolonne, da konnte Bauleiter, Polier oder Vorarbeiter sein, wer wollte, Adolfo gab an, wo es lang geht, schließlich hatte er die Verantwortung für das, was in der Schaufel lag oder am Haken hing. Außerdem war er Neapolitaner und damit hatte er das Sagen! Fertig! Das konnten auch die jungen Ingenieur-Schnösel nicht ändern, die glaubten, ihm etwas vormachen zu können. Die meisten waren schnell wieder verschwunden.

Aber vor gut zwei Jahren war es schneller zu Ende gegangen als geplant. Das Gehör!

Erst wollte Adolfo nicht einsehen, dass seine zunehmende Schwerhörigkeit eine Gefahr für die Kollegen war, aber dann gab es das Gespräch mit dem Chef, dem Einzigen, von dem sich Adolfo etwas sagen ließ.

»Adolfo, Du bist länger in der Firma als ich alt bin. Mein Vater, Gott hab ihn selig, hat Dich eingestellt, als er noch ein junger Mann war. Du bist der beste Maschinist, den die Firma je hatte; zuverlässig, nie krank – ich muss das nicht alles aufzählen, mein

Lieber! Aber Du solltest Dich zur Ruhe setzen, Adolfo, das hast Du Dir verdient und Du weißt, dass es nicht mehr geht! Die Firma hat sich etwas überlegt, was Dir das Aufhören leichter macht. Pass auf!«

Ein halbes Jahr später war Adolfo ins Wohnheim am Juchacz-Ring eingezogen und im Endeffekt hatte er es nicht bereut. Die Firma übernahm lebenslang die Hälfte der Mietkosten aus der Altersversicherung und legte großzügig was drauf, sodass Adolfo fast seine komplette Altersrente für sich hat, mit der er sich ein paar Zusatzleistungen für die Wäsche und die Zimmerreinigung leisten kann.

Adolfo genießt seinen Ruhestand, aber einiges lässt er sich nicht aufzwingen: Dienstpläne und Termine! Er hat mittlerweile seinen eigenen Rhythmus entwickelt und davon lässt er sich nicht abringen. Adolfo war immer sein eigener Herr gewesen; keine Frau, keine Kinder, auch keine unehelichen, nicht mal eine Geliebte. Seine Freiheit geht ihm über alles, und ob er nun zu den Hauptmahlzeiten da war oder nicht … er würde nicht verhungern, und das Personal hat längst aufgehört, sich mit ihm darüber zu streiten.

Adolfo ist ständig unterwegs. Zu Fuß, mit dem Bus, der Bahn, ein Auto braucht er nicht, auch nicht an diesem Morgen, an dem er seiner täglichen Routine folgt. Fußmarsch in die Altstadt, ein Kaffee in der Bäckerei, dazu ein Butterhörnchen und als Wegzehrung einen Weck mit zwei Scheiben warmem Fleischkäse.

Es folgt die Wanderung hoch zum Aussichtsturm Betzelhübel, der um 8 Uhr geöffnet wird, wo Adolfo aber frühestens um halb neun eintrifft, weil er weiß, dass die Öffnungszeiten nie ganz genau eingehalten werden.

Die 120 Stufen zur Aussichtsplattform in 20 Metern Höhe sind für Adolfo kein Problem. Er ist mit seinen 67 Jahren fit und kerngesund, der einzige Makel ist seine Schwerhörigkeit, aber selbst das ist manchmal von Vorteil, wenn ihn das Personal

oder die Heimaufsicht mal wieder ermahnen wollen. Adolfo genießt die frische Luft und den Blick auf die Natur. Das ist die Freiheit, die Adolfo jeden Tag bewusst genießt. Im Blattwerk des Waldes hat der Herbst Einzug gehalten. Der Hunsrück ist nicht zu sehen, dafür ist es zu trüb und der Himmel von tiefen Wolken verhangen. Adolfo bleibt eine gute halbe Stunde, bevor er sich auf den Rückweg macht. Ab zehn wird er sich bei Paolo mit den alten Kollegen treffen und über Gott und die Welt diskutieren. Es sind allesamt Italiener, mit dem Unterschied, dass die anderen um Punkt zwölf nach Hause müssen, weil die Signora mit dem Essen wartet.
Als Adolfo auf dem Weg nach unten auf der vorletzten Plattform ankommt, bemerkt er auf dem darunter liegenden Treppenabsatz eine Person, die anscheinend auf ihn wartet. Adolfo analysiert die Situation blitzschnell: Da zielt jemand mit einer Armbrust auf mich!
Was im Folgenden passiert, hat Adolfo weder geübt, noch in einem Action-Film studiert – es ist wie ein Reflex, ein instinktives Handeln zum Überleben, gepaart mit dem Mut eines älteren Herren, den nichts aus der Bahn werfen kann. Vorwärts immer, rückwärts nimmer! Adolfo hat keine Ahnung, dass der Spruch von Erich Honecker seinerzeit anders gemeint war, aber er hat ihn sich zu eigen gemacht und jetzt war die Zeit, danach zu handeln.
Als sei es das Selbstverständlichste von der Welt, schleudert Adolfo seinen Knirps, ein Abschiedsgeschenk der Kollegen, das er auch im Hochsommer mit sich rumschleppt, in Richtung des Angreifers, bevor der den Abzug betätigen kann. Nun kommt dem völlig überraschten und verhinderten Mörder der Schirm mit Vehemenz entgegengeflogen. Bevor der Angreifer die Situation halbwegs einordnen kann, knallt der Knirps gegen die Armbrust, worauf sich der Schuss unkontrolliert löst und der Pfeil mit einem metallischen Kreischen an einer Aluminiumstrebe abprallt und in der Weite der Landschaft

verschwindet. Dem verhinderten Schützen schlägt die eigene Waffe ins Gesicht, wo ihm die Haut in Höhe des rechten Wangenknochens aufplatzt. Erst ein Aufschrei, dann greift sich der Getroffene an die schmerzende Wange und lässt dabei die Armbrust fallen.

Derweil ist Adolfo auf dem Weg nach unten, um dem Angreifer den Rest zu geben, aber dann schlägt plötzlich die Schwerkraft zu. Erst kommt er ins Straucheln und sieht Augenblicke später, wie seine Füße in seinem nach vorne gerichteten Blickfeld auftauchen. Im gleichen Augenblick bemerkt Adolfo, dass er die Bodenhaftung verloren hat; unmittelbar darauf folgt die Dreipunktelandung: Kopf, Gesäß, restliche Körperteile. Mit dem Hinterkopf knallt er auf die Stufen und rutscht auf dem Rücken die Stiegen hinunter bis zum tiefer liegenden Podest, wo sich der Angreifer mittlerweile aufgerappelt hat, seine Armbrust greift und die wenigen Stufen bis zum Erdboden hinuntereilt. Dann ist der Kerl weg, und Adolfo alleine mit seinem Schmerz.

»Verdammt!«, schreit er vor Wut, weil er den Kerl nicht erwischt hat. Er brüllt es mehrfach in den Septembermorgen; auf Italienisch, Deutsch und irgendwas, was dazwischen liegt. »Scheiße! Merda! Kacke! Seißendreck!«

Dann rappelt er sich auf und prüft, ob er alle Knochen beisammenhat. Scheint so, aber der Rücken und der rechte Arm tun höllisch weh! Adolfos Zorn richtet sich nicht gegen die Schmerzen, er ist wütend, weil er den Kerl nicht geschnappt hat. Er beißt die Zähne zusammen und schleppt sich auf dem kürzesten Weg zur nächsten Ansiedlung. Dem Anwohner des ersten Hauses in der August-Renoir-Straße erzählt er nur ansatzweise, was passiert ist, umschreibt aber bildhaft, was er mit dem Kerl gemacht hätte, wenn der ihm in die Hände gefallen wäre. Erst als sich Adolfo nach einem Grappa halbwegs beruhigt hat und mit der ganzen Geschichte herausrückt, informiert Klaus Neufang die Polizei und den Notarzt.

# 22.

Verdammt noch mal, was für eine himmelschreiende Scheiße! Was für ein Verrückter! Wieso war dieser Opa aggressiv und vor allem so schnell? Was soll das? Warum konnte der nicht wie alle anderen sein Schicksal akzeptieren? Er weiß, dass er es verdient hat!

Die Platzwunde ist nicht das Problem, die wird heilen, aber wie sehe ich aus mit all dem Blut auf der Kleidung! Mit der Wasserflasche und dem Pflaster aus dem Rucksack kann ich wenigstens das Gesicht reinigen und die Wunde verdecken.

Ich muss hier weg, aber mit dem blutigen Hemd falle ich überall auf. Die werden Spürhunde einsetzen, ich muss mich beeilen.

Dieser blöde Alte! Wehrt sich gegen das Sterben! Sieht nicht ein, dass er an der Reihe ist. Dass es nicht anders geht! Scheinheiliges Pack; versündigt sich erst an der Natur und treibt sich dann auf diesem Schandmal rum. Logisch, dass das nicht ungesühnt bleiben kann. Solche Leute kotzen mich an!

Heute ist kein guter Tag, aber beim nächsten Treffen bist Du dran! Noch mal kommst Du mir nicht davon.

Ich muss verschwinden! Wie, wohin – nachdenken!

Der Erzieher hat immer gepredigt: Denk nach! Überleg Dir deine nächsten Schritte sorgfältig. Du bist schlau – ganz gleich, was die anderen sagen oder denken. Du bist schlauer als sie! Tu nur, was Du für richtig hältst, wovon Du absolut überzeugt bist. Atme tief, spür Dich, denk nach, triff eine Entscheidung und dann handele konsequent danach. Lass Dich nicht von Deinem Weg abbringen, ganz egal, was die anderen sagen!

Ja, der Erzieher, der Herr Böhmer, der war ein guter Freund gewesen, einer, der ihn verstanden hatte; das war einer, dem er hatte vertrauen können, dem Herrn Böhmer.

Anders als der Therapeut, der sich später mit ihm beschäftigt hatte. Der hatte selten etwas gesagt und wollte nur zuhören; hatte ständig gefragt, was in ihm vorgehe.
»Was beschäftigt Sie, Hagen?«, lautete die Standardfrage, auf die Hagen nie eine Antwort gegeben hatte.
Was hätte er antworten sollen? Dass die Welt, die ihm die Lehrer in der Schule vorgegaukelt hatten, mit der Realität nicht übereinstimmt? Dass Gutmenschen nur dann erfolgreich sind, wenn sie bereit sind, ihre Ideale mit der Waffe zu verteidigen? Dass seine Eltern Erwartungen in ihn setzten, die er nicht erfüllen konnte? Dass ihr plötzlicher Tod ihn überforderte? Dass die eingetrichterten Werte, sein Sinn für Gerechtigkeit und die Liebe zur Natur ihn zum Außenseiter hatten werden lassen?
Er hatte ansatzweise Versuche unternommen, dem Mann diese Eindrücke und Sichtweisen näher zu bringen, aber der hatte kaum zugehört, wenig Interesse gezeigt und noch weniger verstanden.
Die Justiz war nicht anders gewesen. Auch gegenüber dem Richter, der vor einigen Jahren hatte wissen wollen, warum er die Tiere im Zoo befreien wollte, hatte er sich bedeckt halten müssen, obwohl sein Argument durchschlagend gewesen wäre: Tiere gehören da nicht hin! Aber warum hätte er es vorbringen sollen? Der Richter wusste das, die Juristen zeigten Verständnis; alle – aber sie unternahmen nichts dagegen. Sie taten nie etwas gegen diese Ungerechtigkeit wider die Natur und redeten nur. Genau das war das Problem! Nicht er, der etwas unternahm, nein, die Schwätzer waren es, die Luftnummern!
Genau wie bei den Windrädern und den anderen Bauten, die die Natur und die Landschaft verschandeln. Alle regen sich darüber auf, einige wenige demonstrieren, aber wenn es ans Eingemachte geht, dann kneifen sie alle. Einer wie der Andere. Und wenn es ums Geld geht, halten sie sowieso alle die Hand auf, und die, die am lautesten schreien, sind die Ersten, die die Kohle einsacken.

In den letzten Tagen hatten die Ersten ihre gerechte Strafe bekommen, aber jetzt ging es vorerst nicht weiter, weil dieser beknackte Rentner schneller war, als es ihm vom Alter her zustand.
Wohin? Irgendwohin, wo sich die Spur verlieren wird. In die Stadt zum Bahnhof. Über Neunkirchen nach Saarbrücken. Weiter mit der Saarbahn. Den Rucksack mit dem blutigen Hemd ins Schließfach. In der Masse untertauchen, abwarten und beobachten, wie die Gegenseite reagiert. Ein paar Tage in Deckung bleiben, die nächsten Kandidaten aus der Ferne beobachten, noch intensiver, damit sich so etwas wie heute nicht wiederholt.
»Jeder macht Fehler«, hatte Herr Böhmer damals gesagt. »Das Wichtigste ist, dass Du sie nicht wiederholst und daraus lernst!« Der gute Herr Böhmer. Was aus dem wohl geworden ist? Den hätte er jetzt gerne bei sich.

# 23.

Als ich am Freitagmorgen im Präsidium erscheine, liegen eine erholsame Nacht und ein üppiges Frühstück hinter mir.
Marion war heute Morgen nicht sehr gesprächig, was ich auf ihr spätes nach Hause Kommen zurückführe. Mir würde es nicht anders gehen, wenn ich bis Mitternacht unterwegs wäre.
Nachdem die Kollegen des Kommissariats vollzählig eingetroffen sind, treffen wir uns im Besprechungsraum. Inge ist überrascht, dass ich mich mit einer simplen Tasse Kaffee begnüge, wittert Verrat und ist erst beruhigt, als ich erzähle, dass ich mit Marion gefrühstückt habe.
Wir tragen alle Informationen zusammen, analysieren und diskutieren. Die Fotos vom großen Unbekannten haben uns nicht weitergebracht; es gibt keinen Namen zu dieser Person. Einige Abgleiche mit den Behörden laufen, aber das kann dauern; ich habe kaum Hoffnung, dass etwas dabei herauskommt. Rechtsanwalt Sturm hat sich nicht gemeldet; als ich anrufe, meldet sich nur der Anrufbeantworter, der darauf hinweist, dass niemand erreichbar ist. Das hätte ich logischerweise vermutet, wenn keiner rangeht. Blödes Ding!
»Irgendjemand muss wissen, wer dieses Arschloch ist!«, poltert Oberkommissar Ken Arndt.
»Nerven behalten«, versuche ich zu beruhigen, obwohl mir ganz anders zumute ist. »Es ist lediglich eine Frage der Zeit.«
»Die wir allerdings nicht haben«, meint Staatsanwältin Sommer. »Sie haben darauf hingewiesen, dass der heutige Freitag in den Rhythmus des Täters passt.«
»Das stimmt, aber wo sollen wir ansetzen? Wir können unmöglich alle markanten Punkte des Landes überwachen, die für eine neue Tat infrage kommen. Aussichtstürme gibt es zuhauf; außerdem passt der Radweg in Lebach überhaupt nicht ins Bild.

Wenn wir alle Grundstückseigentümer überprüfen wollten, die an Windparks verkauft haben, sind wir in einem halben Jahr nicht fertig.«

»Markante Aussichtsplattformen gibt es nicht viele«, interveniert Rudi. »Mir fallen nur der Schaumberg in Tholey und der Schwarzenbergturm ein.«

»Der Turm in Höchen, der im Bexbacher Blumengarten, den in Spiesen, und das sind nur die in meiner unmittelbaren Nähe«, erkläre ich.

»Kirkeler Burg, Becker Turm St. Ingbert«, fällt Ken ein.

»Burgturm in Siersburg«, ergänzt die Staatsanwältin.

»Bei Neunkirchen gibt es …«, setzt Marius an, wird aber von Rudi abgewürgt.

»Ist gut! Ihr bekommt alle eine Eins in Heimatkunde! Es sind tatsächlich mehr, als ich vermutet hatte!«

»Wir kommen nur über die Person dieses Unbekannten weiter!«, erkläre ich.

»Nach ihm wird in den Medien ab sofort gefahndet«, unterbricht die Staatsanwältin. »Wir suchen diesen Mann offiziell als wichtigen Zeugen. In den Polizeidienststellen wird zudem plakatiert.«

»Ich bin fest davon überzeugt, dass ihn ein Fernsehzuschauer identifizieren wird«, sage ich. »Der Kerl ist derart auffällig, den muss jemand erkennen!«

»Okay«, seufzt Rudi. »Wie geht es weiter, Josch?«

»Ken und Marius bleiben an dem Rechtsanwalt dran! Fahrt hin und zeigt ihm das Foto!«

»Ich muss einiges an Papierkram erledigen«, meint Frau Sommer.

»Und ich werde mich mit den Kollegen von der Spurenanalyse unterhalten.«

Wir gehen auseinander und legen fest, dass wir uns am späten Nachmittag erneut zusammensetzen wollen. Zwei Stunden später sitze ich bei Hubertus Sonne und lasse mich von ihm ausführlich über die Spurenlage informieren, da klingelt mein Handy und der Name von Rudi Closter erscheint im Display.

»Komm schnell rüber, Josch, es gibt einen erneuten Anschlag!«

»Wo?«

»In Ottweiler!«

»Und?«

»Der Mann hat überlebt. Der Täter ist verletzt und auf der Flucht.«

»Unser Armbrustschütze?«

»Sieht ganz danach aus.«

»Wer?«

»Komm rüber, ich kann Dir nicht alles am Telefon erklären!«

Zwei Minuten später stehe ich vor Rudi Closters Schreibtisch, Staatsanwältin Sommer trifft unmittelbar nach mir ein.

»Also! Was ist los?«

Rudi erzählt, dass die Polizei in Ottweiler alarmiert worden ist, weil ein Mann auf dem Aussichtsturm Betzelhübel von einem unbekannten Armbrustschützen attackiert worden war, diesen aber habe in die Flucht schlagen können. Bei dem Gerangel seien beide verletzt worden, das Opfer befinde sich im Krankenhaus und der Täter auf der Flucht, es sei jedoch nicht bekannt, in welche Richtung er abgehauen ist.

»Schick die Kollegen von K4 zu diesem Turm!«, rege ich an.

»Betzelhübel? Den hatten wir nicht auf der Liste. Nie gehört.«

»Ich auch nicht!«, bestätigt Frau Sommer.

»Die Kollegen sind unterwegs, und die Hundestaffel. Ich weiß allerdings nicht, ob es vor Ort Spurenvergleichstücke gibt.«

»Das sollen die mit K4 klären«, lege ich fest. »Ich fahre ins Krankenhaus. Ist das Opfer vernehmungsfähig? Wie heißt der Mann.«

»Anscheinend ist es nicht lebensbedrohlich; keine Ahnung, wie der Mann heißt, das haben die Kollegen nicht durchgegeben.«

»Na super! Wann war das?«

»Unmittelbar, bevor ich Dich informiert habe.«

»Wenn es Ihre Zeit erlaubt, nehme ich Sie mit, Frau Sommer«, schlage ich vor. »Sie fahren und setzen mich am Krankenhaus ab. Sie nehmen sich den Tatort vor. Ich komme dann später dorthin.«

»Sie einmal ins Krankenhaus fahren zu dürfen, ist einer meiner innigsten Wünsche«, erklärt die Staatsanwältin, ohne eine Miene zu verziehen. »Ich hatte mir allerdings eher die Psychiatrie vorgestellt.«

»Rudi, Du informierst den Rest der Truppe und hältst als Koordinator zusammen mit Inge die Stellung. Wir melden uns von unterwegs, wenn es was Neues gibt; halt uns auf dem Laufenden.«

»Was ist mit der Fahndung?«, fragt Rudi.

»Ich sagte gerade, dass sie ab sofort über die Sender geht«, erklärt die Staatsanwältin im Rausgehen und rollt mit den Augen. »Der wird immer vergesslicher«, murmelt sie und treibt mich vorwärts.

Wenige Minuten später fahren wir vom Hof. Frau Sommer scheint den Führerschein im Rennwagen gemacht zu haben, denn ihre Fahrweise ist mehr als sportlich.

»Wenn Sie durch die Gegend heizen, sollten Sie wenigstens Signalhorn und Rundumlicht einschalten«, schlage ich vor.

»Keine schlechte Idee! Soweit habe ich nicht gedacht!«

Wenig später bereue ich meinen Vorschlag. Signalhorn und Blaulicht beflügeln Frau Sommers Bestreben, nicht nur die Verkehrsregeln, sondern auch die Gesetze der Physik außer Kraft setzen zu wollen.

»Da Sie den Weg hoffentlich kennen, schließe ich besser die Augen«, erkläre ich. »Ich muss dem Tod nicht unbedingt sprichwörtlich in die Augen sehen.«

»Ich wusste nicht, dass Sie ein Angsthase sind, Josch! Das sieht als Beifahrer gefährlicher aus, als es tatsächlich ist.«

»Wenn ich das überstehe, schreibe ich ein Buch: im Streckverband zum Ruhestand.«

»Da können Sie sich im Krankenhaus gleich fachlich beraten lassen. Stellen Sie sich gefälligst nicht so an, sonst muss ich annehmen, Sie sind ein Weichei.«
Frau Sommer wählt eine Route, die mir nie in den Sinn gekommen wäre. Über die A6 bis zum Neunkircher Kreuz und dann auf die A8 ist okay, aber dann die Abfahrt Wellesweiler und über Wiebelskirchen nach Ottweiler erschließt sich mir nicht.
»Weil die Eisenbahnunterführung in Neunkirchen gesperrt und die Umleitung ständig verstopft ist. Über die B41 eingangs Ottweiler kommen wir selbst mit Blaulicht kaum weiter, da herrscht Dauerchaos. Deshalb!«
»Aha! Sie sind bestens informiert!«
»Ich kenne das, weil ich ab und zu den Landrat besuche.«
»Ach, das hatte ich fast vergessen: Sören ist ein guter Kumpel von Ihnen!«
»Sollten Sie sich ebenfalls zulegen!«
»Einen Landrat?«
»Nein, einen Kumpel! Sie hätten es nötig!«
»Als ob ich keine Freunde hätte!«
»Sie meinen die Trinkgenossen vom Köppchen? Gut und schön, aber ich meine jemanden, der Ihnen Kultur beibringt!«
»Aha! Landrat Meng ist also Ihr Kulturlehrer!«
»Wir ergänzen uns!«
»Der hat eine ganz nette Frau.«
»Was hat das damit zu tun?«
»Wenn ich ständig mit Ihnen unterwegs wäre, würde Marion das nicht lustig finden.«
»Sie sind ständig mit mir unterwegs!«
»Aber nicht nach Feierabend!«
»Meinen Sie etwa, den will ich mir versauen? Was soll ich zum Beispiel mit Ihnen in der Oper? Nach fünf Minuten wären Sie eingeschlafen.«
»Bevor ich mich langweile, schlafe ich lieber.«
»Bei Ihnen sind Hopfen und Malz verloren! Wir sind gleich da.«

Frau Sommer lässt mich vor dem Haupteingang zum Krankenhaus aussteigen und braust davon. Ich frage mich durch und gelange in die Notfallaufnahme, wo ich an einen der diensthabenden Ärzte weitergeleitet werde. Erneut zeige ich meinen Dienstausweis, worauf der Ton etwas freundlicher wird.
»Der Patient ist soweit okay, ihm wird gerade eine Armschiene angelegt.«
»Was hat er? Oder fällt das unter die ärztliche Schweigepflicht?«
»Einige Prellungen und eine distale Radiusfraktur – die Speiche!«
»Kann ich zu ihm? Wie heißt der Mann?«
»Einen Moment! Der Patient heißt Adolfo Zimballa. 67 Jahre alt, wohnhaft in Ottweiler. Sie müssen laut mit ihm reden, er hört schlecht. Für ein Hörgerät ist er anscheinend zu eitel.«
»Sagten Sie Zimballa?«
»Ja, warum?«
»Der Name ist mir kürzlich über den Weg gelaufen. Was macht er für einen Eindruck?«
»Wie meinen Sie das?«
»Ist sein geistiger Zustand stabil? Hat er Aussetzer oder sonstige Auffälligkeiten?«
»Nach meinen Eindrücken ist der Patient geistig voll auf der Höhe. Das ist zwar kein neurologischer Befund, aber eine begründete Einschätzung meinerseits. Klarer, wacher Verstand, ich habe keinen Grund an seinen Schilderungen zu zweifeln. Herr Zimballa ist ein äußerst emotionaler Mensch.«
»Kann ich zu ihm?«
»Moment, ich schaue nach, ob die Kollegin fertig ist.«
Es dauert eine Weile, bis der Arzt wieder auftaucht.
»Wir lassen den Patienten für eine Nacht unter Beobachtung. Gehen Sie zur Station der Unfallchirurgie, der Patient ist auf dem Weg nach oben.«
Ich bedanke mich und mache mich auf den Weg. Auf der Sta-

tion herrscht hektisches Treiben. Entweder ist die Visite noch im Gange oder die Essensausgabe fürs Mittagessen wird vorbereitet. Für das eine ist es relativ spät, für das andere zu früh. Oder die beiden Ereignisse überschneiden sich gerade, jedenfalls ist eine Horde von Personal unterwegs und ein halbes Dutzend Servierwagen stehen auf dem Flur. Ich brauche drei Anläufe, um mir in dem Wirrwarr Gehör zu verschaffen. Als ich endlich zum Stationsarzt vordringe und mich ausweise, ist der Doc sehr freundlich und bittet mich, im Besucherraum zu warten. Nach wenigen Minuten wird ein älterer Herr in einem Rollstuhl hereingeschoben; der linke Arm liegt in einer Schiene, um den Kopf trägt er einen Verband. Die Gesichtszüge des Mannes deuten unverkennbar auf süditalienische Abstammung hin.

»Herr Zimballa«, begrüße ich ihn mit lauter Stimme und weise mich aus. »Wie geht es im Augenblick? Können wir ein paar Minuten reden?«

»Ach hören Sie mir auf!«, wettert Zimballa sofort im reinsten Saarländisch. »Wenn ich den Kerl erwische! Scheiße, dass ich ausgerutscht bin, sonst hätte ich ihn gehabt. Dann könnten Sie ihn jetzt auf der Intensivstation besuchen! Wenn Sie ihn erwischen, müssen Sie den nicht einsperren. Geben Sie ihn mir zu treuen Händen, dann sparen Sie die Gerichtskosten und das Geld für den Knast!«

»Dazu müssen wir ihn erst mal haben«, unterbreche ich den Redeschwall. »Haben Sie Schmerzen? Können wir?«

»Ach was, Schmerzen! Mir tun zwar alle Knochen weh, aber na und? Alles halb so schlimm! Wenn ich den Kerl erwische!«

»Okay, schildern Sie bitte, was genau passiert ist, ob Sie jemanden erkannt haben oder die Person beschreiben können, die Sie angegriffen hat. Lassen Sie sich ruhig Zeit, wenn es nicht mehr geht, machen wir eine Pause. Ich möchte nicht, dass Sie sich überanstrengen.«

»Ich bin nicht aus Zucker, guter Mann!«

»Bevor wir anfangen, benötige ich Ihren vollständigen Namen

und die Wohnadresse. Fürs Protokoll. Ich werde Ihre Aussage mit meinem Handy aufnehmen. Ich gehe davon aus, dass das für Sie in Ordnung ist.«

Zimballa stimmt zu und legt sofort los, sodass ich es gerade noch schaffe, die Aufnahmetaste zu drücken.

Adolfo Zimballa ist nicht zu bremsen. Emotional und detailliert schildert er in allen Farben sprachlicher Kreativität, was ihm am Morgen widerfahren ist. Dabei versäumt er es nicht, zwischendurch übelste Schimpftiraden auf seinen Gegner loszulassen. Ich lasse den gepeinigten Zimballa vorerst gewähren, ohne ihn zu unterbrechen. Es muss aus ihm raus, das kann ich nachvollziehen. Als er aber in seinen Schilderungen zu ausschweifend wird, sein Weg vom Turm bis zum Haus am Stadtrand lang und länger wird und er anfängt, sich zu wiederholen, unterbreche ich ihn.

»Herr Zimballa, versuchen Sie bitte, den Mann, der Sie bedroht hat, so gut wie möglich zu beschreiben.«

»Bedroht? Was heißt hier bedroht? Geschossen hat der Kerl auf mich! Der wollte mich umbringen!«

»Anscheinend ja. Hätte er ein Motiv? Was fällt Ihnen dazu ein?«

»Nichts! Ich habe in meinem ganzen Leben keiner Fliege etwas zuleide getan.«

»Na, na, na! Jeder hat, ich meine, Sie sind ein impulsiver Mensch.«

»Ach was! Nicht mit Gewalt! Ich habe keinem sein Weib ausgespannt. Zu erben gibt es bei mir nichts. Ich bin weder pädophil, noch schwul, kein Spanner und überhaupt.«

»Okay, okay! Zurück zu dieser Person! Können Sie sie beschreiben? Sie sagten, es sei ein Mann gewesen. Sind Sie sicher?«

»Hundert Prozent! Klar war das ein Mann! Einen Kampfanzug hatte der an, ein Neo-Nazi oder so.«

»Groß, klein, Haarfarbe, Auffälligkeiten?«

»Ein Bart! Zugewuchert. Langhaarig. Rötlich-blond würde ich sagen. Ungepflegte Erscheinung. Mittlere Größe, eher klein.«

»Jung, alt?«
»Eher jung, also nicht alt. Dreißig oder vierzig, schwer zu sagen. Ziemlich flink! Als ich ihm den Schirm ...«
»Das sagten Sie bereits! Würden Sie den Mann wiedererkennen?«, frage ich, und zeige ihm das Bild von dem Unbekannten.
»Ja, das könnte er sein; also vom Typ her. Ich würde sagen, das ist er.«
»Ganz sicher?«
»Ziemlich sicher.«
»Kennen Sie Rudolfo Zimballa?«, frage ich ohne Vorwarnung.
»Klar, das ist mein Bruder. Der war es aber auf keinen Fall, dafür ist der zu dick und zu faul.«
»Ist das der einzige Grund, weshalb er für Sie nicht infrage kommt?«
»Ich verstehe Sie schlecht! Wie meinen Sie das?«
»Naja, das klang eben so, als ob Sie ihm das zutrauen würden«, sage ich jetzt etwas lauter. »Wahre Bruderliebe klingt anders.«
»Ha, Bruderliebe! Ich habe keinen Kontakt mehr zu ihm. Rudolfo ist ein ausgemachtes Arschloch. Ein Taugenichts! Ich weiß nicht, ob der jemals mit ehrlicher Arbeit sein Geld verdient hat.«
Es folgt eine Tirade von Vorwürfen an den Bruder, der anscheinend seit seiner Jugend oft Mist gebaut hat. Glücksspiel, Betrügereien, Unterschriftenfälschungen – im Einzelnen nichts Schlimmes, aber in der Anzahl beachtlich. Adolfo erzählt, dass die Familie mithilfe guter Freunde den Bruder des Öfteren vor dem Knast bewahrt habe, aber seit die Eltern tot sind, haben er und sein Bruder sich entzweit.
»Was wissen Sie von einem Grundstücksverkauf an einen Windkraftbetreiber? Da hat Ihr Bruder ...«
»Wir! Nicht er!«, unterbricht Adolfo vehement. »Wir hatten ein ererbtes Grundstück. Mein feiner Bruder wollte mich übers Ohr hauen und den Deal alleine machen, aber der Kaufinteressent ist dahinter gekommen und hat mich ebenfalls angefragt.

Rudolfo, dieser Arsch, wollte die Sechzigtausend alleine einstecken. Den einzigen Bruder betrügen!«
»Sie haben aber schließlich die Hälfte bekommen?«
»Ja, nach Abzug der Kosten für den Notar und die Vermessung habe ich Fünfundzwanzigtausend bekommen. Im Nachhinein glaube ich, dass er mich wieder beschissen hat, aber Schwamm drüber, es ist vorbei. Ich habe das Geld für schlechte Zeiten auf die hohe Kante gelegt. Was hat Rudolfo mit der ganzen Sache hier zu tun?«
»Das kann ich nicht sagen, Herr Zimballa. Möglicherweise nichts. Wir sind im Laufe von Ermittlungen in einem anderen Fall auf seinen Namen gestoßen. Als ich hörte, wie Sie heißen, wurde ich stutzig, denn oft wird es ihren Namen wohl nicht geben.«
»Aha! Hat er wieder Scheiße gebaut? Wundert mich nicht. Wie geht es weiter?«
»Vorerst überhaupt nicht«, erklärt der Stationsarzt, der von uns unbemerkt den Besucherraum betreten hat. »Ich denke, es reicht für heute, Herr Hauptkommissar. Ihr Mittagessen wartet auf Sie, Herr Zimballa. Danach ruhen Sie sich erst mal eine Weile aus. Wir machen später einige Untersuchungen, und wenn alles in Ordnung ist, können Sie morgen früh nach der Visite wieder nach Hause. Ja? Wir machen das so, meine Herren; wenn ich bitten darf!«
Der Doc hat recht! Adolfo Zimballa ist zum Glück mit ein paar Blessuren davongekommen, gut möglich, dass ihm sein Dusel nicht bewusst ist. Logisch, dass der Mann seine Ruhe braucht. Ich bedanke mich und hinterlasse meine Visitenkarte. Auf dem Flur drücke ich dem Arzt das Foto von unserem Unbekannten in die Hand, ohne dass Zimballa das mitbekommt.
»Falls der hier auftaucht«, raune ich dem Doc zu, »rufen Sie unverzüglich die Polizei! Es ist zwar unwahrscheinlich, aber für alle Fälle!«

# 24.

Erst vor dem Krankenhaus, als ich vergeblich nach meinem Wagen Ausschau halte, fällt mir ein, dass ich mit Frau Sommer hergekommen bin.
Ich rufe bei der Polizeidienststelle in Ottweiler an und frage nach, ob die mir einen Wagen schicken können. Das ist allemal einfacher, als die umständliche und nervenraubende Spesenbürokratie mit einer Taxiquittung. Leider ist kein Wagen verfügbar, weil es auf der B 41 wieder ordentlich gekracht hat und der Rest der Truppe den Tatort am Turm sichert. Na gut, denke ich, dann muss mich Frau Sommer eben abholen.
»Oh Gott!«, tönt ihre Stimme hörbar peinlich aufgelöst. »Sie habe ich völlig vergessen! Das ist blöd!«
»Da will ich Ihnen nicht widersprechen. Und nun? Wo stecken Sie denn?«
»Im Stau! Auf der B 41 hat es einen Unfall gegeben.«
»Verstehe ich nicht! Wieso haben Sie nicht die gleiche Route genommen wie beim Hinweg?«
»Ich weiß nicht, ich war völlig in Gedanken woanders.«
»Ich will nicht wissen, wo Sie waren. Wieso sind Sie am Turm schon fertig?«
»Da gibt's für uns nicht viel zu holen. Spurenermittlung macht Routine, keine neuen Erkenntnisse und die Hundestaffel ist noch nicht da.«
»Wieso nicht?«
»Steht im gleichen Stau wie ich, nur auf der anderen Seite. Ich möchte wetten, dass nichts bei rumkommt. Der ist längst über alle Berge, die Tat geschah vor mehr als zwei Stunden.«
»Super! Toller Einsatz! Wie komme ich hier weg?«
»Versuchen Sie es mit dem Zug!«
»Geniale Idee. Ich wollte allerdings heute noch ins Präsidium.«

»Vom Krankenhaus zum Turm ist es nicht weit; ein oder zwei Kilometer.«
»Bergauf! Vergessen Sie's!«
»Ein Mietwagen?«
»Sie sind nicht von diesem Stern, Frau Sommer. Ich bin in Ottweiler, nicht in Chicago! Sie sind eine echte Unterstützung, danke für die Hilfe!«
»Tut mir leid.«
Ich drücke das Gespräch weg, sonst sage ich etwas, was ich hinterher bereuen könnte. Blöde Kuh; vergisst mich einfach! Aber warum rege ich mich eigentlich auf?
Aus den Augenwinkeln sehe ich, wie ein weißer Lieferwagen mit Saarbrücker Kennzeichen und der Aufschrift Eilige Medikamente durch die Lieferanteneinfahrt rauscht. Spontan kommt mir eine Idee.
Ich folge dem Wagen und passe den Fahrer ab. Nachdem ich mich vorgestellt und ausgewiesen habe, schildere ich mein Problem und frage, ob er mich mitnehmen kann, falls er direkt nach Saarbrücken fährt.
»Klar, aber ich muss auf dem Rückweg erst was abholen.«
Es dauert zehn Minuten, bis der Fahrer seine Fracht abgeliefert hat, dann geht es los. Schnell wird klar, dass die Aufschrift Eilige Medikamente völlig zu Recht auf dem Wagen steht. Noch eiliger scheint es der Fahrer selbst zu haben.
»Fahren Sie immer so?«, wage ich einen Hauch von Kritik.
»Upps, Verzeihung, ich habe die Polizei an Bord; Macht der Gewohnheit. Ich kann nicht mehr anders: der Stress!«
»Privat auch?«
»Da lass ich meistens meine Freundin fahren, aber die fährt nicht langsamer als ich.«
»Das Saarland hat mit die meisten Verkehrstoten in der ganzen Republik! Da helfen auch die schnellen Arzneien nicht mehr!«
Der Fahrer nimmt meinen Einwand zur Kenntnis und hält sich fortan wenigstens einigermaßen an die Straßenverkehrsordnung.

»Nicht über die B 41!«
»Ich weiß«, erklärt er. »Dort geht nichts mehr; scheint ein ziemlich schwerer Unfall zu sein.«
Ich frage mich, warum diese Information nicht bei der Hundestaffel gelandet ist. Während wir über die Dörfer bis zur Autobahnauffahrt kutschieren, versuche ich in Gedanken, die Brücke zwischen den Zimballa-Brüdern zu schlagen und frage mich, warum Adolfo das Ziel des Anschlags war und nicht der zwielichtige Rudolfo. Nach einiger Überlegung komme ich zu dem Schluss, dass es dafür zwei Gründe geben kann: Entweder hat Rudolfo die Aufmerksamkeit geschickt auf seinen Bruder gelenkt, oder es war eine Verwechslung. Oder ist Adolfo etwa nicht der harmlose Rentner, als den er sich ausgibt? Mein Bauchgefühl sagt mir, dass das die unwahrscheinlichste Variante ist.
Als ich dem Fahrer klarmache, dass mir die Zeit davonläuft, erklärt er sich bereit, mich zuerst zum Präsidium zu fahren. Keine zehn Minuten später hält der Wagen vor dem LKA.
Mein erster Weg führt in die Kantine. Ein paar heiße Würstchen müssen für den Augenblick genügen. Halbwegs gesättigt erscheine ich im Kommissariat und melde mich bei Rudi Closter.
»Hallo, Josch, wo hast Du Frau Sommer gelassen?«
»Die hat mich vergessen und steht zur Strafe im Stau!«
»Entschuldige, aber ich kann Dir nicht folgen.«
»Das kannst Du nicht verstehen!«
Ich erzähle, wie es in Ottweiler gelaufen ist, und was ich von den Zimballa-Brüdern halte.
»Wir haben es zweifelsfrei mit demselben Täter zu tun, da beißt keine Maus den Faden ab, aber wir haben auch hier keinen Namen oder einen Hinweis auf seine Identität; Rudi, das macht mich wahnsinnig!«
»Ja, ich weiß. Seit einer halben Stunde läuft die Fahndung über die Medien.«
»Wenn nicht bald was kommt, weiß ich auch nicht weiter. Frau Sommer ist der Meinung, dass die Hundestaffel uns nicht zum

Ziel führen wird. Das dauert alles viel zu lange.«
»Manchmal läuft alles schief«, motzt Rudi vor sich hin.
»Sonstige Neuigkeiten?«, frage ich mehr aus Verlegenheit als aus wahrem Interesse.
»Meinst Du etwas Bestimmtes?«, antwortet Rudi ungewohnt argwöhnisch.
»Erstens war das eine Gegenfrage statt einer Antwort; zweitens: Wenn Du mir so kommst, ist was im Busch! Also schieß los!«
»Die Rothaarige!«
»Frau Reinert? Aus Hamburg! Was ist mit der?«
»Sieht aus, als ob das mit ihrer Versetzung funktionieren wird.«
»Aha! Das ging aber schnell!«
»Ich habe davon am Rande etwas mitbekommen, Du kennst die Informationspolitik dieses Hauses; bevor offiziell etwas bekannt gegeben wird, ist es über den Buschfunk längst durch.«
»Und was melden die Buschtrommeln?«
»Anscheinend wurde sie unserem Polizeipräsidenten von Hamburg aus wärmstens empfohlen.«
»Wie ich Horst Weller einschätze, lässt der sich kein faules Ei ins Nest setzen. Wenn er tatsächlich zustimmt, dann hat er sie vorher gründlich unter die Lupe nehmen lassen!«
»Da stimme ich Dir zu!«
»Und warum machst Du dann ein miesepetriges Gesicht?«
»Naja, mir könnte es im Grunde genommen egal sein, aber was ist mit Dir, Josch? Wenn sie tatsächlich kommt, wird sie definitiv Dein Chef. Ich meine: Chefin! Es sei denn, Du bewirbst Dich intern auf meine Stelle. Ich habe Dir versprochen, dass ich mich für Dich starkmache und ich bin sicher, dass Weller mitziehen würde. Nur, Du solltest Deinen Hut möglichst schnell in den Ring werfen! Am besten heute noch!«
»Nein, Rudi! Ich will Deinen Posten nicht! Auf diesem Stuhl würde ich eingehen, wie eine Primel ohne Wasser.«
»Deine Entscheidung, Josch!«
»Ganz genau! Meine Entscheidung! Außerdem: Wer sagt Dir

denn, dass ich mit der Neuen nicht klarkomme? Für die paar Monate wird's reichen!«
»Das heißt also, dass Du Dich entschlossen hast, nächstes Jahr aufzuhören?«
Warum löchert er mich mit dieser Frage? Als ob ich darauf eine Antwort hätte!
»Rudi, ich werde mich mit diesem Thema erst wieder beschäftigen, wenn wir den Irren mit der Armbrust dingfest gemacht haben. Ich habe keine endgültige Entscheidung getroffen, dafür habe ich im Moment den Kopf nicht frei.«
»Den kriegst Du in unserem Job nie frei! Wenn das hier vorbei ist, kommt der nächste Fall und dann wieder der nächste … es hört nie auf. Du drückst Dich vor der Entscheidung, das ist alles!«
»Na gut, dann drücke ich mich eben! Na und?«
»Irgendwann wirst Du Dich entscheiden müssen! Am besten, bevor es andere für Dich tun!«
»Wie darf ich das verstehen?«
»Josch, wir werden alle nicht jünger. Schau Dir Dein Team an! Wenn ich weg bin, bist Du mit weitem Abstand der Älteste. Die Jungen habe andere Methoden, andere Techniken … das Internet wird immer umfassender; Profiler … der ganze Psycho-Kram. Irgendwann überholen die uns, wir kommen nicht mehr mit und stehen auf dem Abstellgleis. Und zukünftig bekommst Du eine Chefin, die Deine Tochter sein könnte; ich weiß nicht, ob das gut geht! Josch, Du bist ein Leitwolf – darin gründet sich Dein Erfolg. Darin und natürlich in Deiner Kompetenz. In der zweiten Reihe zu stehen, ist nicht Dein Ding, das weißt Du selbst am besten! Ich habe große Zweifel, dass Du …«
»Ich weiß nicht, warum Du so negativ eingestellt bist! Warum sollte ich mit der Frau nicht zurechtkommen? Ja, sie könnte vom Alter her meine Tochter sein, aber …«
»Also, so jung bin ich nun auch wieder nicht«, flötet Staatsanwältin Sommer, die plötzlich wie aus dem Nichts im Tür-

rahmen erscheint. »Oder haben Sie mir Ihr wahres Alter bisher etwa verschwiegen, Herr Hauptkommissar?«
»Sie haben mir gerade noch gefehlt!«, seufze ich. »Machen Sie sich keine unnützen Hoffnungen, um Sie ging es in unserem Gespräch nicht.«
»Na da bin ich aber froh! Wer war denn das Ziel Ihrer Begierde?«
»Meine Tochter ... ach vergessen Sie's einfach!«
»Sie sind wahrscheinlich mächtig sauer auf mich!«
»Ach was, ich bin richtig glücklich, wenn Sie mich hängen lassen! Ich bin geradezu süchtig danach!«
»Ich entschuldige mich hiermit hochoffiziell! Kriminalrat Closter ist mein Zeuge! Was hat Zimballa eigentlich ausgesagt?«
»Ihr Zeuge Closter kann es Ihnen erzählen, ich muss aufs Klo!«
Ohne eine weitere Erklärung verlasse ich Rudis Büro, allerdings nicht in Richtung Toilette, sondern zu meinem Schreibtisch.
Während mein PC hochfährt, besorge ich mir bei Inge einen Kaffee. Sie ist mit der Protokollierung von Vernehmungsaufzeichnungen beschäftigt und nicht gerade glücklich, als ich ihr mein Handy mit den Aufzeichnungen von Adolfo Zimballas Aussagen übergebe.
»Ich mache das hier aber zuerst fertig«, erklärt sie.
»Ja, natürlich, eins nach dem anderen. Wo sind Marius und Ken?«
»Unterwegs bei diesem Anwalt. Möglicherweise essen sie zwischendurch was.«
»Immer noch keine Meldung von der Fahndung?«
»Das hätte ich Dir längst gesagt. Du bist hibbelig!«
»Dass niemand den Kerl kennt, macht mich wahnsinnig!«
Ich gehe zurück in mein Büro und überprüfe das elektronische Postfach. Nichts! Im Rundfunk kommen die Nachrichten jede halbe Stunde, im Fernsehen erst wieder um 16 Uhr.
Inge kommt mit meinem Handy ins Büro geeilt und flüstert ganz aufgeregt. »Die Zentrale! Scheint dringend zu sein!«

Ich übernehme das Gespräch. Die Einsatzleitstelle! In sachlich ruhigem Ton erklärt der Diensthabende, dass ein Mann sich gemeldet hat und dringend um Rückruf bittet.
»Er sagte, es gehe um die Suchmeldung.«
Der Kollege gibt die Telefonnummer durch. Der Vorwahl nach zu urteilen aus dem Raum nördliches Saarland, St. Wendel aufwärts oder so.
»Warum hast Du ihn nicht gleich zu mir durchgestellt?«
»Das wollte er nicht. Wir sollen zurückrufen, wenn wir Interesse haben.«
»Sonstige Auffälligkeiten?«
»Eine ältere Stimme. Unaufgeregt.«
»Danke!«
Ich wähle sofort die angegebene Nummer. Sekundenbruchteile später, als habe der Teilnehmer vor dem Telefon gelauert, ertönt eine männliche Stimme.
»Böhmer!«
»Guten Tag, Herr Böhmer. Sie sprechen mit Hauptkommissar Joachim Schaum, Dezernat 3, Landeskriminalamt Saarbrücken. Sie baten um Rückruf!«
»Ja, das stimmt!«
Eine zarte Stimme, in der ein leichtes Zittern mitschwingt.
»Der Mann, der Zeuge, den Sie suchen, der auf dem Bild! Ich glaube, ich weiß, wer das ist.«
»Gut, Herr Böhmer, dann erzählen Sie bitte! Der Form halber mache ich Sie darauf aufmerksam, dass dieses Gespräch aufgezeichnet wird. Ich hoffe, Sie haben nichts dagegen.«
»Was? Ach so, ja, natürlich! Von mir aus.«
»Dann bitte, Herr Böhmer!«
»Ich glaube, das ist Hagen Schlösser! Ein ehemaliger Schüler von mir.«
»Sie sagen, der Mann heißt Hagen Schlösser. Wie Mehrzahl von Schloss? Habe ich das richtig verstanden?«
»Ja!«

»Wie sicher sind Sie sich, Herr Böhmer?«
»Ziemlich sicher! Neunzig prozentig!«
»Wissen Sie etwas über seinen momentanen Aufenthaltsort?«
»Nein!«
»Wann haben Sie Herrn Schlösser zum letzten Mal gesehen?«
»Oh Gott, das ist Jahre her!«
»Na gut! Erzählen Sie mir etwas über Hagen Schlösser!«
Das Telefonat dauert über eine Viertelstunde. Ich unterbreche Böhmer mehrfach, um Zwischenfragen zu stellen.
Carl Böhmer, mit »C«, ist 70 Jahre alt, wohnt in Nohfelden und war an der dortigen Waldorfschule lange Jahre als Pädagoge tätig. Bis kurz nach der Jahrtausendwende war Hagen Schlösser einer seiner Schüler gewesen. An das genaue Datum seines letzten Kontaktes kann sich Böhmer nicht erinnern, aber Hagen sei oft bei seiner ehemaligen Schule vorbeigekommen. Nach Böhmers Pensionierung ist der Kontakt zu Schlösser dann völlig abgerissen. Nein, wo Hagen sich derzeit aufhalten könnte, weiß er nicht. Nur dass das Elternhaus verkauft worden ist, als die Eltern vor zehn oder fünfzehn Jahren gestorben sind.
Ich frage nach Schlössers ehemaligen Mitschülern und Kollegen von Carl Böhmer und erhalte ein paar Namen, aber Böhmer kann mir nicht sagen, ob die betreffenden Personen noch leben oder wo sie wohnen.
»Und Sie, Herr Böhmer, wie geht's Ihnen? Sind Sie fit?«, frage ich, weil ich aufgrund der leisen zerbrechlichen Stimme vermute, dass es dem alten Mann nicht sonderlich gut geht. »Ich würde Sie gerne besuchen und persönlich mit Ihnen sprechen.«
»Ach wissen Sie, Herr Hauptkommissar, von mir aus können Sie gerne vorbeischauen, egal wann, ich habe sowieso nichts zu tun. Außer mittags zwischen drei und vier, da bin ich auf dem Friedhof.«
Das klingt nach dem Verlust eines geliebten Menschen, der anscheinend erst vor Kurzem den Weg zum Herrgott angetreten hat.

»Gut, dann komme ich heute am späten Nachmittag. Ich oder einer meiner Kollegen.«
»Ja, ist recht!«
Ich informiere die Kollegen, die mittlerweile vom Außendienst zurück sind; Ken erklärt beiläufig, dass der Rechtsanwalt in Lebach unseren Verdächtigen auf dem Foto angeblich nicht kennt. Seine Sekretärin behauptet das Gleiche. Staatsanwältin Sommer ist nicht erreichbar, deshalb informiere ich Rudi, dass er zusammen mit der Staatsanwaltschaft dafür sorgen soll, dass eine Personenfahndung rausgeht, diesmal über den Hörfunk.
Gesucht wird Hagen Schlösser, 35 bis 36 Jahre alt, Beschreibung wie auf dem Foto zu ersehen, letzter bekannter Aufenthaltsort im nördlichen Saarland, Hinweise an …
Ich google die Namen, die Herr Böhmer genannt hat, und lande nur einen brauchbaren Treffer, der eine der genannten Personen als Psychotherapeuten ausweist: Dr. Sebastian Schwarzmüller – Praxis in Birkenfeld. Ich wähle die angegebene Telefonnummer.
»Die gewählte Nummer ist nicht vergeben!« Piep.
Dr. Schwarzmüllers Homepage wurde im Jahr 2011 zum letzten Mal kommentiert. Die Praxis ist von Böhmers Wohnsitz nicht weit entfernt; liegt quasi auf dem Weg. Falls Schwarzmüller noch praktiziert!
Ich rufe beim Einwohnermeldeamt in Birkenfeld an und erfahre vom Anrufbeantworter, dass ich außerhalb der Dienstzeit anrufe. Freitagnachmittag! Wieso habe ich mit einem Wunder gerechnet? Heute ist der Tag der Anrufbeantworter!
Die Polizeiinspektion in Birkenfeld ist glücklicherweise von lebenden Menschen besetzt. Selten war ich so froh, die Stimme eines Pfälzers zu hören. Es ist eine der Stimme nach junge Beamtin, der der Name Hagen Schlösser nichts sagt. Sie fragt ihre Kollegen: Fehlanzeige. Mit Dr. Schwarzmüller kann sie ebenfalls nichts anfangen, gibt das Telefon jedoch an einen Kollegen weiter, der anscheinend eine Generation älter ist.

»Der Dr. Schwarzmüller praktiziert seit fünf oder sechs Jahren nicht mehr. Mindestens! Was will den das LKA aus Saarbrücken von dem? Seid Ihr immer so spät dran? Der dürfte weit über 70 sein, vielleicht auch 80.«
Ich erkläre es dem Kollegen, so gut es geht. Er sagt, dass ihm ein Hagen Schlösser bisher nicht über den Weg gelaufen ist, aber der Dr. Schwarzmüller, der habe seinerzeit die Praxis verkauft. Sein Nachfolger hat nach ungefähr einem Jahr Selbstmord begangen, seither steht die Praxis leer.
»Im Zuge der damaligen Ermittlungen habe ich einmal mit Dr. Schwarzmüller gesprochen und ich meine, dass der damals in Eisen wohnte.«
»In Eisen?«
»Ja!«
»Wie Marmor, Stein und?«
»Genau!«
»Ist das ein Ort?«
»Ja!«
Mein Gott, nun mach zu!
»Nie gehört! Wo liegt das Kaff?«
»Hinter Brücken.«
»Jetzt weiß ich's aber!«
»Zwischen Nohfelden und Otzenhausen.«
»Am Hunnenring?«
»Oh Gott, im weitesten Sinne.«
»Wie weit ist das von Nohfelden?«
»Herrje, ich schätze zehn Kilometer.«
»Und von Birkenfeld?«
»Auch so!«
»Wie groß ist Eisen?«
»Klein! Ich bin kein Heimatkundelehrer, verdammt. Sie kennen sich kein bisschen aus in Eurem überschaubaren Saarland!«
»Wer sagt Ihnen, dass ich aus dem Saarland komme?«
»Hallo! Euren Dialekt erkennt man sogar am Nordpol!«

»Wissen Sie, ob Dr. Schwarzmüller noch lebt?«
»Nein!«
»Wie? Er ist verstorben?«
»Nein, ich weiß es nicht!«
Warum sagt er dann Nein! Komischer Kauz!
»Schade! Ich meine, dass Sie es nicht wissen. Eisen gehört zu was?«
»Idar-Oberstein.«
»Oh Gott, das liegt in der Pfalz!«
»War ein Witz, Mann! Eisen gehört zu Nohfelden und das gehört bekanntlich zum Saarland! Wohin denn sonst?«
»Vielen Dank und Gruß an die Frau Gemahlin!«
Ich lege auf, ohne die Antwort abzuwarten. Woher soll ich wissen, wo Eisen liegt?
Große Erwartungen habe ich nicht, daher bin ich nicht enttäuscht, als sich bei der Gemeindeverwaltung Nohfelden mal wieder der Anrufbeantworter meldet. Der dienstfreie Freitagnachmittag ist eine länderübergreifende Errungenschaft – die Welt wächst zusammen, sogar das Saarland und die Pfalz.
Ich werde den langen Weg ins Nordsaarland antreten müssen, ob mir das in den Kram passt oder nicht. Um die Personenfahndung nach Hagen Schlösser sollen sich die Kollegen kümmern. Irgendwann werden weitere Meldungen reinkommen, da bin ich sicher. Wochentags sitzen die meisten Menschen erst am späteren Nachmittag vor der Glotze. Hoffentlich schafft es Staatsanwältin Sommer, jetzt da wir einen Namen haben, die Suchmeldung über den Hörfunk durchzubekommen. Das wird schwierig, denn in der Regel reicht die Identifikation durch einen einzigen Zeugen nicht aus – wegen Persönlichkeitsrechten und – naja, das muss der Oberstaatsanwalt mit dem Rundfunk aushandeln.
Ich gebe Rudi und den Kollegen die neuesten Erkenntnisse durch und kündige an, dass ich mich auf den Weg nach Eisen und Nohfelden machen werde, um Dr. Schwarzmüller und

Carl Böhmer aufzusuchen.

Ich suche im Internet nach diesem Ort und erfahre, dass dort überschaubare 500 Einwohner zuhause sind; in diesem Kaff kennt mit Sicherheit jeder jeden. Eine Dreiviertelstunde über die A1 und dann über die Dörfer. Als ich gerade los will, klopft es an meiner Bürotür. Ich erspare mir das überflüssige »Herein!«, weil die Kolleginnen und Kollegen die Antwort sowieso nie abwarten; selbst der Polizeipräsident käme im eigenen Haus nicht auf die Idee. Es klopft erneut.

»Ja bitte!«, rufe ich genervt. »Was soll das Gepoche?«

In der Tür erscheint ein Rotschopf, darunter ein kakifarbener Hosenanzug, der eng genug ist, um die weiblichen Rundungen nicht zu verbergen. Hauptkommissarin Katja Reinert!

»Wo kommen Sie denn her?«, frage ich spontan, unfreundlicher als beabsichtigt.

»Entschuldigung, Hauptkommissar Schaum. Störe ich oder haben Sie einen Augenblick?«

»Sind Sie mir nicht böse, Frau Reinert, aber ich bin gerade auf dem Sprung! Und ich hab's eilig!«

»Klar, kein Problem. Der Armbrustmann? Neue Spur?«

»Es hat sich jemand gemeldet, der glaubt, ihn zu kennen.«

»Dann will ich Sie nicht aufhalten; wo müssen Sie denn hin?«

»Nach Eisen!«

»Oh, das ist aber ein ganzes Stück!«

»Wie? Sie wissen, wo Eisen liegt?«

»Klar! Ich war dort vor Jahren bei einem Oldtimertreffen.«

»Menschen oder Autos?«

»Traktoren!«

»Kurze Frage! Einfache und klare Antwort, bitte! Kommen Sie nun nach Saarbrücken oder nicht?«

»Deshalb wollte ich mit Ihnen sprechen. Es wird wahrscheinlich funktionieren, aber gegen Ihren Widerstand mache ich es nicht.«

»Wie viel Zeit haben Sie? Jetzt! Heute!«

»Ich kann gerne in zwei oder drei Stunden wiederkommen.«
»Was halten Sie von der Idee, dass Sie einfach mit mir kommen? Unterwegs sind wir ungestört und haben jede Menge Zeit.«
»Gibt's da keine Probleme? Ich bin nicht im Dienst.«
»Ich weiß, aber in Ihrem Urlaub können Sie schließlich machen, was Sie wollen. Oder kommen Sie mir mit versicherungsrechtlichen Bedenken?«
»Nee, irgendwo ist man immer versichert.«
»Dann los!«
Als sich die Verkehrssituation entspannt und wir auf der A1 unterwegs sind, ergreift Katja Reinert das Wort.
»Ich möchte eines klarstellen, Herr Schaum: Falls es von Ihrer Seite Widerstände gegen meinen Wechsel geben sollte, heißt das nur, dass ich mein Vorhaben um ein gutes Jahr nach hinten schiebe, bis Sie im Ruhestand sind.«
»Soso! Wer sagt Ihnen denn, dass ich in den Ruhestand gehe?«
»Das wurde mir mitgeteilt.«
»Von Weller?«
»Auch!«
»Schau an! Interessant! Der weiß offensichtlich mehr als ich.«
»Ich kann Ihnen nur sagen, was mir erzählt wurde. Und wie Sie sehen, spiele ich mit offenen Karten. Wäre gut, wenn Sie das auch tun. Ich gehe davon aus, dass Sie es tun!«
»Weshalb?«
»Weil Weller Sie entsprechend geschildert hat.«
»Der scheint alles über mich zu wissen. Hat er Ihnen auch meinen Kontostand mitgeteilt?«
»Falls es Sie beruhigt, über mich scheint er ebenfalls bestens informiert zu sein.«
»Das wiederum habe ich von Horst nicht anders erwartet.«
»Sie kennen sich schon lange?«
»Eine Ewigkeit!«
»Also! Wie stehen Sie zu der Situation?«

»Ich halte es nicht für ein Zeichen von Führungsstärke, wenn Sie Ihre Entscheidung von meiner Reaktion abhängig machen.«
»Das sehe ich anders! Alle sagen, dass Sie ein Leitwolf sind. Ein Alphatier! Einer, dem jeder Respekt zollt. Solche Führungskräfte sind heute selten und gegen sie zu arbeiten, macht keinen Sinn, weil sie das ganze Rudel hinter sich haben. Wer da auf Konfrontationskurs geht, reibt sich auf und verliert trotzdem. Ich habe gerne das Heft in der Hand; muss ich, wenn ich das Dezernat leiten soll. Gegen das Team funktioniert das nicht. Aus meiner Sicht ist das logisch und hat nichts mit Führungsschwäche zu tun. Im Gegenteil! Es wäre töricht, sich sehenden Auges in ein Abenteuer zu stürzen, wissend, dass niemand damit gedient ist.«
»Gut formuliert, Frau Reinert. Sie würden tatsächlich ein Jahr warten? Trotz Ihrer kranken Mutter?«
»Notgedrungen! Ich habe Wellers Wort. Allerdings gebe ich zu, dass mir ein schneller Wechsel wesentlich lieber wäre.«
Katja Reinerts Ausführungen beeindrucken mich. Dahinter stecken sehr viel Intelligenz und Charakter. Sie ist klug genug, um zu wissen, dass ein Umweg manchmal schneller zum Ziel führt, als die direkte Route, bei der sie Gefahr läuft, im Stau zu stehen; wie Frau Sommer!
»Sie fürchten also, dass ich Sie als Chefin nicht akzeptiere?«
»Ich fürchte gar nichts, aber es wäre schlecht für uns alle.«
»Für Ihre Mutter wäre die schnelle Lösung am besten. Wenn ich bocke, müsste ich ein schlechtes Gewissen haben.«
»Oder eine Pflegekraft für sie finanzieren«, lacht Katja Reinert. »Als Wiedergutmachung.«
Die Frau hat Humor.
»Wenn ich für mein schlechtes Gewissen bezahlen müsste, wäre ich längst ein Fall für die Sozialhilfe.«
»Oh? Weswegen müssen Sie ein schlechtes Gewissen haben?«
»In unserem Job kümmern sich die meisten permanent zu

wenig um ihr privates Umfeld. Aber was will ich machen? Ich liebe diesen Job! Verrückt, was?«
»Nein, ganz und gar nicht! Ich liebe meinen Job auch! Und meine Mutter!«
Wir schweigen eine Weile. Ich spüre, dass Katja Reinert an ihre Mutter denkt, und bin heilfroh, dass sie nicht hinterfragt, wo meine Gedanken sind.
»Das habe ich in Hamburg am meisten vermisst«, seufzt sie plötzlich.
»Was? Die Autobahn?«, frage ich überrascht.
»Sie sind der unromantischste Mensch, der mir in den letzten Jahren über den Weg gelaufen ist.«
»Sagen Sie bitte nicht, dass in Hamburg alle Ganoven Romantiker sind!«
»Von denen einmal abgesehen! Ich meine die bewaldete Hügellandschaft. Das flache Land im Norden kann manchmal ziemlich eintönig sein.«
»Immer nur Berge und Wälder ist auf Dauer auch öde. Ich war für zwei Wochen im Schwarzwald, da ...«
»Hier müssen wir raus; Richtung Otzenhausen.«
»Ihre Stimme ist angenehmer als die vom Navi!«
»Ich hoffe, Ihre Sympathie beschränkt sich nicht auf meine Stimme!«
»Wollen Sie meine Meinung hören?«
»Ich bitte darum!«
»Kommen Sie zu uns ins Dezernat; so schnell es geht. Wir werden uns bestimmt irgendwie zusammenraufen; alleine Ihrer lieben Mutter wegen.«
»Ist das ein Friedensangebot?«
»Dazu müssten wir uns erst mal im Kriegszustand befinden und das ist zurzeit nicht der Fall.«
»Woher diese spontane Entscheidung?«
»Der Rest des Teams ist ziemlich jung, es braucht eine junge Führung! Sie sind jung, offen, intelligent, das spricht für Sie!«

»Was ist mit Ihnen?«

»Solange Sie mich in Ruhe meine Arbeit machen lassen und dem Team den Rücken decken, ist es völlig egal, wer unter mir der Chef ist. Wenn Sie aber nach oben dackeln und nach unten treten oder das Team in die Pfanne hauen, mache ich Ihnen für den Rest meiner Dienstzeit das Leben beim LKA Saarbrücken zur Hölle! Das war mein offenes Wort zum Freitag!«

»Offen und deutlich! Danke! Ich werde mich an diesen Tag erinnern.«

»Heute ist der Tag der Anrufbeantworter.«

»Wie bitte?«

»Erzähle ich Ihnen bei Gelegenheit; wo geht's lang?«

»Da vorne rechts.«

»Nach Sötern?«

»Und Eisen! Sie könnten üben, etwas mehr Vertrauen zu haben.«

»Zu Frauen, beim Autofahren? Niemals!«

»Macho!«

»So heißt meine Stammkneipe in Spiesen. Der Name hat aber einen anderen Grund. Kommen Sie einfach hin und dann erkläre ich es Ihnen.«

»Mal schauen! Wie ist das eigentlich mit Staatsanwältin Sommer?«

»Bitte! Heute keine Fragen zu dieser Person!«, unterbreche ich ohne weitere Erklärungen. »Die Dame müssen Sie sich erarbeiten; von Frau zu Frau. Nur so viel: Sie sollten sie nicht unterschätzen.«

»Das hatte ich nicht vor. Hier links! Was steht da auf dem Schild?«

»Eisen! Genau da wollten wir hin!«

»Eben!«

Wir fahren durch die Hauptstraße, die die einzige Straße in diesem Ort zu sein scheint. Ich halte an und frage eine ältere Dame mit Hund nach Dr. Sebastian Schwarzmüller.

»Die nächste rechts, das rote Haus«, erklingt die freundliche Antwort.
Ich bedanke mich und wenige Sekunden später stehen wir vor einem Haus mit Klinkerfassade. Ein gepflegtes Anwesen. Entweder ist der alte Herr außerordentlich fit oder er hat jemanden, der sich um die große Rasenfläche mit den zahlreichen Ziersträuchern kümmert.
Nach dem zweiten Klingeln öffnet ein Mann, der mich sofort an einen ehemaligen Politiker erinnert, dessen Name mir allerdings nicht spontan einfallen will. Buschige Augenbrauen über einer wuchtigen Brille aus den Siebzigern –Theo Waigel! Genau!
»Guten Tag!«, grüße ich. »Sind Sie Theo, äh, Dr. Sebastian Schwarzmüller?«
Dabei setze ich das freundlichste Lächeln auf, zu dem ich im Dienst fähig bin.
»Wenn Sie von den Zeugen Jehovas sind, können Sie gleich wieder gehen! Versicherungen, Staubsauger und irgendwelche Gurkenschneider brauche ich nicht.«
Der Alte ist mir auf Anhieb unsympathisch, nicht nur wegen seiner blöden Äußerungen. Das ganze Gesicht mit den hängenden Mundwinkeln, die wie ein liegender Halbmond alle Unzufriedenheit dieser Erde ausstrahlen, und die dicken Tränensäcke unter den Schweinsäuglein schreien nach Antipathie!
»Wir sind vom Landeskriminalamt, Dezernat 3; Hauptkommissar Schaum, Hauptkommissarin Reinert!«
»Dienstausweis!«, blafft der Alte, worauf ich ihm meinen Ausweis unter die Nase halte.
»Und die?« Die Mensch gewordene Bulldogge weist mit dem Kinn in Richtung Frau Reinert.
»Hat auch einen, aber meiner genügt fürs Erste!«, antworte ich mit bewusst aggressiver Bestimmtheit, weil ich nicht vorhabe, mir von dem Rumpelstilz die Butter vom Brot nehmen zu lassen. Er will mucken, aber ich schneide ihm das Wort ab.
»Beantworten Sie meine Frage! Sind Sie Dr. Schwarzmüller?«

»Ja, aber …«
»Kennen Sie Hagen Schlösser?«
»Ja, aber das ist lange her und …«
»Kennen Sie seinen aktuellen Aufenthaltsort oder wissen Sie, wo er wohnt?«
»Was soll das?«
»Beantworten Sie einfach unsere Fragen! Dann ist alles gut!«
»Ich will …«
»Sie wollen das Gespräch lieber im Präsidium mit uns führen? Kann ich verstehen! Bitte, wir nehmen Sie gerne mit!«
Meine Ansprache zeigt Wirkung!
»Um was geht es?«, fragt er nun vorsichtig.
»Ich frage, Sie antworten! Also?«
»Den Schlösser habe ich vor – puh, da müsste ich nachrechnen – vor 15 oder 20 Jahren zum letzten Mal gesehen. Keine Ahnung, wo der sich aktuell rumtreibt.«
»Er war Ihr Patient?«
»Ja, als ich meine Praxis in Birkenfeld hatte.«
»Was können Sie uns über ihn erzählen?«
»Nichts! Meine Schweigepflicht gilt nach wie vor!«
»Wir wollen keinen Befund«, mischt sich Frau Reinert ein, »sondern wissen, was für eine Art Mensch Hagen Schlösser ist.«
»Warum fragen Sie? Hat er wieder etwas ausgefressen?«
»Wieder?«, bohre ich nach. »Hatte er früher diesbezüglich Probleme?«
»Das kann man wohl sagen!«
»Welcher Art?«
»Das müsste eigentlich in den Gerichtsakten stehen!«
Da hat der gute Doktor natürlich recht! Bisher haben wir es nicht geschafft, uns darum zu kümmern.
»Machen Sie bitte weiter, Kollegin«, fordere ich. »Ich muss telefonieren!«
Ich gehe einige Schritte zur Seite, rufe an und bitte Rudi

Closter, dass sich jemand um die Nachforschung in den Polizeiakten kümmert. Aus den Augenwinkeln beobachte ich, dass Katja Reinert die Befragung eifrig fortsetzt. Ich verharre eine Weile, um ihr Zeit zu geben, etwas aus Dr. Schwarzmüller herauszukitzeln, dann gehe ich zu dem Duo zurück, wobei ich Frau Reinert weiterhin die Wortführung überlasse und dem Frage-und-Antwort-Spiel aufmerksam zuhöre. Zu meiner großen Überraschung hat die Hauptkommissarin das Diktiergerät ihres Handys in Betrieb und zeichnet das Gespräch auf. Sie macht das richtig gut! Dr. Schwarzmüllers Aussagen lassen sich im Endeffekt mit wenigen Sätzen zusammenfassen.

Hagen Schlösser hatte eine schwierige Jugend, strenge Eltern und eine widersprüchliche Erziehung, weil er trotz aller Strenge überaus verwöhnt wurde. Überhaupt schien an Hagen und seinem Elternhaus alles schwierig gewesen zu sein. Kurzum, Hagen war ein Außenseiter, der von allen gehänselt und gemobbt worden war, und der nach dem frühen Tod seiner Eltern endgültig zum Sonderling wurde; damals war Hagen gerade mal 18 Jahre alt.

Dr. Schwarzmüller gibt keine Einzelheiten eines psychologischen Befundes preis, aber er zeigt offen, dass Hagen und seine Eltern ihm auf den Geist gegangen waren. Der Junge habe seinen Platz im Leben nie wirklich finden können, sei einerseits auf Friedensdemos aktiv gewesen, habe aber andererseits kein Problem damit gehabt, Gewalt anzuwenden, zum Beispiel als er Tiere aus dem Zoo habe befreien wollen und dabei einen Wärter verletzt hatte.

»Er war das Opfer einer inkonsequenten Erziehung, ohne die Chance, eine eigene Persönlichkeit aufzubauen. Stets auf Anerkennung fixiert, aber unfähig, eigenständige Ideen zu entwickeln.«

»Eine gespaltene Persönlichkeit?«, frage ich und ernte einen verächtlichen Blick.

»Sie haben nicht den Ansatz einer Ahnung von Psychologie! So

lässt sich das nicht beschreiben!«
»Okay, okay, dann eben nicht!«
»Sie halten ihn demnach für fähig, ein Gewaltverbrechen zu begehen?«, fragt Katja Reinert, die nun ebenfalls eine patzige Antwort erhält.
»Wer ist das nicht? Das Potenzial steckt in uns allen!«
»Hatte er Freunde oder eine Bezugsperson?«
»Freunde? Nein, nicht das ich wüsste, aber ich habe ihn nicht dauerhaft therapiert.«
»Sondern?«
»Nur wenn ich vom Gericht bestellt und meine Bezahlung gesichert war. Nicht länger als zwei Jahre, maximal drei.«
»Und dann?«
»War er nicht mehr mein Patient! Obwohl es sicherlich notwendig gewesen wäre.«
»Dem Gesetz war genüge getan und dann hat man Hagen Schlösser wieder sich selbst überlassen! Ist das Ihre Aussage?«
»So ist das eben in Deutschland, Herr Hauptkommissar. Schauen Sie sich um! Wenn der Staat oder die Psychologie sich um jeden kümmern würden, der verhaltensauffällig ist, wären 40 Millionen in Behandlung!«
»Meiner Meinung nach doppelt so viele«, seufze ich.
»Wo war Schlössers letzter Wohnsitz?«, fragt Katja Reinert.
»Ich war nie bei ihm und weiß nur, dass er in seinem Elternhaus gewohnt hat, das allerdings dann verkauft wurde. Die näheren Umstände kenne ich nicht, keine Ahnung, wohin es den Jungen verschlagen hat. Fragen Sie bei den Einwohnermeldeämtern nach!«
»Wir wissen, wohin wir uns wenden müssen!«, unterbricht Katja Reinert. »Sie haben die Frage nach einer Bezugsperson nicht beantwortet. Vormund, Betreuer, eine Frau?«
»Einer seiner Lehrer stand ihm am nächsten, aber fragen Sie mich nicht nach dem Namen?«
»Böhmer?«, hinterfrage ich.

»Kann sein, aber ich erinnere mich nicht.«
»Ich lasse Ihnen meine Karte hier, falls Ihnen etwas einfällt.«
»Oder Hagen Schlösser Ihnen über den Weg läuft«, ergänzt Frau Reinert.
»Warum sollte er das tun? Was ist überhaupt los?«
»Hören Sie kein Radio? Fernsehen? Zeitung? Oder wohnen Sie hier im Tal der Ahnungslosen?«, frage ich.
»Mit dieser Lügenpresse und den manipulierten Journalisten habe ich längst abgeschlossen!«, motzt Schwarzmüller, was einer politischen Offenbarung gleichkommt.
»Gut! Wir werden uns melden! Geben Sie mir bitte Ihre Telefonnummer, unter der Sie dauerhaft erreichbar sind.«
»Ich habe kein Telefon!«
»Internet?«
»Verschonen Sie mich damit!«
»Wie können wir Kontakt zu Ihnen aufnehmen, wenn es dringend ist?«
»Nichts ist dringend! Das bilden sich die Leute nur ein!«
»Sind Sie hier anzutreffen oder planen Sie in absehbarer Zeit eine Reise?«
»Ich bin hier und wenn ich irgendwohin fahre, geht Sie das nichts an!«
»Da haben Sie natürlich Recht, Herr Dr. Schwarzmüller. Danke für Ihre Auskünfte und den freundlichen Empfang!«
Der verbiesterte Alte murmelt etwas und schlägt die Tür zu. Frau Reinert schafft es gerade noch, sich in Sicherheit zu bringen, bevor ihr die schwere Eichenholztür ins Kreuz schlagen kann. Kopfschüttelnd gehen wir zum Wagen und machen uns auf den Weg zu Carl Böhmer.
»Komischer Kauz«, kommentiere ich, als wir losfahren.
»Stimmt!«, bestätigt die Hauptkommissarin. »Hagen Schlösser scheint ein noch merkwürdigerer Zeitgenosse zu sein.«
»Allem Anschein nach ist er tatsächlich unser Mann!«
»Ich bin keine Freundin von Schnellschüssen. Abwarten, ob wir

ihm etwas beweisen können. Bis dahin ist alles andere Wunschdenken.«

»Norddeutsche Nüchternheit?«, frage ich.

»Das und langjährige Berufserfahrung!«

Mit dieser Einstellung erspart sich die neue Kollegin einige Enttäuschungen, was nicht verkehrt ist. Andererseits geht zu viel Nüchternheit zulasten des Bauchgefühls, auf das ich mich meist verlassen kann. Nun ja, jeder hat seinen eigenen Arbeitsstil – und Bauch.

»Zurück bis zur Landstraße und dann Richtung Sötern, das ist schöner als über die Autobahn!«, weist mich Frau Reinert an.

»Sie kennen sich anscheinend sehr gut aus!«

»Früher habe ich im Sommer einige Touren mit dem Motorrad gemacht, da lernte ich das Land kennen.«

»Sie fahren Motorrad?«

»Leider viel zu selten.«

»Weitere Hobbys?«

»Sie wollen wissen, ob ich eine Beziehung habe?«

Verdammt! Sie hat den Braten sofort gerochen!

»Ja, also, eigentlich ...«

»Kein Grund zur Verlegenheit, die Frage geht in Ordnung. Keine Beziehung, weder fest noch locker; auch keine gescheiterte! Genügt das?«

»Vollkommen!«

»Und Sie? Ich tippe auf geschieden!«

»Sehe ich so aus?«

»Nein, aber in Hamburg ist das der Normalzustand bei den Kollegen.«

»Kein Wunder bei dem Job.«

»Was Neues in Aussicht?«

»Loten Sie mich aus, Frau Kollegin?«

»Keine Sorge, ich bin nicht auf der Suche! Und unter Kollegen erst recht nicht!«

»Habe ich also Glück!«

»Nicht ablenken!«
»Ich bin in guten Händen!«
»Wie romantisch! Klingt nach betreutem Wohnen!«
»Quatsch! Das lässt sich nicht in einem Satz beschreiben.«
»Name?«
»Marion.«
»Hübsch.«
»Ja, sie kann sich sehen lassen!«
»Das war eine Feststellung und keine Frage; ich meinte den Namen!«
Bei der Frau muss ich wirklich aufpassen, was ich wie sage und betone! Insofern reiht sie sich nahtlos in die Kategorie von Marion, der Staatsanwältin und einigen anderen Frauen vom Köppchen ein.
»Das ist also Sötern!«, kommentiere ich, als wir das Ortsschild passieren. »Nicht gerade eine Weltstadt!«
»Wo kommen Sie her?«
»Oberbexbach!«
»Oh Gott!«
»Was soll'n das heißen? Waren Sie schon mal dort?«
»Durchgefahren. Nach meiner Erinnerung gibt's da nix außer einem Kraftwerk!«
»Und mich! Merkt aber kaum jemand, weil ich meistens in Spiesen bin.«
»Bei der hübschen Marion!«
»Gut kombiniert! Ab wann werden Sie uns an dieser Kombinationsgabe teilnehmen lassen?«
»Ich bin faktisch bereits da!«
»Ich meine offiziell!«
»Das kommt drauf an, wie sich die Verantwortlichen der beiden Landeskriminalämter einigen. Ich halte einen Zeitpunkt zum Jahreswechsel für realistisch.«
»Das sind drei Monate!«
»An mir liegt es nicht. Gerne früher. Gleich sind wir in Noh-

felden. Welche Adresse?«

»Schloßstraße 57. Es ist Viertel nach Vier, er müsste demnach zu Hause sein.«

Wir finden das Haus von Carl Böhmer ohne nachfragen zu müssen. Ein schmuckes Einfamilienhäuschen, gepflegter Vorgarten, seitlich eine Garage, die Zufahrt mit Waschbetonplatten und gekiestem Mittelstreifen, Vorgartenmauer aus Bruchsteinen, Rinne und Bürgersteig sind gefegt, alles sehr ordentlich, wie es im Saarland gerne gesehen wird. Das einzige Namensschild an der Haustür verrät, dass wir hier richtig sind.

Der Mann, der in der Tür erscheint, ist genau das Gegenteil von dem Schrat, den wir vor wenigen Minuten in Eisen verlassen haben. Ein kleines grauhaariges Männlein mit feinen, bleichen Gesichtszügen und einem traurigen Blick.

»Herr Böhmer?«, frage ich.

»Ja! Sind Sie die Herrschaften von der Kripo?«

Ich nicke und zeige meinen Dienstausweis, aber Böhmer interessiert sich nicht dafür.

»Kommen Sie rein und gehen Sie bitte geradeaus durch ins Wohnzimmer!«

Wir treten in die gute Stube. Genau so empfinde ich das Wohnzimmer von Herrn Böhmer. Gediegen, gemütlich, aufgeräumt, hausbacken aber keineswegs verwohnt. Fotos auf der Eichenvitrine, einige an den Wänden, uralt in ovalen Rahmen. Blumenbank. Ein kleines Aquarium. Es riecht ein wenig nach Duftkerze.

»Nehmen Sie bitte Platz«, bietet Böhmer höflich an. »Kaffee, Tee? Es sind Kekse da!«

»Machen Sie sich keine Umstände, Herr Böhmer! Wir wollen nicht lange bleiben. Nur ein paar Fragen zur Person von Hagen Schlösser.«

»Das sagten Sie am Telefon, aber wo der sich aufhält, kann ich Ihnen beim besten Willen nicht sagen. Keine Ahnung! Die Suchmeldung – weshalb suchen Sie ihn? Doch nicht als Zeu-

gen, das können Sie mir nicht weismachen!«
»Wir wissen nicht, ob er nun als Zeuge oder für mehr in Frage kommt. Deshalb ist es sehr wichtig, dass wir uns mit Ihnen unterhalten.«
»Ich weiß nicht, wie ich Ihnen helfen könnte.«
»Wir wollen verstehen, wie Hagen Schlösser tickt«, erklärt Frau Reinert. »Welche Bekannte, Freunde, Gewohnheiten er hat, die uns eventuelle etwas über seinen Aufenthaltsort verraten.«
Böhmer nickt und überlegt.
»Ich habe Ihnen am Telefon einige Namen genannt; mehr fallen mir nicht ein.«
»Das war sehr hilfreich«, antworte ich. »Wir waren bereits bei Dr. Schwarzmüller.«
»Ach, der lebt noch?«, entfährt es Böhmer. »Der hat damals nicht gewusst, wen er mit Hagen vor sich hatte. Ein geldgieriger arroganter Mensch! Ich habe nie verstanden, wieso ausgerechnet der als Therapeut für Hagen bestimmt wurde!«
Ich stehe demnach nicht alleine mit meiner Einschätzung über Dr. Schwarzmüller.
»Wie standen Sie zu Hagen Schlösser?«
»Hagen war ein sehr sensibler Junge. Aufgeweckt, intelligent, fleißig, neugierig, kurzum ein sehr guter Schüler. Klassenbester! Bei ihm kam die Pubertät früher als bei allen anderen, und tja, Sie wissen, das ist eine Zeit der Orientierungslosigkeit, wo die Hormone …«
Böhmer erzählt ausgiebig, wie schwer sich der Junge damals getan hatte. Die Eltern seien überfordert gewesen, zumal die »vom Alter her hätten seine Großeltern sein können.«
Hagen war ein Nachkömmling, ein spät geborenes Einzelkind, das nicht zu sozialer Kompetenz erzogen wurde. Böhmer bestätigt im Prinzip alle Aussagen von Dr. Schwarzmüller, wonach Hagen Schlösser als Sonderling und Einzelgänger galt.
»Wenn andere sich in der Disco rumtrieben, spielte Hagen Klassik auf dem Klavier. Er hatte Talent, aber dann war es ir-

gendwann vorbei mit der Musik. Er hörte einfach auf! Sport war nicht sein Ding und mit Mädchen hatte er nichts am Hut, das war unter seinem Niveau. Hagen und ich haben oft geredet, auch nach seinem Abitur. Ich hatte ihm geraten, er solle seine Zukunft in der Wissenschaft suchen, eine Karriere in der Forschung anstreben und ein naturwissenschaftliches Studium beginnen. Als dann aber unmittelbar nach dem Abitur seine Eltern ganz plötzlich verstarben, das hat Hagen nicht verkraftet. Er fiel ins Bodenlose, ich kam nicht mehr an ihn ran.«

»Wie sind seine Eltern ums Leben gekommen?«, will Frau Reinert wissen.

»Eine Überdosis Schlaftabletten! Da es keinen Abschiedsbrief gab, wurde nie geklärt, ob es gemeinschaftlicher Selbstmord, ein Versehen oder was auch immer war. Es wurde gemunkelt und spekuliert, aber letztendlich geklärt wurde es nie.«

»Lassen Sie mich raten!«, schalte ich mich ein. »Es war Hagen, der seine toten Eltern gefunden hat.«

»So ist es! Tragisch! Dem Jungen wurde nichts erspart.«

»Hatte er außer Ihnen andere Bezugspersonen, mit denen er sich austauschen konnte?«

»Nein, glaube ich nicht; jedenfalls nicht intensiv. Da waren ein paar Leute, aber das waren keine Personen, die sich um ihn kümmerten. Die wollten ihn vor ihren Karren spannen. Ich habe Hagen oft vor diesen falschen Freunden gewarnt, aber da war er mir quasi bereits entglitten.«

»Was waren das für Leute?«

»Eigentlich waren das Gruppen, keine persönlichen Freunde oder so. Tierschützer, Umweltorganisationen, Bürgerinitiativen und andere.«

»Auch Windkraftgegner?«, hinterfrage ich.

»Nein, meines Wissens nicht. Die waren seinerzeit noch kein Thema. Das waren vor allem Kernkraftgegner und so. Gegen Cattenom, für den Atomausstieg in der Richtung eben. Oder da waren Friedensgruppen und Abrüstungsbefürworter.

Hagen ließ sich schnell begeistern, wenn er in einer Gruppe Anerkennung fand. Ich glaube nicht, dass für ihn die Themen vorrangig waren.«

»Sie meinen, dass er nicht eigenständig handelte, sondern einen Leitwolf brauchte?«, fragt Katja Reinert.

»Leitwolf ist nicht der richtige Ausdruck, aber wenn er geführt wurde, wenn ihm eine Aufgabe konkret beschrieben wurde, war er sofort dabei!«

»Er war demnach leicht zu manipulieren?«

»Ja!«

»Was dann von anderen ausgenutzt wurde.«

»Was meinen Sie?«

»Na zum Beispiel dieser Tierbefreiungsversuch oder ähnliche Aktionen. Er hat für andere die Drecksarbeit gemacht, ist das nicht merkwürdig für einen Menschen, den Sie als sehr intelligent beschrieben haben?«

»Das war eben sein Dilemma! Er konnte seine Fähigkeiten nicht kanalisieren und lief falschen Idealen hinterher – süchtig nach Anerkennung. Und dann diese aufgezwungene Therapie, das hat ihm den Rest gegeben.«

»Inwiefern?«

»Ich glaube, dass Hagen nie verstanden hat, was dieser Pseudopsychologe von ihm wollte. Schwarzmüller seinerseits hat sich nie die Mühe gemacht, das aufzuklären.«

»Ihre Aversion gegen Dr. Schwarzmüller ist nicht zu überhören.«

»Wenn Sie damals vor Gericht dabei gewesen wären, wüssten Sie, dass meine Einschätzung richtig ist. Dem ging es nur ums Honorar. Hagen war ihm egal und das Gericht hat das genauso wenig erkannt, wie Hagens tatsächliches Problem. Oder nicht erkennen wollen, weil es zu aufwendig gewesen wäre. Anstatt Hagen zu fördern, wurde er bestraft. Das konnte nicht gut gehen!«

»Trauen Sie Hagen einen Mord zu?«

Die Frage trifft Böhmer völlig unerwartet.
»Hagen? Ein Mörder? Ist das Ihr Ernst?«
»Mit so etwas scherze ich nicht!«
»Das ist ein schwerwiegender Vorwurf!«
»Ich weiß!«
»Ich habe keine Ahnung, wie sich Hagen in den letzten zehn oder fünfzehn Jahren entwickelt hat. Die Zeit, das Leben verändern uns alle; oft nicht zum Positiven! Leider!«
Böhmers Stimme stockt. Er lässt den Kopf hängen und schüttelt den Kopf. Der Mann ist völlig fertig.
»Ich kann Ihnen nicht mehr sagen! Es wäre – bitte gehen Sie! Bitte!«
»Klar, Herr Böhmer, wir werden Sie nicht länger beanspruchen. Der tägliche Gang zum Friedhof: Ihre Frau?«
»Nein, die ist vor 14 Jahren gestorben, als wir in Alsweiler gewohnt haben. Meine Schwester; sie war nur zwei Jahre älter als ich. Vor vier Wochen. Schlaganfall. Wir hatten nur uns; jetzt ist sie nicht mehr da.«
»Das tut uns leid, Herr Böhmer! Unser Beileid. Wir verabschieden uns. Vielen Dank!«
Ich hinterlasse Böhmer meine Karte für alle Fälle und bitte um Rückruf, falls sich etwas ergeben sollte.
Es ist 17 Uhr, als wir uns auf den Rückweg machen.
In der Auffahrt zur A62 erreicht uns ein Anruf von Rudi Closter. Danach ist klar, dass der Feierabend in weite Ferne gerückt ist.

# 25.

»Verdammt, verdammt, verdammt!«
Hagen schaut sich ängstlich um. Es scheint, als ob ihn tausend Augenpaare anstarren. Ihn! Nur ihn! Dabei ist er nur Einer unter Vielen!
Das blutige Hemd ist längst entsorgt. Der Mantel auch. Die Haare sind zu einem Knoten gebunden und unter der schwarzen Oversize-Mütze verschwunden. Und trotzdem!
»Verdammt, verdammt, verdammt!«
Vorsicht! Nichts anmerken lassen! Ruhig bleiben! Durchatmen! Aber woher haben die dieses Foto? Und wieso kennen sie seinen Namen? Wie haben die das so schnell herausgefunden?
Weg hier! Nur weg von hier! Schnell! Sofort!
Aber wohin?
Nicht noch einmal an der Cafeteria vorbei! Die Suchmeldung auf dem Fernsehschirm! Da schaut zwar keiner hin, weil alle hektisch unterwegs sind, aber trotzdem, nein, auf keinen Fall!
Raus aus diesem Bahnhof! Das geplante Untertauchen in der Masse funktioniert nicht! Nicht wenn die ein Bild und den Namen haben! Wahrscheinlich haben die den Unterschlupf entdeckt! Mist!
Wohin also? Mit der Bahn geht's nicht mehr weiter. Mit dem Bus auch nicht! Als Anhalter? Zu gefährlich – aber irgendwie muss es gehen! Es muss einfach!
Erst einmal raus hier! Schnell!
Überlegen! Herrn Böhmers Credo! Gut überlegen! Nachdenken über den nächsten Schritt! Tief atmen, sich spüren. Du bist schlauer als die Anderen! Folge Deinem Weg!
Das hatte Herr Böhmer immer gesagt. Der Herr Böhmer!

# 26.

Rudis Stimme überschlägt sich am Telefon.
»Unser Mann wurde in St. Ingbert gesehen!«
»Schrei nicht so! Wir sind im Nordsaarland, nicht in Nordamerika!«, entgegne ich ruhig.
»Sorry, die Hektik! Angeblich sitzt er in der Fußgängerzone vor einer Kneipe und trinkt Kaffee!«
Entweder macht Rudi eine Pause oder die Verbindung ist unterbrochen.
»Hallo? Und weiter?«
»Die Kollegen aus St. Ingbert überprüfen das gerade. Wir warten auf Rückmeldung.«
»Hoffentlich geht er denen nicht durch die Lappen!«
»Die sind mit vier Mann vor Ort und haben Anweisung, ihn ins Revier zu bringen. Wenn sich der Verdacht bestätigt, bringen sie ihn ins Präsidium.«
»Hoffen wir das Beste!«
»Noch was! Ein weiterer Anrufer behauptet, den Mann auf dem Foto wiedererkannt zu haben. Er kennt seinen Namen zwar nicht, will aber wissen, dass der Kerl in einem alten Wehrmachtsbunker im Wald zwischen Piesbach und Schmelz haust.«
»Von der räumlichen Zuordnung her würde das passen. Wer ist vor Ort?«
»Die Kollegen aus Schmelz und Lebach einschließlich Feuerwehr.«
»Sag bloß, die haben es geschafft, wieder aus dem Verkehrsstau raus zu kommen?«
»Lästermaul. Josch, Du sagtest: Wir sind in Nohfelden. Wer ist wir, und was macht Ihr dort?«
»Meine zukünftige Chefin, Deine Nachfolgerin und ich; was

nicht heißt, dass wir zu Dritt sind. Wir sind auf dem Rückweg ins Präsidium.«

Kurze Denkpause.

»Frau Reinert? Was macht die denn bei Dir?«

»Ermitteln! Sie ist Kriminalhauptkommissarin, falls Dir das entfallen ist.«

»Aber ...«

»Reg Dich nicht auf, es ist alles in Ordnung. Wir reden später drüber. Sorg dafür, dass der Typ aus St. Ingbert in meinem Büro sitzt, wenn ich im Präsidium ankomme. Wir sind in einer halben Stunde da. Und schick bitte Ken oder Marius zu diesem Wehrmachtsbunker.«

»Für wie unfähig hältst Du mich? Die beiden sind längst unterwegs.«

»Wo steckt Frau Sommer?«

»Keine Ahnung! Ich habe sie telefonisch in Kenntnis gesetzt.«

»Okay, bis gleich!«

Ich setze an, um Frau Reinert Bericht zu erstatten, als mein Telefon erneut klingelt. Im Display steht Marions Name.

»Ja, was gibt's?«

»Ich will nur fragen, ob Du zum Essen kommst? Oder besser gesagt, ob Du an diesem Wochenende überhaupt kommst?«

»Ja, ich komme; ich weiß nur nicht wann. Heute Abend zum Essen sicherlich nicht. Genaueres kann ich Dir beim besten Willen nicht sagen. Sieht aus, als ob wir in der entscheidenden Phase sind.«

»Lass der zukünftigen Chefin ein bisschen Arbeit übrig, nicht dass die sich später langweilt«, scherzt Marion.

»Sie sitzt neben mir!«

»Wie bitte?«

Ich hab's versaut! Hätte ich bloß meinen Schnabel gehalten. Ich muss kein Prophet sein, um mir vorstellen zu können, was als Nächstes passiert.

»Äh, wir sind auf dem Weg zurück ins Präsidium.«

»Na dann wünsche ich eine gute und vergnügliche Reise! Bis irgendwann!«
Stille. Schicht im Schacht! Frau Reinert scheint einiges mitgehört zu haben. Mit erwartungsvoll hochgezogenen Augenbrauen schaut sich mich an.
»Probleme?«
»Marion! Das Übliche!«
»Sie ist sauer, weil Sie nicht nach Hause kommen!«
»Das und extreme Eifersucht!«
»Hoffentlich nicht auf mich!«
»Auf alle! Sie ist sogar auf sich selbst eifersüchtig!«
»Oh Gott! Mir bleibt hier anscheinend nichts erspart!«
»Ihnen?«, jetzt reicht's mir aber! »Wieso Ihnen? Denkt jemand an mich? Warum sehen sich Frauen ständig als Opfer?«
»Eine Frau, die nicht eifersüchtig ist, liebt nicht! Aber das werdet Ihr Männer nie verstehen!«
Die schlägt sich tatsächlich im Handumdrehen auf Marions Seite!
»Sorry, aber im Augenblick kann ich nicht abschätzen, was mich eher umbringen wird: die Liebe oder die Eifersucht!«
»Das sind zwei Seiten der gleichen Medaille.«
»Ein Wort und ich mache Ihnen auf der Stelle einen Heiratsantrag!«
»Dann müsste Ihre Marion sich allerdings beeilen, um Sie vor mir ins Jenseits zu befördern!«
»So schlimm?«
»Ja, Papa!«, lacht Frau Reinert.
»Langsam fangen Sie an, mir zu gefallen.«
»Lassen Sie das bloß Ihre Lebensgefährtin nicht wissen, sonst sind wir beide tot!«
Wegen des Feierabendverkehres zum Wochenende und der Rushhour dauert die Fahrt ins Präsidium über eine Stunde. Kurz nach 18 Uhr, kommen wir endlich an. Frau Reinert will sich auf dem Parkplatz verabschieden.

»Ich muss nicht unbedingt mitkommen«, meint sie. »Nachher sieht's aus, als ob ich es nicht abwarten kann.«
»Das stimmt zwar einerseits – also, dass Sie es nicht abwarten können«, Josch tritt nicht wieder in den Fettnapf! »ich meine, wenn Sie unbedingt zu Ihrer Mutter wollen, kann ich das natürlich verstehen. Außerdem haben Sie Urlaub, aber ich fände es völlig in Ordnung, wenn Sie dabei wären.«
»Meine Mutter ist nicht der Grund, und der Urlaub ist mir egal, ich dachte nur, ich sollte mich nicht aufdrängen.«
»Kommen Sie mit, was soll das!«
Rudi ist nach wie vor erstaunt über uns, fragt aber nicht weiter nach, sondern überhäuft uns mit Neuigkeiten.
»Der in der Fußgängerzone in St. Ingbert, das war falscher Alarm. Der saß in einer Bierstube beim Feierabendbier. Nico Schreiner, Forstwirt aus Hassel. Er konnte sich ausweisen und der Wirt hat ihn eindeutig identifiziert; andere Gäste ebenso, das war der falsche Mann. Außerdem hat der Typ mit unserem Kandidaten bis auf den Bart kaum Ähnlichkeit. Da hat jemand etwas gesehen, was er unbedingt sehen wollte.«
»Naja, besser einmal zu viel, als zu wenig, damit müssen wir leben. Die haben ihn also laufen lassen?«
»Klar! Wir haben allerdings alle seine Daten.«
»Was ist mit Ken und Marius?«
»Ich erwarte jeden Augenblick ihren Anruf.«
»Gut, dann besorge ich uns zwei Kaffee. Frau Reinert, erzählen Sie Rudi bitte von unseren Begegnungen in Eisen und Nohfelden. Sozusagen von Chefin zu Chef. Hoffentlich gibt es in der Kantine etwas Anständiges zu beißen, ich habe Bärenhunger!«
Außer zweier Trockensalamis und Schokoriegeln ist in der Kantine nichts mehr zu bekommen, was mir zusagt. Den Kaffee muss ich am Automaten auf dem Flur besorgen.
»Die Brühe ist schrecklich, aber es ist sonst nix da«, erkläre ich, als ich zurück bin. Mittlerweile sitzt Staatsanwältin Sommer in Rudis Büro.

»Schön, dass Sie an mich gedacht haben«, erklärt sie und bemächtigt sich der Hälfte meiner Beute. »Ich habe heute fast nichts gegessen! Warum haben Sie sich nicht etwas mitgebracht, Hauptkommissar Schaum? Selbstlos wie immer, oder machen Sie etwa endlich die dringend notwendige Diät?«
Ich schwöre Rudi, dass ich diese Frau irgendwann eigenhändig erwürgen werde. Oder besser mit einer Armbrust erschieße, das scheint wunderbar zu funktionieren!
»Keifen Sie nicht so humorlos«, antwortet Daniela Sommer, »das war ein Scherz!«
»Seit wann machen Sie Scherze, wenn es ums Essen geht?«, frage ich.
Frau Reinert hat bei der Einschätzung unseres Dialogs sichtliche Probleme. Mit einem süß-sauren Lächeln hört sie verwundert zu und weiß nicht, was sie davon halten soll. Nicht auszuschließen, dass sie sich fragt, ob wir alle Tassen im Schrank haben.
Als Rudis Telefon klingelt, verstummt unser Gespräch abrupt.
»Die Einsatzzentrale«, flüstert Rudi.
Während des Telefonats wirkt Rudi unruhig und springt plötzlich für seine Verhältnisse mit erstaunlicher Dynamik vom Sessel auf.
»Neue Meldung! Eine Studentin behauptet, den Gesuchten an der Autobahnausfahrt Tholey der A1 abgesetzt zu haben. Ein Kommando ist unterwegs.«
»Wann war das?«
»Vor etwa 15 Minuten.«
»Warum kommt die Meldung erst jetzt?«
»Das weiß ich nicht, das klären wir später!«
»Wir fahren hin!«, entscheide ich.
»Wer? Ihr könnt nicht alle los«, mahnt Rudi. »Was ist, wenn weitere Meldungen reinkommen? Außerdem müssen wir warten, was bei Ken und Marius rausgekommen ist.«
»Okay!«, antworte ich. »Ich fahre alleine. Ihr koordiniert von hier aus.«

»Was ist mit mir?«, fragt Katja Reinert. »Hier kann ich nichts für Euch tun, weil ich Eure Logistik nicht kenne.«
»Hören Sie, Frau Reinert«, mahnt Rudi, »offiziell sind Sie gar nicht hier! Wenn Ihnen etwas passiert, kommen wir alle in Teufels Küche!«
»Das ist ein Notfall«, mischt sich Staatsanwältin Sommer ein. »Ich ersuche Sie im Zuge der Amtshilfe, Hauptkommissar Schaum zu unterstützen. Ich kann Sie natürlich nicht zwingen, das heißt: Sie müssen einverstanden sein.«
»Geht das überhaupt?«, fragt Rudi überrascht und wie immer um die Einhaltung bürokratischer Regeln bemüht.
»Ich weiß es nicht«, antwortet Frau Sommer. »Den Fall hatte ich noch nie, aber ich finde, mein Vorschlag klingt zumindest verfahrensgerecht.«
»Klar bin ich einverstanden«, beseitigt Frau Reinert sämtliche Zweifel, worauf wir schleunigst das Büro verlassen.
»Wenn wir das geahnt hätten, hätten wir in Nohfelden bleiben können«, erkläre ich, während wir zum Parkplatz eilen. »Ich hoffe, Sie haben einen Führerschein! Sie fahren! Ich muss telefonieren.«
Weil Sie ohnehin keine Wahl hat, warte ich ihre Antwort nicht ab und werfe ihr den Schlüssel zu. Kurz darauf sind wir wieder in Richtung Norden unterwegs, dieses Mal mit Signalton und Rundumlicht.
Es dauert eine Weile, bis ich Oberkommissar Ken Arndt am Telefon habe. Er hat keinen guten Empfang, so dass ich mehrmals nachfragen muss, aber glücklicherweise reißt die Verbindung nicht ab.
Ken berichtet, dass der alte Wehrmachtsbunker tatsächlich als Behausung gedient hat. Essens- und Getränkereste lassen darauf schließen, dass der Unterschlupf vor nicht allzu langer Zeit benutzt worden ist. Sie haben zwar Kleider und einen Schlafsack gefunden, allerdings nichts, was eindeutig auf die Identität der Person schließen lässt. Proben sind auf dem Weg ins Labor,

um dort mit den dürftigen Spuren der Tatorte verglichen zu werden. Die Suchhunde haben Spuren in alle Himmelsrichtungen gewittert, aber keine konnte bis zum Ende weiterverfolgt werden. Der spektakulärste Fund ist eine Fachzeitschrift über Bogenwaffen, darunter Armbrüste, allerdings ist die Ausgabe einige Jahre alt.

»Ich bin relativ sicher, dass der Bunker das Versteck des Gesuchten ist!«, resümiert Ken. »Es spricht Vieles dafür!«

»Okay, gute Arbeit, danke! Kommt bitte zur Autobahnabfahrt Tholey; das ist für Euch ein Katzensprung. Es gibt Neuigkeiten, wir sind ihm womöglich direkt auf den Fersen.«

In der Ausfahrt werden wir von einem Meer von Blaulichtern empfangen. Es ist mittlerweile dunkel, Kollegen mit Leuchtfackeln und Taschenlampen erkunden das Gelände und sperren die Landstraße ab. Wir werden auf den Parkplatz der benachbarten Autobahnmeisterei geleitet, von wo der Einsatzleiter die Polizeikräfte dirigiert. Als wir uns vorstellen, übergibt er das Kommando an einen Kollegen und erstattet uns Bericht. Anscheinend hat Rudi unsere Ankunft angekündigt. Der Einsatzleiter scheint ein erfahrener Polizist zu sein, er berichtet sachlich und kühl.

Eine Studentin namens Xenia Köhlmann war am Uni-Parkplatz in Saarbrücken von einem Mann angesprochen worden, der fragte, ob sie ihn in ihrem Wagen mitnehmen könne. Als Ziel gab er Richtung Norden an; vermutlich hatte er die aus Hermeskeil kommende Frau Köhlmann wegen des Trierer Autokennzeichens ausgewählt.

Zunächst sei der Studentin nichts weiter aufgefallen, aber unterwegs habe sie die zunehmende Nervosität ihres Beifahrers bemerkt, der ihr bei näherer Betrachtung zu alt für einen Studenten erschien. An der Abfahrt Tholey habe er dann plötzlich ohne weitere Begründung aussteigen wollen und Xenia Köhlmann sei froh gewesen, den Kerl loszuwerden.

Auf der weiteren Heimfahrt hatte sie die Suchmeldung im

Radio gehört und da sei ihr der schreckliche Verdacht gekommen, wenn sie gerade transportiert hatte. Auf dem nächsten Parkplatz hatte sie angehalten, mit dem Smartphone das Fahndungsfoto aus dem Internet heruntergeladen und erkannt, dass ihre Vermutung richtig war; daraufhin hatte sie vom Parkplatz aus die Polizei informiert.

»Super, das Mädchen«, kommentiere ich. »Wo ist sie?«

»Im Krankenhaus. Als die Kollegen bei ihr eintrafen, war sie völlig runter mit den Nerven; fix und fertig. Wir haben sie sicherheitshalber unter medizinische Beobachtung stellen lassen. Die Eltern sind informiert.«

»Prima, Kollege; vielen Dank! Gibt es irgendwo eine Spur?«

»Bisher negativ. Vielleicht bringt die Hundestaffel etwas. Die sollten Sie anfordern!«

»Das kann ich gerne versuchen, aber ich fürchte, das wird nichts. Die sind seit heute Morgen unterwegs.«

»Nein, dann sind die Tiere erschöpft; da geht nichts mehr! Noch was, Herr Hauptkommissar?«

»Danke, Kollege. Sagen Sie: Ich kenne Sie nicht und ein Neuling sind Sie nicht; wo waren Sie früher?«

»Hannover. Diensthundestaffel. Auf eigenen Wunsch hierher versetzt, allerdings ohne Hund.«

»Aha! Freiwillig ins Saarland! Weshalb?«

»Ich stamme aus Merzig. Familiäre Gründe!«

»Die pflegebedürftige Mutter?«, spekuliere ich.

»Nein, der Vater! Woher wissen Sie?«

»Lebenserfahrung!«, entgegne ich. »Schwer zu erklären!«

Der Kollege verabschiedet sich und schüttelt den Kopf.

»Sachen gibt's!«, kommentiert Katja Reinert.

»Wir suchen die Nadel im Heuhaufen. Schlösser ist vor mittlerweile fast zwei Stunden hier ausgestiegen. Vermutlich weiß er, dass wir ihm auf der Spùr sind. Er kann in jede Richtung unterwegs sein.«

»Ein Helikopter mit Wärmebildkamera könnte uns helfen.

Allerdings müssten wir das Suchgebiet eingrenzen.«

»Das auch! Problematischer ist, dass wir diese Gerät erst mal anfordern müssten, aus Hessen oder Rheinland-Pfalz. Wir verfügen nämlich nicht über ein solches Teil!«

»Ehrlich?«, staunt Katja Reinert.

»Leider!«

»In seinen Unterschlupf wird er sich bestimmt nicht zurücktrauen. Wenn er einigermaßen bei Verstand ist, wird ihm das zu heiß sein.«

»Anzunehmen! Ich schätze, dass er überhaupt kein Ziel hat. Er will einfach nur weg!«

»Er wird als intelligent beschrieben. Wenn dem so ist, wird er einen Plan haben! Wo will er also hin?«

»Nach Lebach, zum Anwalt?«

»Möglich ist alles, aber um diese Zeit? Es sei denn, er hat ein Date mit Wiegand Sturm. Was ich allerdings nicht glaube, weil Sturm weiß, dass wir nach Schlösser fahnden. Er ist zu gewieft, um sich auf derartiges einzulassen. Trotzdem: Kenn soll sich gleich um den Anwalt kümmern.«

»Schlösser wird auf der Flucht ohne Geld nicht auskommen.«

»Über kurz oder lang muss er sich welches beschaffen. Wir haben bisher keine Kenntnis über eine Bankverbindung, aber das heißt nichts, darum werden wir uns intensiv kümmern müssen. Entweder er hat genügend Bargeld dabei, oder es könnte seine Schwachstelle sein.«

»Oder er wendet sich an jemanden, dem er vertraut«, vervollständigt Frau Reinert meinen Satz.

»Schwarzmüller oder Böhmer? Meinen Sie die?«

»Schwarzmüller ist meiner Einschätzung nach kein Kandidat. Zu ihm hatte er kein Vertrauen. Zu Böhmer schon eher!«

»Nohfelden! Bis dahin ist es zwar ein ganzes Stück, aber es liegt immerhin in der Gegend. Zu Fuß, im Dunkeln! Wie lange braucht er querfeldein? Die Hauptverkehrswege kann er nicht nehmen!«

Während ich weiter spekuliere, befragt die Hauptkommissarin mit ihrem Smartphone das Internet.
»Ohne Umwege etwa 25 Kilometer. Unter diesen Umständen schätze ich fünf Stunden, eher mehr. Er muss ruhen, trinken, essen, vor Morgengrauen wird er bei Böhmer nicht auftauchen; falls der wirklich sein Ziel ist!«
»Falls! Schwarzmüllers Haus lasse ich sicherheitshalber observieren. Außerdem müssen wir einen Korridor überwachen, der von hier aus direkt nach Nohfelden führt. Wir wissen nicht, über welche Ortskenntnisse Schlösser verfügt, aber wenn wir davon ausgehen, dass er sich …«
Plötzlich wandert ein Gedanke aus meinem Hinterkopf quer durchs Gehirn und findet seinen Weg in die Zentraleinheit. Moment! Da war was! Ich hab's gleich.
»Was ist? Hallo! Hauptkommissar Schaum!« Katja Reinert spricht mich an, als zweifele sie an meinem Verstand. »Sind Sie noch da?«
»Ja, ja! Seit wann wohnt Böhmer in Nohfelden?«
»Was soll das?«
»Erinnern Sie sich nicht? Böhmer hat in einem Nebensatz erwähnt, dass er vorher irgendwo anders gewohnt hat. Wo war das? Alzheimer oder so!«
»Alsweiler!«, entfährt es Frau Reinert. »Genau!«
»Wo liegt das?«
Frau Reinert bemüht wieder ihr Mobiltelefon um Information.
»Zwischen Tholey und St. Wendel. Gehört zu Marpingen. Das ist von hier aus höchstens halb so weit wie nach Nohfelden.«
»Na also, das ist es! Erstens: Wenn Böhmer erst nach Nohfelden gezogen ist, nachdem der Kontakt zu Schlösser abgebrochen ist, dann weiß Schlösser womöglich nicht, dass Böhmer nicht mehr in Alsweiler wohnt. Zweitens: Warum sollte Schlösser in Tholey aussteigen, wenn er nach Nohfelden will? Das ergibt keinen Sinn, weil er eine oder zwei Ausfahrten weiter, viel näher dran gewesen wäre! Ergo: Er will nach Alsfassen

und nicht nach Nohfelden, weil er glaubt, dass Schlösser dort wohnt!«
»Alsweiler!«, korrigiert Frau Reinert.
»Von mir aus, Alsweiler! Jedenfalls ist das sein Ziel, wenn er überhaupt ein Ziel hat.«
»Klingt plausibel, ist aber nicht mehr als eine Theorie!«
»Haben Sie eine bessere?«
»Ich habe überhaupt keine!«
»Sehen Sie! Einen Versuch ist es wert! An die Arbeit! Sie rufen Böhmer an und hinterfragen seine alte Adresse. Fragen Sie, ob Schlösser seine aktuelle Anschrift in Nohfelden kennt. Ich kümmere mich um den Rest.«
Günstigerweise treffen Ken und Marius ein, das macht die Aufgabenverteilung einfacher. Wir informieren Rudi, der die Staatsanwältin auf dem Laufenden halten soll. Ken übernimmt die Einsatzplanung zur Überwachung möglicher Fluchtrouten, Marius telefoniert mit Rechtsanwalt Sturm und Dr. Schwarzmüller. Inzwischen hat Frau Reinert die Auskunft von Böhmer parat.
»Es stimmt! Als Böhmer umgezogen ist, war der Kontakt zu Schlösser bereits abgebrochen. Alte Adresse: Alsweiler, Reitersberg, gegenüber vom Hiwwelhaus.«
»Vom was?«, frage ich erstaunt.
»Hiwwelhaus! Böhmer sagt, das sei ein historisches Gebäude.«
»Nie gehört! Das hat bei mir allerdings nichts zu sagen; ich gelte im Allgemeinen als Kulturbanause. Himmelhaus, nee, sagt mir nix!«
»Hiwwel – nicht Himmel! Wie der Hügel; saarländisch: Hiwwelhaus!«
»Ach so! Na jetzt wissen wir, dass das Gebäude nicht in der Talaue liegt.«
»Ihre Kombinationsgabe ist faszinierend, Hauptkommissar Schaum! Da wäre ich von alleine nicht drauf gekommen!«
Josch, denke ich, warum kannst Du nicht einfach die Schnauze halten?

# 27.

Franz Oberringer ist wie üblich auf seinem Fernsehsessel eingenickt, bevor der zweite Freitagskrimi zu Ende ist. Wer der Täter ist, wird er nicht mitbekommen, es ist Woche für Woche das gleiche Desaster.

Seiner Frau Helene ist das allerdings ganz recht. Franz wird bis Mitternacht schlafen, dann wird sie den alten Schnarchsack wecken, sich sein übellauniges Gemecker anhören und geduldig seine Vorwürfe ertragen, warum sie ihn nicht früher wach gemacht hat.

Dies zu ertragen, nimmt sie gerne in Kauf, Hauptsache sie kann zur NDR-Talkshow umschalten. Franz würde die nie im Leben anschauen, weil er diesen ganzen Promiquatsch nicht ausstehen kann.

Während Franz leise Schnarchgeräusche von sich gibt, lauscht Helene aufmerksam, was die Prominenz oder das, was sich dafür hält, über mehr oder weniger wichtige Probleme des Alltags zu berichten weiß.

»Deren Probleme möchte ich haben«, flüstert sie leise. »Wenn die mit unserer Rente auskommen müssten, würden sie sich am Apfelbaum im Garten aufhängen.«

Garten! War da nicht ein Geräusch? Oder kam es aus dem Fernsehen? Nein, da ist es schon wieder. Deutlicher! Auf leisen Sohlen schleicht Helene in die Küche. Durch das halb geöffnete Fenster sind die Geräusche deutlicher zu vernehmen. Es klingt wie – da macht sich jemand an der Kellertür zu schaffen. Nein, das ist keine Einbildung.

»Franz!«, ruft Helene. »Fraaaanz! Wach auf, da ist jemand im Garten! Franz!«

»Was ist denn?«, grunzt Franz schlaftrunken. »Was hast Du denn?«

»Da macht sich jemand an der Kellertür zu schaffen!«
»Du siehst Gespenster! Hast Du Angst um Deine Einmachgläser? Was will denn einer bei uns im Keller? Blödsinn! Wieso läuft eigentlich diese dusselige Talk-Show?«
»Da ist jemand! Hör doch!«
»Ich hör nix!«
»Doch!«
Jetzt war es überdeutlich zu hören.
»Tatsächlich! Na warte, dem gebe ich Saures!«, brüllt Franz und springt auf.
»Franz, mach keinen Unsinn. Du bist kein junger Hüpfer! Spiel nicht den Helden, ruf die Polizei!«
»Ich habe in meinem ganzen Leben keine Polizei gebraucht«, behauptet Franz und geht zur Kellertreppe.
»Nimm das mit!«, ruft Helene und zieht die größte Klinge aus dem Messerblock, aber da ist Franz bereits unterwegs zu ebenso spätem wie falsch verstandenem Heldentum.
»Wer ist da?«, ruft er in den dunklen Keller und tastet nach dem Lichtschalter. »Komm raus! Ich breche Dir alle Knochen, Du Lump! Na warte!«
Flackernd springt die Neonröhre an und Franz bewegt seine fast 80 Jahre die Treppe hinunter. Unten angekommen wiederholt er seine Drohungen und nimmt Kurs auf den ersten Kellerraum, der hinaus in den Garten führt. Als dort das Licht angeht, erkennt Franz die offenstehende Tür und geht zwei, drei Schritte auf das dunkle Rechteck zu.
Der plötzliche Schlag auf den Hinterkopf bringt ihn aus dem Gleichgewicht und lässt ihn ungebremst nach vorne stürzen. Der Kellerboden rast auf ihn zu, er schafft es nicht mehr, die Arme schützend vor das Gesicht zu bekommen, schlägt hart auf den Fliesen auf und bevor er kapiert, was mit ihm geschieht, setzt der stechende Schmerz ein, erst im Nacken, dann in der Schulter. Dann wird es dunkel.
Helene hört den dumpfen Aufschlag und folgt ihrem Mann in

den Keller, das Fleischermesser in der erhobenen rechten Faust. Als sie ihren Mann auf dem Boden entdeckt, schreit sie ihr Entsetzen heraus.
»Fraanz! Um Gottes Willen, Franz!«
Dann trifft auch sie ein Schlag wie ein Keulenhieb. Das Messer wirbelt durch die Luft, Helene haut es von den Beinen, aber sie schafft es irgendwie, sich im Fallen zur Seite zu drehen, so dass sie nicht mit dem Kopf, sondern mit der Schulter neben ihrem Mann auf dem Kellerboden aufschlägt.
»Franz«, röchelt sie leise. »Franz, was ist?«
Zu mehr reicht die Kraft nicht. Hilflos muss sie zusehen, wie nach einer Weile zwei Füße über sie steigen und durch die Kellertür im Dunkel der Nacht verschwinden.

# 28.

Die Suche nach Hagen Schlösser geht unvermindert weiter, sowohl vor Ort als auch in den Medien.
Die Bürger werden zu erhöhter Aufmerksamkeit aufgefordert, Autofahrer werden ermahnt, keine Anhalter mitzunehmen. Taxifahrer und Busunternehmen sind gewarnt, die Polizei ist unablässig auf Beobachtungsfahrten unterwegs, zusätzliche Einsatzkräfte sind angefordert.
Die Straßenmeisterei Tholey wurde kurzerhand zur Vor-Ort-Einsatzzentrale erklärt, weil hier im näheren Umkreis die einzige Möglichkeit besteht, die notwendige Logistik zu installieren. Ken, Marius und ich telefonieren nahezu ununterbrochen, Frau Reinert ist bemüht, an der großen mit Papier überspannten Saarlandkarte die Ergebnisse geordnet zusammenzutragen.
Rudi Closter, die Staatsanwältin und andere eiligst ins K3 berufene Beamtinnen und Beamte aus anderen Kommissariaten unterstützen uns von Saarbrücken aus, indem sie bürokratische Hindernisse aus dem Weg räumen, den Kontakt zur Hausspitze und zur Presse halten, sowie die übergeordnete Koordination übernehmen.
Aus dem Feierabend beorderte Mitarbeiter der Straßen- und Kreisverwaltung versuchen zusammen mit einigen Beamten des Einsatzteams, die möglichen Fluchtrouten nach Alsweiler einzugrenzen und Strategien zu entwickeln, wie und wo wir Schlösser abfangen könnten.
Die Bewohner des Hauses im Alsweiler Reitersberg wollen wir möglichst spät informieren, damit Schlösser nicht vorgewarnt wird. Wir wissen mittlerweile, dass ein Ehepaar namens Volker und Valeria Brill dort wohnt, aber wenn wir uns melden würden, könnten wir nicht verhindern, dass Unruhe im Haus und der näheren Umgebung entsteht, denn in einem kleinen Ort

wie Alsweiler wird jede Veränderung genauestens registriert. Deshalb haben wir die Einsatzkräfte angewiesen, das Anwesen unauffällig und weiträumig abzusichern und zu beobachten.
Die Funkwege sind aufgebaut, die Kommunikation funktioniert, im Augenblick bleibt uns nur das Warten auf weitere Informationen und die Analyse der bisherigen Erkenntnisse.
Hagen Schlösser hatte mit seinen Eltern bis zu deren Tod in Nohfelden gewohnt, die Waldorfschule lag allerdings im wenige Busminuten entfernten Walhausen.
»Möglich, dass er in seine alte Schule zurück will?«, vermutet Ken.
Wenngleich ich darin keinen Sinn erkennen kann, ist Kens Vermutung nicht vollständig von der Hand zu weisen, weshalb wir dieses Fluchtziel in unsere Strategie einbeziehen.
Dass Schlössers Haus verkauft wurde, wussten wir, neu ist allerdings, dass der jetzige Besitzer das Haus damals bar bezahlen musste. Marius hat den Käufer ausfindig gemacht und der sagt aus, dass er sich daran genau erinnert, weil er es für zu riskant gehalten habe, mit dem vielen Geld durch die Gegend zu fahren. Hagen Schlösser habe daher zwei Bodyguards bezahlt und angegeben, dass es keine andere Möglichkeit gäbe, weil er nicht über ein Konto in Deutschland verfüge und er irgendwelche Befürchtungen mit der Steuer im Ausland habe. Bei der Geldübergabe sei eine Anwältin dabei gewesen, alles sei reibungslos abgelaufen und der Kaufpreis habe an der unteren Grenze des tatsächlichen Wertes gelegen. Um den Verkäufer nicht zu vergraulen, habe er sich schließlich auf den Deal eingelassen und es bis heute nicht bereut.
»Schlösser hatte also von Anfang an den Plan, sich unsichtbar zu machen«, erklärt Marius. »Es stellt sich die Frage, was er mit der ganzen Kohle gemacht hat. Er wird sie nicht all die Jahre mit sich rumgeschleppt haben.«
»In großen Scheinen ist das keine große Last«, vermute ich. »Mittlerweile ist das alles derart skurril, dass ich auch das nicht

ausschließe.«
»Die Kassette!«, entfährt es Ken. »In dem Bunker war eine verschlossene Metallkassette! Die wurde ungeöffnet ins Labor transportiert, um sie dort kontrolliert und vorsichtig zu öffnen. Man weiß nie, was … ich rufe sofort an!«
Zehn Minuten später haben wir Gewissheit: In der Kassette befinden sich 1.500 Euro in Stückelungen zwischen 20 und 50 Euro-Scheinen.
»Und der Rest?«, fragt Marius.
»Vermutlich in anderen Verstecken oder ausgegeben, Zeit genug hatte er ja«, meine ich.
»Wenn er mit großen Scheinen, ich meine angeblich waren es große Stückelungen«, stottert Marius. »Er muss von irgendetwas gelebt haben – also verpflegungstechnisch und überhaupt – es fällt auf, wenn ein Typ wie Schlösser mit großen Scheinen bezahlt.«
»Richtig, aber es gibt genügend Möglichkeiten, große Scheine zu wechseln, ohne dass es auffällt. Spielautomaten, oder was weiß ich. Aber wo hat Schlösser eingekauft? Bisher hat sich niemand gemeldet, der ihn in einem Supermarkt oder Geschäft gesehen hat.«
»Im Übrigen haben wir im Bunker kein Fahrrad gefunden«, erwähnt Ken beiläufig.
»Weiß der Teufel, wo er das abgestellt hat. Das Teil wurde als klappriger Drahtesel beschrieben, ich glaube nicht, dass er damit bis nach Ottweiler unterwegs war.«
»Was mich am meisten bewegt, ist das Motiv«, erklärt Frau Reinert und kaut auf ihrem Stift. »Ich bekomme den Bezug nicht auf die Reihe. Windkraft und Tatort, wie passt das zusammen? Vor allem dieser Fahrradweg?«
»Ich bekomme gerade die Information, dass Hagen Schlösser sich unmittelbar nach dem Verkauf des Hauses offiziell beim Einwohnermeldeamt abgemeldet hat; ohne Angabe eines neuen Wohnortes. Musste er auch nicht. Abgemeldet und verschwun-

den. Erst jetzt, Jahre später und 30 Kilometer entfernt, taucht er im Wald wieder auf, verrückte Sache!«, ruft Marius Sorg.

»Wenn er nirgendwo gemeldet ist, bekommt er keine Sozialhilfe. Ohne Postadresse läuft da nichts. Als Obdachloser wäre er registriert, wenn er sein Tagesgeld abholt. Anscheinend ist er tatsächlich autark und lebt von dem Geld.«

»Von dem wir nicht wissen, wo es ist«, ergänzt Ken.

Unsere Diskussionen und Spekulationen gehen weiter, ohne dass eine weitere verwertbare Meldung reinkommt. Außer einem Wildunfall passiert an diesem Freitagabend überraschend wenig. Gegen 22 Uhr 15 trudelt Staatsanwältin Sommer ein.

»Ich habe es im Präsidium nicht länger ausgehalten, dort tut sich nichts! Kriminalrat Closter hält die Stellung. Was soll ich in Saarbrücken? Geben Sie mir bitte einen schnellen Überblick.«

Mein Bericht fällt äußerst knapp aus.

»Meinen Sie nicht, Sie sollten Ihren Standort mehr Richtung Alsweiler oder Nohfelden verlegen?«, fragt sie.

»Wenn Sie mir sagen, wohin genau und was ich dort soll, denke ich drüber nach«, antworte ich. »Wenn wir Pech haben, sind alle unsere Vermutungen falsch, dann wären wir überall an der verkehrten Stelle. Ich verfolge lieber die Strategie des Abwartens.«

»Eben kommt eine Meldung rein«, ruft Marius aufgeregt. »Überfall auf ein Rentnerehepaar in Sotzweiler. Sie wurden im Haus niedergeschlagen, der Notarzt ist vor Ort. Das muss hier gleich um die Ecke sein.«

»Damit können Sie Ihre Strategie des Abwartens vergessen, Josch«, erklärt die Staatsanwältin.

»Wo liegt Sotzweiler?«, frage ich.

Ein Mitarbeiter der Straßenmeisterei zeigt mir die Adresse auf der Karte. Tatsächlich! Der Tatort liegt auf der genauen Luftlinie Richtung Alsweiler. Es ist das letzte Haus in einer Sied-

lungsstraße, die in einen Feldweg übergeht.
»Wann war das?«, frage ich.
»Die Meldung ging um 22 Uhr 32 ein.«
»Ich schaue mir das an!«, beschließe ich. »Ken kommt mit, der Rest hält hier die Stellung. Marius hat das Kommando. Falls Ihr zu der Überzeugung kommt, dass es besser ist, näher an Alsweiler ran zu rücken, dann tut, was Ihr für richtig haltet. Frau Sommer kann Euch beraten!«
»Ich komme mit!«, ruft Frau Reinert.
»Sorry, aber das kann ich ab sofort nicht mehr verantworten. Bei aller Liebe, Sie sind offiziell nicht im Dienst und haben keine Dienstwaffe. Damit fallen Sie für die vorderste Reihe aus.«
Frau Reinert schickt einen hilfesuchenden Blick zur Staatsanwältin, aber die zuckt lediglich mit den Schultern.
»Ich sage es ungern, aber wo er Recht hat, hat er Recht! Bleiben Sie bei mir, das ist viel interessanter.«
»Falls Ihnen langweilig wird, lesen Sie ein Buch«, schlage ich vor. »*Die Frau vom Bostalsee.* Liegt in meinem Wagen. Da kommt von Mord und Totschlag über Sex, Liebe und Krieg alles drin vor, was das Herz begehrt. Soll ich es ihnen da lassen?«
»Sie besitzen tatsächlich ein Buch?«, feixt Frau Sommer.
»Habe ich beim letzten Polizeiball in der Tombola gewonnen. Bis dann!«
Ken und ich machen uns auf den Weg nach Sotzweiler in die Schröderbergstraße. Ich bin sicher, dass wir Hagen Schlössers Witterung aufgenommen haben.

# 29.

Als wir in Sotzweiler vor dem Haus in der Schröderbergstraße stehen, bin ich sofort der felsenfesten Überzeugung, dass es sich bei dem Einbrecher um Hagen Schlösser handelt.
Das Haus steht am Ende einer Wohnstraße, in deren Verlängerung ich trotz der Dunkelheit das freie Feld erahne. Die Landkarte zeigt an, dass der weitergehende Feldweg in Richtung Alsweiler führt.
Professionelle Einbrecherbanden würden sich eine der anderen Villen weiter vorne aussuchen, nicht dieses in die Jahre gekommene Haus, dem anzusehen ist, dass hier wenig zu holen ist. Außerdem wäre ein Fluchtfahrzeug zum Abtransport der Beute in dieser Seitengasse, in der es keine Tarnung gibt und in der mit Sicherheit jedes Fremdgeräusch misstrauisch registriert wird, viel zu auffällig.
Die Beamten vor Ort grüßen missmutig. Mitten in der Nacht ist gute Laune an einem Tatort ein seltener Gast. Der Teamleiter informiert uns: Das Ehepaar Oberringer wurde im Keller niedergeschlagen. Den Mann hat es schlimmer erwischt als seine Ehefrau. Genaues weiß der Kollege natürlich nicht, aber Franz Oberringer sei nicht bei Bewusstsein gewesen, als er abtransportiert wurde. Allem Anschein nach hat er eine klaffende Wunde am Hinterkopf, ob er massive Verletzungen am Schädel davon getragen hat, ist den Beamten nicht bekannt. Helene Oberringer hingegen sei ansprechbar gewesen und habe den Tatzeitpunkt mit kurz nach Beginn der Talkshow im Fernsehen angegeben, das muss demnach kurz nach 22 Uhr gewesen sein. Demzufolge hat der Täter einen Vorsprung von knapp einer Stunde.
Ich rufe bei Marius an und setze ihn in Kenntnis. Er und ein weiterer Beamter machen sich sofort auf den Weg nach Alsweiler.

»Das nutzt jetzt alles nix, die Sache wird mir zu heiß. Wir gehen in Böhmers frühere Wohnung und nisten uns dort ein«, erklärt er. »Ich kann nur hoffen, dass die jetzigen Bewohner kühlen Kopf bewahren und nicht gleich in Panik ausbrechen, wenn wir auftauchen. Das Haus wird weiträumig gesichert.«
»Ich brauche zwei zusätzliche Streifen!«, fordere ich. »Wir müssen den möglichen Fluchtweg von Sotzweiler nach Alsweiler von zwei Seiten absichern.«
»Damit kann ich nicht dienen«, erklärt Marius. »Im Prinzip wäre es inkonsequent, ihm entgegenzufahren. Entweder wir warten, und fangen ihn in Alsweiler ab, oder wir laufen Gefahr, ihn zu verscheuchen.«
»Da hast Du recht«, gebe ich zu. »Ich komme rüber zu Euch, aber nicht über den Feldweg. Es stimmt, die Scheinwerfer sind meilenweit zu sehen und ohne Licht lande ich im Graben. Passt bloß auf, dass er Euch nicht abhaut!«
»Und Du hältst Dich bitte vom Haus fern! Wir werden mit dem Taxi vorfahren, die Einsatzkräfte haben weiter unten in einer Seitenstraße die Autos geparkt. In südöstlicher Richtung am Ende der Brunnenstraße. Kommt bloß nicht auf die Idee, mit dem Dienstwagen durch den Ort zu fahren.«
»Ach nee! Eigentlich hatte ich vor mit Blaulicht und Sirene durchzurasen! Hältst Du mich für senil?«
»Ich will es bloß gesagt haben!«
»Hast Du hiermit, vielen Dank für den konstruktiven Hinweis!«
»Entschuldige!«
»Ich hab's kapiert! Gib mir die Telefonnummer!«
»Valeria und Volker Brill.« Marius gibt die Nummer durch. »Wir haben einen Testanruf gemacht, sie sind zu Hause.«
»Danke! Ende!«
Nicht zu fassen! Dieser Kollegen-Schnösel glaubt, mich belehren zu müssen; so weit sind wir also schon! Unglaublich! Da bringe ich die jungen Leute durch das Fahrwasser der ersten

harten Jahre und kaum sind sie flügge, werden sie mopsig.
»Ist was, Josch?«, stört Ken meine Gedanken.
»Nein, alles klar!«, dann erkläre ich, wie wir vorgehen werden.
»Guter Plan«, kommentiert er, was mich beinahe explodieren lässt. »Ich schlage vor, wir fahren zurück zur Autobahnmeisterei und leihen uns von denen ein Kontrollfahrzeug, das ist unauffällig.«
»Mitten in der Nacht? Von mir aus, wenn's kein Schneepflug ist!«
Wir rasen zurück und wechseln das Fahrzeug, was einiger Überzeugungskraft bedarf, aber schließlich stimmt der Dienststellenleiter des Landesbetriebes zu, allerdings nicht ohne eine schriftliche Erklärung zu verlangen, dass wir für alle Schäden am Fahrzeug aufkommen.
»Mein Gott, fragen sie jede Schneeflocke einzeln, ob sie geräumt werden will? Geben Sie uns endlich den Schlüssel!«
Staatsanwältin Sommer und Frau Reinert sind wie vom Erdboden verschluckt, niemand weiß, wo die beiden stecken. Mir soll es egal sein, für Versteckspielen haben wir keine Zeit.
Über die B 269 nach Tholey, dort durch den Kreisverkehr in Richtung St. Wendel, nach weniger als zehn Minuten sind wir am Ortseingang von Alsweiler, wo eine festinstallierte Blitzeranlage ein Foto von uns schießt.
»Na, super! Das wird teuer!«, stelle ich fest. »Deinen Lappen bist Du bald los und der Bescheid geht an den Landesbetrieb. Die Mühlen der Bürokratie werden einiges zu tun haben.«
»Wenn Du sonst keine Sorgen hast«, knurrt Ken, fährt aber sofort langsamer.
Dann hält er an, steigt aus und macht sich an einem Verkehrsschild zu schaffen. Als er einsteigt, schaue ich ihn ratlos an.
»Was war das für eine Aktion?«
»Kontrollfahrt! Falls wir becbachtet werden, sieht es authentischer aus.«
»Genial! Du hättest Schauspieler werden sollen!«

Wir rollen weiter über menschenleere Straßen, die im schummrigen Licht der Straßenbeleuchtung den Tiefschlaf des kleinen Örtchens begleitet. Mitternacht ist nicht mehr fern, fehlt nur, dass uns ein Geisterreiter auf knochiger Mähre und Sense entgegenkommt. Falls Hagen Schlösser tatsächlich beabsichtigt, hierher zu kommen, kann er nicht weit sein oder er ist bereits hier; irgendwo da draußen, hinter einer Hecke in einem der Gärten auf der rechten Seite.

»Wo stecken die Kollegen?«, fragt Ken genervt. »Wir sind gleich am Ortsende.«

»Was regst Du Dich auf? Wenn wir sie nicht sehen, entdeckt Schlösser sie auch nicht. In einer Seitenstraße, hieß es; Brunnenstraße, wenn ich mich richtig erinnere. Fahr durch den Kreisverkehr und dann zurück; wir werden sie finden, andernfalls sollen sie uns per Funk leiten.«

Zwei Minuten später biegen wir in die Brunnenstraße ein, an deren Ende die Streifenwagen und ein Mannschaftsbus im Dunkel eines Wendehammers warten. Zwei Beamte sitzen im Bus und koordinieren ihre Kollegen, die im Ort verteilt unterwegs sind und nach Hagen Schlösser Ausschau halten.

»Oben am Sportplatz stehen zwei weitere Einheiten«, erklärt einer der Polizisten. »Bis jetzt ist alles ruhig. Ihre Kollegen sind im Haus. Auch dort keine besonderen Vorkommnisse.«

»Danke! Gibt's was Neues von der Schule in Walsdorf?«, frage ich.

»Er meint die Waldorfschule in Walhausen!«, korrigiert Ken.

»Oder so«, brumme ich. Besserwisser!

»Nein, dort ist alles ruhig.«

Wir stimmen die Funkfrequenzen ab und warten. Stille. Ab und zu ein Knistern im Funk. Wir schauen uns an und schweigen. Die Zeit scheint stillzustehen, das Warten zerrt an den Nerven.

»Scheiße!«, entfährt es mir leise. »Wir haben etwas vergessen!«

»Was?«, fragt Ken überrascht.

»Das Namensschild an der Tür! Wenn Schlösser sieht, dass Böhmer nicht mehr dort wohnt, wird er mitten in der Nacht nicht läuten, sondern sofort verschwinden.«
»Das stimmt zwar, aber ich gehe ohnehin nicht davon aus, dass Schlösser die Straße runterspaziert und den Haupteingang nimmt. Falls doch, haben unsere Leute ihn sofort im Visier.«
Ken hat Recht! Die Warterei bekommt mir nicht!
Nach einer halben Ewigkeit des Wartens durchbricht ein Funkspruch die Stille. Oben am Sportplatz tut sich etwas. Die Kollegen haben im Nachtsichtgerät beobachtet, wie etwas unterhalb des Parkplatzes durch die Büsche schleicht; allem Anschein nach handelt es sich um eine menschliche Gestalt.
»Dran bleiben! Kein Zugriff ohne meine Anweisung«, gibt der Einsatzleiter durch. »Achtung an alle Einsatzkräfte!«
»Marius, er kommt möglicherweise über den Garten auf Euch zu!«, übermittele ich ins Haus der Familie Brill.
Die Gruppenleiter bestätigen einzeln den Funkkontakt, dann herrscht wieder Stille.
»Ich muss raus!«, erkläre ich. »Ich nehme ein Funkgerät mit Head-Set!«
Der Beamte reicht mir das Gerät mit Zubehör, macht aber gleichzeitig deutlich, dass ihm dabei nicht wohl ist.
»Ich kann Ihre Sicherheit nicht garantieren«, erklärt er.
»Das kann ich verstehen, aber was soll ich hier? Ken, Du übernimmst! Bis später.«
Ich stapfe durch die Brunnenstraße, die erst im vorderen Drittel, dort wo die ersten Häuser stehen, von Straßenlaternen beleuchtet wird. An der Hauptstraße wende ich mich nach rechts und gehe bergauf in Richtung Kirche; dabei verändere ich meine Körperhaltung. Ein Besoffener, der um diese Zeit unterwegs ist, fällt weniger auf als ein Mann, der suchend durch die Straßen schleicht. Während ich langsam weiter schwanke, beäuge ich aufmerksam die Umgebung. Ich bin hellwach, auch wenn der äußere Eindruck etwas anderes vermitteln mag. Es tut sich

nichts. Keine Menschenseele ist unterwegs. Keine Autos. Der Ort schläft tief und fest; so scheint es jedenfalls!
An der Straßenbiegung überquere ich die Fahrbahn. Dem Hinweisschild zufolge, stehe ich vor dem Hiwwelhaus. Das alte Bauernhaus steht an einem Hang, von wegen auf einem Hügel! Was soll's!
Deutlich schwankend tue ich so, als ob ich die Infotafel studiere. Ich lausche auf jedes Geräusch und schaue mich unauffällig um. Nichts! Gegenüber liegt das Haus der Familie Brill. Alles dunkel. Nichts deutet darauf hin, dass dort meine Kollegen auf der Lauer liegen.
Aus einem kleinen Fenster des Hiwwelhaus' dringt ein schwacher Lichtschein. Als ich näher rangehe, sehe ich durch die Scheibe einen Mann, der konzentriert am Computerbildschirm sitzt. Was ist denn das für ein Vogel? Schaut der einen Porno oder schreibt der an seiner Doktorarbeit? Merkwürdig!
»Verdächtige Person flüchtet über die Tholeyer Straße in Richtung Norden!«, schreit es in meinen Ohrhörer.
Aus dem schwankenden Besoffenen wird augenblicklich der nüchterne Hauptkommissar. Ich schaue mich um. Da! Etwa einhundert Meter vor mir überquert eine Person im Laufschritt die Straße und rennt bergauf. Er ist zu weit weg und das Licht zu schwach, um ihn identifizieren zu können, aber das muss unser Mann sein. Wer sonst könnte es mitten in der Nacht derart eilig haben?
»Ich sehe ihn!«, brülle ich ins Funkgerät. »Hundert Meter oberhalb der Kirche.«
So schnell ich kann, spurte ich hinterher. Nach kurzen 20 Metern trifft die Bezeichnung Spurt nicht mehr zu, es ist allenfalls ein Spürtchen! Es geht beständig bergauf und die Schwerkraft arbeitet mit beständiger Boshaftigkeit gegen mich. Meine untrainierten Muskeln und die mit der Höhenlage zunehmend dünnere Luft machen mir zu schaffen. Dennoch bin ich nicht bereit, die Flinte ins Korn zu werfen, und lege mich ins Zeug, so gut ich

kann. Eine Sauerstoffmaske wäre ein Segen; und ein Körper, der 30 Jahre jünger ist. Verdammt, wo bleiben die anderen?
Ich hetze hinterher, aber der Abstand verringert sich nicht, im Gegenteil. In einer Kurve verliere ich kurz den Sichtkontakt, aber dann taucht er wieder auf. Ich habe ihn im Visier und müsste ihn eigentlich zum Stehenbleiben auffordern, aber ich erspare mir das Geröchel und renne weiter. Langsam bekomme ich die zweite Luft! Wenn gleich die Kollegen von allen Seiten kommen, haben wir ihn. Ja, wenn!
Da! Jetzt biegt er nach rechts in eine Seitenstraße ab; dort geht es bergab. Wenn ich es bis dorthin schaffe, leck mich – hört denn dieser bescheuerte Berg nie auf? Weiter! Ein paar Meter! Jetzt könnte ich die dritte, vierte und fünfte Luft gebrauchen. Gleich bin ich an der Abbiegung. Es geht zwar bergab und ich kann leichter atmen, aber jetzt schlottern mir die Knie bei jedem Schritt.
Wo ist der Kerl plötzlich abgeblieben? Verdammt da ist wieder eine Abzweigung! Nach links ist niemand zu sehen, von unten kommen mir endlich die Kollegen entgegen; zwischen uns liegen höchstens 50 Meter. Der Kerl kann nur nach rechts zwischen den Häusern in die Gärten abgehauen sein. Ich bleibe mit Schnappatmung stehen und zeige nach rechts.
»Da lang«, rufe ich so laut ich kann, aber es kommt nur ein pfeifendes Gejapse.
Atemnot ist eine völlig unzureichende Beschreibung meines Zustands. Ich stehe kurz vor einem Kollaps, eigentlich warte ich nur drauf, bis mir schwarz vor Augen wird. Dass meine Kondition derart im Keller ist, hätte ich nicht vermutet. Überraschenderweise bleibt die Welt um mich bunt und ich erhole mich relativ schnell. Das gibt mir Hoffnung und Mut! Mir läuft zwar der Schweiß in Strömen von der Stirn, aber nach einigen tiefen Atemzügen gehorchen mir nach einer Minute meine Beine erstaunlich bereitwillig.
In den Gärten rechts von mir wabern die Lichtkegel der Ta-

schenlampen und die Rufe der Beamten durch die Nacht. Was sie rufen, kann ich nicht verstehe, aber den Funksprüchen entnehme ich, dass sie versuchen, ihn von der Brunnenstraße und der Tholeyer Straße aus, in die Zange zu nehmen. Demnach muss sich der Flüchtige in den Gärten hinter den Häusern aufhalten. Ich hoffe, dass die Personalstärke ausreicht, um den Ring dicht zu schließen.

Ich habe zwar keine Taschenlampe, aber das kann mich nicht daran hindern, dem Flüchtenden in die Dunkelheit zu folgen. So kurz vor dem Ziel gebe ich nicht auf; nein, der Kerl geht mir nicht durch die Lappen! Schlösser ist genauso blind wie ich, dementsprechend langsam wird auch er vorwärtskommen.

Bereits nach wenigen Schritten sehe ich nichts mehr außer den Lichtkegeln in der Ferne. Wenn Schlösser einigermaßen bei Sinnen ist, wird er versuchen rechts oder links daran vorbei zu kommen, denn geradeaus läuft er direkt in die Falle. Wenn er rechts durch das Wiesengelände hochrennt, kommt er in die Gärten hinter der Tholeyer Straße, das wäre aus seiner Sicht zu gefährlich, denn da kommen wir gerade her und es wimmelt dort von Polizisten. Also wird er es wohl nach links versuchen. Dort sehe ich Lichter in einigen Häusern, die Bewohner haben anscheinend mitbekommen, dass sich in ihren Gärten etwas tut. Vorsichtig schreite ich vorwärts und lausche, ob sich vor mir etwas bewegt. Mein nächster Schritt erzeugt unter mir ein schmatzendes Geräusch; ich bete drum, dass es keine Kuhscheiße ist. Ein kurzer heftiger Schmerz am Gemächt signalisiert, dass ich gegen einen Zaunpfosten gelaufen bin. Links vor mir ertönt ein unterdrückter Schmerzensschrei; der Zaun geht anscheinend weiter.

Schlösser kann nicht weit von mir entfernt sein, ich höre sein Keuchen beim Atmen; er scheint am Ende seiner Kräfte zu sein. Warum soll es ihm besser gehen als mir! Ich bin der Überzeugung, dass ich ihn gleich zu fassen bekomme! Durchhalten, Josch!

»Geben Sie auf, Schlösser! Das hat keinen Sinn!«, rufe ich in die Nacht. »Sie kommen hier nicht mehr raus!«
Ich bekomme zwar keine Antwort, aber dafür verlässt mich jetzt das Gleichgewicht. Mit dem linken Fuß hänge ich an irgendetwas fest; ich habe die Wahl zwischen Stacheldraht, Wurzeln und Schlingpflanzen. Mit Mühe und Not bleibe ich auf den Beinen, komme jedoch ins Stolpern und renne nun schneller bergab als gewollt. Die Lichter der Häuser kommen näher, Umrisse werden erkennbar. Eine flüchtende Gestalt vor mir; weiter entfernt als erwartet – mindestens fünfzig Meter. Ich versuche, zu rufen, aber ich kriege keine Luft. Durchatmen!
Als ich soweit bin, haben die Kollegen bereits reagiert. Die Lichter der Taschenlampen leuchten jetzt in Richtung des Flüchtenden. Sie haben ihn entdeckt und schneiden ihm den Weg ab. Wird aber auch Zeit, lange halte ich das nicht mehr durch. Die Lichter kommen näher. Ich erkenne uniformierte Gestalten zwischen Obstbäumen, Sträuchern und Gartenzäunen. Nur Schlösser entdecke ich nicht! Mist! Wo steckt der Kerl?
»Er steckt in den Gärten zwischen Hausnummer 11 und 17«, tönt eine Stimme durchs Megaphon. »Alle Mannschaften dorthin! Einfahrten sichern! Vorrücken!«
Inzwischen bin ich bei den Kollegen angekommen, weise mich aus und verschaffe ihnen einen Überblick aus meiner Sicht.
Plötzlich wird es weiter rechts laut. Stimmen hallen durch die Nacht. Es heißt, der Flüchtende sei über den Keller in Haus Nummer 15 eingedrungen.
»Ich gehe vorne rein!«, rufe ich und sprinte die nächste Einfahrt hoch, wo andere Beamte bereits Posten bezogen haben. Unter Ihnen entdecke ich Ken Arndt.
»Kommt mit!«, rufe ich ihm und den Polizisten zu. »Haus Nummer 15! Wir gehen rein, die Kollegen kommen von der Kellerseite!«
Wir klingeln Sturm. Nach wenigen Sekunden öffnet sich die Tür.

»Jemand ist im Keller«, erklärt die Frau mit erstaunlicher Gelassenheit. »Ich habe gehört, wie er die Scheibe im Keller eingeschlagen hat.«
Die Frau in Schlafanzug und Bademantel ist barfuß, macht aber nicht den Eindruck, als sei sie gerade aus dem Bett gestiegen. Wir gehen rein, lassen uns den Abstieg in den Keller zeigen und drängen die Frau ins Wohnzimmer. Drei Beamte steigen mit gezogener Waffe die Kellertreppe hinab, Ken bleibt oben und sichert die Treppe.
»Ich habe ein Buch gelesen. Seit ein paar Minuten ist draußen der Teufel los und dann habe ich das Splittern gehört«, sagt die Frau. »Geht's um den aus dem Radio?«
»Ja«, antworte ich. »Sie können beruhigt sein, hier sind Sie sicher. Sind Sie alleine im Haus?«
»Ja, mein Mann Thomas ist im Hiwwelhaus.«
»Ach, der ist das! Was …«
Im Keller rumort es. Stimmengewirr, Schreie. Zugriff! Endlich! Wenn es tatsächlich Hagen Schlösser ist, sind wir am Ziel.
Unten wird es ruhiger. Ken steckt die Waffe weg.
»Wir haben ihn«, sagt er; ihm ist die Erleichterung anzumerken.
»Bleib hier bei Frau … wie heißen Sie eigentlich?«
»Angela Stürmer!«
»Mein Kollege bleibt bei Ihnen, Frau Stürmer. Ken, ich gehe runter.«
Geduld ist nicht meine Stärke, ich muss wissen, ob das da unten unser Mann ist. Ich steige die Treppe hinab, schiebe die Beamten beiseite und versuche, mir einen Überblick zu verschaffen.
Der Kellerraum ist als Büro eingerichtet. Das Chaos scheint nicht nur die Folge des Polizeieinsatzes zu sein. Stapel von Büchern und Papieren sind auf Boden und Tischen verteilt. In der Mitte des Raumes steht ein Ungetüm von Kopierer, könnte auch ein Drucker sein oder die Kombination von beidem. Daneben stehen auf einem Tisch zwei überdimensional große

Flachbildschirme. Ein umgestürzter Bürostuhl, daneben liegt ein Mann auf dem Bauch, die Hände auf dem Rücken fixiert. Ein Beamter kniet neben ihm und durchsucht seine Kleidung. Ich erkenne sofort, dass der Mann auf dem Boden und der auf dem Foto ein und dieselbe Person sind: Hagen Schlösser! Ein blutdurchtränktes Pflaster im Gesicht markiert die Stelle, die vom Zusammentreffen mit Adolfo Zimballa zeugt. Die Jagd ist zu Ende!

»Er hat versucht, sich in der Toilette zu verstecken«, erklärt einer der Beamten. »Die kann man allerdings nicht abschließen. Dumm gelaufen für ihn.«

Der Mann am Boden rührt sich nicht, gibt keinen Laut von sich und lässt mit geschlossenen Augen alles über sich ergehen.

»Herr Schlösser!«, spreche ich ihn an. »Herr Schlösser, wie fühlen Sie sich?« Die Frage ist blöd, aber ich will nur, dass er auf den Namen reagiert.

Er dreht den Kopf, öffnet die Augen und schaut mich verwundert an. In diesem Blick ist alle Verzweiflung, Hilflosigkeit und Resignation der Welt vereint. Über die rechte Wange kullert eine Träne. Ich kann nicht abschätzen, ob Schlösser mich wahrnimmt, es scheint, dass er durch mich hindurch starrt, als sei ich nicht da. Nimmt er überhaupt etwas wahr, realisiert er seine Situation oder ist er abgetaucht in eine andere Welt? Womöglich steht er unter Drogen.

Dieser Mann hat höchstwahrscheinlich drei Menschen auf dem Gewissen, bei dem Gedanken läuft mir ein Schauer den Rücken hinab. Im Augenblick liegt er da wie ein hilfloses Häufchen Elend. Mitleid hat er nicht verdient, aber wer weiß, was in ihm vorgeht?

»Herr Schlösser! Haben Sie etwas zu sagen? Äußern Sie sich!«

Keine Antwort. Der gleiche Blick. Dasselbe Elend.

»Herr Schlösser, ich nehme Sie vorläufig fest wegen des dringenden Verdachtes der Morde zum Nachteil von Conrad Bickelmann, Chris Lombarski und Oswald Wessel, sowie der

versuchten Tötung von Adolf Zimballa. Möchten Sie sich dazu äußern?«
Pause. Keine Reaktion.
»Sie sind Hagen Schlösser? Wenn Sie nicht die genannte Person sind, rate ich Ihnen, sich zu äußern.«
Er schaut mich weiterhin an, als sei ich ein Außerirdischer.
»Also gut! Sie haben das Recht, zu schweigen. Benötigen Sie einen Arzt?«
Nichts.
»Herr Schlösser, haben Sie mich verstanden?«
Keine Reaktion.
»Wir bringen Sie zur polizeidienstlichen Erkennung ins Präsidium nach Saarbrücken. Sie werden später die Gelegenheit haben, einen Rechtsbeistand hinzuzuziehen.«
Vorschriftsmäßig leiere ich die Belehrung runter, während der Beamte die Körpervisitation abschließt. Das Ergebnis sind ein Klappmesser, ein paar Euroscheine und Münzen, Papiertaschentücher und ein Feuerzeug, sonst nichts.
Auch als er aufgerichtet und weggeführt wird, zeigt Schlösser keine Reaktion und schweigt beharrlich; nicht einmal ein Schmerzenston entfährt ihm, obwohl ihm die Wunde und einige Abschürfungen im Gesicht sicherlich wehtun. Der Mann macht auf mich den Eindruck, als sei er körperlich und psychisch am Ende.
Als er fortgebracht worden ist, gehe ich wieder hoch ins Wohnzimmer zu Ken und Frau Stürmer.
»Wir können aufatmen, es ist vorbei!«, verkünde ich.
»Ist er es?«, fragt Ken.
»Davon gehe ich aus; nein, ich bin sicher!«
»Ist da unten viel kaputt?«, fragt Angela Stürmer. »Das hörte sich ziemlich schlimm an.«
»Oh, das kann ich nicht sagen. Es ist schwierig einen Überblick … äh, ist das Ihr Büro?«
»Nett, dass Sie es Büro nennen! Nein, das ist das Reich von

Thomas. Dieses Durcheinander macht mich wahnsinnig.«
»Was macht der eigentlich um diese Zeit im Hiwwelhaus?«
»Der archiviert historische Akten.«
»Freitags um Mitternacht?«
»Das ist nun mal sein Steckenpferd.«
»Wenn irgendetwas beschädigt worden ist, machen Sie bitte Fotos und melden es. Sie werden entschädigt.«
»Ich richte es Thomas aus; darum muss er sich selbst kümmern.«
»Ihr guter Tom müsste eigentlich mitbekommen haben, dass im Ort der Teufel los ist.«
»Wenn der in seinen verstaubten Akten stöbert, ist er in einer anderen Welt. Es kann Stunden dauern.«
»Die Kollegen nehmen alles auf, ich muss ins Präsidium. Wenn Sie Fragen oder Probleme haben, rufen Sie mich an, hier ist meine Karte.«
»Lustig«, sagt die Dame des Hauses, als sie meine Karte studiert. »Hauptkommissar Schaum ermittelt am Fuße des Schaumberges. Netter Zufall!«
Die Frau zeigt Humor zu später Stunde. Als ich mich verabschiede, fordere ich Ken auf, zu bleiben und die weiteren Untersuchungen zu koordinieren.
»Ich nehme den Wagen vom Landesbetrieb«, erkläre ich. »Ist egal, wo die ihr Fahrzeug morgen abholen.«
»Wie komme ich hier weg?«, fragt Ken. »Mitten in der Nacht?«
»Lass Dich von einer Streife heimfahren, wenn Du hier fertig bist und schlaf Dich aus. Wenn Du fit bist, kommst Du ins Präsidium.«
Unterwegs habe ich Mühe, die Augen offen zu halten. Der Tag war lang und hat viel Kraft gekostet. Als ich in Saarbrücken ankomme, ist es kurz vor halb zwei.

# 30.

Ich bin todmüde!
Im Flur läuft mir Marius über den Weg. Er hat einige Unterlagen aus seinem Büro geholt und ist eiligst unterwegs zur polizeidienstlichen Erkennung, wo Hagen Schlösser mittlerweile abgeliefert worden ist.
»Die Kollegen haben mich in Alsweiler gebeten, Schlösser auf dem Transport zu begleiten«, erklärt er. »Während der Fahrt hat er nicht einen Ton von sich gegeben. Das werden zähe Vernehmungen, aber nach der Erstuntersuchung muss er zuerst unter die Dusche, der Kerl stinkt wie ein Bock.«
»Veranlasse einen Drogentest und eine medizinische Untersuchung! Danach lasst Ihr ihn für eine Weile ausruhen. Der Typ ist völlig fertig. Im momentanen Zustand kannst Du eine Befragung vergessen. Morgen früh dann das ganze Programm; einschließlich psychiatrische Erstanalyse. Ruf den Böhmer an, der kann Schlösser identifizieren; und den Schwarzmüller auch!«
»Josch, ich weiß, was zu tun ist! Ich muss weiter!«
»Ja, schon gut!«
»Übrigens: Staatsanwältin Sommer sitzt im kleinen Besprechungsraum. Du wirst überrascht sein, wen sie am Wickel hat.«
»Am Wickel hat? Wie darf ich das verstehen?«
»Schau es Dir an! Was da genau abgeht, weiß ich nicht!«
Widerwillig stiefele ich zum Besprechungszimmer und öffne ohne anzuklopfen die Tür. Staatsanwältin Sommer und Rechtsanwalt Sturm! Der Sprecher der Bürgerinitiative aus Lebach! Sie sitzen sich gegenüber und sehen nicht aus, als hätten sie sich zu einem gemütlichen Plausch zusammengefunden. Daniela Sommer hat einen knallroten Kopf, Sturm scheint vor Wut zu kochen.

»Ah, Hauptkommissar Schaum! Glückwunsch zum Erfolg! Ich muss Sie beide wohl nicht gegenseitig vorstellen!«
Ich bin völlig überrascht und begrüße Sturm mit einem stummen Kopfnicken, aber der ignoriert meinen Gruß mit feindseligem Blick.
»Ich komme sofort zu Ihnen, Herr Hauptkommissar«, erklärt Frau Sommer. »Sie warten hier, Herr Sturm! Ich bin gleich wieder für Sie da!«
»Sie können mich hier nicht einfach festhalten!«, beschwert sich der Rechtsanwalt.
»Das sehe ich anders! Dies ist die Befragung eines wichtigen Zeugen, und die ist nicht beendet. Wenn wir fertig sind, können Sie sofort gehen!«
»Das ist unerhört!«
»Wenn Sie das so sehen, Herr Sturm, dann kann ich das nicht ändern!«, ereifert sich die Staatsanwältin. »Sie dürfen sich gerne über mich beschweren! Aber erst wenn ich mit Ihnen fertig bin! Kommen Sie, Schaum!«
Im Flur lehnt sich Frau Sommer an die Wand und atmet tief durch.
»Buh!«, stöhnt sie. »Lange halte ich das nicht mehr durch. Ich fürchte, ich muss ihn für heute laufen lassen und morgen weitermachen.«
»Sie meinen heute! Morgen ist seit zwei Stunden. Was ist mit Sturm? Wieso ist der hier?«
»Ich habe ihn herbringen lassen. War nicht einfach, ihn ausfindig zu machen … egal. Unsere zukünftige Kollegin hat mich drauf gebracht!«
»Frau Reinert?«
»Genau die! Passen Sie auf, ich erkläre es Ihnen: Schlösser hat das Haus seiner Eltern nach deren Tod verkauft. Okay. Wann war das?«
Frau Sommer schaut mich mit schelmischem Blick an, aber ich bin zu überrascht, um sofort zu antworten.

»Na?«
Ich rechne überschlägig über die mir bekannten Daten nach.
»Irgendwann zwischen 1999 und 2001.«
»Stimmt! Sommer 2001!«
»Und?«
»Genau: und! Fällt Ihnen dazu etwas ein, außer dass es die Jahrtausendwende war?«
»Hm! Kohls Schwarzgeldaffäre!«
»Von mir aus. In welcher Währung?«
»Wie? In Euro!«
»Falsch! Der kam erst 2002. Es war die gute alte Deutsche Mark! Schlösser hat das Geld damals in bar genommen, Sie erinnern sich. Wir haben übersehen, dass das D-Mark waren! Schlösser hatte und hat kein Bankkonto, jedenfalls nicht bei einer uns bekannten Bank. Und niemand erinnert sich daran, ihn je in einer Bank gesehen zu haben. Wie also hat er den Betrag in Euro umgewechselt?«
»Sie meinen…«
»Ja, das meine ich! Er hat einen Helfer. Jemand, der sein Geld verwaltet. Oder mehr für ihn tut, wenn Sie wissen, was ich meine.«
»Und Sie glauben …«
»Dass der da drinnen hinter dieser Tür sitzt; genau das glaube ich!«
»Geniale Idee, und schlüssig.«
»Bedanken Sie sich bei Frau Reinert! Wir werden es ihm nachweisen!«
»Wo ist Frau Reinert eigentlich abgeblieben?«
»Wie? Sehnsucht? Nach so kurzer Zeit?«
»Daniela! Bitte! Ich bin zu müde, um über Ihre Witze zu lachen!«
»Ich habe das junge Ding nach Hause geschickt. Sie war ziemlich fertig.«
»Och, das junge Ding ist fertig! Das ist der alte Sack auch, nur

dass den keiner nach Hause schickt!«
»Ich halte Sie nicht zurück, Josch! Legen Sie sich ein paar Stunden aufs Ohr, morgen geht's in neuer Frische weiter! Ich meine heute!«
»Und Sie?«
»Mache auch gleich Schluss. Wenn wir nicht fit sind, knacken wir Sturm sowieso nicht. Ich schicke ihn nach Hause, lasse ihn aber observieren. Zumindest behaupte ich das ihm gegenüber, damit er weiß, woran er ist.«
Ich nicke, verabschiede mich und schleiche davon. Im Augenblick bin ich nicht fähig, einen klaren Gedanken zu Ende zu denken. Sturm! Natürlich! Der Anwalt hat Schössers Geld verwaltet! Gut möglich! Der Gedanke ist nicht abwegig. Könnte da mehr dahinter stecken? Ich bekomme das nicht zusammen, ich brauche eine Mütze Schlaf!
Dringend! Sofort!
Der Sanitätsraum wird langsam zu meiner zweiten Heimat, aber was soll's! Mit Mühe und Not schaffe ich es, meine Schuhe auszuziehen. Ich lege mich hin und schließe die Augen. Marion, Katja Reinert, Daniela Sommer und Angela Stürmer geistern durch meine Gedanken und begleiten mich in den Schlaf. Ein deutlicher Frauenüberschuss!
Wie in meiner Jugend, aber da waren die Rollen irgendwie anders verteilt.

# 31.

Ich kann mich nicht erinnern, in letzter Zeit so gut geschlafen zu haben wie heute Nacht. Nach der vorletzten Übernachtung auf der Krankenliege hatte ich Nackenschmerzen und alle Knochen taten mir weh, aber heute Morgen fühle ich mich richtig gut. Anscheinend hat mein Körper mit der Liege einen Friedensvertrag abgeschlossen.

Um 8 Uhr stehe ich geduscht und halbwegs hergerichtet in meinem Büro und wundere mich, dass weder Inge Manderscheid noch der Duft von frisch gekochtem Kaffee auf mich warten, bis mir einfällt, dass Samstag ist.

Oh Gott, Marion! Die mir vom Schicksal Zugeteilte kommt mir plötzlich wieder in den Sinn. Nicht, dass ich meine Zuneigung für sie verloren hätte, aber sie ist im Zuge der sich überstürzenden Ereignisse einfach ins Hintertreffen geraten. Ich werde mich auf einige vorwurfsvolle Fragen einstellen müssen, aber das kann warten, denn zuerst brauche ich einen Kaffee; außerdem liegt Marion um diese Zeit mit Sicherheit noch in den Federn.

Also erst mal Kaffee besorgen und etwas zum Frühstück; notwendigerweise aus den Automaten in der Kantine. Wo bleiben die anderen? Kaum zu glauben, dass die sich Zeit lassen! Es ist gleich halb neun!

Zuerst den Anruf bei Marion. Nach einer Weile meldet sich der Anrufbeantworter. Ich spreche eine paar erklärende Worte und verspreche, vorbeizukommen, spätestens am Abend.

Wo bleibt der Rest der Truppe? Die werden hoffentlich nicht annehmen, dass die Arbeit heute ruht, nur weil Samstag ist! Ich schreibe den Einsatzbericht über die zurückliegenden Tage, das überbrückt die lästige Warterei.

Als hätten sie sich abgesprochen kommen Ken, Marius und

Rudi Closter gleichzeitig im Kommissariat an. Rudi hat Kaffee und einen Butterkuchen dabei; wenn ich das gewusst hätte, hätte ich mir die Plörre und das Trockenfutter aus den Automaten sparen können!

Treffpunkt ist das kleine Besprechungszimmer, eben dort, wo vor ein paar Stunden Rechtsanwalt Sturm von Frau Sommer in die Mangel genommen worden war. Kaum dass alle versammelt sind und der Kaffee in den Tassen dampft, erscheint die Staatsanwältin.

Bei Kaffee und Kuchen schildert jeder die Ereignisse der vergangenen Nacht aus seiner Sicht. Mitten hinein platzt Polizeipräsident Weller, den Pressesprecher im Schlepptau.

»Ich dachte mir, dass Sie alle im Dienst sind«, erklärt er und begrüßt jeden einzeln mit Handschlag. »Mein Kompliment gilt dem ganzen Team. Ich habe über Umwege von den Ereignissen erfahren.«

»Wir hatten keine Gelegenheit«, versucht Rudi sofort, sich zu rechtfertigen.

»Rudi, Du musst nichts klarstellen!«, unterbricht der Polizeipräsident und lächelt. »Mir ist klar, dass Ihr die ganze Nacht auf den Beinen ward. Lasst Euch nicht stören, Herr Bilsdorf und ich wollen uns lediglich einen Überblick verschaffen. Der Innenminister hat anfragen lassen; wir werden nicht umhin kommen, am Nachmittag vor die Presse zu treten. Was haben Sie mir zu berichten?«

Wir fangen von vorne an und erzählen der Reihe nach über die Ereignisse der letzten 24 Stunden. Als die Staatsanwältin von ihrem Verdacht gegenüber Rechtsanwalt Sturm berichtet, wird Weller hellhörig.

»Davon kein Wort an die Presse!«, ermahnt er den Pressesprecher. »Das birgt jede Menge Zündstoff. Der Sprecher einer Bürgerinitiative verstrickt in einen Mordfall, das ist politisch brisant! Wir lassen nichts raus, bevor es in trockenen Tüchern ist!«

Der Pressesprecher nickt devot, Frau Sommer will etwas sagen, aber Wessel stoppt den Versuch.
»Das bedeutet natürlich nicht, dass Sie diesem Anfangsverdacht nicht peinlichst genau nachgehen werden, Frau Staatsanwältin. Ich weiß, dass Sie sich der Brisanz bewusst sind, lassen Sie sich nicht einengen.«
»Ich bin Staatsanwältin, Herr Präsident«, fährt Frau Sommer entrüstet hoch. »Bei allem Respekt! Wer sollte mich einengen?«
Rums! Typisch Daniela Sommer! Ungebremst durch die Decke!
Der Polizeipräsident reagiert gelassen.
»Danke für diesen emotionalen Hinweis. Ich stelle fest, wir surfen auf der gleichen Welle. Ich nehme das mit Freude zur Kenntnis.«
Die Staatsanwältin brummelt irgendetwas vor sich hin, was ich wohlwollend als Entschuldigung auffasse. Der Pressesprecher versucht, diesen peinlichen Auftritt zu übergehen.
»Ich benötige Details. Uhrzeiten, Ortsangaben, Personaleinsatz, solche Informationen eben.«
»Nachher schicke ich Dir den Einsatzbericht«, biete ich an. »Da steht alles drin, was Du wissen musst.«
Die Lage entspannt sich. Wir sitzen eine halbe Stunde beisammen und besprechen das weitere Vorgehen. Hauptpunkt ist die rechtliche Einschätzung hinsichtlich des Anwalts Wiegand Sturm. Letztlich einigen wir uns darauf, dass die Befragung in seinem Büro oder in seiner Wohnung stattfinden soll. Vorerst reichen die Verdachtsmomente für eine Hausdurchsuchung nicht aus. Frau Sommer kündigt telefonisch unser Erscheinen an und stößt dabei überraschenderweise auf Verständnis. Uns ist klar, dass wir Sturm in die Enge treiben müssen und dabei kann uns nur eine Person helfen: Hagen Schlösser! Nur er kann belastende Aussagen zu einer Beteiligung des Anwalts liefern. Sogar dann, ließe sich daraus vorerst allenfalls eine

Falschaussage und Irreführung zum Aufenthaltsort von Hagen herleiten, denn Sturm wird alles andere abstreiten und dann steht Aussage gegen Aussage.
Ken bringt Sturms Sekretärin ins Spiel, worauf wir beschließen, ihr sicherheitshalber auf den Zahn zu fühlen. Sturm und sein Umfeld sollen von Staatsanwältin Sommer und Ken Arndt beackert werden, um Hagen Schlösser werden sich Marius Sorg und ich kümmern.
Wir wissen, dass die Vernehmung nicht einfach werden wird. Ihn anhand der Spuren und Indizien überführen zu können, dürfte das kleinere Problem sein, ihm aber ein Geständnis und das zugehörige Motiv zu entlocken, wird angesichts seine psychischen Zustandes zu einer Herausforderung; gleiches gilt für die Preisgabe möglicher Mittäter oder Mitwisser.
Wir sind gehalten, ihm keine Fragen zu stellen, die ihm vorgefertigte oder erwartete Antworten quasi auf die Zunge legen, er muss aus freien Stücken erzählen. Dieser Umstand kann vor Gericht von entscheidender Wichtigkeit sein.
Böhmer und Schwarzmüller sind zwischenzeitlich eingetroffen und haben Schlösser durch einen Spionspiegel beobachten können. Schwarzmüller lässt sich nicht festnageln. Er glaubt zwar, in der Person im Vernehmungsraum eine gewisse Ähnlichkeit mit Hagen Schlösser erkennen zu können, ist sich aber schließlich nicht ganz sicher. Da ihm mehr als ein eindeutiges vielleicht nicht abzugewinnen ist, können wir seine Aussage vergessen.
Bei Böhmer ist das anders. Er gibt die Wahrscheinlichkeit zunächst mit 95 Prozent an und verweist dann auf eine Narbe auf Schlössers rechtem Handrücken, die ihn endgültig identifizieren würde. Wir lassen nachschauen und tatsächlich findet sich die beschriebene etwa ein Cent große Verbrennungsnarbe. Damit steht fest: Der Mann im Vernehmungszimmer ist Hagen Schlösser!
Ich habe bei unserer erneuten Begegnung Mühe, in dem

Mann dieselbe Person zu erkennen, die wir in der Nacht festgenommen hatten. Eine ausgiebige Körperpflege und ein paar Stunden Schlaf haben aus Hagen Schlösser einen einigermaßen ansehnlichen Zeitgenossen gemacht. Auch sein Blick ist jetzt klarer, geblieben ist sein Schweigen.
Der untersuchende Arzt hat in Schlössers Blut deutliche Spuren von Amphetaminen nachweisen können und erklärt, dass die Werte auf einen langjährigen Konsum hindeuten. Auf einem Beiblatt sind die Wirkungen und Wechselwirkungen der Droge aufgeführt. Schlösser hat das Zeug durch die Nase geschnieft, das ergibt sich aus dem Befund der Schleimhäute.
Es stellt sich automatisch die Frage, woher Schlösser die Drogen besorgt und wie er sie finanziert hat. Das werden zeitaufwendige Recherchen. Gab es einen Vermittler oder Kurier? Erneut fällt mir der Name Sturm ein.
Der Psychologe, der uns zur Seite gestellt wurde, ist nicht wesentlich älter als sein Patient. Dementsprechend groß sind meine Zweifel, dass uns der Mann, dessen Name ich nicht verstanden habe, mit einem großen Erfahrungsschatz weiterhelfen kann. Meine Bedenken werden bestätigt, als er sich nach einem Gespräch mit Hagen Schlösser uns gegenüber äußert. Die Ersteinschätzung, die uns der junge Psychologe vorab mündlich mitteilt, ist geprägt von Konjunktiven und Fachsimpeleien, die alles offen lassen und nichts festlegen.
Mit einer hypomanischen Episode bei ausgeprägtem psychotischem Syndrom, die bei einer bipolaren affektiven Störung, die wiederum bedingt durch den frühen Verlust des dominanten richtungsweisenden Elternteils, oder genetisch bedingt, einen pubertären Auswuchs erfahren haben könnte, kann ich ebenso wenig etwas anfangen wie mit der alternativ dargestellten paranoiden Persönlichkeitsstörung der F 22 Gruppierung mit psychogener Psychose.
»Klingt unglaublich kompliziert«, bemerke ich. »Ist es wahrscheinlich auch! Wer ist schon in der Lage, die bisweilen abst-

rusen Vorgänge eines menschlichen Gehirns in einfache Worte zu fassen. Ich versuch's auf meine Art! Hagen Schlösser ist psychisch auffällig, mit normalen Maßstäben nicht zu messen und möglicherweise für seine Taten nicht verantwortlich zu machen. Wenn es dumm läuft, ermitteln wir uns zu Tode und sein Anwalt plädiert auf Unzurechnungsfähigkeit.«

»Naja so einfach können Sie es sich nicht machen!«, widerspricht der Psychologe. »Entscheidend ist, in welchem Zustand sich der Mann zum Zeitpunkt der Tat befand! Das muss natürlich hinsichtlich seiner Entwicklung und im Konsens zu seinem Umfeld zu sehen.«

»Ja, natürlich!«, unterbreche ich, weil ich ahne, dass mich die ausstehenden Erklärungen nicht weiterbringen. »Halten Sie Schlösser für fähig, dass er das im Alleingang durchgezogen hat? Oder ist es möglich, dass er nur ein Werkzeug ist, eine Marionette, die ausführt, was andere von ihm erwarten?«

»Ohne weitergehende Analyse kann ich das mit Bestimmtheit nicht sagen.«

»Helfen sie mir! Es geht nicht ums Detail! Ich muss mir eine Vernehmungsstrategie zurecht legen und meine Fragen sorgsam formulieren. Falls er Komplizen hat, muss ich wissen, wie ich ihn anpacken muss, um hinter die Namen zu kommen. Es geht nicht um Schlösser alleine; die Indizien werden ihn überführen und ob er nun im Knast oder in der Psychiatrie landet, ist für mich im Augenblick nicht wichtig. Wir werden mit den ersten Befragungen beginnen, ich bitte Sie aufmerksam darauf zu achten, wo es aus Ihrer Sicht Anzeichen gibt, dass er nicht alleine gehandelt haben könnte.«

In den nächsten beiden Stunden unterziehen wir Schlösser einer ersten Befragung. Ein Pflichtverteidiger, der ihn zuvor unter vier Augen gesprochen hat, steht ihm zur Seite und achtet peinlichst darauf, dass wir die Rechte seines Mandanten nicht missachten. Wir sind bemüht, alle Emotionen außen vor zu lassen, und uns um die Fakten zu kümmern.

Auf unsere Fragen antwortet Schlösser nicht; wenn er etwas sagt, dann nur nach mehrmaliger Wiederholung und nach Aufforderung seines Anwalts. Aber auch dann gibt er nichts von Bedeutung von sich, nichts, dass auf ein Motiv oder eine Mittäterschaft schließen lässt. Ich habe nicht den Eindruck, dass er bewusst mauert, eher glaube ich, dass Schlösser in einer uns verschlossenen Welt lebt und nicht zuordnen kann, was wir überhaupt von ihm wollen.
»Sie wollten zu Ihrem ehemaligen Lehrer, dem Herrn Böhmer«, versuche ich es. »Zu dem hatten Sie seinerzeit großes Vertrauen, Herr Schlösser. Nun gut, Herr Böhmer wohnt jetzt irgendwo anders, das konnten Sie nicht wissen. Was wollten Sie bei Herrn Böhmer? Wollten Sie ihn um Rat fragen oder ihm etwas erzählen?«
»Dass Victoria Recht hat! Der Herr Böhmer versteht das!«
»Ja, das ist gut möglich, Hagen. Womit hat Viktoria denn Recht?«, frage ich sanft wie nebenbei.
»Ich sage nichts mehr!«
Hagen Schlösser schweigt, und dabei bleibt es für den Rest der Vernehmung.
»Hat jemand eine Vorstellung, was er meint?«, frage ich, als Schlösser zurück in seine Zelle gebracht worden ist.
Schulterzucken. Kopfschütteln.
»Wer ist Viktoria?«, frage ich. Die Frage stelle ich hauptsächlich an mich selbst.
Ich greife zum Telefon und rufe Ken Arndt auf seinem Diensthandy an.
»Seid Ihr bei Sturm?«
Es entsteht eine kurze Pause, in der sich Ken anscheinend einen ungestörten Ort sucht.
»So, jetzt kann ich«, meldet er sich erneut. »Wir sind seit knapp einer Viertelstunde bei ihm. Er spielt den Ahnungslosen.«
»Hör gut zu, Ken! Frag ihn sofort nach seiner Sekretärin

aus! Vor allem, wie sie mit Vornamen heißt. Ich warte. Mach schon!«

»Das wissen wir. Sie heißt Victoria Sturm und ist seine Schwester.«

»Bingo! Sie und Schlösser kennen sich womöglich! Schlösser hat ihren Vornamen genannt, mehr sagt er nicht. Es ist nicht ausgeschlossen, dass sie ebenfalls mit im Boot ist. Wir brauchen unbedingt ihren aktuellen Aufenthaltsort. Versuch, das rauszukriegen! Umgehend! Und Ken: Vorsicht! Lass Dir nicht anmerken, dass wir von dem Kontakt wissen.«

»Wir können nicht sicher sein, dass sie es ist«, interveniert Ken.

»Das stimmt, aber häufig ist der Name nicht; der Rest ist…«

»Ich weiß«, seufzt Ken. »Dein Bauchgefühl! Okay, ich melde mich.«

Sieh an! Victoria ist die ledige Schwester von Sturm. Die mausgraue Schwester eines mausgrauen Anwalts. Die Ähnlichkeit war mir gleich aufgefallen, aber ich habe es nicht weiter beachtet. Ärgerlich, obwohl! Wären wir weiter, wenn – nein, wären wir nicht! Frau Reinert kam auf die Idee mit der Währungsumstellung, da war ich mit Sturm längst durch. Ich rufe Rudi an.

»Rudi, versuch bitte, etwas über eine Person namens Victoria Sturm rauszubekommen. Sie ist die Schwester des Rechtsanwalts. Finde raus, wo sie wohnt – alles, was Du kriegen kannst, aber schnell! Ruf mich an, wenn Du etwas hast!«

»Was ist der konkrete Anlass?«

»Erklär ich Dir später, es eilt!«

Ich wende mich wieder zu Marius und zum Psychologen.

»Die Frage nach einem Mittäter scheint sich zu erübrigen. Wir müssen schauen, dass wir diese Victoria ausfindig machen. Ich gehe in mein Büro.«

Wenig später sitze ich in am Schreibtisch und warte auf die Rückrufe von Rudi und Ken. Stattdessen erscheint Marions Nummer im Display.

Herrgottnochmal, ausgerechnet jetzt! Blöder Zeitpunkt! Egal, ich muss rangehen, sie hat lange genug auf mich gewartet.

»Hallo Schatz«, melde ich mich und versuche das Süßholz so fein wie möglich zu raspeln. »Lieb von Dir, dass Du anrufst. Ich hatte mich nur kurz gemeldet, damit Du weißt, dass ich noch lebe. Geht's Dir gut?«

»Ich nehme an, besser als Dir, Du Armer. Mach Dir keine Sorgen, bei mir ist alles okay. Du hast wirklich einen Scheiß-Job. Kommt Ihr wenigstens voran?«

»Ich muss es kurz machen, weil ich auf dringende Anrufe warte. Habe ein paar Stunden im Sanitätsraum gepennt; naja, was will ich machen! Wir haben den Täter, aber es fehlen einige Puzzleteilchen.«

»Super! Glückwunsch! Dann kannst Du bestimmt bald nach Hause kommen!«

»Das hoffe ich. Wie gesagt: Das letzte Teil fehlt. Hoffentlich das Letzte!«

»Das heißt was?«

»Dass ich nicht genau sagen kann, wann ich komme. Irgendwann innerhalb der nächsten vierundzwanzig Stunden.«

»Ohje! Ich sitze seit zwei Tagen hier und warte auf Dich! Nein, ich bin nicht sauer, aber ich mache mir nebenbei Sorgen um Dich. Ich muss unter die Leute, sonst fällt mir hier die Decke auf den Kopf. Ich mache mir wirklich Sorgen!«

»Das ist ganz lieb von Dir, Marion, aber Du musst Dir keine Gedanken machen, es ist alles okay. Gehst Du heute Abend zu Mico oder zu Dagmar, oder wo kann ich Dich finden?«

»Wir treffen uns um sieben bei Mico.«

»Gut, ich komme dorthin, sobald ich kann. Wir sehen uns, bis dann. Und … äh … ich … äh … hab Dich lieb!«

»Oh, Mann! Dass Du das über die Lippen bekommst! Du scheinst mich tatsächlich zu vermissen.«

»Ja, aber ich muss Schluss machen, tschüss, bis dann!«

Bevor sich eine Gefühlsduselei à la Rosamunde Pilcher breitmacht, beende ich das Gespräch.

Ken meldet sich als Erster! Victoria Sturm wohnt laut Angabe ihres Bruders in Neipel; genauer gesagt in der Kantstraße. Wiegand Sturm hat am frühen Morgen mehrfach versucht, seine Schwester zu erreichen, aber es sei niemand ans Telefon gegangen. Wo sie steckt, wisse er nicht.

»Neipel?«, kommentiere ich. »Nie gehört!«

»Das überrascht mich nicht, Josch. Der kleine Ort gehört zu Tholey, liegt in der Nähe von Dorf, ist egal, Du weißt sowieso nicht, wo das ist. Zur Orientierung: Gestern Nacht bei der Autobahnmeisterei waren wir nicht weit entfernt. Ich habe eine Streife zu der Adresse beordert.«

»Sehr gut! Was sagt Frau Sommer dazu?«

»Sie hat Wiegand Sturm spontan damit konfrontiert, dass seine Schwester und Schlösser sich gekannt haben. Sie hat das frech weg behauptet und Sturm ist aus allen Wolken gefallen. Er will davon nichts gewusst haben und ich glaube nicht, dass er uns ein Theater vorspielt. Als Anwalt weiß er, dass er sich damit in die Scheiße reiten würde. Für mich ist er glaubhaft – zumindest in dieser Sache.«

»Hat Sturm einen Schlüssel zu Victorias Wohnung? Wohnt sie alleine?«

»Weiß ich nicht!«

»Frag ihn!«

Ich warte einige Sekunden.

»Die Putzfrau hat einen Schlüssel; ich rufe sie gleich an.«

»Sag Sturm, dass er seine Schwester nur entlasten kann, indem er uns hilft, sie zu finden. Eventuell ist sie in der Wohnung … überzeug ihn, dass er mit Euch dorthin fährt! Besorg ein Foto von Victoria Sturm und schick es auf mein Handy!«

Kurz nachdem das Gespräch beendet ist, meldet sich Rudi.

»Die Sturm wohnt in der Kantstraße in Neipel«, berichtet er. »Weißt Du, wo das ist, Josch?«

»Selbstverständlich! Der kleine Ort gehört zu Tholey, wir waren gestern ganz in der Nähe.«

»Deine Ortskenntnisse verwundern mich echt!«
»Wer kennt Neipel nicht, Rudi? Sonst noch was?«
»In einem Bericht des NABU wird sie namentlich erwähnt. In dem Artikel geht es um den Schutz des roten Milan!«
»Das ist der blöde Vogel, der ständig gegen Windräder fliegt. Evolutionär betrachtet, ist der damit zum Aussterben verurteilt.«
»Aha!«
»Okay, danke! Ich halte Dich auf dem Laufenden, Rudi!«
»Halt Stopp! Du bringst mich ganz aus dem Konzept! Da gibt es einen Presseartikel aus dem Jahr 2005. Dort ist sie als Vizemeisterin ihrer Altersklasse im Armbrustschießen aufgeführt. Schützenverein Tell irgendwo im St. Wendeler Land. Ich habe außerdem das Kennzeichen ihres Wagens. Ein roter Hyundai i30. WND – Felix Xaver – eins zero sieben.«
»Warum sagst Du das nicht gleich? Das ist das Wichtigste überhaupt! Gib eine Fahndung raus, Rudi! Los mach!«
10 Uhr 45! Wieder sitze ich da und warte. Der Fall geht mir ungeheuer auf den Zeiger! Diese ständige Warterei! Und Marion wartet auf mich! Ich erinnere mich an ein Theaterstück, da wartet jemand, aber es kommt keiner. Das habe ich vor Jahren durch Zufall im Fernsehen gesehen. Keine Ahnung, auf wen die gewartet haben – auf den Zug, dafür sprach die Länge des Stücks – naja, spielt keine Rolle.
Ich rufe Marius an und bitte ihn in mein Büro. Anschließend nehme ich erneut Kontakt zu Ken auf und gebe ihm Rudis Informationen weiter. Ken erzählt, dass Wiegand Sturm pausenlos versucht, seine Schwester über Handy zu erreichen. Fehlanzeige.
»Er hat sich bereit erklärt, mit uns zur Wohnung zu fahren. Die Putzfrau mit dem Schlüssel kommt dorthin; wir fahren gleich los.«
»Hoffentlich findet Ihr dort keine Leiche.«
»Mal den Teufel nicht an die Wand!«

»Schaut Euch nach Waffen um. Die Dame war Vizemeisterin im Armbrustschießen. Macht's klick? Ich fresse einen Besen, wenn Victoria Sturm mit der Sache nichts zu tun hat.«
Marius taucht auf. Ich setze ihn über die neuesten Erkenntnisse ins Bild.
»Fürchtest Du dasselbe wie ich?«, frage ich.
»Dass Schlösser gestern einen kleinen Umweg gemacht hat, um Victoria Sturm mundtot zu machen?«
»Nein, das nicht. Das hätte er meiner Einschätzung nach in der Kürze der Zeit nicht schaffen können. Aber vielleicht hat sie sich auf eine andere Art der Verantwortung entzogen.«
»Das wäre natürlich übel, aber da glaube ich nicht dran. Ich schätze, sie hat die Fliege gemacht. Möglicherweise gibt es eine ganz simple Erklärung: ein Wochenendausflug oder so. Ein One-night-stand. Was weiß ich. Wir sind nicht sicher, ob sie überhaupt etwas mit der Sache zu tun hat.«
»Wir nicht, ich schon! Ich glaube nicht an Zufälle; aber okay, ich kann mich natürlich irren, wir werden sehen. Marius, tu mir einen Gefallen und kümmere Dich drum, dass Rudi hinter der Fahndung nach diesem roten Hyundai bleibt. Nicht, dass uns da etwas durch die Lappen geht. Es ist zurzeit die einzige Chance, an Victoria Sturm ranzukommen.«
Mein Handy meldet sich. Ken hat ein Foto der Gesuchten übermittelt.
»Ein Foto von Victoria Sturm«, beantworte ich Marius' stumme Frage. »Ich leite es an Dich weiter. Sorg dafür, dass es zu allen Dienststellen kommt!«
Marius nickt und macht sich auf den Weg.
Ich warte schon wieder!
Dieses Mal auf einen Anruf aus Victoria Sturms Wohnung oder darauf, dass ihr Wagen gefunden wird; am besten mit der lebenden Halterin hinter dem Steuer.

# 32.

Victoria Sturms Wohnung ist leer, keine Spur von der Gesuchten, weder tot noch lebendig. Auf den ersten Blick deutet nichts auf eine überstürzte Flucht hin. Waffen wurden nicht gefunden, allerdings ist es bislang nicht möglich, das ganze Haus auf den Kopf zu stellen. Staatsanwältin Sommer schildert am Telefon haarklein und wortreich die Situation vor Ort, inklusive der Reaktionen von Rechtsanwalt Sturm.

»Ich gehe mit dem Kollegen überein, dass Sturm völlig überrascht ist. Insbesondere, was seine Schwester betrifft.«

»Insbesondere, aha!«

Ich hasse diesen Ausdruck! Wenn ein Mensch mit juristischer Ausbildung vor ein Mikrofon tritt, tönt dieses Unwort aus dem Lautsprecher. Ein unbestimmter Begriff, mit dem sich nichts festnageln lässt, wie es Juristen eben lieben.

»Was ist daran merkwürdig?«, hinterfragt die Staatsanwältin.

»Nichts, ich hätte vor allem bevorzugt.«

»Bevorzugen Sie, was Sie wollen! Sturm beschreibt seine Schwester jedenfalls als besonnen, rational, schüchtern … wenn ich das ohne die brüderliche Schönheitsbrille betrachte, komme ich zu dem Schluss, dass die Frau eine gefühlsarme berechnende Einzelgängerin ist.«

»Nicht jede ist derart explosiv wie Sie, Frau Sommer, ich meine spontan!«

»Dann sagen Sie was Sie meinen und reden Sie keinen Stuss! Schauen Sie sich Victorias Gesichtsausdruck auf dem Foto an! Mal ehrlich, eine Spaßbremse ist der reinste Komödiant dagegen!«

»Wie sieht die Wohnung aus?«

»Nüchtern, ungemütlich. Alles in Weiß. Die Wände, der Boden, die Decke, die Küche, die Teppiche, die Möbel. Einheits-

weiß. Ab und zu eine schwarze Bordüre. Aber alles tipptopp aufgeräumt und sauber. Von dem Boden können Sie essen!«
»Warum sollte ich vom Boden essen wollen?«
»Stimmt! Wer auf Bäumen wohnt, kennt das nicht!«
»Reinheit, Vollkommenheit, Perfektion. Menschen, die Weiß bevorzugen leiden oft unter einem Helfer-Syndrom und wollen sich ihre Welt zurechtlegen, wie sie sie gerne hätten.«
»Du meine Güte, woher haben Sie denn diese Erkenntnisse?«
»Ich war auf einer Weiterbildung in Sachen Kriminalpsychologie.«
»Wann?«
»Da waren Sie noch nicht volljährig!«
»Im Gegensatz zu Ihnen macht die Wissenschaft Fortschritte. Das sind uralte Theorien. Ich gebe allerdings zu, dass mir die Frau etwas seltsam anmutet. Helfersyndrom! So etwas kennen Sie gar nicht! Sie haben wahrscheinlich alles weggeworfen, was weiß ist!«
»Ich bin lieber ein bunter Papagei, als dass ich mich ständig um die Probleme fremder Leute kümmere.«
»Bunter Papagei! Wir kommen zurück, Sie farbenfroher Vogel! Hier gibt es für uns nichts mehr zu tun.«
»Bleiben Sie erreichbar, falls wir Victoria Sturm orten. Bis dann!«
Ich überlege, was Victoria Sturm dazu gebracht haben könnte, sich mit Hagen Schlösser einzulassen. Auf den ersten Blick passen die beiden nicht zusammen. Sie, die reinliche Mittfünfzigerin mit Format, er, um rund zwanzig Jahre jünger, der wie ein Schrat im Wald haust und offensichtlich erhebliche psychologische Probleme hat.
In meine Gedanken platzt Rudis Anruf! Der Wagen wurde entdeckt; am Bahnhof von Lebach!
Sofort lotse ich Ken und die Staatsanwältin dorthin. Die Polizeistreife vor Ort hat durchgegeben, dass die Motorhaube erkaltet ist. Die Kollegen versuchen, Einblicke in die Kameras

der Bahnsteigüberwachung zu bekommen. Wohin ist Victoria Sturm unterwegs?
Sie hat sich ihres Wagens entledigt, weil sie ahnt, dass wir hinter ihr her sind. Kühl und berechnend! Sie will schnellstmöglich weg. Mit der Saarbahn in Richtung Saarbrücken? Von dort über die Grenze nach Frankreich? Oder direkt in Richtung Norden und dann nach Luxemburg? Gut möglich! Im Prinzip kann sie in jede Richtung abgehauen sein, aber wenn wir sehen, welchen Zug sie genommen hat, hätten wir wenigstens eine grobe Richtung.
Um 12 Uhr 45 frage ich Rudi, ob ein Rest von dem Butterkuchen da ist. Negativ! Marius besorgt drei Curry-Würste vom Imbiss eines nahen Baumarktes. Vor der Wiedervereinigung hätte mancher im anderen Teil der Republik das ganze Gericht als Sättigungsbeilage bezeichnet.
Oberkommissar Ken Arndt ruft an. Er teilt mit, dass auf den Videos des Bahnhofes keine Person zu sehen ist, die Victoria Sturm ähnlich sieht; zumindest nicht an diesem Morgen.
»Frau Sommer hätte insbesondere gesagt«, erwidere ich.
»Zu wem?«
»Vergiss es! Such das Umfeld des Bahnhofs ab, zeig den Leuten das Foto! Denk an die Taxistände und den Busbahnhof! Frag in der Fußgängerzone, falls es eine gibt, und spann die Kollegen von der Streife mit ein. Und natürlich Frau Sommer! Verdammt, ich habe es satt, ständig nach Leuten zu suchen!«
»Du machst seit Jahrzehnten nichts anderes! Oder haben sich die Täter früher alle gestellt?«
»Im Augenblick geht's mir eben gehörig auf den Wecker. Wenn Ihr mich braucht, meldet Euch!«
Rudi hat mittlerweile die Innenstadt von Lebach mit Einsatzkräften besetzen und beobachten lassen. Es würde mich nicht wundern, wenn Victoria Sturm sich noch im Stadtbereich aufhält. Wenn sie tatsächlich so clever ist, wie beschrieben, will sie vielleicht, dass wir ihr Auto finden und glauben, dass sie sich

mit dem Zug abgesetzt hat. Andererseits: Warum sollte sie in Lebach bleiben? Was will sie hier? Sie kann sich denken, dass sie hier später nicht wieder wegkommt.
Erneut rufe ich Ken an.
»Wo ist ihr Bruder? Der Rechtsanwalt?«, frage ich, ohne mich mit Begrüßungsformalitäten aufzuhalten.
»Den haben wir in seiner Kanzlei geparkt. Liegt gleich um die Ecke. Er hat Weisung, sich dort zu unserer Verfügung zu halten.«
»Okay, geh hin und frag ihn nach Bekannten und Kontakten seiner Schwester in der näheren Umgebung. Vielleicht versteckt sie sich für eine Weile, bis die Luft rein ist.«
»Glaubst Du wirklich?«
»Wir sollten es nicht ausschließen! Das Foto und die Fahndung nach ihr sind noch nicht offiziell raus. Wenn sie unter einem Vorwand bei Bekannten Unterschlupf sucht, wissen die nicht, dass wir nach ihrem Gast suchen.«
»Sie kann sich aber denken, dass das nur von kurzer Dauer sein kann.«
»Lange genug, um abzuwarten, bis wir unsere Kräfte zurückgezogen haben.«
»In Ordnung! Es ist besser, wenn Du herkommst, Josch.«
»Ich bin unterwegs zu Euch. Geh zu Sturm, wir treffen uns dort, bis gleich!«
Unterwegs telefoniere ich mich mit Ken und der Staatsanwältin im Büro von Anwalt Sturm. Der hat einige Bekannte seiner Schwester abtelefoniert. Negativ! Zwanzig Minuten später bin ich vor Ort und nehme neben Ken Arndt und Daniela Sommer Platz.
Vor zwei Tagen bin ich auf demselben Stuhl gesessen, auf der anderen Seite saß an jenem Tag derselbe Mann wie heute, aber der Typ, der uns gegenüber sitzt, hat kaum etwas gemeinsam mit der hochnäsig distinguierten Person, die uns vor Kurzem abblitzen lassen wollte.

Wiegand Sturm ist aschfahl, mit Schatten unter den Augen, unrasiert, die Haare ungekämmt und verschwitzt, Zeichen, dass dieser Mann völlig am Ende ist. Sein ängstlich flehender Blick signalisiert die unausgesprochene Bitte, ihn endlich in Ruhe zu lassen, aber diesen Gefallen werde ich ihm nicht tun. Er scheint das zu spüren und beginnt von sich aus.

»Ich habe mit diesen Verbrechen nichts zu tun, Herr Hauptkommissar! Ihre Kollegen wollen das einfach nicht akzeptieren! Und was für eine Rolle meine Schwester in der Angelegenheit spielt, kann ich Ihnen beim besten Willen nicht sagen!«

»Das wird sich klären, Herr Sturm. Mittlerweile bin ich fast geneigt, Ihnen zumindest teilweise zu glauben, aber als Anwalt wissen Sie, dass Glauben in der Jurisprudenz keine Berge versetzen kann. Sie haben keine Ahnung, wo sich Ihre Schwester aufhalten könnte?«

»Ich sagte bereits mehrfach, dass ich keine Ahnung habe! Keiner ihrer mir bekannten Kontakte hat sie in den letzten beiden Tagen gesehen. Die Letzte war die Putzfrau am Mittwoch in der Früh!«

»Zeigen Sie mir bitte ihren Terminkalender.«

»Meinen?«

»Den Ihrer Schwester natürlich!«

»Ich wüsste nicht, wo ich den finden könnte.«

»Schauen Sie nach! Sie hat einen PC, fahren Sie den bitte hoch!«

»In unserem gemeinsamen Terminkalender stehen eigentlich nur geschäftliche Dates.«

»Tun Sie's einfach!«

Ich beordere Ken, dem Anwalt über die Schulter zu schauen und wende mich an Frau Sommer.

»Würden Sie bitte in die Schreibtischschubladen der Dame schauen? Von Frau zu Frau, das ist meiner Meinung nach unverfänglicher.«

»Seit wann sind Sie feinfühlig? Oder haben Sie Angst davor,

das Unbekannte im Wesen der Frau zu entdecken?«
»Ich habe das Unwesen in mir bekannten Frauen entdeckt, schlimmer kann es nicht mehr werden.«
»Wie es Ihre Marion mit Ihnen aushält, ist mir ein Rätsel. Sie muss masochistisch veranlagt sein.«
»Fragen Sie sie! Zum Beispiel heute Abend bei Mico; Sie wissen ja, wo das ist. Bitte, die Schublade!«
Das einzige, was wir finden, sind zwei Eintragungen im elektronischen Terminkalender, die Anwalt Sturm seiner Kanzlei nicht zuordnen kann. Im zeitlichen Abstand von zwei Wochen, jeweils mittwochs um 17 Uhr sind die Namen Rita und Jerôme eingetragen.
»Ich tippe auf den Frisör und ein Nagelstudio«, meint Frau Sommer. »Was sollte eine Frau sonst eintragen? Den regelmäßigen Besuch beim Lover? Wohl kaum. Und Rita klingt bei der Uhrzeit nicht nach einem Kochkurs!«
»Ja das stimmt«, bestätigt Sturm. »Meine Schwester ging regelmäßig zum Frisör.«
»Das tun alle Menschen außer Hauptkommissar Schaum«, kann sich die Staatsanwältin eine Spitze auf meine mittlerweile etwas zu lang geratene Haarpracht nicht verkneifen.
»Weiter!«, fordere ich energisch.
»Jerôme – da gibt es einen Coiffeur in Nalbach. Und Rita, das könnte das Beauty-Studio in der Marktstraße sein. Wie der Laden heißt, weiß ich nicht, aber die Inhaberin heißt Rita Maykowski. Sie war eine Mandantin von mir. Ich rufe sie gleich an.«
»Das werden Sie bleiben lassen!«, bestimme ich. »Suchen Sie uns lieber die Adresse von diesem Figaro raus!«
»Glauben Sie wirklich, dass sie seelenruhig beim Frisör sitzt, während wir nach ihr suchen?«, fragt die Staatsanwältin mit einem Anflug von Spott im Unterton.
»Herr Sturm beschreibt seine Schwester als kühl und berechnend. Es wäre nicht unlogisch, uns von hier weg zu locken, in

einer vermeintlich sicheren Umgebung zu warten und sich erst danach abzusetzen; ein durchaus nachvollziehbares Kalkül, wenn Sie mich fragen.«
»Heute ist aber kein Mittwoch, sondern Samstag. Ein Termin ist nicht eingetragen.«
»Das werden wir gleich sehen! Für einen guten Kunden, nach einem kurzen Anruf, da öffnet der clevere Geschäftsmann ausnahmsweise den Laden oder schiebt einen Termin dazwischen. Selbst wenn sie ein oder zwei Stunden warten müsste, wäre sie in der Zeit von der Straße und raus aus dem öffentlichen Fokus.«
»Frauen!«, bemerkt Daniela Sommer. »Mich wundert, dass Sie sich in sie hineinversetzen können.«
»Ich tippe übrigens auf die Schönheitsfarm!«
»Das würde ich an Ihrer Stelle auch!«
»Der Frisör ist zu weit weg, falls er tatsächlich in Nalbach ist. Rita scheint mir naheliegender.«
Ken ordert einen Streifenwagen. Einer der Beamten soll auf Sturm aufpassen, um sicherzustellen, dass der nicht telefoniert oder die Fliege macht. Der andere Beamte wird zusammen mit Ken zu dem Coiffeur nach Nalbach fahren. Frau Sommer fordere ich auf, mich zu Rita zu begleiten, um dort nach dem Rechten zu schauen.
»Nicht, dass Sie es nötig hätten, aber ich brauche für alle Fälle Ihre Unterstützung. Unterwegs gabeln wir einen Beamten auf und nehmen ihn mit.«
Nachdem ich mich über den kürzesten Weg und die beste Parkmöglichkeit in der Markstraße erkundigt habe, machen wir uns auf den Weg.
Der Schönheitssalon trägt den voluminösen Namen Bella Donna. Mein Gott, wie einfallsreich!
»Gehen Sie vor!«, fordere ich die Staatsanwältin auf.
»Und dann? Soll ich etwa von Stuhl zu Stuhl wandern und nachschauen, ob das Gesicht unter der Gurkenmaske zu Victo-

ria Sturm gehört? Sie haben Vorstellungen!«
»Gehen Sie rein und schauen Sie, ob überhaupt jemand drin ist! Falls nein, fragen Sie, ob die Flüchtige da war, falls ja, weisen Sie sich unauffällig aus und schicken mir die Inhaberin vor die Tür!«
»Ich habe keinen Ausweis bei mir!«
Spontan beschließe ich, die Staatsanwältin bei nächster Gelegenheit in einem Moorbad zu ertränken! Ich muss mich zur Ruhe zwingen. Om! Das hier wird vorübergehen!
»Na gut! Sie stehen Schmiere, ich gehe rein!«, beschließe ich.
»Nein, das tun Sie nicht! Wir rufen das SEK!«
»Machen Sie sich nicht lächerlich! Wie wollen Sie das denn begründen? Dort kommen zwei Kollegen, die sollen hier Posten beziehen und nach einem Hinterausgang schauen. Ich geh rein!«
Bevor mich jemand zurückhalten kann, trete ich durch die Eingangstür, worauf im Inneren ein dezenter Klingelton auf mein Eindringen hinweist. Im Vorraum stehen zwei Korbsessel und eine schmale Ladentheke. Die Plakate an den Wänden lassen erahnen, dass sich mit dem Äußeren der Menschen ein ganzer Industriezweig beschäftigt, mit Sicherheit auch mit dem Thema, wie die Industrie dem Klientel am wirkungsvollsten das Geld aus den Taschen zieht. Der historisch-medizinische Begriff des Schröpfens hat mit der Zeit eine zusätzliche Bedeutung erfahren.
»Ich bin gleich bei Ihnen!«, tönt eine junge weibliche Stimme aus einem schmalen Flur, der rechts hinter der Theke abgeht. Es dauert nicht lange, bis eine sehr schlanke, sehr große, mit unendlich langen Beinen bewaffnete, junge Frau aus dem Flur in den Vorraum tritt. Ihr Lächeln ist bezaubernd. Das Mädchen ist eine absolute Schönheit! Sie lächelt pausenlos, während ich versuche, mich daran zu erinnern, warum ich überhaupt hier bin.
»Was kann ich für Sie tun?«, fragt sie und legt dabei zwei Rei-

hen makelloser Zähne frei.
»Äh, es geht um einen Gutschein für meine Frau«, lüge ich lächelnd zurück.
»Oh, gerne! An was haben Sie denn gedacht? Etwas in Richtung Anti-aging? Oder unser Wellness-Compact-Programm? Ich zeige Ihnen unser Angebot.«
Ohne Hektik zeige ich meinen Dienstausweis und das Foto von Victoria Sturm auf meinem Handy-Display.
»Ich habe eher an so etwas gedacht«, sage ich ruhig, lege einen Zeigefinger auf den Mund und deute auf den Flur. »Haben Sie etwas in der Richtung im Angebot?«
Schockstarre pur! Die Schönheit bleibt zwar, aber das Gesicht der jungen Frau sieht aus, als habe sie gerade an einer Zitrone gelutscht. Dabei schaut sie mich an, als käme ich von einem anderen Stern.
»Können Sie damit dienen?«, wiederhole ich meine Frage.
»Was? Ach so!«
Schnell halte ich ihr sanft die Hand vor den Mund. Keinen Namen, der die Flüchtige vorwarnen könnte, falls sie sich irgendwo dort hinten in einem der Räume aufhält.
»Ja, das ist möglich«, sagt die Frau, als ich ihren Mund freigebe und ihr zur Erinnerung erneut meinen Dienstausweis unter die Nase halte. »Ich glaube, dass ich etwas für Ihre Frau habe.«
»Na, das ist wunderbar!«, schauspielere ich und deute dabei auf den Flur.
»Das finde ich auch«, sagt sie und nickt.
Cleveres Mädchen! Ich forme mit dem Mund die Frage: wo? Sie hebt die Hand und streckt zwei Finger in die Höhe. Kabine zwei also!
Alleine?, formuliere ich stumm.
Sie nickt.
Weniger als 30 Sekunden später ziehe ich mit gezogener Waffe den Vorhang zu Kabine zwei zurück und trete lautlos ein. Die Frau liegt bäuchlings mit nacktem Oberkörper auf der Liege

und hat das Gesicht in ein Handtuch gepresst. Die Hände liegen seitwärts am Körper.

Mit einem schnellen Blick erfasse ich, dass der Raum keine Fenster hat. Flucht unmöglich! Die Frau bemerkt nicht, dass sie einen ungebetenen Besucher hat.

»Frau Sturm? Victoria Sturm?«, frage ich ruhig. »Ich muss Sie bitten, mich zu begleiten. Mein Name ist Schaum, Hauptkommissar beim LKA Saarbrücken.«

Während ich es sage, springt die Frau auf und vergisst dabei, dass sie nun barbusig vor mir steht. Für einen winzigen Augenblick komme ich zu der Erkenntnis, dass ich unangenehmere Verhaftungen vollzogen habe. Dass Victoria Sturm vor mir steht, erkenne ich sofort. Sie macht keinerlei Anstalten, sich der Festnahme zu entziehen und bleibt regungslos stehen.

»Was fällt Ihnen ein?«, ist alles, was sie von sich gibt, aber dieser Einwand wirkt nicht überzeugend.

Sie weiß, dass es vorbei ist, dass sie hier nicht mehr wegkommt und fügt sich der Ausweglosigkeit ihrer Situation.

»Ersparen Sie sich und uns einen spektakulären Auftritt«, schlage ich vor. »Das wäre unter Ihrem Niveau. Kommen Sie einfach mit.«

Victoria Sturm schaut mich an. Ratloses Schweigen. Ihr hübscher wohlgeformter Busen bebt unter der stoßartigen Atmung. Sie scheint sich ihrer Nacktheit nicht bewusst zu sein, oder es ist ihr gleichgültig.

»Ziehen Sie sich bitte an und kommen Sie mit!«

Sie dreht mir den Rücken zu und will sich ankleiden.

»Moment! Darf ich?«

Ich taste in ihren Kleidern nach einer Waffe und schaue in die Schuhe. Sauber!

»In Ordnung. Bitte, kommen Sie!«

Vor der Tür warten die Staatsanwältin und mittlerweile drei Polizeibeamte. Als wir nach draußen treten, kommen zwei Beamte sofort zu uns und nehmen Victoria Sturm in ihre Mitte.

»Frau Sturm, haben Sie uns etwas mitzuteilen?«, frage ich der Form halber. »Vielleicht in der Angelegenheit Hagen Schlösser? Nein? Sie müssen nichts sagen, aber wenn Sie sich äußern wollen, dann bitte!«

Keine Reaktion. Selbstbeherrschung pur. Ihr Blick ist in die Ferne auf einen unsichtbaren Punkt gerichtet. Unnahbarkeit. Oder drogenbedingte Gleichgültigkeit.

»Bringen Sie Frau Sturm ins Präsidium!«, fordert Staatsanwältin Sommer die Beamten auf.

»Frau Victoria Sturm, ich nehme Sie vorläufig fest, wegen des dringenden Tatverdachtes an der Beteiligung oder Vorbereitung diverser Tötungsdelikte sowie anderer Straftaten.«

Auch jetzt zeigt die Festgenommene keinerlei Reaktion. In Handschellen wird sie zum Einsatzfahrzeug geleitet und vorsichtig hinein bugsiert.

»Gratulation!«, sagt Daniela Sommer und schlägt mir jovial auf die Schulter. »Das nenne ich Schneid!«

»Rufen Sie Kriminalrat Closter an und geben ihm Bescheid. Er soll alles vorbereiten und die Spurenermittlung schicken. Ich blase inzwischen den Einsatz ab und gebe Entwarnung. Wir treffen uns in zehn Minuten in Sturms Kanzlei.«

Wiegand Sturm ist zunächst entsetzt, als er von der Verhaftung seiner Schwester erfährt. Er ist allerdings Anwalt genug, um sofort zu erklären, dass er ihre Mandantschaft übernehmen werde und unverzüglich seine Schwester sehen will.

»Das trifft sich gut«, erwidere ich. »Da wir Sie in ihrer eigenen Sache ohnehin im Präsidium sehen wollen, schlagen wir zwei Fliegen mit einer Klappe. Ob Sie allerdings Ihre Schwester juristisch offiziell betreuen dürfen, muss erst entschieden werden. Ich hatte nie den Fall, dass ein potenzieller Mitangeklagter gleichzeitig Bruder und Verteidiger einer Hauptverdächtigen ist. Das soll die Staatsanwaltschaft entscheiden.«

»Das werden wir, aber nicht sofort«, ergänzt Frau Sommer. »Kommen Sie morgen ins Präsidium.«

»Ich möchte lieber gleich mit Ihnen kommen!«
»Wie Sie wollen, aber geben Sie sich nicht der Hoffnung hin, dass das heute viel bringt.«
»Sie nehmen mich nicht fest?«
»Nein, aber was nicht ist, kann noch werden.«
»Ich fahre los!«, erkläre ich. »Wir sehen uns im Präsidium.«
Bevor jemand einen Einwand formulieren kann, bin ich unterwegs. Um 14 Uhr bin ich wieder im Präsidium; das war ein kurzer und effektiver Ausflug. Mittlerweile verspüre ich zwar ein ausgeprägtes Hungergefühl, aber auf die nächste Curry-Wurst, das hundertste Kebab oder die tausendste Pizza habe ich keine Lust, und überhaupt hängt mir dieser ganze Fraß zum Halse heraus. Es wird Zeit, dass ich mich ausgewogen und vernünftig ernähre, aber das nehme ich mir seit Jahren vor.
Ich bespreche mich mit Rudi und Marius und schildere, wie die Festnahme abgelaufen ist. Ken und Marius sollen später die Erstvernehmungen durchführen und die notwendigen Formalitäten erledigen. Nach einer Weile treffen Ken und die Staatsanwältin ein.
»Ihr könnt machen, was Ihr wollt, ich fahre nach Hause!«, erkläre ich mit Bestimmtheit. »Morgen ist ein neuer Tag, auch wenn es ein Sonntag ist. Ich brauche umgehend eine Badewanne, ein anständiges Bett, frische Klamotten und ein ordentliches Essen. Vor Montag läuft hier sowieso nichts und mit der Presse soll sich der Pressesprecher rumschlagen, das ist schließlich sein Job. Wenn er Fragen hat, soll er sich bei Frau Sommer melden. Hat jemand etwas dagegen?«
»Nein!«, meint Rudi. »Das geht völlig in Ordnung, ich haue nämlich auch ab, die Arbeit ist getan!«
»Machen Sie nur!«, bestätigt Frau Sommer. »Die älteren Herrschaften haben sich eine Ruhephase verdient. Die Herren Oberkommissare und ich bringen das ganze ins Rollen, der Rest kann warten bis Montag.«
Ken und Marius schauen nicht unbedingt hoch motiviert aus

der Wäsche, fügen sich aber wortlos ihrem Schicksal.
So kommt es, dass ich um 16 Uhr in meinem Bexbacher Zuhause in der Badewanne liege, die Post der letzten Tage durchforste und mich frage, warum mir meine Hausbank seit Wochen per Brief einen Kredit andrehen will, den ich weder brauche noch haben will. Den Blödsinn mit dem günstigen Zinssatz im Kleingedruckten schaue ich mir ebenso wenig an wie die Werbesendung für Sonderposten preiswerter Hörgeräte und den Gutschein für eine Seniorenfahrt nach Was-weiß-ich-wohin. Ja, die Post ist altersgerecht.
Nach dem erholsamen Bad mache ich ein kleines Nickerchen und bin froh, dass ich sicherheitshalber den Wecker auf 18 Uhr gestellt habe, sonst wäre aus dem Treffen mit Marion heute wieder nichts geworden.
Auf dem Weg nach Spiesen mache ich im alten Hüttenareal in Neunkirchen Station und schaufele im Brauhaus mit Genuss eine Lyonerpfanne in mich hinein; dazu ein kühles Helles – wie schön und entspannend kann die Welt sein! Ich könnte mich glatt daran gewöhnen, aber das muss ich erst mit Marion zu Ende diskutieren.
Nicht heute, aber bald!

# 33.

Um halb neun am Abend treffe ich vor Micos Kneipe ein und finde erst nach längerem Suchen einen Parkplatz. Normalerweise ist um diese Zeit keiner der Stammgäste mit dem Auto unterwegs und die Frühkneipianer sind nach der Sportschau in der Regel wieder nach Hause gegangen, einige sicherlich mit etwas Schlagseite.
Anscheinend ist Micos Kneipe mittlerweile in die Kultszene aufgenommen worden, denn auf dem Parkplatz steht ein Auto mit Saarlouiser Kennzeichen, eins aus Völklingen und sogar ein Landeshauptstädter hat den Weg in die Niederungen der Provinz gewagt. Mir soll es egal sein, Hauptsache, ich habe einen ruhigen und harmonischen Abend. Zehn Minuten gebe ich mir, um alle Fragen zu beantworten, keine Sekunde länger, und dann geht es zum gemütlichen Teil mit Marion über. Da wir nicht weit bis zu Ihrer Wohnung haben, werde ich den Wagen stehen lassen und mir das eine oder andere Bierchen genehmigen, was soll's! Mit dieser freudigen Erwartung öffne ich die Tür und betrete die Kneipe.
Aus der Musikbox dröhnt Highway to Hell, von dem ich glaubte, ihn hinter mir gelassen zu haben. Im Schankraum herrscht Jubel, Trubel, Heiterkeit; die Truppe hat zweifelsfrei auf mich gewartet. Die Theke ist in Dreierreihen belagert, jeder will mir auf die Schultern klopfen oder sonst wie seine Sympathien zeigen. Von links wird mir ein Bier gereicht, von rechts fliegt mir Marion an den Hals, küsst und umarmt mich.
»Vor einer Stunde haben sie es im Fernsehen gezeigt und im Radio kommt es alle halbe Stunde!«, erklärt sie. »Du wirst namentlich genannt. Kriminalhauptkommissar Schaum hat die Ermittlungen geleitet, die zur Ergreifung des Serienmörders geführt haben. Morgen soll es eine Sondersendung geben, Du

bist ein Star!«

»Was soll denn der Unsinn nun wieder? Ich weiß nichts von eine Sondersendung. Außerdem habe ich Feierabend und morgen ist Sonntag!«

»Jetzt wird ’ne Runde fällig!«, fordert Erik, den ich um diese Zeit noch nie in der Kneipe gesehen habe und auch sonst nur selten.

»Crémant für die Damen!«, fordert eine Stimme aus dem Hintergrund. Diese Stimme kenne ich: Staatsanwältin Daniela Sommer! Bitte nicht! Neben ihr steht Katja Reinert, hinter einem Pfeiler lugt Inge Manderscheids Kopf hervor. Umrahmt ist das Trio von Frauen der Siedlung, deren Männer auf der anderen Seite der Theke angeregt diskutieren.

»Mein Gott!«, entfährt es mir. »Bin ich denn vor Euch nirgendwo sicher?«

»Ich finde, das war eine super Idee!«, erklärt Frau Reinert. »Lassen Sie’s krachen, heute Abend wird gefeiert!«

»Wieso seid Ihr hier?«, frage ich in die Runde.

»Eine spontane Idee!«, erklärt Frau Sommer. »Ich habe rundgerufen und alle waren sofort dabei. Marion fand das super! Ich habe sie übrigens mit Frau Reinert bekannt gemacht, bevor Schlimmeres passiert. Alles bestens!«

***

Der Abend wird tatsächlich überaus amüsant. Da ich ausgeschlafen und gesättigt bin, halte ich länger durch als üblich.

Mico unterhält die Gäste mit launigen Zoten über die Manneskraft sizilianischer Männer und die Anmut deutscher Kriminalbeamtinnen. Augenscheinlich ist er mal wieder unsterblich verliebt, sein jüngstes Opfer ist Katja Reinert. Nach dreiundzwanzig Uhr und um ein gutes Promille später, ist zwar die Hälfte der Gäste nach Hause gegangen, aber der harte Kern macht ungebremst weiter. Irgendwann weit nach Mitternacht werden meine und Micos Ruhestandspläne thematisiert. Während die Männer erfolglos versuchen, die Berechnung der Ruhestandsgehälter auf die Reihe zu bekommen, diskutieren die Frauen heftig, was sie mit uns alten Säcken alternativ anfangen könnten, wenn wir aus dem Berufsalltag raus sind.

Als Mico das mitbekommt, beschließt er spontan, Katja Reinert zu ehelichen und mit ihr eine Olivenplantage am Fuße des Ätna zu betreiben. Daniela Sommer erwähnt, dass ihr vor nicht allzu langer Zeit der gleiche Hain vom gleichen Sizilianer ebenfalls versprochen worden sei. Marion und Sonja berichten ebenfalls von diesem Angebot, worauf der in Erklärungsnotstand geratene Sizilianer beschließt, weitere Ländereien auf seiner Heimatinsel zu erwerben.

»Wenn ich alle Fraue mittenehme, die wo ich kann begatte, ist der Insele zu kleine«, wehrt er weitere Nachfragen ab.

Mein Versuch, Frau Reinert den Nachbarn vom Köppchen vorzustellen, endet gleich zu Beginn bei Dagmar und Markus. Er lässt sich ausschweifend über seine Vergangenheit bei der Marine aus, sie gibt tausend Tipps für die Gartenarbeit. Das geschieht synchron und wird nur durch die nächste Runde Williams oder Averna unterbrochen. Ich kann mir gut vorstellen, dass Katja Reinerts Leidenschaft für das Meer und den Garten der Natur in dieser Nacht einen schweren Knacks bekommt.

***

Ich kann mich dunkel erinnern, dass uns ein Taxi irgendwann nach Hause gebracht hat, aber wie ich ins Bett gekommen bin – keine Ahnung! Es hätte keinen Sinn, jemanden danach zu fragen. Von dem Presserummel am darauffolgenden Sonntag bekomme ich nichts mit. Trotz Restalkohol, der eventuell für einen Führerscheinentzug gereicht hätte, quäle ich mich um 10 Uhr ins Präsidium. Ich bleibe in meinem Büro und weigere mich strikt, irgendein Statement abzugeben – ich bin dazu angeblich nicht in der Lage. Da es der Staatsanwältin ähnlich geht, bleibt das Ganze an Rudi und dem Pressesprecher hängen.

Später sollten sich um diese Nacht der Nächte die wildesten Gerüchte verbreiten. Eines besagt, dass Mico Frau Reinert zu früher Stunde versprochen habe, die Kneipe nicht zu schließen und seine Rückkehr in die sizilianische Heimat zu verschieben, wenn sie im Gegenzug verspricht, wöchentlich als Stammgast vorbeizuschauen. Ich kann mir gut vorstellen, dass das mehr als ein Gerücht ist.

Außerdem kursiert die Klatschgeschichte, wonach Stammgast und Mitbewerber Peter hochgerechnet hat, dass die wöchentliche Zeche von Frau Reinert mit einem Jahresaufwand von maximal 400 Euro finanziert werden kann, worauf Dagmar einen Förderverein gegründet haben soll und Sonja in der Siedlung unterwegs ist, um die Kohle einzutreiben. Ob das wahr ist, weiß ich nicht, aber Frau Reinert wurde eine Woche später erneut in Micos Kneipe gesehen.

# 34.

Während der nächsten Tage sind wir rund um die Uhr bemüht, Licht ins Dunkel der Anschläge und die Tatverdächtigen zu bringen.
Spurenanalysen, DNA-Abgleiche und die Auswertungen der spärlichen Aussagen von Hagen Schlösser identifizieren ihn zwar nach und nach eindeutig als Täter, aber ein Geständnis ist ihm nicht zu entlocken. Bei der Suche nach dem Motiv sind wir weiterhin auf Spekulationen angewiesen, es erschließt sich uns nicht vollständig, weil sich die Aussagen teilweise widersprechen.
Staatsanwältin Sommer will mit allen rechtsstaatlichen Mitteln verhindern, dass Schlösser als unzurechnungsfähig erklärt wird und in der Psychiatrie landet.
»Dass Hagen Schlösser an psychischen Störungen leidet und ein verfremdetes Bild von der Realität hat, ist unzweifelhaft; das zu erkennen, braucht es keiner psychologischen Tiefenausbildung«, erklärt sie immer wieder. »Dennoch ist er aus Sicht der Staatsanwaltschaft für seine Taten vollumfänglich verantwortlich zu machen!«
Beim aktuellen Stand der Ermittlungen dürfte es schwer werden, diesen Standpunkt vor Gericht durchzusetzen, unser größtes Problem ist jedoch nach wie vor das tatauslösende Motiv.
Eine Woche nach den nächtlichen Geschehnissen erreicht uns immerhin die positive Nachricht, dass Franz Oberringer aus dem Krankenhaus entlassen worden ist. Dass er und seine Frau von Hagen Schlösser niedergeschlagen worden war, hat die Spurenlage eindeutig nachweisen können. Es wird zwar noch eine Weile dauern, bis sie den Schock überwunden haben werden, aber wenigstens sind laut Aussage der Ärzte keine medizinischen Spätfolgen zu erwarten. Angeblich bereiten die beiden

sich auf einen längeren Aufenthalt in einer Kurklinik vor.

Victoria Sturms Rolle in diesen Fällen ist zunächst die nächste große Unbekannte in unserer Gleichung. Sie bestreitet nicht, Schlösser mit Barmitteln versorgt und ihm die Waffe organisiert zu haben, mehr ist bei ihr allerdings nicht zu holen. Sie gibt gerade so viel zu, wie wir ihr anhand der Spurenlage ohnehin nachweisen können, zu weiteren Vorwürfen äußert sie sich mit keinem Wort.

Eine Woche lang bewegt sich nichts in den Vernehmungen, aber ich weiß, dass ich einen langen Atem brauche, um diese scheinbar unnahbare Person zu knacken. Am Ende der ersten Woche habe ich das Gefühl, dass bei Victoria Sturm langsam der Putz bröckelt.

»Ich kann nicht nachvollziehen, warum Sie meinem Bruder verwehren, mich als Anwalt zu vertreten«, beginnt sie die nächste Vernehmungsrunde. Diesen Satz höre ich seit Tagen als Eingangsstatement unserer Gespräche.

Langsam wird mir klar, dass ihr Bruder Wiegand womöglich der wunde Punkt ist, an dem ich sie packen kann. Bisher habe ich stets geantwortet, dass die Prüfung auf Zulassung noch nicht abgeschlossen ist, aber heute ändere ich meine Taktik.

»Frau Sturm, wir gehen mittlerweile davon aus, dass Ihr Bruder mittelbar oder unmittelbar an den Taten beteiligt war«, erkläre ich. »Solange er diesen Verdacht nicht eindeutig widerlegen kann, kommt ein Mandat nicht einmal ansatzweise in Frage.«

»Sie wissen ganz genau, dass Wiegand mit dieser Sache nichts zu tun hat!«, keift Victoria Sturm zurück.

»Woher sollten wir das vermuten? Weil er es behauptet? Ich bitte Sie! Weil Sie es behaupten? Hagen Schlösser schweigt, aber es ist eindeutig, dass er einen Helfer gehabt haben muss! Ihr Bruder? Sie? Oder beide? Sagen Sie es uns! Liefern Sie uns Beweise!«

Zum ersten Mal zeigt Victoria Sturm jetzt eine Regung. Die unterkühlte Diva ist tatsächlich zu Emotionen fähig! Sie rutscht verunsichert auf ihrem Stuhl, wippt mit dem Oberkörper und greift sich zunächst an die Nase, dann reibt sie sich das linke Ohrläppchen.

Sie ist verunsichert; steckt in einer Sackgasse! An dieser Stelle muss ich sie packen!

»Wir gehen davon aus, dass Ihr Bruder und seine Bürgerinitiative Hagen Schlösser tateifrig unterstützt haben. Von dort hat er die Namen, Adressen und Argumente erhalten, vielleicht sogar die direkten Tötungsaufträge! Ihr Bruder war die treibende Kraft, ohne ihn hätte Schlösser die Taten nicht ausführen können. Sie, Frau Sturm, haben die Logistik geliefert; das Geld, die Waffe, die Verpflegung. Ein teuflischer Plan von Geschwistern, um den psychisch labilen Hagen Schlösser zu ihrem willfährigen Werkzeug zu machen!«

»Mein Bruder hat damit nichts zu tun! Er ist ein ehrenwerter Mann, der stets mit legalen Mitteln gegen diesen Wahnsinn gekämpft hat!«

»Welchen Wahnsinn, Frau Sturm?«

Schweigen.

Vorsicht! Wenn ich sie jetzt in die falsche Ecke treibe, macht sie wahrscheinlich dicht. Ich muss zu ihrem wunden Punkt zurück!

»Frau Sturm, zum gegenwärtigen Zeitpunkt kann Wiegand Sturm nicht Ihr Verteidiger sein! Verstehen Sie das? Wollen Sie weiterhin auf einen anderen Rechtsbeistand verzichten? Es ist meine Pflicht, Ihnen einen Pflichtverteidiger oder einen anderen Verteidiger Ihrer Wahl zu ermöglichen. Allerdings müssen Sie das auch zulassen. Haben Sie das verstanden, Frau Sturm?«

»Nein, nein, nein, ich will meinen Bruder!«

Victoria Sturm fällt plötzlich aus der Rolle und schreit diese Forderung heraus. Von einem Augenblick zum nächsten verliert sie die Beherrschung, trommelt mit den Fäusten auf den Tisch und wirkt hysterisch.

»Ich will Wiegand an meiner Seite und sonst niemand!«
Endlich! Nach Tagen der Stagnation kommt Bewegung in die Sache! Nachhaken, Josch! Lass sie nicht von der Leine!
»Dann sagen Sie etwas zu seiner Entlastung, Frau Sturm! Wenn nicht er, wer dann? Wer hat Schlösser beauftragt, diese Morde zu begehen? Wer hat ihn auf den Weg gebracht? Wer ist die treibende Kraft?«
»Ich! Ichichich!«, schreit Victoria. »Aber so war es nicht! Nicht so! Ich habe ihn nicht aufgehetzt! Nein! Ich habe diese Morde nicht geplant! Hagen ist mir aus der Hand – er ist mir entglitten – ich hatte ihn nicht mehr unter Kontrolle – ich habe das so nicht gewollt!«
Victoria Sturm sinkt in sich zusammen, droht vom Stuhle zu rutschen, der aufsichtsführende Beamte kann sie gerade noch auffangen. Ich rufe den Ersthelfer und alarmiere den Notarzt; das würde noch fehlen, dass unsere wichtigste Zeugin ins Koma fällt.
Wir versuchen, Frau Sturm bei Bewusstsein zu halten. Nach einem Schluck Wasser und einigen Minuten geht es ihr besser. Der Notarzt misst die Körperdaten und legt eine Infusion an; dann erklärt er, dass die Vernehmung für heute beendet ist. Ich hätte die Vernehmung ohnehin abgebrochen, vor lauter Angst, das könnte noch einmal passieren.
Gott sei Dank! Es war wohl nur ein Schwächeanfall. Ich fühle mich in meiner Haut ebenfalls nicht wohl, aber das bringt der Job eben manchmal mit sich. Dennoch sind wir einen Schritt weiter.
Auf dem Mitschnitt ist die Aussage dokumentiert: Victoria Sturm hat eingeräumt, die treibende Kraft gewesen zu sein. Die Details und den Rest werden meine Kollegen, die Staatsanwältin und ich hinterfragen müssen.

***

Zwei Tage später sitzt mir Victoria Sturm erneut gegenüber. Zwischenzeitlich haben unsere Recherchen ergeben, dass ihr Bruder Wiegand mit hoher Wahrscheinlichkeit tatsächlich keinen direkten Kontakt zu Hagen Schlösser hatte; allem Anschein nach hatte der Anwalt den Mann gar nicht gekannt.

»Wie fühlen Sie sich, Frau Sturm?«, eröffne ich das Gespräch.

»Besser!«, lautet die knappe Antwort.

»Wollen wir dort weitermachen, wo wir vorgestern aufgehört haben oder möchten Sie lieber von sich aus erzählen?«

»Was soll ich erzählen, Sie wissen bereits alles.«

»Genug um Anklage zu erheben, das stimmt, aber uns interessieren Details. Im Übrigen kann ich Ihnen mitteilen, dass wir Ihren Bruder nicht weiter im Fokus unserer Ermittlungen haben.«

»Er kann mich also vertreten? Warum ist er dann nicht hier?«

»So schnell geht das nicht! Zurzeit wird von der Staatsanwaltschaft geprüft, ob eine Mandatsübernahme zulässig ist. Das würde aber nur dann funktionieren, wenn keine neue ihn belastende Erkenntnisse auftauchen.«

Da ich mich auf dünnem Eis bewege, darf ich keine erneute Eskalation provozieren. Ich muss mich vorsichtig vorantasten.

»Sie haben selbstverständlich das Recht, die Aussage zu verweigern. Sie müssen sich nicht selbst belasten, aber vielleicht ist es an der Zeit, uns reinen Wein auszuschenken. Außerdem sind Sie intelligent genug, um zu wissen, dass Sie aus der Nummer nicht mehr rauskommen und Hagen Schlösser erst recht nicht. Aber es geht um Schadensbegrenzung und diese Chance sollten Sie nutzen.«

Victoria Sturm nickt und atmet tief ein.

»Es fing alles an, als das Haus von Hagens Eltern verkauft worden ist. Eines Tages stand er im Büro, da sind wir uns zum ersten Mal begegnet. Wiegand war zu einem Gerichtstermin und da habe ich mich gekümmert.«

Sie erzählt, dass Hagen um juristischen Rat gebeten habe und sehr unsicher gewirkt habe. Er sei damals ein sehr attraktiver junger Mann gewesen.

»Wir hatten von Anfang an ein sehr großes Vertrauensverhältnis zueinander, fragen Sie mich nicht, warum das so war, es war einfach so. Irgendwie hat vom ersten Augenblick an die Chemie zwischen uns gestimmt. Hagen war charmant, aber so herrlich unfertig mit seinen Idealen und Weltanschauungen; ein Träumer, äußerlich ein Mann, im Grunde aber noch ein Kind. Vom Alter her hätte er mein Sohn sein können, aber es entwickelte sich in eine völlig andere Richtung. Ich wollte diesen Jungen für mich, jemanden haben, der mich brauchte und für den ich da sein konnte, den ich, naja.«

Victorias Augen bekommen einen wässrigen Glanz, in dem sich viel Wehmut spiegelt.

»Ihr Bruder hat ...«

Sie lässt mich meine Frage nicht formulieren.

»Mir war sofort klar, dass ich Hagen an Wiegand abgeben müsste, wenn wir ihn offiziell als Mandant aufnehmen würden. Dann wäre alles juristisch steril, unpersönlich und korrekt abgearbeitet worden. Deshalb habe ich Hagen vorgeschlagen, dass ich mich persönlich um seine Angelegenheiten kümmere.«

»Was waren das für Probleme?«, unterbreche ich ihren Redefluss.

»Die Abwicklung des Hausverkaufes und alles was mit dem Nachlass zusammenhing. Hagen wollte damit so wenig wie möglich zu tun haben. Wir trafen uns immer öfter in Cafés und so, später dann bei mir, irgendwann landeten wir im Bett, er war so unerfahren und ich fühlte mich wie im siebten Himmel, ein spätes Glück.«

»Ihr Bruder hat von all dem nichts mitbekommen?«

»Nein, nichts!«

»War Hagen gewaltbereit oder gar aggressiv?«

»Nein, kein bisschen! Das kam erst später. Wir diskutierten viel; über Gott und die Welt, eigentlich über seine Welt. Er hatte große Probleme mit der Welt draußen, wie er es nannte. Er kam mit den Menschen nicht zurecht, weil die so anders waren als das, was man ihm beigebracht hatte. Er hatte nie gelernt, sich zu wehren, dass es nicht genügt, von einer heilen Welt zu träumen und er konnte nicht verstehen, warum er ein Außenseiter war. Das war ganz schwierig, aber ich wollte ihm helfen, ihn bestärken, ihn formen in allen Belangen, aber dann…«

»Hat er sich radikalisiert!«

»Ja, und zwar in einem erschreckenden Tempo. Binnen weniger Wochen habe ich die Kontrolle über ihn verloren. Er wurde ein anderer Mensch.«

»Gab es einen konkreten Auslöser?«

»Ach, das ist schwer zu sagen. Im Nachhinein betrachtet waren es wahrscheinlich viele Dinge, die zusammen kamen. Ich hatte ihm von der Bürgerbewegung meines Bruders erzählt, das hat ihn sehr beeindruckt. Plötzlich waren Bürgerbewegungen gleich welchen Inhalts sein Hauptthema. Er ging überall hin, nahm an allen möglichen Demos teil; in Orscholz gegen den Aussichtsturm, in Knorscheid gegen den Radweg, in Nalbach gegen die Windräder, einfach gegen alles!«

»Dort muss er Ihren Bruder getroffen haben.«

»Gesehen, nicht getroffen! Wir hatten vereinbart, dass er sich von ihm fernhält. Naja und dann hat er von heute auf morgen erklärt, dass er es nicht mehr aushält, dass er raus muss in die Natur. Er beschloss, in die Wälder zu ziehen. Ich wollte das nicht, dachte, das gehe vorbei, aber er ließ sich nicht umstimmen. Damit er wenigstens in der Nähe blieb, besorgte ich Karten der Umgebung, da waren auch alte Wehrmachtsbunker verzeichnet. Ich wollte ihn nicht verlieren und besorgte Karten der Projekte. Wiegand wusste nichts davon. Mein Bruder vertritt fast alle Bürgerbewegungen der Umgebung und die Karten waren für mich ein Pfand, dass Hagen wenigstens ab und zu bei mir vorbeikam. Eines Tages war er mit dem gesamten Material verschwunden.«

»Und die Armbrust?«
»Die hat er heimlich mitgenommen. Ich hatte sie seit meiner Zeit als aktive Sportschützin im Haus. Wir hatten oft geübt, die Waffe hat Hagen fasziniert – oh Gott, ich habe doch nicht ahnen können, dass …«
Victoria Sturm sackt wieder auf ihrem Stuhl zusammen und ich befürchte die Neuauflage eines Zusammenbruchs.
»Geht's? Machen wir eine Pause! Trinken Sie etwas!«
Victoria nickt und trinkt.
»Eine Frage noch, dann machen wir Schluss für heute. Wann haben Sie Hagen Schlösser zum letzten Mal gesehen?«
»Vor etwa zwei Wochen. Zu dem Zeitpunkt war er ungefähr seit sechs oder sieben Wochen unterwegs, er war nicht wiederzuerkennen. Er kam und bat um Geld. Ich habe es ihm natürlich gegeben, es war ja schließlich seins. Er sprach wenig, war völlig verändert. Ich habe geahnt, dass etwas passieren würde; Wilderei, Sachbeschädigung, so was eben, aber dass es so enden würde – nein, damit habe ich nie und nimmer gerechnet.«
Wir reden noch eine Viertelstunde, während der Frau Sturm weitere Einzelheiten über den Umtausch und die Verwaltung, die Verpflegung von Hagen Schlösser und die Informationsbeschaffung preisgibt. Die Details sind unwichtig, das große Bild ist gezeichnet.
»Er hatte in seiner Kindheit zu viel Liebe!«, erklärt Victoria zum Schluss. »Zu viel in die falsche Richtung. Ich wollte das korrigieren, aber ich hab's vermasselt!«

***

Die Vernehmungen gehen weiter. Hagen Schlösser sagt kaum ein Wort. Wenn er sich äußert, sind es zusammenhanglose Wortfetzen, deren Sinn sich uns nicht erschließt; auch nicht dem Psychologen und erst recht nicht dem Verteidiger.
Lediglich ein einziges Mal scheint er aus seiner Welt herauszu-

treten. Als ich ihn frage, ob er einschätzen kann, wer für seine Situation verantwortlich ist, antwortet er spontan und völlig klar:
»Der Dr. Schwarzmüller! Der hat mich von Anfang an verarscht!«
Das war's! Mehr ist aus ihm nicht herauszubekommen.
Es wird Wochen und Monate dauern, bis die Anklage formuliert ist und die Gerichtstermine feststehen werden; genügend Zeit, um sich anderen Themen zu widmen.
Mitte Oktober, etwa drei Wochen nach der Festnahme von Hagen Schlösser und Victoria Sturm, reiche ich in der Personalabteilung mein Ruhestandsgesuch ein. Rudi weiß seit ein paar Tagen Bescheid, den Rest der Truppe informiere ich einen Tag später im Rahmen einer kleinen Feier, zu der ich Marion mitbringe.
Sie hat mir den entscheidenden Tipp gegeben.
»Da rede ich Dir nicht rein, Du musst wissen, was Du willst!«
Na toll!
Es folgte ein Disput, der ein ganzes Wochenende lang anhielt. Am Ende kam dann der entscheidende Satz!
»Du könntest ein Buch über die Polizeiarbeit schreiben und zu Recherchezwecken fährst Du ab und zu ins Präsidium.«
Das brachte mich auf eine fantastische Idee! Mal sehen, was daraus wird.
Intern wird Frau Reinert ab sofort als Kollegin gehandelt, obwohl sie ihren Dienst noch gar nicht angetreten hat. Reine Formsache, meint der Polizeipräsident
Die Olivenernte in Sizilien lasse ich ausfallen, ich habe Besseres vor.
Stattdessen habe ich für Marion und mich zwei Wochen Urlaub in Portugal gebucht; mit Radfahren und Fitness und Kulturprogramm! Noch weiß sie nichts davon.
Vor kurzem hat sie mich erwischt, als ich aus einem Juweliergeschäft kam. Sie hat nicht gefragt, nur gelächelt.

# Nachwort

Die meisten Orte sind authentisch und soweit es die Handlung zulässt auch so beschrieben, wobei nicht auszuschließen ist, dass sich in unserer schnelllebigen Zeit mittlerweile etwas verändert hat.

Einiges ist frei erfunden, denn die Rechtsanwaltskanzlei und das Bella Donna wird man in Lebach vergeblich suchen. Gleiches gilt für die Kneipe in Piesbach, jedenfalls nicht in der beschriebenen Form und mit den aufgeführten Stammgästen.

Die Polizeiinspektionen sind verfremdet, die Organisationsstrukturen sind der Wirklichkeit nur angelehnt, da ich nicht so schnell schreiben kann, wie sich die Strukturen ändern.

Das Hiwwelhaus in Alsweiler ist authentisch, ebenso die Brunnenstraße; gleiches gilt für das Polygon, den Baumwipfelpfad, den Radwanderweg und den Turm bei Ottweiler. Micos Kneipe hat in der Realität mittlerweile nur Freitag und Samstag ab 18 Uhr geöffnet, der sizilianische Wirt wird mir nachsehen, dass ich ihm für meine Krimis Überstunden aufbürden muss.

Und dann sind da natürlich die Menschen aus der Siedlung in Spiesen, die nicht nur in der Realität, sondern auch in meinen Krimis seit Jahren rumgeistern. Möglicherweise entdeckt sich der eine oder andere aus Alsweiler wieder, obwohl die Namen (fast) frei erfunden sind.

Auf ein Kuriosum möchte ich hinweisen:

Der Titel für den vorliegenden Krimi wurde von mir Ende 2015 erdacht (das kann ich anhand alter Manuskripte nachweisen). Eine Bürgerinitiative gleichlautenden und naheliegenden Namens wurde erst ein Jahr später offiziell ins Leben gerufen. Keine Sorge: Ich mache keine Urheberrechte geltend! Manchmal überholt mich beim Schreiben eben die Realität und das finde ich … gut!

Weitere Titel aus Schaumbergs Schwarzer Reihe:

Klaus Brabänder

## Sumpf

Schaumbergs Schwarze Reihe I
4. Auflage, Taschenbuch 13 x 21 cm
400 Seiten
ISBN 978-3-941095-23-6
14,80 Euro

Hauptkommissar Joachim Schaum ist mit Leidenschaft Kriminalbeamter. Nach über dreißig Dienstjahren glaubt er, dass ihn so leicht nichts mehr erschüttern kann. Das ändert sich, als auf dem Friedhof von Elversberg die Leiche eines erschlagenen Obdachlosen gefunden wird. Ein nahegelegenes Nobelhotel rückt als Tatort in den Fokus von Schaum. Welche Rolle spielt der zwielichtige Hotelmanager? Warum soll vertuscht werden, dass hochrangige Personen in diesem Hotel verkehren? Zeugenaussagen werfen mehr Fragen auf, als dass sie Antworten geben. Als eine weitere Leiche gefunden wird, nimmt der Fall kuriose Formen an. Kommissar Schaum vertraut nur noch einer einzigen Person. Beide geraten in einen Sumpf von Verrat und Erpressung. Der Fall findet schließlich ein Ende, mit dem niemand rechnen konnte.

Klaus Brabänder

# Steinbruch

Schaumbergs Schwarze Reihe II
2. Auflage, Taschenbuch 13 x 21 cm
320 Seiten
ISBN 978-3-941095-29-8
12,80 Euro

Als die Leiche eines erfolgreichen Architekten in einem Steinbruch gefunden wird, geht die Polizei von einem Unfall aus. Als kurze Zeit später sein Büro ein Opfer der Flammen wird, scheint ein technischer Defekt die Ursache zu sein.

Frührentner Dieter Lukas und der ebenfalls pensionierte Polizist Ewald Müller kommen mehr oder weniger zufällig dahinter, dass an der Sache etwas faul ist. Bei näherer Betrachtung tauchen zwielichtige Personen auf und Zusammenhänge, die die Kriminalpolizei offensichtlich nicht erkennt.

Müller und Lukas ermitteln zunächst auf eigene Faust und lenken die Polizei mit Witz und Intelligenz auf die richtige Spur. Um die reaktionsträge Bürokratie endlich in Marsch zu setzen, muss sich Dieter Lukas einiges einfallen lassen.

Klaus Brabänder

# Für Eich

Schaumbergs Schwarze Reihe III
3. Auflage, Taschenbuch 13 x 21 cm
232 Seiten
ISBN 978-3-941095-36-6
12,80 Euro

Hauptkommissar »Josch« Joachim Schaum steht in Micos Kneipe, als in unmittelbarer Nähe Am Köppchen in Spiesen-Elversberg eine Garage in die Luft fliegt.
Die Siedlung ist in heller Aufregung, denn jemand wird vermisst – der Besitzer! Der ist zwar bald gefunden, schweigt aber – für immer!
Es folgt eine weitere Explosion – Josch ermittelt in einem undurchsichtigen Fall. Dass ihn die Anwohner vom Köppchen bei seinen Recherchen unbedingt unterstützen wollen und Staatsanwältin Sommer einen eigenen Arbeitsstil pflegt, macht die Sache für den Hauptkommissar nicht einfacher.
Neben einem spannenden Kriminalfall erwartet den Leser eine Milieuschilderung in einer typisch saarländischen Gemeinde.

Klaus Brabänder

# MitGift

Schaumbergs Schwarze Reihe IV
2. Auflage, Taschenbuch 13 x 21 cm
320 Seiten
ISBN 978-3-941095-44-1
12,80 Euro

An einem sonnigen Sonntagvormittag wird ein Notarztwagen in die Siedlung Am Köppchen in Spiesen-Elversberg gerufen. Eine Anwohnerin wird mit einem Kreislaufkollaps ins Krankenhaus nach Neunkirchen eingeliefert. Kurze Zeit später verstirbt sie. Dem behandelnden Arzt sind die Todesumstände suspekt, er ordnet eine Obduktion an. Susanne Spaniol, die Patientin, wurde offenbar vergiftet.
Ein Fall für Hauptkomissar Joachim »Josch« Schaum und sein Team. Was anfangs nach reiner Routine aussieht, entwickelt sich zu einem hoch komplizierten Fall, …
Klaus Brabänder setzt mit diesem Kriminalroman die beliebte Reihe um Kommissar »Josch« Schaum fort. Mit von der Partie sind wieder die Bewohner vom Köppchen und der sizilianische Wirt Mico aus seiner Stammkneipe. Freuen Sie sich auf spannende Unterhaltung mit einem Schuss Humor und saarländischer Lebensart.

Werner Weckler

## Das Quartett

Schaumbergs Schwarze Reihe V
1. Auflage, Taschenbuch 13 x 21 cm
176 Seiten
ISBN 978-3-941095-46-5
11,00 Euro

Vier Studienfreunde treffen sich nach Jahren zum ersten Mal wieder und beschließen, sich zukünftig in unregelmäßigen Abständen gegenseitig einzuladen. Beim zweiten Treffen, das auf dem Golfplatz in Gisingen stattfindet, wird einer von ihnen auf mysteriöse Weise ermordet aufgefunden. Kommissar Luca und seine Assistentin Nina tappen zunächst völlig im Dunkeln. Sie suchen verzweifelt im Umfeld des Opfers nach der Tatwaffe und nach einem Motiv für den Mord.
Dem Autor Werner Weckler gelingt eine ebenso spannende wie raffinierte Handlung. Weckler, der im richtigen Leben als Chemiker an der Universität des Saarlandes arbeitete, greift dabei tief in die Trickkiste der Chemie und verblüfft den Leser mit seinen ausgefeilten und durchaus realistischen Tatmethoden.
Der kurzweilige und spannende Krimi spielt im Saarland.